RACHEL GIBSON
Ein Rezept für die Liebe

Buch

Kate Hamilton hat genug von ihrem Leben: Ihr Langzeitfreund hat sie verlassen, nachdem sie das Thema Hochzeit ins Gespräch gebracht hat, ihr Job als Privatdetektivin wächst ihr über den Kopf, weil einer ihrer Klienten völlig durchdreht. Und als sie in einer Bar versucht, einen attraktiven Fremden zu verführen, um ihr Selbstbewusstsein aufzupäppeln, verlässt der Mann fluchtartig das Lokal. Niedergeschlagen zieht sich Kate in das beschauliche Örtchen Gospel in Idaho zurück, wo ihr Großvater lebt. Dort will sie ihr Leben wieder ordnen und endlich herausfinden, warum gerade sie immer an die falschen Männer gerät. Dabei hat sie aber die Rechnung ohne den neuen Nachbarn ihres Großvaters gemacht, denn dieser Rob Sutter entpuppt sich gerade als der attraktive Mann, der sie in der Bar so schnöde hatte abblitzen lassen. So peinlich ihre erste Begegnung für Kate auch war, in einem Dorf wie Gospel kann man einander nicht aus dem Weg gehen. Rob und Kate treffen sich bei allen möglichen Anlässen wieder: beim Billardspielen im Pub genauso wie bei den Sitzungen des Lyrik-Clubs, in denen die Mitglieder selbst verfasste Gedichte zum Besten geben. Und zu allem Überfluss verlieben sich Robs Mutter und Kates Großvater ineinander. Es gibt also kein Entrinnen für die beiden – und schon bald wissen sie nicht mehr, ob sie das überhaupt wollen ...

Autorin

Seit sie sechzehn ist, erfindet Rachel Gibson mit Begeisterung Geschichten. Damals allerdings brauchte sie ihre Ideen vor allem dazu, um sich alle möglichen Ausreden einfallen zu lassen, wenn sie wieder etwas ausgefressen hatte. Ihre Karriere als Autorin begann viel später. Mittlerweile hat sie nicht nur die Herzen ihrer Leserinnen erobert, sondern wurde auch mit dem »*Golden Heart Award*« der Romance Writers of America und dem »*National Readers Choice Award*« ausgezeichnet. Rachel Gibson lebt mit ihrem Ehemann, drei Kindern, zwei Katzen und einem Hund in Boise, Idaho.

Von Rachel Gibson außerdem bei Goldmann lieferbar:

Das muss Liebe sein. Roman (45126) · Er liebt mich, er liebt mich nicht. Roman (46021) · Sie kam, sah und liebte. Roman (45964) · Traumfrau ahoi! Roman (45630) · Gut geküsst ist halb gewonnen. Roman (46465)

Rachel Gibson
Ein Rezept für die Liebe

Roman

Aus dem Amerikanischen
von Andrea Brandl

GOLDMANN

Die Originalausgabe erschien 2005 unter dem Titel
»The Trouble with Valentine`s Day«
bei Avon HarperCollins, New York.

FSC
Mix
Produktgruppe aus vorbildlich
bewirtschafteten Wäldern und
anderen kontrollierten Herkünften

Zert.-Nr. SGS-COC-1940
www.fsc.org
© 1996 Forest Stewardship Council

Verlagsgruppe Random House FSC-DEU-0100
Das für dieses Buch verwendete FSC-zertifizierte Papier
Holmen Book Cream liefert Holmen Paper, Hallstavik, Schweden.

Einmalige Sonderausgabe Februar 2008
Copyright © der Originalausgabe 2005 by Rachel Gibson
Copyright © der deutschsprachigen Ausgabe 2007
by Wilhelm Goldmann Verlag, München,
in der Verlagsgruppe Random House GmbH
Umschlaggestaltung: Design Team München
Umschlagmotiv: Natascha Römer
Druck und Einband: GGP Media GmbH, Pößneck
Printed in Germany
ISBN: 978-3-442-46717-4

www.goldmann-verlag.de

Für Betty Gregory,
leidenschaftliche Leserin,
Königin der Wiederverwertung
und Mensch mit großem Einfluss auf mich
– mit all meiner Liebe und Wertschätzung

EINS

Der Valentinstag nervte. Und zwar ziemlich.

Kate Hamilton hob einen Becher mit heißem Rumpunsch an die Lippen und trank ihn aus. Auf der Liste der nervigsten Dinge der Welt rangierte dieser Tag irgendwo zwischen einem Sturz auf offener Straße und der hausgemachten Mortadellapastete ihrer Tante Edna. Ersteres war schmerzhaft und äußerst peinlich, Letzteres eine Scheußlichkeit vor dem Herrn.

Kate ließ den Becher sinken und fuhr sich mit der Zunge über die Lippen. Der heiße Rum wärmte sie von innen heraus, brachte ihre Haut zum Glühen und tauchte den Raum in weiches, warmes Licht. Leider hatte er keinerlei Auswirkungen auf ihre Laune.

Sie suhlte sich im Selbstmitleid – etwas, das sie aus tiefster Seele verabscheute. Sie gehörte nicht zu den Frauen, die sich gehenließen und in einem Tränenmeer versanken. Stattdessen war sie jemand, der sein Leben selbst in die Hand nahm. Aber für eine allein stehende Frau gab es keinen geeigneteren Tag, um sich wie eine Verliererin zu fühlen, als den, der in aller Welt den Liebenden gewidmet war.

Ein Tag, an dem jeder mit Herzen und Blumen, Pralinen und sexy Dessous beschenkt wurde. Menschen, die es nicht verdient hatten. Alle Menschen, nur sie nicht. Vierundzwanzig Stunden, die ihr unter die Nase rieben, dass sie nachts allein in einem ausgeleierten T-Shirt im Bett lag. Ein ganzer Tag, um deutlich zu zeigen, dass sie nur noch eine lausige Beziehung davon trennte, endgültig das Handtuch zu werfen, ihre Fendi-Pumps gegen bequeme Hushpuppies einzutauschen und ins Tierheim zu fahren, um sich eine Katze zu holen.

Kate saß auf ihrem Hocker in der Duchin Lounge der Sun Valley Lodge und sah sich im Raum um. Girlanden mit Glitzerherzen waren um die Messinggeländer der Bar geschlungen, die Tische mit Rosen und flackernden Kerzen dekoriert. Rosa und rote Herzen waren hinter dem Tresen und auf den großen Fenstern angebracht, durch die man die schneebedeckten Hänge mit den gespurten Pisten sah, wo sich etliche abendliche Skifahrer tummelten. Flutlicht erhellte die Pisten und tauchte sie in weißlich goldenes Licht und dunkle Schatten.

Die Gäste in der Duchin Lounge trugen die neueste Skimode – Pullis von Ralph Lauren und Armani, Fleecewesten von Patagonia und klobige UGG-Boots. Kate kam sich in ihrer Jeans und dem dunkelgrünen Pulli, der zwar perfekt passte und die Farbe ihrer Augen unterstrich, aber von keinem Edeldesigner stammte, ein klein wenig schäbig vor. Sie hatte ihn im Einkaufszentrum bei Costco erstanden, gemeinsam mit einer Kombipackung Unterhosen, einer Riesenflasche Shampoo und etwa zwei Kilo Margarine.

Sie drehte sich auf ihrem Hocker um und ließ den Blick zu dem Panoramafenster hinter der Bar schweifen. Wann hatte sie eigentlich angefangen, ihre Wäsche in Großpackungen im Supermarkt statt bei Victoria's Secret zu kaufen? Und was hatte sie dazu getrieben, zwei Kilo Margarine in ihren Einkaufswagen zu legen?

Vor dem Fenster schwebten fedrige Schneeflocken zu Boden. Im Lauf des Nachmittags, kurz nachdem Kate über die Grenze zwischen Nevada und Idaho gefahren war, hatte es angefangen zu schneien und seitdem nicht mehr aufgehört – mit dem Ergebnis, dass sie für die Fahrt von Las Vegas nach Sun

Valley fast neun Stunden statt der üblichen sieben gebraucht hatte.

Normalweise wäre sie ohne Pause durchgefahren, aber bei diesem Schneefall war das unmöglich gewesen. Nicht bei dieser Dunkelheit und in einem Gebiet wie der Sawtooth Wilderness, wo man Gefahr lief, nur weil man an einer Kreuzung versehentlich falsch abbog, in einem Kaff zu landen, in dem die Männer noch echte Bilderbuchmachos waren. Sie hatte vor, am nächsten Morgen die letzte Stunde hinter sich zu bringen, die sie noch von Gospel, Idaho, trennte, der Kleinstadt, in der ihr Großvater lebte.

Kate wandte ihre Aufmerksamkeit dem Barkeeper zu und bestellte ihren dritten Punsch. Der Barmann musste Ende zwanzig sein, mit dunklem, lockigem Har und einem verschmitzten Funkeln in den Augen. Er trug ein weißes Hemd und schwarze Hosen, war jung, attraktiv und trug einen Ehering am Finger.

»Darf ich Ihnen sonst noch was bringen, Kate?«, fragte er mit einem jungenhaften Grinsen. Er hatte sich ihren Namen gemerkt – also verstand er seinen Job. Doch statt diese Qualität zu würdigen, war ihr erster Gedanke, dass er höchstwahrscheinlich eine Menge heimlicher Affären hatte. Das hatten Männer wie er grundsätzlich.

»Nein, danke«, erwiderte sie und schob ihre zynischen Gedanken in den hintersten Winkel ihres Gedächtnisses. Es gefiel ihr nicht, dass sie so negativ geworden war; sie verabscheute all die kleinen Pessimisten, die sich in ihrem Kopf eingenistet hatten. Sie wollte die alte Kate zurückhaben, jene Kate, die nicht so zynisch war.

Überall an den Tischen und in den Nischen saßen Paare, die bei einer Flasche Wein lachten, plauderten und sich küssten. Kates Valentinstagdepression verstärkte sich noch ein wenig.

Genau vor einem Jahr hatte Kate auch mit ihrem Freund Manny Ferranti im Le Cirque in Las Vegas zu Abend gegessen. Damals war sie dreiunddreißig, Manny neununddreißig gewesen. Beim Krabbencocktail hatte sie ihm erzählt, sie habe eine Suite im Bellagio reserviert. Beim Kalbsbraten hatte sie ihm ihr Höschen ohne Schritt und den dazu passenden BH beschrieben, den sie unter ihrem Kleid trug. Beim Dessert war sie auf das Thema Heirat gekommen. Sie waren zu dieser Zeit zwei Jahre zusammen gewesen – lange genug in ihren Augen, um über eine gemeinsame Zukunft zu sprechen. Doch stattdessen hatte Manny sie am nächsten Morgen in die Wüste geschickt. Nachdem er ausgiebig von der Suite und besagtem Höschen Gebrauch gemacht hatte.

Kate war beinahe ein wenig überrascht gewesen, wie gut sie mit der Trennung zurechtgekommen war. Na ja, vielleicht nicht direkt gut. Sie war ziemlich sauer gewesen, aber nicht völlig am Boden zerstört. Sie hatte Manny geliebt, andererseits war sie eine pragmatische Frau. Manny hatte eindeutig unter einer Beziehungsphobie gelitten, und sie hatte keine Ahnung, warum ihr das nicht schon früher aufgefallen war. Neununddreißig Jahre alt und noch nie verheiratet gewesen? Der Mann musste ein echtes Problem haben, und sie hatte nicht die geringste Lust, ihre Zeit mit jemandem zu verschwenden, der sich nicht binden wollte. Das kannte sie bereits zur Genüge von früheren Partnern, die jahrelang mit ihr zusammen gewesen waren, sich aber nie auf eine feste Beziehung einlassen wollten. Also, Schluss damit.

Zumindest war das bis vor ein paar Monaten ihre Devise gewesen, als sie Mannys Hochzeitsanzeige in der Zeitung entdeckt hatte. Sie hatte im Büro gesessen und das *Las Vegas Review-Journal* auf der Suche nach den öffentlichen Bekanntmachungen durchgeblättert, um nachzusehen, ob irgendwelche der vermissten Menschen, die sie suchte, inzwischen tot aufgefunden worden waren – und da hatte sie gestanden, eine hübsche kleine Anzeige mit Foto, das einen glücklichen und verliebt wirkenden Manny mit einer Brünetten zeigte.

Manny hatte also innerhalb von nicht einmal acht Monaten nach der Trennung von ihr eine andere Frau gefunden und sie geheiratet. Er hatte kein Problem gehabt, sich zu binden. Absolut nicht. Er hatte nur ein Problem damit gehabt, sich an *Kate* zu binden. Was schmerzhafter war, als sie vermutet hätte. Schmerzhafter als die Trennung selbst. Schmerzhafter, als nach einer heißen Liebesnacht einfach abserviert zu werden. Diese Erkenntnis tat ihr im Herzen weh; sie schnürte ihr die Kehle zusammen und bestätigte etwas, was sie nicht länger ignorieren konnte.

Mit ihr stimmte etwas nicht.

Etwas, das nichts mit ihrer Größe von gut einem Meter siebenundsiebzig, ihrer Schuhgröße einundvierzig und ihrem flammend roten Haar zu tun hatte. Sie war Privatdetektivin und verdiente ihren Lebensunterhalt, indem sie auf der Suche nach Motiven und versteckten Absichten im Leben anderer Menschen herumstocherte. Sie nahm ihre Biografien, ihre privaten und gesellschaftlichen Gewohnheiten unter die Lupe, nahm sich aber nie genug Zeit, um dasselbe mit ihrem eigenen Leben zu tun.

Der Anblick von Mannys Hochzeitsanzeige in der Zeitung hatte den Ausschlag gegeben. Das hatte sie gezwungen, ihr eigenes Leben genauer zu betrachten, etwas, was sie bis dahin tunlichst vermieden hatte. Und dabei war sie zu der Erkenntnis gelangt, dass sie sich grundsätzlich zu unerreichbaren Männern hingezogen fühlte. Zu Männern, die ihre Augen nicht von anderen Frauen lassen konnten, zu Männern mit heimlichen Freundinnen oder massiven Bindungsängsten.

Vielleicht hatte sie immer geglaubt, sie verdiene es nicht besser oder brauche eben die Herausforderung. Sie konnte nicht genau sagen, warum sie stets an Männer geriet, die für keine Frau erreichbar waren, aber eines stand fest: Sie war all die unbefriedigenden Beziehungen und den Liebeskummer endgültig leid.

Am Tag, nachdem sie auf Mannys Anzeige gestoßen war, hatte sie unverbindlichen Beziehungen endgültig den Rücken gekehrt. Sie hatte sich geschworen, sich nur noch mit Männern einzulassen, die noch zu haben waren und sich nicht mit unüberwindlichen Problemen herumschlugen. Sie hatte sich in ihre Arbeit gestürzt, ihren Job, den sie liebte und in dem sie verdammt gut war.

Damals hatte sie noch für Intel Inc. gearbeitet, eine der renommiertesten Detekteien in Vegas. Sie war mit Leib und Seele Privatdetektivin gewesen und hatte alles an diesem Job geliebt – vom Ausspionieren irgendwelcher Mistkerle, die versuchten, eine Versicherung oder ein Casino zu betrügen, bis zur Zusammenführung von Liebespaaren oder Familienangehörigen, die sich vor langer Zeit aus den Augen verloren hatten. Galt es, untreue Lebensgefährten, Verlobte oder Freundinnen auszuspionieren, dann hatte sie das auch getan. Hey, wenn eine Frau oder ein Mann fremdging, verdiente er oder sie es doch, erwischt zu werden. Und wenn er oder sie unschuldig war (was so gut wie nie vorkam), war es auch nicht weiter schlimm. Wie auch immer die Überwachung endete, es war nicht ihr Problem. Kate wurde für die Zeit bezahlt, die sie investierte, und wenn sie ihren Job erledigt hatte, war sie wieder weg ...

Bis zu dem Tag, als Randy Meyers in ihr Büro im vierten Stock gekommen war. Randy war kein besonders bemerkenswerter Mann gewesen, weder gut aussehend noch hässlich, weder groß noch klein – er war einfach nur da gewesen.

Er hatte sich an Intel Inc. und an Kate gewandt, weil seine Frau mit ihren beiden gemeinsamen Kindern verschwunden war. Er hatte Kate das typische Familienfoto vor die Nase gehalten, eines von den Dingern, die man für dreißig Dollar in jedem Einkaufszentrum bekommt. Alles an dem Foto hatte völlig normal ausgesehen – von den zueinanderpassenden Pullovern, über den Bürstenhaarschnitt des Jungen bis zum fehlenden Vorderzahn des kleinen Mädchens.

Und auch über Randy hatte sie nichts Ungewöhnliches herausgefunden. Er hatte kein Vorstrafenregister, galt nicht als gewalttätig gegenüber seiner Familie. Er hatte wie angegeben als Autoverkäufer in der Valley Automall gearbeitet und in der Freizeit die Pfadfindergruppe seines Sohnes geleitet. Außerdem hatte er die Fußballmannschaft seiner Tochter trainiert, und er und seine Frau Doreen hatten gemeinsam Kurse an der Volkshochschule besucht.

Es war nicht weiter schwirig gewesen, seine Frau und die Kinder aufzustöbern. Ganz und gar nicht. Doreen hatte sich nach Waynesboro, Tennessee, zu ihrer Schwester geflüchtet. Kate hatte Randy die gewünschten Informationen gegeben, den Fall offiziell abgeschlossen und hätte nie wieder einen Gedanken daran verschwendet, wäre Randy nicht vierundzwanzig Stunden später als Hauptmeldung in den Abendnachrichten wieder aufgetaucht. Was er seiner Frau und seinen Kindern angetan hatte, bevor er sich selbst richtete, schockierte das ganze Land. Und Kate hatte es in ihren Grundfesten erschüttert.

Bei diesem Fall war es unmöglich gewesen, nicht betroffen zu sein. Bei diesem Fall hatte sie sich nicht sagen können, es sei nicht ihr Problem, weil sie nur ihre Arbeit gemacht habe. Bei diesem Fall hatte sie nicht einfach die Akte schließen und sich an den nächsten Auftrag machen können.

Eine Woche später hatte sie gekündigt, ihren Großvater angerufen und ihm gesagt, sie komme ihn für eine Weile besuchen. Ihre Großmutter war zwei Jahre zuvor gestorben, und Kate wusste, dass ihr Großvater Stanley schrecklich einsam war. Er konnte ein wenig Gesellschaft gut gebrauchen, und für sie wäre ein kleiner Tapetenwechsel genau das Richtige. Sie wusste noch nicht, wie lange sie bleiben würde, aber jedenfalls lange genug, um sich in Ruhe zu überlegen, was sie als Nächstes tun wollte.

Sie wandte sich der Bar zu und trank noch einen Schluck. Der Rum glitt warm ihre Kehle hinunter und weckte ihre Lebensgeister. Entschlossen schob sie die Gedanken an die Meyers-Familie beiseite und richtete den Blick auf die Herzen, die hinter der Bar befestigt waren. Es war Valentinstag, was sie daran erinnerte, dass sie seit Monaten keine aufregende Verabredung mehr gehabt hatte. Keinen Sex mehr seit Manny und dem Bellagio. Manny fehlte ihr im Grunde nicht, die Intimität mit einem Mann hingegen schon. Sie vermisste die Berührung kräftiger Männerhände. Manchmal wünschte sie sich, zu den Frauen zu gehören, die einfach einen Mann in einer Bar aufgabeln. Keine Reue. Keine Schuldzuweisungen. Kein Bedürfnis, vorher sein Vorstrafenregister zu überprüfen.

Manchmal wünschte sie, sie wäre ein wenig mehr wie ihre Freundin Marilyn, deren Motto »Wer rastet, der rostet« lautete, als besäße ihre Vagina ein Verfallsdatum.

Sie musterte ihr Gesicht im Spiegel hinter der Bar und überlegte, ob sich der Verlust der Libido anfühlte, als verliere man eine Socke in der Waschmaschine. Verschwand sie ebenso spurlos? War es, wenn man den Verlust bemerkte, bereits zu spät? War sie für immer verschwunden?

Sie wollte ihr Verlangen nach Sex nicht verlieren. Dafür war sie noch zu jung. Sie wünschte, so könnte für einen Abend die Privatdetektivin in ihr zum Schweigen bringen und sich den tollsten Typen schnappen, ihn am Kragen packen und ihn küssen. Sie wünschte, nur ein einziges Mal die Frau zu sein, die sich auf eine heiße Nacht mit einem Mann einlassen konnte, den sie noch nie gesehen hatte und den sie auch nie wieder sehen würde. Sie würde unter seinen Berührungen dahinschmelzen, würde alles um sich herum vergessen, nur seine Lippen auf ihren spüren. Sie würde mit ihm in ihr Zimmer gehen. Oder sie würden es nicht einmal mehr bis ins Zimmer schaffen, sondern es im Aufzug tun, in einer Wäschekammer oder auf der Treppe.

Kate nahm einen Schluck und wandte ihre Aufmerksamkeit dem gut aussehenden Kellner zu, der am anderen Ende des Tresens stand und Martinis mixte, während er mit irgendwelchen anderen Gästen lachte und scherzte. Sie mochte im Hinblick auf andere Menschen und insbesondere auf Männer zur Zynikerin geworden sein, aber sie war immer noch eine Frau. Eine Frau mit unzähligen Fantasien, die ihr im Kopf herumschwirrten. Fantasien von starken Männerarmen, die sich um ihren Körper schlangen, von Augen, die einander über den Raum hinweg begegneten, von instinktiver Anziehungskraft, von hemmungsloser Lust.

Seit der Trennung von Manny waren sämtliche Männer in ihren Fantasien das genaue Gegenteil von ihm – üble Burschen mit großen Händen und noch größeren ... Füßen. Der Star ihrer derzeitigen Tagträume war ein blonder Mistkerl mit Motorradstiefeln in Größe vierundvierzig. Sie hatte ihn in einer Dolce&Gabbana-Anzeige in der *Cosmopolitan* entdeckt, ein reichlich ungepflegter Kerl, der unfassbar cool aussah.

Manchmal malte sie sich aus, wie er sie auf den Rücksitz seiner Harley fesselte und in sein Liebesnest entführte, in anderen Fantasien sah sie ihn in irgendwelchen heruntergekommenen Bars mit Namen wie *The Brass Knuckles* oder *Devil's Spawn*. Ihre Augen begegneten einander, und sie schafften es gerade noch in die nächste dunkle Gasse, wo sie sich gegenseitig die Kleider vom Leib rissen.

Jemand setzte sich auf den Barhocker neben Kate und stieß sie versehentlich an der Schulter an. Ihr Punsch schwappte über den Rand, worauf sie schützend die Hände um den warmen Becher legte.

»Ein Sun Valley Ale«, sagte eine Männerstimme neben ihr.

»Vom Fass oder aus der Flasche?«, wollte der Barkeeper wissen.

»Flasche ist okay.«

So sehr sich Kate danach sehnte, eine ihrer Fantasien auszuleben, so klar war ihr, dass es niemals so weit kommen würde, weil sie die Privatdetektivin in ihrem Kopf nicht ausschalten konnte. Die würde im entscheidenden Moment zum Schluss gelangen, dass sie den Kerl zuerst genau unter die Lupe nehmen musste.

In diesem Moment stieg ihr der Geruch der kalten Nachtluft in die Nase, und sie ließ den Blick zu dem kräftigen Männerarm wandern, der in einem aufgekrempelten Ärmel aus grün kariertem Flanell steckte. Eine goldene Rolex prangte am linken Handgelenk, und er trug einen schmalen silbernen Ring am Mittelfinger.

»Soll ich es aufs Zimmer schreiben?«, fragte der Barkeeper.

»Nein, ich bezahle es gleich«, hörte sie den Mann mit der tiefen und leicht rauen Stimme sagen, während er seine Brieftasche aus der Gesäßtasche seiner Levi's zog. Er streifte ihren Ellbogen, während sie ihren Blick über den grünen Ärmel bis zu seiner Schulter wandern ließ. Die Deckenbeleuchtung verfing sich in den goldenen Strähnen seines leicht zerzausten braunen Haars, das seinen Kragen und seine Ohren bedeckte. Ein schmaler Oberlippenbart und ein Kinnbärtchen unter seiner vollen Unterlippe rahmten seinen breiten Mund ein.

Ihr Blick wanderte weiter, bis er an einem Paar grüner Augen hängenblieb, die sie über den grünen Stoff hinweg musterten. Seine Lider wirkten ein wenig schwer, so als wäre er müde oder gerade erst aus dem Bett aufgestanden.

Sie schluckte.

»Hallo«, sagte er, und seine Stimme schien sie förmlich zu durchströmen, wie der Punsch es zuvor getan hatte.

Heilige Mutter Gottes im Himmel! Hatte sie diesen Kerl mit ihrer Fantasie heraufbeschworen? Er war zwar nicht blond, aber wen kümmerte das schon? »Hallo«, brachte sie mühsam hervor.

»Ein schöner Abend zum Skilaufen, was?«, fragte er.

»Große Klasse«, gab sie zurück, obwohl sie an alles dachte, nur nicht an Skifahren. Dieser Kerl war ein Bild von einem Mann und besaß jenen kräftigen Körperbau, der aus einer Mischung von genetischer Veranlagung und körperlicher Betätigung entstand. Ihrer Schätzung nach musste er Mitte bis Ende dreißig sein.

»Eine ordentliche Lage Neuschnee.«

»Stimmt.« Kate umschloss das warme Porzellan und widerstand dem Drang, wie eine Achtklässlerin mit ihrem Haar herumzuspielen. »Ich liebe Neuschnee.«

Er drehte sich auf seinem Hocker herum und sah ihr ins Gesicht. Ihr Herzschlag drohte auszusetzen. Er war eindeutig noch sexier als ihr Fantasie-Mann, und der war schon ein Wahnsinnstyp.

»Wieso sind Sie dann nicht draußen?«, erkundigte er sich.

»Ich laufe nicht Ski«, gab sie zu.

Überrascht hob er eine Braue, während ein Lächeln um seine Mundwinkel spielte. »Nein?«

Dieser Mann war kein Model-Typ. Man würde sein Gesicht nicht in einer Anzeige von Dolce&Gabbana finden, ebenso wenig würde er sich in einem Gucci-Anzug am Strand aalen. Für so etwas war er zu kräftig, zu maskulin. Zu sehr Mann. Seine Präsenz war einfach überwältigend. »Nein. Ich bin nur auf der Durchreise. Es hat so heftig geschneit, dass ich eine Unterkunft für die Nacht gebraucht habe«, erklärte sie. Unter dem Bärtchen unter seiner Lippe war eine winzige weiße Narbe zu erkennen, und seine Nase sah aus, als wäre sie schon einmal gebrochen gewesen. Es war zwar nicht auf Anhieb zu sehen, aber Kate war darauf geschult, jedes Detail im Gesicht eines Menschen zu registrieren. Und das Gesicht dieses Mannes zu mustern war ein echtes Vergnügen.

»Ich hoffe, es klart bald auf.« Er griff nach der Bierflasche. »Ich will morgen früh nach Bogus Basin.«

»Sind Sie ein Ski-Freak?«

»Im Winter schon. Wenn wir in Bogus waren, geht es weiter nach Targhee und Jackson Hole, bevor wir nach Colorado fahren.«

Wir? »Sind Sie mit Freunden hier?«

»Ja, meine Kumpels sind noch draußen auf der Piste.« Er stützte sich mit den Füßen auf den Metallstreben seines Barhockers ab und spreizte die Beine, so dass sein Knie ihren Oberschenkel streifte.

Die flüchtige Berührung löste irgendetwas in ihrem Inneren aus. Nicht unbedingt spontane, ungezügelte Lust, aber irgendetwas war da. »Wieso sind Sie dann nicht auch draußen?«, fragte sie. *Kumpels*. Also Männer. Normalerweise bezeichneten Männer weibliche Freunde nicht als Kumpels.

Er hob sein Bier an die Lippen. »Meine Knie machen Ärger«, erwiderte er und nahm einen Schluck.

Trotzdem bestand kein Zweifel: Es musste eine Frau im Leben dieses Mannes geben. Und wahrscheinlich mehr als eine. »Am Valentinstag mit Kumpels Ski fahren?«

Er richtete seine grünen Augen auf sie und ließ die Flasche sinken. »Ist heute Valentinstag?«, fragte er und leckte sich einen Tropfen Bier von der Oberlippe.

Kate lächelte. Die Tatsache, dass er nicht wusste, welcher Tag war, ließ ahnen, dass es im Moment keine ernsthafte Beziehung in seinem Leben gab. »Jedes Jahr am 14. Februar.«

Er schaute sich im Raum um, als sähe er ihn zum ersten Mal. »Ah. Das erklärt all die Herzen.«

Ihr Blick wanderte zu seinem Bart, der seinen Mund und sein Kinn umrahmte, und weiter über seinen kräftigen Hals bis zur gebräunten Vertiefung unterhalb seiner Kehle. »Wie es aussieht, sind wir die Einzigen hier, die nicht zusammengehören.«

»Sagen Sie bloß nicht, Sie sind allein hier.«

Kate sah ihm ins Gesicht und lachte. Ihr gefiel die Art und Weise, wie er es gesagt hatte – so als könnte er es sich nur schwer vorstellen. »Doch, sieht ganz so aus.« In ihrer Lieblingsfantasie war sie mit einem Prachtkerl in der Schuhabteilung bei Nordstrom's eingeschlossen. »Und wie sieht es mit Ihnen aus? Gibt es jemanden, der sauer ist, weil Sie den Valentinstag vergessen haben?«

»Nein.«

Bislang hatte sie ihre Fantasien noch nie in einer Skihütte spielen lassen, aber das konnte ja noch kommen. Sie konnte es sich nicht verkneifen. Dieser Mann strahlte Pheromone aus wie ein Reaktor in Tschernobyl Radioaktivität – mit dem Ergebnis, dass der atomare Niederschlag aus dieser Nähe eine geradezu tödliche Wirkung besaß.

Er schob die Ärmel seines Flanellhemds nach oben und entblößte dabei etwas auf seinem kräftigen linken Unterarm, das wie der Schwanz einer Schlange oder eines anderen Reptils aussah. »Ist das eine Schlange?«

»Ja. Das ist Chloe. Sie ist ein echtes Schätzchen.«

Klar. Die tätowierte Schlange war aus dunklem Gold mit schwarzweißen Streifen und sah so echt aus, dass Kate zweimal hinsehen musste. Die Schuppen waren perfekt definiert, und Kate streckte unwillkürlich die Hand aus, um seinen bloßen Arm zu berühren. »Was für eine Art ist das?«

»Ein Angola-Zwergpython.«

Ein Python! Igitt! »Wie groß ist sie?«, fragte Kate und sah ihm wieder ins Gesicht. Etwas Heißes und Sinnliches schimmerte in den Tiefen seiner grünen Augen, ein Bedürfnis, das ihren Puls zum Rasen brachte und ihre Haut prickeln ließ.

Er hob sein Bier an die Lippen und wandte den Blick ab. »Einen Meter fünfzig.« Er nahm einen großen Schluck, und als sein Blick wieder dem ihren begegnete, war das Flackern verschwunden, als hätte es niemals existiert.

Sie ließ die Hand sinken. »Und sind die ganzen anderthalb Meter auf Ihren Körper tätowiert?«

»Ja.« Er deutete mit dem Flaschenhals auf seinen Unterarm. »Hier ist das Schwanzende. Sie windet sich auf meinem Arm entlang über den Rücken bis zu meinem rechten Oberschenkel.«

Kates Blick wanderte zu seinem Oberschenkel und blieb an seinen Lenden hängen. Ausgetragene Levis schmiegten sich um seine Beine und spannten sich über die Wölbung seines Schoßes. Eilig sah sie weg, ehe er sie ertappen konnte. »Ich habe auch ein Tattoo.«

Er lachte, ein tiefes Grollen in seiner Brust, das seltsame Dinge in ihrer eigenen Brust anstellte. »Was denn? Ein Herzchen auf dem Fußknöchel?«

Sie schüttelte den Kopf und nahm einen großen Schluck von ihrem Punsch. Die Hitze durchströmte sie, und sie spürte, wie sie rot wurde. Sie wusste nicht, ob es am Rum oder an dem Testosteroncocktail auf dem Barhocker neben ihr lag, aber ihr war plötzlich ein klein wenig schwindlig. Nicht die Art Schwindel, die einen ohnmächtig werden ließ, sondern die einem ein Grinsen aufs Gesicht zauberte, obwohl man keinerlei Grund dafür hatte.

»Hmmm?« Er ließ den Blick an ihrer Kehle entlangwandern. »Eine Rose auf der Schulter?«

Die Art Schwindel, die eine Frau an heiße, verschwitzte Dinge denken lässt. Heiße, verschwitzte, *nackte* Dinge, von denen sie sich lieber fernhalten sollte. »Nein.«

Er sah ihr wieder in die Augen. »Eine Sonne um den Bauchnabel?«, fragte er weiter.

»Ein Mond und ein paar Sterne, aber nicht um den Nabel.« Heiße, verschwitzte, nackte Dinge, von denen nie jemand erfahren durfte.

»Ich wusste doch, dass es etwas Mädchenhaftes sein muss«, höhnte er kopfschüttelnd. »Wo?«

Es konnte doch nicht sein, dass sie sich alles nur einbildete. Er musste es doch auch spüren, aber was, wenn sie sich ihm an den Hals warf und er sie zurückwies? Sie bezweifelte, dass sie mit dieser Art Demütigung zurechtkommen würde. »Auf meinem Hintern.«

Winzige Fältchen erschienen in seinen Augenwinkeln, und er lachte erneut. »Voll oder halb?«

Moment mal, er ist ein Kerl, dachte sie, während sie ihren Becher leerte. Männer waren nun mal Männer. Er würde sie nicht abweisen. »Eine Sichel.«

»Ein Mond auf dem Mond.« Wieder hob er eine Braue, lehnte sich zur Seite und spähte auf ihren Hintern, als könnte er durch die Kleider etwas erkennen. »Interessant. So etwas habe ich noch nie gesehen.« Er nahm noch einen Schluck und richtete sich wieder auf.

Vielleicht lag es am Rum und ihren heißen, verschwitzten

Gedanken; vielleicht lag es am Valentinstag und daran, dass sie einsam und noch nicht bereit für Hushpuppies war. Vielleicht wollte sie nur ein einziges Mal spontan sein – oder es war eine Mischung aus allem.

»Wollen Sie es sehen?«, entschlüpfte es ihr. In der Sekunde, als die Worte über ihre Lippen kamen, schien ihr Herzschlag auszusetzen. Oh Gott!

Er ließ die Flasche sinken. »Soll das eine Einladung sein?«, fragte er.

Sollte es das? Ja. Nein. Möglicherweise. Konnte sie das wirklich tun? *Analysier es nicht wieder zu Tode. Denk nicht zu lange darüber nach*, ermahnte sie sich. *Du wirst diesen Kerl nie wieder sehen. Tu es einfach. Nur ein einziges Mal in deinem Leben.* Sie kannte nicht einmal seinen Namen, aber schätzungsweise spielte das ohnehin keine Rolle. »Interesse?«

»Reden Sie von Sex?«, fragte er langsam, als wolle er sichergehen, dass er sie richtig verstanden hatte.

Sie sah in seine Augen, die er auf sie gerichtet hatte, und bemühte sich, gegen den Kloß anzuschlucken, der sich auf einmal in ihrem Hals gebildet hatte. Konnte sie ihn benutzen? Konnte sie sich nach allen Regeln der Kunst mit ihm vergnügen und ihn vor die Tür setzen, wenn sie fertig mit ihm war? War sie ein Mensch, der so etwas fertigbrachte? »Ja.«

Da war es wieder, dieses heiße, sinnliche Verlangen, das in seinem Inneren loderte und brannte. Doch in Bruchteilen von Sekunden versteinerten sich seine Züge, und sein Blick wurde eisig. »Ich fürchte, das geht nicht«, sagte er, als hätte sie ihm etwas angeboten, das schlimmer war als der Tod. Er stellte seine Flasche auf den Tresen und stand auf.

Kate brachte ein verblüfftes »Oh« zustande, ehe ihre Wangen zu glühen und ihre Ohren zu klingeln begannen. Sie hob eine Hand und berührte ihr Gesicht, das sich mit einem Mal ganz taub anfühlte. Sie konnte nur hoffen, dass sie jetzt nicht ohnmächtig wurde.

»Nehmen Sie's nicht persönlich, aber ich gehe nicht mit Frauen ins Bett, die ich in Bars kennen lerne.« Und damit verließ er die Bar, so schnell ihn seine Füße trugen.

ZWEI

Seit ihrem dreizehnten Lebensjahr war Kate nur noch in unregelmäßigen Abständen zu Gast in Gospel, Idaho, gewesen. Als Kind war sie noch begeistert durch die verwilderte Gegend gestreift und im Fish Hook Lake schwimmen gegangen. Und sie hatte sehr gern im M & S Market, dem kleinen Lebensmittelgeschäft ihrer Großeltern, ausgeholfen. Aber als Teenager war es nicht mehr cool gewesen, Zeit bei den Großeltern zu verbringen, so dass sie nur noch sporadisch hingefahren war.

Ihr letzter Besuch in Gospel war anlässlich des Begräbnisses ihrer Großmutter gewesen, eine, wenn sie heute daran zurückdachte, kurze, schmerzliche, verschwommene Erinnerung.

Dieser Aufenthalt sollte nicht ganz so schmerzlich sein, doch als sie vor ihrem Großvater stand, war ihr klar, dass er alles andere als kurz werden würde.

Stanley Caldwell besaß einen Gemischtwarenladen, in dem es alles gab, was man zum Leben brauchte. Er schlachtete selbst und kaufte frische Waren ein, trotzdem aß er jeden Abend ein Fertiggericht. *Swanson Hungry Man*. Jeden Abend.

Er hielt das Haus in Ordnung, aber selbst zwei Jahre nach Großmutters Tod standen noch überall Tom-Jones-Andenken herum, was Kate ziemlich seltsam fand, denn schließlich war *sie* die Jones-Fanatikerin gewesen und nicht er. Ehrlich gesagt hatte er sogar keine Gelegenheit ausgelassen zu betonen, dass er ihre Leidenschaft zwar duldete, aber keineswegs teilte. Ebenso wenig hatte sie seine Liebe für die Jagd geteilt.

Melba Caldwells Begeisterung für Tom Jones war sogar noch größer gewesen als Stanleys für die Jagd. Wie ein Pilger auf der Reise zu den heiligen Stätten hatte Kates Großvater ihre Großmutter jeden Sommer nach Las Vegas ins MGM Grand Hotel gefahren, wo sie mit den anderen Anhängerinnen ihrem Idol bei einer seiner Shows huldigen konnte. Und jedes Jahr hatte Melba ein zusätzliches Paar Unterhosen in ihrer Handtasche gehabt.

Vor vielen Jahren hatte Kate ihre Großmutter einmal zu einem von Toms Konzerten begleitet, und dieses eine Mal hatte ihr gereicht. Sie war achtzehn gewesen, und der Anblick ihrer Großmutter, die ein rotes Seidenhöschen aus der Tasche zog und auf die Bühne schleuderte, hatte Kate eine Heidenangst eingejagt. Das Höschen war wie ein Herbstdrachen auf die Bühne gesegelt und an Tom Jones' Mikrofonständer hängengeblieben. Selbst heute noch, nach all diesen Jahren, wurde ihr ganz flau bei der Erinnerung daran, wie er sich mit dem Höschen ihrer Großmutter den Schweiß von der Stirn gewischt hatte.

Kates Großmutter war inzwischen zwei Jahre tot, aber noch immer war nichts von ihren Sachen eingepackt und irgendwo verstaut worden. Überall stand irgendwelcher Tom-Jones-Krimskrams herum. Es war fast, als erhalte ihr Großvater die Erinnerung an seine Frau durch *Sexbomb*-Aschenbecher, *Delilah*-Gläser und *Pussycat*-Wackelfiguren aufrecht. Als bestünde die Gefahr, die Verbindung zu ihr löse sich endgültig, wenn er sich von diesen Sachen trennte.

Er weigerte sich, jemanden einzustellen, der ihm tagsüber im Laden half, obwohl er es sich zweifellos leisten könnte. Die Aberdeen-Zwillinge und Jenny Plummer übernahmen abwechselnd die Spätschicht. Sonntags blieb der Laden geschlossen, und der einzige Unterschied zu früher bestand darin, dass ihm mittlerweile Kate anstelle von Melba zur Hand ging.

Er war so altmodisch, dass er die Bücher immer noch von Hand führte und alle Ausgaben und Einnahmen in einem großen Kassenbuch festhielt. Mithilfe von Büchern in verschiedenen Farben behielt er seit den Sechzigerjahren die Kontrolle über sein Inventar und seine Verkäufe. Er wehrte sich mit Händen und Füßen dagegen, den Schritt ins 21. Jahrhundert zu tun, und besaß folglich auch keinen Computer. Das einzig moderne Bürohilfsmittel war eine Rechenmaschine.

Wenn er so weitermachte, würde er sich mit all der Arbeit noch ins Grab bringen, und Kate fragte sich, ob er insgeheim genau das vorhatte. Sie war nach Gospel gekommen, um sich eine Verschnaufpause zu gönnen und ihrem gewohnten Leben eine Zeit lang den Rücken zu kehren. Ein Blick in das traurige Gesicht ihres Großvaters und auf seine noch traurigere Existenz hatte genügt, um zu wissen, dass sie ihn unmöglich allein lassen konnte, ehe er nicht sein Leben wieder genoss, statt nur die tägliche Routine abzuspulen.

Inzwischen waren zwei Wochen seit ihrer Ankunft in Gospel vergangen, doch bereits nach zwei Tagen war ihr klar gewesen, dass sich seit ihrer Kinderzeit kaum etwas verändert hatte. Die Stadt hatte eine Eintönigkeit an sich, eine Vorhersehbarkeit, die Kate zu ihrer eigenen Überraschung sogar als angenehm empfand. Die Tatsache, dass man seine Nachbarn kannte, hatte etwas überaus Beruhigendes an sich. Und obwohl diese Nachbarn bis an die Zähne bewaffnet waren, lag etwas Tröstliches in der Gewissheit, dass sie wohl kaum durchdrehen und ein Blutbad anrichten würden.

Zumindest nicht vor dem Frühling. Wie die Schwarzbären, die die Wildnis durchstreiften, lag die kleine Stadt während der Wintermonate in tiefem Schlaf. Sobald die normale Jagdsaison im Spätherbst endete, gab es nicht viel zu tun, bis der Schnee schmolz.

Soweit Kate wusste, verband die Bewohner eine Hassliebe mit den Touristen. Sie hegten ein tiefes Misstrauen gegenüber jedem, der ohne das »Famous Potatoes«-Nummernschild auf der Stoßstange auftauchte, das ihn als Bewohner von Idaho qualifizierte. Ihre Aversion gegen Kalifornien war nicht zu leugnen, außerdem sahen sie auf jeden herab, der nicht in der Gegend geboren und aufgewachsen war.

Nach all den Jahren gab es immer noch nur zwei Restaurants in Gospel, und die Spezialität im Crazy Corner Café war nach wie vor Hühnchen gebraten oder Hühnchen frittiert. Außerdem gab es zwei Lebensmittelläden, von denen M & S mit seiner Einzelkasse der kleinere war. Vor der Stadt befanden sich zwei Kirchen in ein und derselben Straße, eine überkonfessionelle und eine mormonische. Außerdem gab es fünf Bars und vier Geschäfte für Waffen und Anglerbedarf.

Der einzige neue Laden in der Stadt war ein Sportgeschäft in einem Gebäude gegenüber dem M & S, in dem früher einmal die Apotheke untergebracht gewesen war. Das alte Blockhaus war renoviert worden, und über dem großen Buntglasfisch im Schaufenster prangte in großen Goldbuchstaben SUTTER SPORTS. Das Haus hatte ein grünes Zinkdach und Markisen, und an den mit Messingbeschlägen versehenen Glasflügeltüren hing ein Schild mit der Aufschrift »Bis April geschlossen«.

Laut Stanley gab es bei Sutter keine Waffen zu kaufen. Niemand wusste, warum das so war. Schließlich war man hier in Gospel, der Hauptstadt der Waffennarren; einem Ort, wo die Teenager ihren Waffenschein noch vor dem Führerschein in Händen hielten; einem Ort, wo an sämtlichen Pick-ups Gewehrhalterungen angebracht waren und Aufkleber mit dem Spruch WENN SIE MEINE WAFFE WOLLEN, MÜSSEN SIE WARTEN, BIS ICH TOT BIN UND MEINE FINGER STARR SIND auf den Stoßstangen prangten. Hier schliefen die Menschen mit der Waffe hinter dem Kopfteil ihres Bettes oder in der Wäscheschublade. Dennoch waren sie stolz darauf, dass seit der Jahrhundertwende, als sich zwei der Hansen-Brüder wegen einer Hure namens Frenchy eine Schießerei geliefert hatten, kein Bürger mehr durch eine Schusswaffe umgekommen war.

Na schön, bis auf diesen einen Vorfall 1995, als der frühere Sheriff sich das Leben genommen hatte, aber natürlich zählte das nicht, denn Selbstmord war schließlich kein Verstoß gegen das Gesetz. Außerdem redete keiner hier gern über dieses spezielle Kapitel in der Geschichte der Stadt.

Von innen sah der M & S Market im Großen und Ganzen noch genauso aus wie in Kates Kindertagen. Das Geweih des Zwölfenders, den ihr Großvater 1979 erlegt hatte, hing noch immer über der alten, ramponierten Registrierkasse, und neben dem Kaffeeautomaten traf man sich und unterhielt sich über alles Mögliche – vom geheimnisvollen Besitzer von Sutter Sports bis zu Iona Osborns Hüftgelenksoperation.

»Man kann nicht so viel auf die Waage bringen und *keine* Probleme mit der Hüfte haben«, erklärte Ada Dover, als Kate zuerst die Preise ihrer Lebensmittel in die Kasse eintippte und dann mit der Handkante auf »Addieren« drückte.

»Hmm«, meinte sie und gab eine Dose Pfirsiche in eine Plastiktüte. Selbst die Geräuschkulisse im Laden war praktisch dieselbe. Aus dem Hinterzimmer drang das Jaulen des elektrischen Tranchiermessers, und aus den Lautsprechern über ihr schwärmte Tom Jones vom grünen Gras der Heimat. Melbas Gegenwart war noch immer überall im Laden zu spüren – von dieser grässlichen Musik bis zu dem Samtbehang mit Toms Gesicht, der im Hinterzimmer hing. Das Einzige, was sich seit Melba Caldwells Tod im Laden verändert hatte, war der stete Strom der Witwen, die sich an Stanley heranmachten.

»Iona hätte sich schon vor Jahren bei den Weight Watchers anmelden sollen. Warst du auch schon mal dort?«

Kate schüttelte den Kopf, so dass ihr Pferdeschwanz ihre Schultern streifte. Vergangene Woche hatte sie Tom Jones durch Matchbox Twenty ersetzt, aber auf der Hälfte der zweiten Strophe von »Disease« hatte ihr Großvater die CD herausgenommen und wieder Tom eingelegt. Als Ada weiterblubberte und Tom säuselte, spürte Kate, wie sie leichte Kopfschmerzen bekam.

»So bleibt meine Figur in Form. Und Fergies auch. Da ich mit Iona befreundet bin, habe ich versucht, sie dazu zu bewegen, wenigstens ein paarmal zu den Treffen im Gemeindezentrum zu kommen.« Ada schüttelte den Kopf und kniff die Augen zusammen. »Sie hat mir versprochen, sie tut es, aber das hat sie nicht. Wenn sie auf mich gehört hätte, wären die Pfunde zack-zack weg gewesen, und sie hätte sich nie ein neues Hüftgelenk einsetzen lassen müssen.«

Zack-zack? »Es könnte doch sein, dass Ionas Stoffwechsel etwas langsam arbeitet«, gab Kate zu bedenken. Ihr Großvater meinte, Ada Dover komme jeden Tag um die Mittagszeit vorbei, sorgfältig frisiert und zurechtgemacht und in eine Parfumwolke gehüllt. Es bestand kein Zweifel daran, dass sie vorhatte, Stanley zu ihrem Ehemann Nummer drei zu machen.

»Sie sollte sich in diesem Sportgeschäft da drüben eines dieser Mountainbikes zulegen.«

Nun, da Kate hier war, fand Stanley immer irgendetwas, das er dringend im Hinterzimmer erledigen musste, um Ada und den restlichen Witwen aus dem Weg zu gehen, die ihn im Visier hatten. Außerdem ließ er sie die Lebensmittel ausliefern, wovon Kate alles andere als begeistert war. Sie ließ sich nicht gern über ihren Großvater ausfragen und hatte Besseres zu tun, als sich Myrtle Lakes Geschwafel über lästige Krankheiten wie

Fersendorne anzuhören. »Vielleicht sollte Iona es erst mal mit Spazierengehen probieren«, schlug sie vor, griff nach einer Schachtel Weizenkekse und gab sie in die Tüte.

»Tja, selbst wenn Iona eines dieser Fahrräder kaufen wollte, könnte sie es nicht. Denn der Besitzer dieses Ladens ist wahrscheinlich irgendwo in der Karibik und aalt sich in der Sonne. Seine Mutter arbeitet als Schwester im Krankenhaus. Sie stammt nicht von hier, sondern aus Minnesota oder so was. Aber die ist ja verschlossen wie eine Tupperware-Schüssel.« Ada kramte in ihrer riesigen Handtasche und zog ihre Brieftasche heraus. »Ich habe keine Ahnung, wieso er diesen Laden überhaupt in Gospel aufmachen musste. Wahrscheinlich würde er in Sun Valley viel mehr von diesen Fahrrädern und seinem anderen Zeug verkaufen. Außerdem gibt es bei ihm nicht mal Waffen. Ich weiß nicht wieso, aber so sind die nun mal in Minnesota. Liberal und eigensinnig.«

Kate fragte sich, was die Tatsache, dass jemand aus Minnesota stammte, damit zu tun hatte, dass er keine Waffen verkaufte oder eigensinnig war, doch in diesem Augenblick überlief sie ein so heftiger Schauder, dass sie das nicht vertiefte. *Sun Valley*. Der Ort der übelsten Demütigung ihres bisherigen Lebens. Der Ort, wo sie sich betrunken und einem Mann ein unmoralisches Angebot gemacht hatte. Als es ihr endlich einmal gelungen war, ihre Hemmungen über Bord zu werfen und einfach loszulegen, war sie von einem Mann abserviert worden, ehe er die Flucht vor ihr ergriffen hatte.

»Er sieht verflixt gut aus, aber er steigt nun mal zu keiner ins Bett. Jeder weiß, dass Dixie Howe alles versucht hat, um ihn rumzukriegen, aber er hat einfach nicht angebissen. Woraus ich ihm natürlich keinen Vorwurf machen kann. Dixie hat ein echtes Händchen fürs Haarefärben, aber sie ist eben ein bisschen zu oft flachgelegt und dann abserviert worden.«

»Vielleicht steht er ja nicht auf Frauen«, wandte Kate ein und drückte die »Summe«-Taste. Der Kerl in Sun Valley hatte jedenfalls keine Frauen gemocht. Das war zumindest Kates Erklärung für den Vorfall.

Ada sog geräuschvoll die Luft ein. »Homosexuell?«

Nein. So gern Kate geglaubt hätte, dass der Kerl schwul war und sie deshalb zurückgewiesen hatte, konnte sie es sich beim besten Willen nicht vorstellen. Sie besaß ein zu ausgeprägtes Gespür für Menschen, um die Anzeichen zu übersehen. Nein, er gehörte einfach zu den Männern, die Frauen gern erniedrigten und wollten, dass sie sich mies fühlten. Entweder das, oder er litt unter Erektionsstörungen. Kate lächelte. Vielleicht auch beides.

Ada schwieg einen Augenblick, ehe sie fortfuhr. »Rock Hudson war doch schwul, und dieser Rupert Everett auch. Reginas Sohn Tiffer ist schwul, aber er sieht nicht gut aus. Er war bei einer dieser Miss-Wahlen für Schwule unten in Boise. Dort hat er ›Don't Rain on My Parade‹ gesungen, aber natürlich hat er nicht gewonnen. Selbst Drag Queens haben ihre Mindestanforderungen.« Sie nahm einen Stift heraus und machte sich daran, einen Scheck auszustellen. »Regina hat mir das Foto gezeigt. Ich schwöre, mit der Perücke auf dem Kopf und dem Rouge im Gesicht sieht Tiffer aus wie seine Mutter. Und Regina ähnelt eher Charles Nelson Riley als Barbara Streisand. Trotzdem wäre es eine echte Verschwendung und eine Schande, wenn dieser Sutter-Bursche schwul wäre. Andererseits würde es erklären, warum er nie mit jemandem ausgeht und noch ledig ist.« Ada riss den Scheck aus dem Heft und reichte ihn Kate. »Und Myrtle Lakes Enkelin, Rose, ist auch hinter ihm her. Rose ist ein hübsches, junges Ding, aber auch bei ihr hat er nicht angebissen.«

Kate fragte sich, woher Ada so viel über den Besitzer des

Sportgeschäfts wissen konnte. Natürlich hätte sie sich diese Informationen ohne weiteres selbst beschaffen können, aber sie war schließlich offiziell anerkannte Privatdetektivin und besaß so etwas wie Berufsethos. Wohingegen Ada das Sandman Motel betrieb und allem Anschein nach ziemlich neugierig war.

Nachdem Ada verschwunden war, schloss Kate die Kasse und ging nach hinten. Im Hinterzimmer roch es nach frisch geschlachtetem Fleisch und nach dem Desinfektionsmittel, das ihr Großvater zum Reinigen seiner Gerätschaften und der Schneidebretter verwendete. Im hinteren Teil des Raums befand sich die kleine Backstube, wo ihre Großmutter Kuchen, Kekse und Brot gebacken hatte. Die Utensilien waren abgedeckt. In den vergangenen beiden Jahren hatte sie niemand mehr benutzt.

Stanley saß an einem langen Tisch, wo er sechs T-Bone-Steaks in blaue Styroporbehälter gelegt und mit Plastikfolie verpackt hatte. An der Wand hinter ihm hingen noch immer dieselben Karten über die fachgerechte Zerteilung von Schlachtfleisch. Abgesehen von den verwaisten Backutensilien sah es aus, als hätte sich seit Jahrzehnten hier nichts verändert, doch das stimmte nicht. Ihr Großvater war älter geworden und ermüdete schneller. Ihre Großmutter war tot, und Kate hatte keine Ahnung, weshalb er den Laden nicht einfach verkaufte oder jemanden engagierte, der ihn in seinem Auftrag führte.

»Ada ist weg«, meinte Kate. »Du kannst rauskommen.«

Stanley Caldwell sah auf, und Kate bemerkte den Kummer in seinen braunen Augen, der die Traurigkeit in seinem Herzen widerspiegelte. »Ich habe mich nicht versteckt, Katie.«

Sie kreuzte die Arme vor der Brust und lehnte sich gegen einige Kartons, die in den Lagerraum gebracht werden sollten. Er war der einzige Mensch, der sie Katie nannte, als wäre sie immer noch ein kleines Mädchen. Sie sah ihn an, bis sich sein

Mund unter dem dichten grauen Schnurrbart zu einem Lächeln verzog.

»Na ja, vielleicht doch«, gab er zu und stand auf. Sein rundes Bäuchlein zeichnete sich unter der blutverschmierten Schürze ab. »Aber diese Frau redet so viel, dass mir der Kopf schwirrt.« Er löste seine Schürze und warf sie auf die Arbeitsplatte. »Ich kann einfach keine Frau um mich haben, die ständig redet. Das ist etwas, das ich an deiner Großmutter so mochte. Sie hat nicht nur geredet, um ihre eigene Stimme zu hören.«

Was nicht ganz der Wahrheit entsprach. Melba hatte den Klatsch ebenso geliebt wie alle anderen hier. Und Kate hatte keine zwei Wochen gebraucht, um herauszufinden, dass der Klatsch hier die fünfte Säule der täglichen Nahrung darstellte – Fleisch, Gemüse, Brot und Milchprodukte, serviert mit einer gesunden Portion »Hast du schon gehört, dass Vondas Jüngster beim Rauchen hinter der Schule erwischt worden ist?«.

»Was ist mit dieser Frau, die für den Sheriff arbeitet? Sie scheint nett zu sein und redet nicht so viel wie Ada.«

»Das ist Hazel.« Stanley nahm die verpackten Steaks und trug sie, dicht gefolgt von Kate, zur Auslage. Der abgenutzte Holzboden knarzte noch an genau denselben Stellen wie in ihrer Kindheit. Noch immer hing das »Danke für Ihren Einkauf«-Schild über der Tür, und die Schokoriegel und Kaugummis lagen gleich im ersten Regalgang. Nur dass der Ein-Penny-Riegel von damals heute zehn Cents kostete, die Schritte des Ladenbesitzers langsamer geworden, seine Haltung gebeugter und seine Finger gekrümmter waren.

»Hazel ist ein nettes Mädchen«, meinte ihr Großvater und blieb vor der offenen Kühltheke stehen. »Aber sie ist eben nicht deine Großmutter.«

Die Fleischtheke war in vier Fächer auf drei Ebenen aufgeteilt – jeweils eines für Huhn, Rind, Schwein und eines für bereits verpacktes Fleisch.

»Hast du eigentlich schon mal darüber nachgedacht, in den Ruhestand zu gehen, Großvater?«, fragte Kate, während sie einige Pakete mit Grillwürstchen gerade rückte. Dieses Thema ging ihr seit einiger Zeit im Kopf herum, und sie hatte auf den richtigen Augenblick gewartet, um es anzuschneiden. »Du solltest dich amüsieren und es langsam angehen lassen, statt Fleisch zu schneiden, bis du Blasen an den Fingern bekommst.«

Er zuckte mit den Achseln »Deine Großmutter und ich haben oft über unseren Ruhestand geredet. Wir wollten eines dieser Wohnmobile kaufen und durchs Land reisen. Deine Mutter liegt mir auch ständig damit in den Ohren, aber ich kann einfach noch nicht.«

»Du könntest ausschlafen und müsstest dir keine Gedanken mehr machen, ob Mrs. Hansens Lammfleischwürfel genau zwei Zentimeter dick sind oder ob dir der Salat ausgeht.«

»Ich schneide den Leuten das Fleisch aber gern genauso, wie sie es haben wollen, und wenn ich nicht mal einen Ort hätte, wo ich morgens hingehen kann, würde ich vielleicht bald nicht einmal mehr aufstehen.«

Kate verspürte einen Anflug von Traurigkeit. Sie kehrten ins Hinterzimmer zurück, wo ihr Großvater ihr zeigte, wie man eine neue Rolle Preisschilder in die Auszeichnungsmaschine gab. Alles, was im Laden stand, wurde mit einem Preisschild versehen, selbst wenn es bereits vom Hersteller ausgezeichnet war. Sie hatte ihren Großvater auf diesen unnötigen Aufwand hingewiesen, doch er war zu sehr mit seinen Gewohnheiten verwachsen, um noch etwas zu verändern. Seine Träume für die Zukunft waren gemeinsam mit ihrer Großmutter gestorben, und er hatte seitdem keinen Ersatz für sie gefunden.

Die Glocke über der Tür ertönte. »Diesmal gehst du«, sagte

Kate und lächelte. »Wahrscheinlich ist es wieder eine deiner Damen, die mit dir flirten will.«

»Ich will aber mit keiner Frau flirten«, grummelte Stanley und ging hinaus.

Ob ihm die allgemeine Aufmerksamkeit nun recht war oder nicht, Stanley war der begehrteste Junggeselle der älteren Damen in Gospel. Vielleicht war es an der Zeit, endlich aufzuhören, sich vor dem Leben zu verkriechen. Und vielleicht konnte sie ihm helfen, einige seiner alten Träume loszulassen und neue zu erschaffen.

Kate öffnete mit dem Taschenmesser einen Karton mit roten Rüben und griff nach dem Auszeichnungsgerät. Sie war nie eine Träumerin gewesen, sondern eher jemand, der die Dinge in die Hand nahm. Statt nebulöser Träume hatte sie voll ausgereifte Fantasien. Aber erst kürzlich hatte sie gelernt, dass es vielleicht klüger war, diese Fantasien für sich zu behalten, so dass sie nicht durch eine Zurückweisung jäh zerstört werden konnten.

Wahrscheinlich war sie die einzige Frau in der Geschichte der Menschheit, die sich in einer Bar eine Abfuhr eingehandelt hatte, und in den letzten beiden Wochen war es ihr nicht gelungen, sich einen würdigen Ersatz für ihre Fantasie einfallen zu lassen. Keine üblen Burschen auf Motorrädern mehr, die sie auf den Sattel der Maschine fesselten. Nein, es gab überhaupt keine Fantasien mit irgendwelchen Männern mehr. Dieser Mistkerl in Sun Valley hatte sie nicht nur bis auf die Knochen blamiert, sondern sie auch noch ihrer Fähigkeit beraubt, Fantasien zu entwickeln.

Sie klebte probeweise ein Preisschild auf die Seitenwand des Kartons, ehe sie sich an die erste Dosenreihe machte. Aus den Lautsprechern neben den begehbaren Kühlschränken krächzte Tom Jones eine lausige Neuauflage von »Honky Tonk Woman«, die Kate in mehrerlei Hinsicht als höchst unangenehm empfand – unter anderem deshalb, weil ein Song über eine »honky tonk woman«, also eine Frau in einer schummrigen Bar, die einen Mann »for a ride« mit auf ihr Zimmer nahm, im Moment alles andere als ihr Lieblingsthema war.

»Katie, komm mal her«, rief ihr Großvater.

Seit der zwölften Klasse, als ihre Jugendliebe mit einem anderen Mädchen zum Abschlussball gegangen war, hatte ihr Selbstwertgefühl keinen derartigen Schlag mehr versetzt bekommen, dachte Kate, während sie die letzte Dosenreihe mit Preisschildern versah. Natürlich hatte sie diesen Vorfall längst verwunden, und irgendwann käme sie auch über die Niederlage in Sun Valley hinweg. Doch im Moment bestand ihr einziger Trost darin, dass sie diesem Kerl aus der Duchin Lounge nie wieder über den Weg laufen würde.

Sie durchquerte das Hinterzimmer und ging auf ihren Großvater zu, der mit dem Rücken zu Kate am Ende einer Regalreihe stand und sich mit einem Mann unterhielt. Der Mann trug einen blauen Skianorak mit schwarzen Applikationen auf den Ärmeln und hielt eine Flasche Milch in der einen und eine Schachtel Müsliriegel in der anderen Hand. Zerzaustes braunes Haar hing über den Kragen seines Anoraks. Der Mann überragte ihren Großvater, der es immerhin auf einen Meter fünfundachtzig brachte, noch um ein gutes Stück. Er legte den Kopf in den Nacken und lachte über etwas, was ihr Großvater gerade gesagt hatte. Doch dann drehte er sich um, und sein Lachen erstarb. Über die allzu kurze Entfernung hinweg begegnete ihr Blick seinen tiefgrünen Augen, die im Tageslicht noch strahlender waren als in der Bar. Er zog die Brauen zusammen, und seine Lippen unter dem bleistiftdünnen Bart teilten sich.

Kates Schritte wurden langsamer, ehe sie schließlich stehen blieb. Alles um sie herum schien zu erstarren. Alles außer ihrem Blut, das aus ihrem Kopf schoss und in ihren Ohren rauschte. Ihre Brust fühlte sich mit einem Mal ganz eng an, und wie bei ihrer ersten Begegnung fragte sie sich, ob sie diesen Mann mithilfe ihrer Fantasien heraufbeschworen hatte. Nur dass sie diesmal kein warmes Prickeln in ihrem Inneren verspürte. Kein Bedürfnis, sich mit den Fingern durchs Haar zu fahren, sondern nur die vage Ahnung, im nächsten Moment in Ohnmacht zu fallen.

Und genau das wollte sie in diesem Augenblick – ohnmächtig werden und an einem anderen Ort wieder zu sich kommen, doch leider war ihr dieses Glück nicht beschieden. Und während sie wie angewurzelt dastand und sich wünschte, das Bewusstsein zu verlieren, hatte sie keinen Zweifel daran, dass er sich an jede Sekunde des Abends erinnern konnte, als sie sich ihm an den Hals geworfen hatte. An jenen Abend, als er den Anschein erweckt hatte, als wäre ihm nie etwas leichter gefallen, als sie zurückzuweisen.

»Das ist Rob Sutter. Ihm gehört das Sportgeschäft, wo früher die alte Apotheke war. Rob, das ist meine einzige Enkelin Katie Hamilton. Ich glaube nicht, dass ihr beide euch schon begegnet seid.« Das waren die Worte ihres Großvaters, doch über das Rauschen in ihren Ohren und Tom Jones' »Honky Tonk Woman« hörte sie etwas ganz anderes. *Nehmen Sie's nicht persönlich, aber ich gehe nicht mit Frauen ins Bett, die ich in Bars kennen lerne.* Diese Worte bohrten sich wie glühend heiße Nadeln in ihr Bewusstsein. Die Stille zwischen ihnen schien sich endlos in die Länge zu ziehen, während sie darauf wartete, dass er ihrem Großvater erklärte, sie wären einander durchaus schon einmal begegnet. Dass er ihm erklärte, seine Enkelin hätte sich wie eine betrunkene Schlampe aufgeführt. In diesem Augenblick entglitt ihr die Auszeichnungspistole und fiel polternd zu Boden.

Rob warf Stanley einen Blick über die Schulter zu. »Nein. Wir haben uns noch nicht kennen gelernt«, erklärte er. Als er seine Aufmerksamkeit wieder Kate zuwandte, war seine anfängliche Verblüffung einem Lächeln gewichen. »Freut mich, Sie kennen zu lernen, Katie.«

»Kate«, brachte sie mühsam hervor. »Nur mein Großvater nennt mich Katie.«

Er trat vor und bückte sich, um die Auszeichnungspistole aufzuheben. Die Deckenbeleuchtung fiel auf sein braunes Haar und fing sich in den goldenen Strähnen. Das Rascheln seines Anorakärmels erfüllte die Stille zwischen ihnen. »Wie lange sind Sie schon hier?«, fragte er mit derselben tiefen, samtigen Stimme, die sie bereits kannte, nur dass sie sie diesmal nicht wie heißer Rumpunsch durchströmte.

Er wusste ganz genau, seit wann sie hier war. Was sollte das? »Seit ein paar Wochen.«

»Dann haben wir uns wohl gerade verpasst. Ich war in den letzten Wochen mit ein paar Freunden beim Skifahren.«

Natürlich wusste sie das. Und er wusste, dass sie es wusste. Aber wenn er so tun wollte, als wären sie einander noch nie im Leben begegnet, hatte sie absolut nichts dagegen einzuwenden. Ihr Blick fiel auf seine Hand, als er ihr die Auszeichnungsmaschine entgegenstreckte. Der Markenname seines Anoraks, *Arc'terys*, stand in Weiß auf dem Klettverschluss am Ärmel.

»Danke«, sagte sie und nahm die Auszeichnungspistole entgegen. Dabei berührten sich versehentlich ihre Fingerspitzen, und sie trat einen Schritt zurück, während sie den Arm sinken ließ. Ihr Blick wanderte am Reißverschluss auf der Vorderseite seines Anoraks nach oben.

»Was für eine Überraschung, in den Laden zu kommen und noch jemanden außer Stanley hier arbeiten zu sehen«, erklärte er.

Verblüfft sah sie in seine grünen Augen. Nichts. Keine versteckte Ironie, kein Zeichen des Erkennens. Im ersten Augenblick hatte er überrascht gewirkt, aber jetzt nicht mehr, und sie hatte keine Ahnung, ob er nur so tat oder nicht. War es möglich, dass er sie nicht wiedererkannte? Nein, das wäre reines Wunschdenken. So großes Glück hatte sie normalerweise nie.

»Es wurde wirklich langsam Zeit, dass er Hilfe bekommt.«

»Ah, ja«, murmelte sie gedankenverloren. Sie war betrunken gewesen. Und er wahrscheinlich ebenso. Vielleicht war die Verblüffung, die sie gerade noch auf seinem Gesicht bemerkt hatte, nur die Überraschung gewesen, jemanden außer ihrem Großvater im Laden anzutreffen. Denn für alle anderen im Ort war ihr plötzliches Auftauchen weiß Gott ein Schock gewesen.

»Sie ist hergekommen, um mir ein wenig im Laden zu helfen.« Stanley trat neben sie und tätschelte ihre Schulter. »Sie ist so ein braves Mädchen.«

Rob Sutter musterte ihren Großvater, dann kehrte sein Blick wieder zu ihr zurück. Kate wartete, dass er in Gelächter ausbrach oder wenigstens das Gesicht zu einem Lächeln verzog. Doch er tat es nicht. Sie entspannte sich ein klein wenig. Vielleicht war dieser Rob ja ein gewohnheitsmäßiger Trinker. Konnte sie ein solches Glück haben? Manche Männer schlugen ihre Frauen, zertrümmerten die Wohnungseinrichtung und wenn sie im Gefängnis zu sich kamen, hatten sie keine Ahnung, weshalb sie hinter Schloss und Riegel saßen. Sie saßen da, den Kopf in den Händen vergraben, und konnten sich an nichts erinnern. Als Mensch, der sich grundsätzlich an alles erinnern konnte, hatte Kate nie so recht an diesen durch Alkohol ausgelösten Gedächtnisschwund geglaubt, aber vielleicht irrte sie sich. Möglicherweise litt der Besitzer des Sportgeschäfts ja genau daran.

Vielleicht sollte sie ein wenig verletzt sein, dass er sie so schnell vergessen hatte, doch in diesem Moment spürte sie nichts als einen winzigen Hoffnungsschimmer, dass sie noch einmal Glück gehabt hatte und er ein haltloser Trinker war, der sich an nichts erinnern konnte.

Braves Mädchen, heiliger Strohsack. Rob Sutter zog mit der freien Hand den Reißverschluss seines Anoraks nach unten und verlagerte sein Gewicht auf das rechte Bein. Brave Mädchen ließen sich nicht volllaufen und gabelten wildfremde Männer in Bars auf.

»Wie lange werden Sie in Gospel bleiben?«, erkundigte er sich. Bei ihrer letzten Begegnung hatte sie ihr Haar offen getragen, so dass es glatt und glänzend wie flüssige Flammen über ihre Schultern gefallen war. Ihm gefiel es offen besser.

Allmählich bekamen ihre bleichen Wangen wieder ein wenig Farbe, und sie legte den Kopf schief. Es war, als könnte er ihre Gedanken lesen, und im Moment fragte sie sich, ob er sie wiedererkannte. »Solange, wie mich mein Großvater braucht«, antwortete sie und wandte sich Stanley zu. »Ich gehe wieder nach hinten und zeichne die restlichen Dosen aus. Wenn du noch was brauchst, ruf mich einfach.«

Als könnte Rob jemals ihr Angebot vergessen, ihm ihren nackten Hintern zu zeigen! Als sie davonging, wanderte sein Blick über den Pferdeschwanz zwischen ihren Schultern und das eng anliegende schwarze Shirt bis hinunter zu ihren schwarzen Hosen. Nein, er hatte sie nicht vergessen. Er hatte ihr vom weichen Licht der Duchin Lounge erhelltes Gesicht noch vor sich gesehen, nachdem er die Bar längst verlassen hatte. In dieser Nacht hatte er von weichem, rotem Haar und Augen in der reichen Farbe der Erde geträumt. Von langen Beinen und Armen, die sich um seinen Körper schlangen, von Sex so intensiv und real, dass er um ein Haar im Schlaf zum Höhepunkt gekommen wäre. Das war ihm schon lange nicht mehr passiert. So etwas vergaß ein Mann nicht so schnell. Zumindest nicht sofort.

»Ich brauche ihre Hilfe eigentlich nicht«, erklärte Stanley, »aber es ist trotzdem nett, sie um mich zu haben.«

Rob richtete den Blick wieder auf den Ladenbesitzer. Er war sich nicht sicher, glaubte jedoch ein Leuchten in den Augen des alten Mannes zu erkennen, als er von seiner Enkeltochter sprach. Ein Leuchten, das ihm bisher noch nie an ihm aufgefallen war. Er mochte Stanley Caldwell und respektierte ihn.

»Wohnt sie bei dir?«

»Ja. Sie verwöhnt mich nach Strich und Faden, aber ich versuche, mich nicht allzu sehr daran zu gewöhnen. Sie kann nicht für immer bei mir bleiben, sondern muss irgendwann wieder ihr eigenes Leben führen.«

Rob nahm einen Apfel und ging zum Tresen. »Wo wohnt sie normalerweise?«, erkundigte er sich. Er lebte lange genug in Gospel, um zu wissen, dass nicht viel notwendig war, um die Lebensgeschichte eines anderen Menschen erzählt zu bekommen, ob man sie nun hören wollte oder nicht. Und in diesem bestimmten Fall konnte er eine gewisse Neugier nicht leugnen.

»Katie kommt aus Las Vegas«, antwortete Stanley, trat hinter die Kasse und tippte den Preis für die Milch, die Riegel und den Apfel ein.

Als Rob seine Geldbörse aus der Gesäßtasche zog, fragte er sich, ob Kate wohl als Tänzerin in einem dieser Casinos arbeitete. Groß genug war sie jedenfalls. Und die geeigneten Brüste für diese winzigen Kostüme hatte sie zweifellos auch. In seinen wilden Zeiten wäre sie genau der Typ Frau gewesen, auf den er flog. Groß. Gut gebaut. Willig.

»Sie arbeitet als Privatdetektivin«, fügte Stanley hinzu, während er die Müsliriegel in eine Plastiktüte gab.

Diese Neuigkeit überraschte ihn. Beinahe so sehr wie der Augenblick, als er sich umgedreht und sie nur wenige Meter vor sich hatte stehen sehen, mit einer Miene, die beinahe dieselbe Verblüffung verriet wie seine eigene.

Er reichte Stanley eine Zehndollarnote. »Sie sieht nicht aus wie die Privatdetektive, die ich bisher kennen gelernt habe«, meinte er, und er war schon einigen begegnet.

»Das ist ja ihr Erfolgsgeheimnis«, gab Stanley stolz zurück. »Frauen reden mit ihr, weil sie eine von ihnen ist, und Männer, weil sie einer schönen Frau nicht widerstehen können.«

Rob gelang es schon seit einiger Zeit ziemlich gut, Frauen zu widerstehen. Schönen und auch weniger schönen. Es war nicht einfach, aber er nahm an, dass er das Schlimmste hinter sich hatte. Vor allem diese ständige Sehnsucht – bis eine gewisse Rothaarige sich ihm an den Hals geworfen und ihm ein eindeutiges Angebot gemacht hatte. Kate Hamilton einen Korb zu geben war zweifellos eines der schwierigsten Dinge gewesen, die er seit langem hatte tun müssen.

Er nahm die Quittung und schob seine Geldbörse in die Hosentasche.

»Hier ist dein Schlüssel«, sagte Stanley und schloss die Kassenschublade. »Ein paar Päckchen von UPS wurden geliefert, während du weg warst. Und gestern habe ich die Post vom Fußboden aufgehoben.«

»Das wäre doch nicht nötig gewesen«, meinte Rob, nahm den Schlüssel und tat ihn zu den anderen am Schlüsselring. Vor seiner Abreise hatte Stanley angeboten, Pakete für ihn anzunehmen. »Aber natürlich bin ich dir sehr dankbar dafür. Als Dank habe ich dir auch etwas mitgebracht.« Er öffnete die Innentasche seines Anoraks und holte einen Fliegenköder heraus. »Das ist eine Goldkopf-Nymphe, die ich kurz vor meiner Abreise angefertigt habe. Denen kann keine Regenbogenforelle widerstehen«, erklärte er.

Stanley nahm sie und hielt sie ins Licht, während sich ein Lächeln auf seinem Gesicht ausbreitete. »Sie ist eine echte Schönheit, aber du weißt ja, dass ich nicht Fliegenfischen gehe.«

»Noch nicht«, meinte Rob und griff nach der Tüte mit seinen Einkäufen. »Aber ich habe vor, dich dazu zu bekehren.« Er ging zur Tür. »Bis bald, Stanley.«

»Bis bald. Und richte deiner Mutter schöne Grüße von mir aus.«

»Mach ich«, versprach Rob und verschwand.

Die Vormittagssonne wurde von den weißen Schneefeldern am Straßenrand zurückgeworfen und blendete ihn. Mit seiner freien Hand kramte er in der Tasche seines dicken Anoraks nach seiner Sonnenbrille. Er setzte die Revo auf, deren tiefblaue Gläser dem Licht augenblicklich seine gleißende Schärfe nahmen.

Er hatte seinen schwarzen Hummer in der ersten Parklücke abgestellt und glitt nun auf den Fahrersitz. Es interessierte ihn nicht, welche Meinung andere über seinen Hummer hatten – nicht die seiner Mutter und die irgendwelcher Umweltschützer schon gar nicht. Er mochte einfach die Beinfreiheit und die Breite des Wagens. Außerdem kam er sich in diesem wuchtigen Fahrzeug nicht so groß vor. Und nicht so eingesperrt. Er mochte den großzügigen Stauraum und die Tatsache, dass er mit ihm mühelos durch den Schnee pflügen und sogar Geröll und Felsbrocken überwinden konnte. Und, ja, er war begeistert von der Idee, selbst über andere Fahrzeuge auf der Straße hinwegrollen zu können, falls es notwendig sein sollte.

Er ließ den Motor aufheulen und nahm den Apfel aus der Plastiktüte. Er biss hinein und legte den Rückwärtsgang ein. Im Inneren des Ladens bemerkte er einen roten Zopf und ein schwarzes Shirt.

Sie hieß Kate, und an dem Abend, als er aus der Duchin

Lounge gestürmt war, hätte er sich nicht träumen lassen, ihr jemals wieder über den Weg zu laufen. Nicht in einer Million Jahren, aber hier war sie. In Gospel. Stanley Caldwells Enkeltochter arbeitete auf der anderen Seite des Parkplatzes, einen Steinwurf von Robs Laden entfernt. Sie zeichnete Waren aus und war sogar noch schöner als in seiner Erinnerung – und die Frau in seiner Erinnerung hatte schon verdammt gut ausgesehen.

Rob legte den Gang ein und fuhr ums Haus auf die Rückseite des Ladens. Sie war alles andere als erfreut über seinen Anblick gewesen, woraus er ihr nicht einmal einen Vorwurf machen konnte. Er hätte ihr an diesem Abend auf nettere Weise einen Korb geben können. Sogar auf erheblich nettere Weise, aber er hatte sich darüber geärgert, so unverblümt angemacht zu werden. Diese Art hatte ihn an eine Zeit in seinem Leben erinnert, als er ein solches Angebot noch angenommen hätte. Als er keine Sekunde gezögert hätte, sie zu küssen und seine Finger durch ihr Haar gleiten zu lassen. Eine Zeit, als er in ihre tiefbraunen Augen gestarrt hätte, während er sie die ganze Nacht liebte. Eine Zeit in seinem Leben, als die Frauen stets greifbar gewesen waren und er keine von ihnen ausgelassen hatte.

Damals war sein Leben wild und hart gewesen. Immer das volle Programm. Ständig auf Hochtouren. Er hatte alles gehabt, was er sich erwartet hatte und sich wünschen konnte. Okay, er hatte häufiger in der Klemme gesteckt, als er zählen konnte. Er hatte Fehler gemacht, Dinge getan, auf die er nicht gerade stolz war. Aber er hatte sein Leben geliebt. Jede Sekunde davon.

Bis zu jenem Augenblick, als es buchstäblich in Fetzen gerissen worden war.

DREI

Rob schloss die Hintertür von Sutter Sports auf und schob sich die Sonnenbrille ins Haar, ehe er mit dem Apfel in der Hand die Stufen hinauf in sein Büro ging. Das laute Kaugeräusch passte sich dem Rhythmus seiner Schritte an. Er wischte sich mit dem Handrücken über den Mund, knipste mit dem Ellbogen das Licht an und trat auf die Galerie, die auf den im Dunkeln unter ihm liegenden Laden hinausging.

Ein Tandemkanu und ein zwei Meter siebzig langer Einerkajak hingen von den Deckenbalken und warfen ihre Schatten über eine Reihe Mountainbikes. Da Sun Valley rund sechzig Meilen entfernt lag und es in Gospel mehrere Geschäfte für Waffen und Anglerbedarf gab, verkaufte Sutter's keine Wintersportartikel. Stattdessen konzentrierte Rob sich auf Sommersportarten und hatte in der letzten Saison einen ordentlichen Gewinn eingestrichen.

Die Temperatur im Gebäude lag bei gut achtzehn Grad und fühlte sich im Vergleich zu der eisigen Kälte draußen ziemlich warm an. Er hatte in jeder Klima- und Zeitzone Nordamerikas gelebt – von Ottawa bis Florida, von Detroit bis Seattle und an einigen Stationen dazwischen.

Am liebsten war ihm immer der Nordwesten mit seinen vier deutlich erkennbaren Jahreszeiten gewesen. Er hatte den radikalen Umschwung der Temperatur und den Wechsel der Natur schon immer geliebt, ebenso wie die raue, ungeschönte Wildheit der Gegend. Und es gab nicht viele Orte, die rauer und ungeschönter waren als die Idaho Sawtooths. Seine Mutter lebte seit neun Jahren hier, er seit knapp zwei. Trotzdem fühlte es sich wie ein Zuhause an, mehr als jeder andere Ort, an dem er gelebt hatte.

Rob wandte sich ab und trat an seinen Schreibtisch in der Mitte des Raums. Ein Karton mit Diamondback-Fliegenruten und eine Schachtel mit T-Shirts mit dem Namen und Logo des Ladens auf der Vorderseite standen gegen die Werkbank im hinteren Teil der Galerie gelehnt, wo der Bindestock und das Vergrößerungsglas mit Spezialwerkzeugen, Fadenspulen, Flitter und Basteldraht um Platz rangen.

Stanley Caldwell hatte die Post säuberlich auf Robs Schreibtisch gestapelt. Rob hatte den alten Mann auf Anhieb gemocht, als er ihn etwa vor einem Jahr kennen gelernt hatte. Der alte Knabe war ein aufrichtiger, hart arbeitender Mann – Eigenschaften, die Rob am meisten an einem Mann schätzte. Als Stanley ihm angeboten hatte, während Robs Abwesenheit »nach dem Rechten zu sehen«, hatte Rob nicht zweimal überlegen müssen, ehe er ihm den Schlüssel überlassen hatte.

Rob biss ein letztes Mal von seinem Apfel ab, ehe er ihn in den Abfalleimer warf. Er setzte sich auf die Schreibtischkante, einen Fuß noch auf dem Boden. Neben der Post lag die neueste Ausgabe der *Hockey News*. Auf dem Titelbild waren Derian Hatcher und Tie Domi in einer wilden Schlägerei zu sehen. Rob hatte das Spiel nicht gesehen, aber gehört, dass der Dominator es Hatcher ordentlich gezeigt hatte.

Er nahm die Zeitschrift und blätterte sie durch, vorbei an den Anzeigen und Artikeln bis zu den Spielergebnissen auf den hinteren Seiten. Sein Blick schweifte über die Zahlenkolonnen, ehe er auf halber Höhe hängenblieb. Nur noch ein Monat bis zu den Playoffs, und die Seattle Chinooks waren immer noch gut dabei. Das Team war in absoluter Topform. Der Torhüter, Luc

Martineau, war in bestem Zustand, und Pierre Dion, der erfahrene Stürmer, war mit 52 Toren und 72 Vorlagen in erstklassiger Verfassung.

In Robs letztem Jahr bei den Chinooks hatten sie es bis in die dritte Runde der Playoffs geschafft, ehe die Avalanches aus Denver sie mit einem Tor Vorsprung knapp geschlagen hatten. Nie war er dem Moment so nahe gekommen, seinen Namen auf dem Stanley Cup eingraviert zu sehen. Die Niederlage hatte ihm schwer zu schaffen gemacht, aber er war davon ausgegangen, dass es immer noch eine nächste Saison geben würde. Das Leben war eine tolle Sache gewesen.

Früher in jenem Jahr hatte seine Freundin Louisa ihre gemeinsame Tochter zur Welt gebracht. Ein grünäugiges, wunderschönes Mädchen von knapp sechs Pfund. Er war bei ihrer Geburt dabei gewesen, und sie hatten ihr den Namen Amelia gegeben. Das Baby hatte ihn und Louisa einander wieder näher gebracht, und einen Monat nach Amelias Geburt hatten er und Lou zwischen zwei Spielen in Las Vegas geheiratet.

In den drei vorangegangenen Jahren waren sie abwechselnd zusammen und wieder getrennt gewesen, hatten es aber nie geschafft, ihre Beziehung länger als ein paar Monate am Stück aufrechtzuerhalten. Sie hatten sich so häufig gestritten, sich wieder versöhnt, sich getrennt und wieder zueinander gefunden, dass Rob mit der Zeit den Überblick verloren hatte. Und fast immer war es um dasselbe Thema gegangen – um ihre rasende Eifersucht und seine Untreue. Sie warf ihm vor, er habe sie betrogen, obwohl er es nicht getan hatte. Dann betrog er sie, worauf sie sich wieder einmal trennten, um sich wenige Monate später erneut zu versöhnen. Es war ein Teufelskreis gewesen, doch bei der Trauung hatten sie beide geschworen, ab jetzt damit aufzuhören. Nun, da sie ein Baby hatten und eine Familie waren, würden sie dafür sorgen müssen, dass ihre Beziehung funktionierte.

Und fünf Monate lang hatte sie das auch getan. Bis der erste große Krach gekommen war.

An diesem Abend war er mit den Jungs unterwegs gewesen und spät nach Hause gekommen. Louisa war aufgeblieben und hatte auf ihn gewartet. Er hatte den Großteil des Abends bei Bruce Fish, ihrem Flügelstürmer, mit miesem Billard und halbwegs ordentlichem Darts zugebracht. Fishy war ein hervorragender Eishockeyspieler, aber ein notorischer Frauenheld. Louisa war völlig ausgeflippt und hatte sich geweigert, ihm zu glauben, dass er den Abend nicht in einem Stripclub verbracht hatte, wo die Tänzerinnen sich auf seinen Schoß gesetzt hatten und vielleicht noch viel Schlimmeres passiert war. Sie hatte ihm vorgeworfen, er habe sie mit einer Stripperin betrogen und stinke nach Zigarettenrauch. Das hatte das Fass zum Überlaufen gebracht. Er ging nicht mit Stripperinnen ins Bett. Schon seit Jahren nicht mehr. Außerdem roch er nach Zigarren und nicht nach Zigaretten und betrogen hatte er sie auch nicht. Seit mehr als fünf Monaten war er der reinste Heilige, und statt ihn anzuschreien, sollte sie ihn lieber ins Schlafzimmer führen und ihn für sein gutes Benehmen belohnen. Stattdessen waren sie in ihre alten Verhaltensmuster zurückgefallen und hatten sich schrecklich gestritten. Am Ende hatten sie sich darauf geeinigt, dass Rob am besten auszog, da keiner von ihnen wollte, dass Amelia unter ihrer schwierigen Beziehung leiden musste.

Zum Saisonbeginn im Oktober lebte Rob also auf Mercer Island, während Louisa und das Baby in ihrer Eigentumswohnung in der Stadt blieben, doch allmählich glätteten sich die Wogen zwischen ihnen. Es war sogar von Versöhnung die Rede, da keiner von ihnen die Scheidung wollte. Trotzdem wollten sie nichts überstürzen und beschlossen, es lieber langsam angehen zu lassen.

Er hatte gerade einen Vertrag über vier Millionen Dollar bei den Chinooks unterschrieben, war gesund, glücklicher als seit langem und sah einer glorreichen Zukunft entgegen.

Und dann baute er Mist. Und zwar großen Mist.

Im ersten Monat der regulären Eishockeysaison gingen die Chinooks auf Tournee und sollten fünf Spiele in neun Tagen absolvieren. Die erste Station war Colorado, deren Mannschaft, die Avalanches, ihnen in der letzten Saison die Chancen auf den Cup vermiest hatte. Deshalb waren die Chinooks in Angriffslaune und bereit für die nächste Runde, bereit für ein gutes Spiel im Pepsi Center.

Doch an diesem Abend schienen die Chinooks einfach ihr Spiel nicht in Gang zu bekommen, so dass die gegnerische Mannschaft am Ende des letzten Drittels bei 25 Torversuchen mit einem Punkt vorn lag. Ein Gedanke hing in der Luft, den niemand laut aussprach und nicht einmal zu flüstern wagte: Wenn die Chinooks gleich das erste ihrer Auswärtsspiele erneut mit einem Punkt Rückstand gegen die Avalanches verloren, drohte dies den gesamten restlichen Saisonverlauf zu gefährden. Jemand musste etwas dagegen unternehmen – und zwar schnell. Einer von ihnen musste dafür sorgen, dass die Avalanche-Jungs aus dem Tritt kamen, musste ihnen den Wind aus den Segeln nehmen. Jemand musste die Situation retten und für ein kleines Durcheinander sorgen.

Und dieser Jemand war Rob.

Coach Nystrom gab ihm das Zeichen von der Bank aus, und als Peter Forsberg von den Avalanches übers Eis glitt, stürzte Rob sich auf ihn und riss ihn zu Boden. Rob bekam eine kleine Zeitstrafe aufgebrummt, und während er drei Minuten auf der Strafbank für seine Sünden büßte, setzte Pierre Dion, der Stürmer, zum Treffer an und machte einen Punkt.

Gleichstand.

Fünf Minuten später ging Rob wieder an die Arbeit. Er

drängte Teemu Selanne in die Ecke und verpasste ihm eine ordentliche Abreibung. Der Verteidiger der gegnerischen Mannschaft, Adam Foote, mischte sich ins Geschehen, und während die Denver-Fans ihren Mann anfeuerten, zogen Rob und Adam die Handschuhe aus und gingen aufeinander los. Rob war fünf Zentimeter größer und brachte zwölf Kilo mehr auf die Waage als der Avalanche-Spieler, was dieser jedoch mit seinem unglaublichen Gleichgewichtssinn und seinem beachtlichen rechten Haken wieder wettmachte. Als die Schiedsrichter das Spiel unterbrachen, spürte Rob bereits, wie sein linkes Auge anschwoll, und sah Blut aus einer Platzwunde auf Adams Stirn sickern.

Rob gab ein wenig Eis auf seine Fingerknöchel und kehrte erneut auf die Strafbank zurück. Dieses Mal bekam er fünf Strafminuten aufgebrummt. Die Schlägerei war in Ordnung gewesen. Er hatte großen Respekt vor Foote, weil er für sich selbst und seine Mannschaft eingestanden war. Kaum jemand, der nichts mit Eishockey zu tun hatte, konnte nachvollziehen, dass die Prügeleien ein wesentlicher Bestandteil des Spiels waren. Genauso wichtig wie die Jagd nach dem Puck und das Toreschießen.

Sich zu prügeln war auch ein wesentlicher Teil von Robs Anforderungsprofil. Mit seiner Größe von knapp einem Meter neunzig und über hundert Kilo Kampfgewicht war er perfekt dafür geeignet. Aber er war viel mehr für die Mannschaft als nur ein Spieler, der gern draufschlug und Strafminuten kassierte, um die gegnerische Mannschaft aus dem Rhythmus zu bringen. Ein Gesamtresultat von 20 Toren und 30 Vorlagen in einer Saison war nicht weiter ungewöhnlich für ihn – und eine beeindruckende Statistik für jemanden, der in erster Linie für seinen kräftigen rechten Haken und seine tödlichen Schwinger bekannt war.

Als an diesem Abend in Denver der Schlusspfiff ertönte, endete das Spiel mit einem respektablen Unentschieden. Danach feierten die Jungs noch in einer Hotelbar, und nach einem kurzen Anruf bei Louisa und dem Baby schloss sich Rob ihnen an. Nach ein paar Bieren kam er mit einer Frau ins Gespräch, die allein an der Bar saß. Sie war kein Eishockey-Groupie. Nach zwanzig Jahren in der NHL erkannte er diese Mädchen auf einen Kilometer Entfernung. Sie hatte kurzes, blondes Haar und blaue Augen. Sie unterhielten sich eine Zeit lang übers Wetter, den miserablen Service im Hotel und das blaue Auge, das er von seiner Schlägerei mit Adam Foote davongetragen hatte.

Eigentlich sah sie ganz gut aus, wenn auch auf eine etwas zugeknöpfte, lehrerinnenhafte Art. Sie löste keinerlei Verlangen in ihm aus ... bis zu dem Augenblick, als sie sich über den Tisch beugte und die Hand auf seinen Arm legte. »Du Ärmster«, schnurrte sie. »Soll ich die Stelle küssen, damit es bald wieder besser wird?«

Rob wusste nur zu gut, was sie in Wahrheit mit ihrer Frage gemeint hatte, und wollte gerade mit einem Lachen abwiegeln, als sie fortfuhr. »Soll ich bei deinem Gesicht anfangen und mich dann nach unten arbeiten?« Und dann beschrieb ihm die Frau, die wie eine Lehrerin aussah, all die unanständigen Dinge, die sie mit ihm machen wollte. Ehe sie dazu überging, ihm all die Dinge zu beschreiben, von denen sie wollte, dass *er* sie mit *ihr* machte.

Sie lud ihn in ihr Zimmer ein, und wenn er heute daran zurückdachte, war es ihm beinahe ein wenig peinlich, dass er kaum gezögert hatte. Er folgte ihr und hatte über mehrere Stunden hinweg Sex mit ihr. Er kam voll auf seine Kosten, und auch sie beklagte sich nicht. Am nächsten Morgen flog er mit der Mannschaft weiter nach Dallas.

Wie bei allen Sportarten gab es auch unter den Eishockeyspielern einige, die sich bei Auswärtsspielen die eine oder andere Affäre gönnten. Rob gehörte auch zu ihnen. Und warum sollte er auch nicht? Die Frauen wollten mit ihm zusammen sein, weil er Eishockeyspieler war. Und er wollte mit ihnen zusammen sein, weil er den unverbindlichen Sex genoss. Auf diese Weise bekamen beide, was sie wollten.

Normalerweise sah das Management weg, wenn die Jungs sich auf ihren Tourneen amüsierten. Genauso wie so manche Ehefrau oder Freundin. Doch bei Louisa war das nicht so, und zum ersten Mal wurde ihm die Bedeutung dessen klar, was er an diesem Abend getan hatte.

Ja, er hatte auch früher schon ein schlechtes Gewissen gehabt, wenn er sie betrogen hatte, aber er hatte sich stets gesagt, es zähle nicht, weil sie entweder gerade getrennt waren oder nicht verheiratet. Doch das konnte er nun nicht mehr behaupten. Als er sein Ehegelübde abgelegt hatte, war jedes Wort davon ernst gemeint gewesen. Es spielte keine Rolle, dass er und seine Frau im Moment nicht zusammenlebten. Er hatte Louisa betrogen, hatte auf der ganzen Linie versagt. Er hatte Mist gebaut und riskiert, seine Familie für einen Hintern zu verlieren, der ihm im Grunde nichts bedeutete. Er war seit neun Monaten verheiratet. Sein Leben mochte nicht perfekt sein, aber es war besser als noch vor einiger Zeit. Er hatte keine Ahnung, warum er dieses Risiko eingegangen war, denn schließlich war er nicht einmal besonders scharf auf sie gewesen oder hatte es darauf angelegt, diese Frau ins Bett zu bekommen. Warum also?

Es gab keine Antwort auf diese Frage, deshalb nahm er sich vor, den Vorfall einfach zu vergessen. Es war vorbei. Das Ganze lag hinter ihm. Es würde nie wieder vorkommen. Und das meinte er auch so.

Als das Flugzeug in Dallas landete, war es ihm gelungen, die Blondine mit den blauen Augen aus seinem Gedächtnis zu verbannen. Wahrscheinlich hätte er nie wieder an diese Frau gedacht, hätte sie sich nicht auf irgendeinem Weg seine Telefonnummer beschafft. Als er nach Seattle zurückkehrte, hatte Stephanie Andrews bereits mehr als zweihundert Nachrichten auf seinem Anrufbeantworter hinterlassen. Rob wusste nicht, was er irritierender fand – die Feindseligkeit der Nachrichten selbst oder ihre Anzahl.

Obwohl es kein Geheimnis war, hatte sie herausgefunden, dass er verheiratet war, und warf ihm nun vor, sie benutzt zu haben. »Du kannst mich nicht einfach benutzen und danach wegwerfen«, fing sie bei jeder Nachricht an. Sie schrie und tobte, dann brach sie in hysterisches Weinen aus, während sie ihm beteuerte, wie sehr sie ihn liebe. Und am Ende bettelte sie ihn jedes Mal an, sie zurückzurufen.

Er tat es nie. Stattdessen änderte er seine Nummer. Er warf die Bänder des Anrufbeantworters weg und dankte Gott, dass Louisa die Nachrichten nicht gefunden hatte und deshalb nie von dieser Geschichte erfahren würde.

Er hätte sich nicht einmal an Stephanies Gesicht erinnert, hätte sie nicht herausgefunden, wo er wohnte, und eines Abends auf ihn gewartet, als er nach einer Thanksgiving-Wohltätigkeitsveranstaltung in der Space Needle nach Hause zurückkehrte. Wie so oft in Seattle lag auch an diesem Abend dichter Nebel über der Stadt, so dass seine Sicht eingeschränkt war. Er bemerkte Stephanie nicht, als er seinen BMW in die Garage fuhr. Als er jedoch aus dem Wagen stieg, stand sie auf einmal neben ihm und sprach ihn mit dem Namen an.

»Ich lasse mich nicht einfach benutzen, Rob«, schrie sie, und ihre Stimme übertönte das Geräusch des Garagentors, das sich langsam hinter ihnen schloss.

Rob drehte sich um und sah sie im Licht der Garagenbeleuchtung stehen. Ihr weiches, blondes Haar, wie er es in Erinnerung hatte, hing jetzt in feuchten Strähnen auf ihre Schultern herab, als hätte sie einige Zeit im Freien gestanden. Ihre Augen waren ungewöhnlich weit aufgerissen, und ihr Kiefer war angespannt, als drohe er, im nächsten Augenblick in tausend Teile zu zerspringen. Rob zog sein Mobiltelefon aus der Tasche und begann zu wählen, während er rückwärts in Richtung Tür ging. »Was hast du hier zu suchen?«

»Du kannst mich nicht benutzen und dann einfach wegwerfen, als wäre ich ein Putzlappen. Männer dürfen Frauen nicht benutzen. Damit kommt ihr einfach nicht davon. Jemand muss dafür sorgen, dass du damit aufhörst. Und du wirst dafür bezahlen.«

Statt einen Tobsuchtsanfall zu bekommen oder Säure auf seinen Wagen zu schütten, zog sie eine 22er Beretta aus der Tasche und feuerte das gesamte Magazin auf ihn ab. Eine Kugel schlug in sein Knie, zwei weitere trafen ihn in die Brust, während der Rest in der Tür hinter ihm stecken blieb. Um ein Haar wäre er auf dem Weg ins Krankenhaus seinen schweren Verletzungen erlegen und am großen Blutverlust gestorben. Vier Wochen lag er im Northwest Hospital, gefolgt von einem dreimonatigen Aufenthalt in einem Rehabilitationszentrum.

Er trug eine Narbe davon, die sich von seinem Nabel bis zum Brustbein hinaufzog, außerdem hatte man ihm eine Kniescheibe aus Titan eingesetzt. Aber er hatte überlebt. Sie hatte ihn nicht getötet. Sie hatte seinem Leben kein Ende gesetzt, nur seiner Karriere.

Louisa kam ihn kein einziges Mal im Krankenhaus besuchen und ließ auch nicht zu, dass er Amelia sah. Stattdessen ließ sie ihm die Scheidungspapiere zukommen. Nicht dass er ihr einen Vorwurf daraus machen konnte. Als er die Physiotherapie hinter sich hatte, legten sie das Besuchsrecht für Amelia fest und vereinbarten, dass er in die Wohnung kommen und sie sehen durfte. Er besuchte sie regelmäßig an den Wochenenden, doch schon bald wurde ihm klar, dass er nicht in der Stadt bleiben konnte.

Er war immer kräftig und gesund gewesen, jederzeit bereit, sich auf eine Prügelei einzulassen, doch die Erkenntnis, mit einem Mal schwach und auf die Hilfe anderer angewiesen zu sein, ging ihm gehörig an die Nieren. Er verfiel in schwere Depressionen, gegen die er jedoch vehement ankämpfte. Depressionen waren etwas für Weicheier und Weiber, nichts für Männer wie Rob Sutter. Vielleicht konnte er nicht ohne Hilfe gehen, aber er war ganz bestimmt kein Weichei.

Er zog nach Gospel, so dass seine Muter ihn bei der Genesung unterstützen konnte. Nach ein paar Monaten stellte er fest, dass es sich anfühlte, als wäre ein zentnerschweres Gewicht von seinen Schultern genommen worden. Eines, dessen Existenz er stets geleugnet hatte. Das Leben in Seattle hatte ihn ständig an alles erinnert, was er verloren hatte, in Gospel hingegen hatte er das Gefühl, endlich wieder atmen zu können.

Er eröffnete ein Sportgeschäft, um seine Gedanken von seiner trüben Vergangenheit abzulenken, und weil er eine sinnvolle Beschäftigung brauchte. Er war schon immer ein begeisterter Camper und Fliegenfischer gewesen und gelangte zu dem Schluss, dass es eine gute Geschäftsidee war. Und er stellte fest, dass er sogar großen Spaß daran hatte, Camping- und Anglerbedarf, Fahrräder und Feldhockeyausrüstung zu verkaufen. Er hatte genug Geld beiseitegelegt, um sich über den Winter frei nehmen zu können, und auch mit Louisa verstand er sich inzwischen wieder einigermaßen gut. Er hatte das Haus auf Mercer Island verkauft und sich stattdessen ein Loft in Seattle zugelegt. Einmal im Monat flog er nach Seattle und verbrachte dort etwas Zeit mit Amelia. Sie war gerade zwei Jahre alt geworden und freute sich jedes Mal, wenn sie ihn sah.

Der Prozess von Stephanie Andrews war innerhalb weniger Wochen vorüber gewesen. Sie war zu zwanzig Jahren Haft verurteilt worden, von denen sie zehn in jedem Fall absitzen musste, ehe die Möglichkeit auf eine vorzeitige Entlassung bestand. Rob war bei der Urteilsverkündung nicht anwesend gewesen, sondern zum Fischen zum Wood River gefahren, wo er seine Chamois-Nymphe in hohem Bogen durch die Luft geschleudert und die Strömung und den Sog des Wassers gespürt hatte.

Rob nahm die Post vom Schreibtisch, drehte das Licht ab und ging die Treppe hinunter. Er war nie der Typ Mensch gewesen, der das Leben im Übermaß analysierte. Ließen sich die Antworten nicht auf Anhieb finden, vergaß er die Frage und beschäftigte sich nicht weiter damit. Aber aus heiterem Himmel angeschossen zu werden, zwang einen Mann ganz automatisch dazu, eine Bestandsaufnahme seines Lebens zu machen. Mit Schläuchen in der Brust zu sich zu kommen und einem Knie, das sich nicht mehr bewegen ließ, gab einem so viel Zeit, dass einem im Grunde gar nichts anderes übrig blieb, als darüber nachzudenken, wie man sein Leben derart hatte verpfuschen können. Die einfache Antwort auf diese Frage war, dass Rob dumm genug gewesen war, mit einer Frau ins Bett zu gehen, die den Verstand verloren hatte. Die weitaus üblere Frage hingegen war die nach dem *Warum*.

Mit der Post in der Hand schloss er den Laden hinter sich ab, setzte sich die Sonnenbrille wieder auf und ging zu seinem Hummer. Er stieg in den Wagen, warf die Post auf den Beifahrersitz zu seinen Einkäufen und ließ den Motor an. Die Antwort auf die letzte Frage wusste er bis zum heutigen Tag nicht, aber vermutlich spielte das ohnehin keine Rolle mehr. Wie auch immer die Antwort darauf lauten mochte, er hatte seine Lektion gelernt. Und zwar auf die harte Tour. Sein Urteilsvermögen im Hinblick auf Frauen war miserabel, und in puncto Beziehungen war er ein absoluter Versager. Seine Ehe war eine höchst schmerzliche Erfahrung gewesen und die Scheidung der unvermeidliche Schlag in die Magengrube. Das reichte ihm aus, um zu wissen, dass er die Fehler aus seiner Vergangenheit ganz bestimmt nicht wiederholen würde.

Nichtsdestotrotz hätte er gern wieder eine Frau in seinem Leben. Er wünschte, es gäbe ein Mädchen, mit dem er befreundet sein konnte. Eine Freundin, die mehrmals pro Woche zu ihm nach Hause kam und mit ihm Sex hatte. Eine Frau, die sich einfach amüsieren wollte und ihn ritt wie ein Schaukelpferd. Eine Frau, die nicht den Verstand verloren hatte. Aber genau das war das Problem an der Sache. Stephanie Andrews hatte nicht im Geringsten ausgesehen, als hätte sie den Verstand verloren – erst in dem Augenblick, als sie mit Wut im Bauch und einer Waffe in der Hand nach Seattle gekommen war.

Seit diesem Vorfall hatte Rob mit keiner Frau mehr geschlafen. Nicht dass er nicht gekonnt oder das Verlangen danach verloren hätte. Das Problem war, dass sich jedes Mal, wenn er eine Frau sah, für die er sich interessierte und die Interesse an ihm signalisierte, sich diese leise Stimme in seinem Kopf zu Wort meldete und dem Ganzen ein Ende setzte, noch bevor es überhaupt angefangen hatte. *Ist sie es wert, für sie zu sterben?*, fragte die Stimme. *Ist sie es wert, dass du dein Leben für sie hergibst?*

Und die Antwort lautete jedes Mal Nein.

Als er aus der Parklücke fuhr, sah er im Rückspiegel zum M&S Market hinüber. Nicht einmal für eine tolle Rothaarige mit langen Beinen und einem hübschen Hintern.

Rob fuhr zur Tankstelle auf der gegenüberliegenden Straßenseite und tankte den Hummer auf. Er lehnte sich mit der Hüfte gegen den Wagen und machte sich auf eine längere Wartezeit gefasst, während sein Blick erneut zum Lebensmittelladen schweifte. Wer auch immer die Theorie aufgestellt hatte, dass das Verlagen nach Sex umso mehr nachlasse, je länger man keinen mehr hatte, war ein Idiot. Er mochte nicht ständig daran denken, aber wenn er es tat, wollte er auch Sex haben.

Ein Toyota-Pick-up fuhr hinter Rob, aus dem eine zierliche Blondine ausstieg und auf Rob zuging. Sie hieß Rose Lake, war achtundzwanzig Jahre alt und wie eine Barbie-Puppe im Miniaturformat gebaut. Im Sommer trug sie am liebsten bauchfreie Tops ohne BH. Ja, es *war* ihm aufgefallen. Nur weil er keinen Sex hatte, bedeutete das noch lange nicht, dass er kein Mann war. Heute trug sie eine enge Wrangler und eine mit weißem Kunstpelz gefütterte Jeansjacke. Die Kälte verlieh ihren Wangen eine rosige Farbe.

»Hi«, grüßte sie und blieb vor ihm stehen.

»Hallo, Rose. Wie geht's?«

»Gut. Ich hab gehört, du bist wieder da.«

Rob schob seine Sonnenbrille ins Haar. »Ja, ich bin gestern Abend zurückgekommen.«

»Wo warst du denn?«

»Mit ein paar Freunden Ski fahren.«

Rose legte den Kopf schief und blickte aus ihren hellblauen Augen zu ihm hoch. »Und was tust du jetzt?«

Er registrierte die Einladung und schob die Hände in die Taschen seiner Levis. »Den Hummer volltanken.«

Ja, sie war ein süßes Ding, und er war schon mehr als einmal in Versuchung gewesen anzunehmen, wozu sie ihn einlud. »Und was machst du, wenn du hier fertig bist?«, wollte sie wissen.

Selbst jetzt konnte er die Verlockung nicht leugnen. »Ich habe noch eine Menge Arbeit vor mir, bevor ich den Laden in ein paar Wochen wieder aufmache.«

Sie streckte die Hand aus und umfasste den Kragen seiner Jacke. »Ich könnte dir ja helfen.«

Aber das Verlangen war nicht groß genug, um die Warnleuchten in seinem Kopf erlöschen zu lassen. »Danke, aber es ist irgendwelcher Papierkram, den ich selber erledigen muss.« Trotzdem war nichts Schlimmes daran, beim Tanken mit einem hübschen Mädchen zu plaudern, oder? »Ist irgendetwas Aufregendes passiert, während ich weg war?«

»Emmett Barnes ist wegen Trunkenheit am Steuer und Erregung öffentlichen Ärgernisses verhaftet worden, aber das ist weder neu noch aufregend. Im Spuds and Suds haben sie Ärger mit der Gesundheitsbehörde, aber auch das ist nichts Neues.«

Er nahm die Hand aus der Hosentasche und griff nach seiner Sonnenbrille.

»Ach ja, und dann habe ich noch gehört, du wärst schwul.«

Die Zapfsäule schaltete sich ab, und seine Hand erstarrte mitten in der Bewegung. »Wie bitte?«

»Meine Mom war heute Morgen bei Curl Up & Dye, um sich den Ansatz nachfärben zu lassen. Dort hat sie gehört, wie Eden Hansen Dixie Howe erzählt hat, dass du schwul bist.«

Er ließ die Hand sinken. »Die Besitzerin von Hansen's Emporium hat das behauptet?«

Rose nickte. »Ja. Ich weiß auch nicht, wo sie das aufgeschnappt hat.«

Warum sollte Eden behaupten, er sei schwul? Das war doch idiotisch. Er zog sich nicht wie ein Schwuler an, und auf seinem Hummer prangte auch kein Regenbogen-Aufkleber. Er hatte kein Händchen für Innenausstattung und hörte keine Songs von Cher. Es interessierte ihn nicht im Mindesten, ob seine Socken zueinanderpassten, solange sie nur sauber waren. Und das einzige Haarpflegeprodukt, das er verwendete, war ein ganz gewöhnliches Shampoo. »Ich bin nicht schwul«, erklärte er.

»Das glaube ich auch nicht. Ich habe ein ziemlich gutes Gespür für solche Dinge, und bei dir habe ich noch nie irgendwelche Schwulen-Schwingungen gespürt.«

Rob nahm den Zapfhahn aus der Tanköffnung und schob ihn in die Säule zurück. Nicht dass es eine Rolle spielte, dachte er bei sich, denn es war ja nichts Schlimmes daran, homosexuell zu sein. Er hatte selbst einige Freunde in der Eishockey-Liga, die schwul waren. Nur gehörte er rein zufällig nicht dazu. Für ihn war es eine reine Frage der sexuellen Vorlieben, und Rob stand nun einmal auf Frauen. Er liebte alles an ihnen, den Geruch ihrer weichen Haut, ihre warmen, feuchten Münder auf seinen Lippen. Er liebte den erregten Ausdruck in ihren Augen, wenn er sie nach allen Regeln der Kunst verführte. Er liebte ihre weichen, eifrigen Hände auf seinem Körper, liebte das Schieben und Drängen, das Geben und Nehmen in einer heißen Liebesnacht. Er liebte harten, schnellen Sex ebenso wie den langsamen, der sich über Stunden hinzog. Er liebte einfach alles am Sex mit Frauen.

Rob biss die Zähne zusammen und schraubte den Tankdeckel wieder zu. »Wir sehen uns, Rose«, sagte er und öffnete die Fahrertür.

Am Anfang war es ihm extrem schwergefallen, enthaltsam zu leben, doch er hatte dafür gesorgt, dass er in Bewegung blieb und ständig beschäftigt war. Wann immer ihm Sex in den Sinn gekommen war, hatte er einfach an etwas anderes gedacht. Und wenn das nicht funktionierte, hatte er sich hingesetzt und Fliegen gebunden. Er hatte sich voll und ganz auf die Herstellung von Goldkopf- und Kielspahn-Nymphen konzentriert, darauf, die perfekte Fliege zu basteln, und im Lauf der Zeit war es einfacher geworden. Mithilfe reiner Willensanstrengung – und nach mehr als tausend Fliegen – war es ihm gelungen, die völlige Kontrolle über seinen Körper zu erlangen.

Bis vor kurzem. Bis zu dem Tag, als eine gewisse Rothaarige mit den Fingern über seinen Arm gestrichen hatte und einen Blitzschlag des Verlangens in seine Lenden geschickt hatte, eine Berührung, die ihn an all das erinnerte, dem er den Rücken gekehrt hatte.

Nicht dass sie die erste Frau gewesen wäre, die ihm ein paar schöne Stunden angeboten hätte. Er kannte sowohl in Seattle als auch in Gospel etliche Frauen, die jederzeit für ein kleines Abenteuer zu haben wären. Sie hatte ihn einfach nur mehr in Versuchung geführt als all die anderen, denen er in letzter Zeit begegnet war, obwohl er nicht sagen konnte, warum das so war. Aber wie bei all den anderen Fragen, auf die er keine Antwort wusste, machte er sich auch bei dieser nicht zu intensiv auf die Suche.

Das Einzige, was er mit Bestimmtheit sagen konnte, war, dass die Art der Versuchung, die sie für ihn darstellte, nicht gut für seinen Seelenfrieden war. Deshalb war es das Beste, Kate Hamilton aus dem Weg zu gehen. Am besten blieb er auf seiner Seite des Parkplatzes, oder, noch besser, er verbannte sie gänzlich aus seinen Gedanken.

Und die geeignetsten Mittel, um dieses Ziel zu erreichen, waren eine zwei Meter lange Bambusangel, eine 8-Unzen-Rolle, eine Schachtel mit seinen Lieblingsfliegen und -nymphen und ein Fluss voll hungriger Forellen.

Er fuhr nach Hause, um seine Angel, die Rolle und die Watstiefel zu holen, dann fuhr er zu seinem Lieblingsplatz am Big Wood River, zu der Stelle direkt unterhalb der River Run Bridge, wo sich die großen Forellen gewöhnlich im Winter aufhielten. Genau an der Stelle, wo nur die passioniertesten unter den Fliegenfischern knietief im Wasser standen, das so kalt war, dass es selbst durch die dickste Goretex-, Velours- und Neopren-Bekleidung drang. Dort, wo nur die hartgesottensten

Angler vorsichtig über die Eisschollen balancierten, die sich am steilen Flussufer gesammelt hatten. Wo nur die leidenschaftlichsten Fliegenfischer in den Fluss gingen und sich die Eier abfroren in der Hoffnung auf eine dreißig Zentimeter lange Regenbogenforelle.

Erst als er das Geräusch des Flusses hörte, der über die Felsen plätscherte, das Zischen der vor- und zurückschnellenden Rute, die die Luft zerschnitt, und das stete Klicken der Rolle, spürte er, wie die Anspannung zwischen seinen Schultern nachließ.

Erst beim Anblick der Nymphe, die genau an der richtigen Stelle sanft am Rand einer tiefen Senke auf der Wasseroberfläche aufkam, gelang es ihm, wieder einen klaren Gedanken zu fassen.

Erst in diesem Augenblick fand er den Frieden, den er brauchte, um den Aufruhr in seinem Inneren zu besiegen. Erst in diesem Augenblick verebbte das Gefühl tiefer Einsamkeit. Und erst in diesem Augenblick schien alles in Rob Sutters Welt wieder an der richtigen Stelle zu sein.

VIER

»Heute Abend findet im Gemeindezentrum ein bunter Abend statt«, informierte Regina Cladis Stanley Caldwell, während er die Preise für ein Pfund Mortadella, einen Viertelliter Milch und eine Dose Kaffee addierte.

Stanley unterdrückte ein Stöhnen. Er hütete sich, den Kopf zu heben und in Reginas Augen hinter den dicken Brillengläsern zu sehen, sondern hielt den Blick eisern auf seine Kasse gerichtet. Sie würde diese Geste nur als Ermutigung auffassen, und er hatte weder Interesse an Regina noch an irgendwelchen bunten Abenden.

»Wir bringen unsere Gedichte mit. Du solltest auch kommen.«

Er warf einen Blick zu Hayden Dean, Rob Sutter und Paul Aberdeen hinüber, die sich um den Kaffeeautomaten versammelt hatten. »Ich schreibe aber keine Gedichte«, erklärte er laut genug, dass sie ihn hören konnten, nur für den Fall, dass sie ihn für einen Mann hielten, der sich hinsetzte und irgendwelche Gedichte verfasste.

»Oh, aber man muss doch keine Gedichte schreiben, um etwas für Poesie übrig zu haben. Komm einfach und hör es dir an.«

Stanley mochte alt sein, aber er war bestimmt nicht senil genug, sich mit einem Haufen Gedichte schreibender und rezitierender Frauen im Vortragssaal des Gemeindezentrums einsperren zu lassen.

»Iona bringt auch ihre berühmten Pfirsichschnittchen mit«, fügte sie als zusätzlichen Anreiz hinzu.

»Ich muss mich um meine Bücher kümmern«, log er.

»Das kann ich doch für dich machen, Großvater«, erbot sich Kate, die mit einer Schneeschaufel in der einen Hand und ihrer Winterjacke in der anderen zur Eingangstür ging. »Dann könntest du mit deinen Freunden etwas unternehmen.«

Er runzelte die Stirn. Was war nur los mit ihr? In letzter Zeit drängte sie ihn ständig, »aus dem Haus zu gehen«, obwohl sie ganz genau wusste, dass er seine Abende lieber daheim verbrachte. »Oh, ich glaube, das ...«

»Ich kann dich ja um sieben abholen«, fiel ihm Regina ins Wort.

Schließlich hob Stanley doch den Kopf und sah in Reginas Augen hinter den dicken Brillengläsern, während er sich das Einzige ausmalte, vor dem ihm noch mehr graute als vor gemeinsamen Abenden mit anderen Menschen – einer Autofahrt mit einer Frau, die nahezu blind war. »Ist schon gut. Ich kann selber fahren«, erklärte er, auch wenn er keineswegs die Absicht hatte, es zu tun.

Er blickte an Reginas aufgetürmtem Haar vorbei zu seiner Enkeltochter, die sich auf dem Weg zur Tür befand. Katie hatte die Brauen zusammengezogen, als sei sie über etwas verärgert. Sie blieb stehen und lehnte die Schneeschaufel gegen den Zeitschriftenständer.

»Ich halte dir einen Platz frei«, erbot sich Regina.

»Ich werde den Schnee schaufeln, Katie«, erklärte er und gab Reginas Dose Instantkaffee in eine Papiertüte. »Du musst Ada ein paar Sachen ins Sandman Motel liefern.«

»Ada will mich nur wieder über dich ausfragen. Sag ihr, sie soll herkommen und selber einkaufen, so wie jeder andere auch«, gab Katie stirnrunzelnd zurück. Bei der letzten Lieferung ins Sandman Motel war es nicht besonders gut gelaufen, und Stanley fürchtete, dass er sie nicht dazu bewegen konnte, noch einmal hinzugehen. Trotzdem musste er es versuchen, denn die Alternative war, dass er es selbst erledigte.

»Schneeschaufeln ist aber Männerarbeit.« Er warf noch einen Blick auf die Männer am Kaffeeautomaten. »Lass mich hier nur noch abkassieren, dann gehe ich nach draußen und erledige das.«

»So etwas wie ›Männerarbeit‹ gibt es nicht mehr«, wandte Katie ein und schlüpfte in ihre dunkelblaue Marinejacke. Stanley nahm Reginas Scheck entgegen und warf noch einen Blick zu den Männern am Kaffeeautomaten, während er ein Stoßgebet zum Himmel sandte, seine Enkelin möge damit aufhören. Er und Katie hatten bereits mehrere Auseinandersetzungen über die Rollenverteilung zwischen Männern und Frauen gehabt. Gospel war nicht Las Vegas, und mit diesem Emanzenkram würde sie sich keine Freunde machen.

Doch der liebe Gott schien kein Einsehen mit Stanley zu haben. »Frauen können dieselben Dinge machen wie Männer«, fuhr Katie fort, was die Männer mit erhobenen Brauen und dem einen oder anderen durchdringenden Blick quittierten. Seine Enkeltochter war eine hübsche junge Frau. Sie hatte ein großes Herz und meinte es nur gut, aber sie war einfach zu unabhängig, zu eigensinnig, und sie hatte ein entschieden zu loses Mundwerk – eindeutig zu viele Eigenschaften für einen Mann, um sie im Zaum zu halten. Nachdem Stanley seit einem Monat mit ihr zusammenlebte, war ihm klar, warum sie nicht verheiratet war.

»Aber Kinder kriegt ihr noch nicht ohne uns«, brummte Hayden Dean und leerte seinen Kaffeebecher.

Sie senkte den Blick und knöpfte ihre Jacke zu. »Stimmt, aber ich kann zu einer Samenbank gehen und mir den perfekten Spender aussuchen. Größe. Gewicht. IQ.« Sie zog eine schwarze Baskenmütze aus der Tasche und setzte sie auf. »Was, wenn man genau darüber nachdenkt, eine vernünftigere Möglichkeit ist, schwanger zu werden, als auf dem Rücksitz eines Buick.«

Stanley wusste, dass ihre Worte scherzhaft gemeint waren, doch die Männer von Gospel konnten über ihre Art von Humor nicht lachen.

»Nur dass es weniger Spaß macht«, gab Hayden zu bedenken.

Sie warf Hayden, der neben den beiden anderen stand, einen Blick zu. »Auch darüber lässt sich streiten.«

Sie schlang sich einen schwarzen Wollschal um den Hals, und Stanley fragte sich, ob es nicht klüger wäre, sie bedecke auch gleich ihren Mund damit. Dieser Rob war ein gut aussehender, junger Mann. Und er war ebenfalls Single. Er war schon seit einer ganzen Weile nicht mehr im Laden gewesen, und wenn Katie den Mund hielt, gelänge es ihr vielleicht, ihn zu einer Verabredung zu bewegen. Und die hatte Katie weiß Gott nötig. Sie musste etwas unternehmen, statt ständig nur wegen seiner Tischmanieren herumzunörgeln, das Regal mit den Hygieneartikeln umzuräumen und ihm zu sagen, wie er sein Leben führen sollte.

»Und ihr könnt auch nicht im Stehen pinkeln«, warf Paul Aberdeen ein.

»Keine Lady würde jemals auf die Idee kommen, so etwas zu wollen«, erklärte Stanley an Katies Stelle.

»Ich bin sicher, dass ich es hinkriegen würde, wenn ich keine andere Wahl hätte.«

Stanley wand sich innerlich. Diese Bemerkung würde jeden Mann vergraulen, Rob jedoch schien sie eher zu amüsieren als zu beleidigen. Ein belustigter Ausdruck lag in seinen grünen

Augen, als er Katie über das Süßwarenregal hinweg musterte. »Aber Sie können Ihren Namen nicht in den Schnee schreiben«, erklärte er und hob seinen Becher an die Lippen.

»Wieso sollte ich so etwas auch wollen?«, hörte Stanley Katie mit der tonlosesten Stimme fragen, die er je an ihr erlebt hatte. Ihr Ton erstaunte ihn. Bei Robs letztem Besuch im Laden war sie rot angelaufen und hatte den Eindruck gemacht, als sei sie reichlich durcheinander. Dass Rob die Frauen in Gospel seit jenem Tag durcheinanderbrachte, als er mit seinem Hummer in die Stadt gekommen war, ließ sich weiß Gott nicht leugnen, und seine Enkelin stellte anscheinend keine Ausnahme dar.

Rob nahm einen Schluck Kaffee, ehe er den Becher langsam sinken ließ. Der Anflug eines Lächelns zuckte in seinem Mundwinkel. »Weil Sie es können.«

Die anderen Männer lachten leise, doch in Katie schienen seine Worte eher Verwirrung als Belustigung auszulösen. Und zwar die Art von Verwirrung, wie Frauen sie an den Tag legten, wenn sie Mühe hatten, einen Mann zu verstehen. Und trotz ihres Alters gab es eine Menge Dinge an Männern, die Katie nicht verstand – beispielsweise, dass sie einen natürlichen Beschützerinstinkt gegenüber Frauen besaßen, auch wenn diese sehr wohl in der Lage waren, für sich selbst zu sorgen.

Stanley reichte Regina die Tüte mit ihren Einkäufen und trat hinter dem Tresen hervor, um einen letzten Versuch zu unternehmen, Katie vor sich selbst zu beschützen. »Komm, lass mich das machen. Deine Großmutter hat in ihrem ganzen Leben keine Schneeschaufel in der Hand gehabt.«

»Ich habe lange allein gelebt«, widersprach sie und griff nach der Schaufel, ehe Stanley ihr zuvorkommen konnte. »Ich musste eine Menge Dinge selbst tun, angefangen damit, dass ich meine Müllsäcke selber an den Straßenrand tragen musste, bis hin zum Reifenwechseln an meinem Wagen.«

Welche Wahl blieb ihm noch? Sollte er sich mit ihr darum prügeln? »Na gut, wenn es dir zu viel wird, erledige ich den Rest.«

»Mehr als tausend Männer über vierzig kommen jedes Jahr beim Schneeschaufeln um«, informierte sie ihn. »Ich bin erst vierunddreißig, also werde ich schon klarkommen.«

Stanley gab sich geschlagen. Kate machte die Tür auf und ging hinaus, wobei ein Schwall kalter Luft in den Laden drang, von dem Stanley sich nicht sicher war, ob er tatsächlich nur mit der Außentemperatur zu tun hatte.

Die kalte Morgenbrise schlug Katie ins Gesicht, als sie die Ladentür hinter sich schloss. Sie sog die frostige Luft tief in ihre Lungen und ließ sie langsam wieder entweichen. Eine Wolke warmer Atemluft verharrte vor ihrem Gesicht. Das war nicht gut gewesen. Sie hatte lediglich die Absicht gehabt, so schnell wie möglich aus dem Laden zu kommen, und nicht ihren Großvater zu verärgern oder wie eine männermordende Emanze zu klingen. Sie wollte noch nicht einmal darüber nachdenken, ob sie im Stehen pinkeln konnte – definitiv nicht. Davon abgesehen hatte sie zwar noch nie eigenhändig einen Reifen gewechselt, war sich aber ziemlich sicher, dass sie es schaffen würde. Zum Glück würde es niemals so weit kommen, denn wie viele kluge und patente Frauen war auch sie Mitglied im Automobilclub.

Kate lehnte den Schaufelgriff gegen ihre Schulter und zog ihre Handschuhe aus der Jackentasche. Die vergangene halbe Stunde hatte sich angefühlt, als hätte sie die ganze Zeit über den Atem angehalten. Seit dem Augenblick, als Rob Sutter den Laden betreten und noch besser ausgesehen hatte, als sie ihn in Erinnerung hatte. Größer und bedrohlicher. Eine grünäugige, knapp einen Meter neunzig große, lebende Erinnerung an einen Abend, an dem sie endlich eine ihrer Fantasien entschlossen in die Tat umsetzen wollte. An einen Abend, an dem sie sich nichts als anonymen Sex gewünscht hatte und stattdessen auf höchst demütigende Weise zurückgewiesen worden war.

Ihr war klar, dass sie als reife, erwachsene Frau zusehen sollte, diesen Abend in der Duchin Lounge so schnell wie möglich aus ihrem Gedächtnis zu streichen, aber wie sollte sie das anstellen, wenn Rob ihr ständig vor der Nase herumlief?

Kate streifte die Handschuhe über. In den letzten zwei Wochen war sie nicht in Robs Nähe gekommen, hatte ihn aber einige Male den Parkplatz überqueren oder in diesem lächerlichen Hummer durch die Stadt fahren sehen. Erst an diesem Morgen hatte sie ihn wieder von Angesicht zu Angesicht gesehen, als er in den Laden gekommen war, um sich einen Müsliriegel zu kaufen, und noch einen Kaffe getrunken hatte.

Während sie die Zeitschriften einsortiert und Tom Jones gelauscht hatte, wie er sich durch »Black Betty« stöhnte, als bekäme er einen geblasen, hatte Rob mit ein paar Männern aus dem Ort geplaudert. Sie hatten sich über den heftigen Schneesturm unterhalten, der am Vorabend über die Gegend gezogen war, und sie selbst hatte an nichts anderes als den katastrophalen Abend in Sun Valley denken können. Während die Männer darüber debattiert hatten, ob der Neuschnee in Inches oder in Fuß gemessen werden sollte, hatte sie sich gefragt, ob sich Rob Sutter tatsächlich nicht mehr an die Details erinnern konnte – ob er ein haltloser Trinker war, der dringend die Hilfe der Anonymen Alkoholiker brauchte. Diese Frage brachte sie schier um den Verstand. Wenn auch nicht genug, um ihn danach zu fragen.

Anschließend hatte sich das Gespräch der Bergziege zugewandt, die Paul Aberdeen in der letzten Jagdsaison erlegt hatte. Kate hätte Paul am liebsten gefragt, warum jemand seine

Kühltruhe mit dem Fleisch einer alten Ziege füllen sollte, wo es doch bei M & S so köstliches Rindfleisch zu kaufen gab. Doch sie hatte es sich verkniffen, weil sie die Aufmerksamkeit nicht auf sich lenken wollte und wusste, dass ihr Großvater ohnehin nicht gut auf sie zu sprechen war, seit sie das »The Lead and How to Swing it«-Poster von Tom Jones abgenommen hatte, das über ihrem Bett gehangen hatte.

Tagein, tagaus mit ihrem Großvater zu leben und zu arbeiten war ein wenig gewöhnungsbedürftig. Er bestand darauf, um Punkt sechs Uhr zu Abend zu essen. Sie hingegen kochte und aß am liebsten irgendwann zwischen sieben und Schlafenszeit. Wenn um sechs Uhr das Essen nicht auf dem Tisch stand, nahm er eines seiner Fertiggerichte aus der Tiefkühltruhe und schob es in den Ofen.

Wenn er das nicht bald ließ, würde sie die Dinger demnächst verstecken, und wenn er nicht aufhörte, ihr die Außerhaus-Lieferungen aufs Auge zu drücken, würde sie ihn umbringen müssen. Bevor sie nach Gospel gekommen war, hatte Stanley den Laden zwischen drei und vier Uhr nachmittags geschlossen und sich selbst um die Lieferungen gekümmert. Doch nun schien er der Ansicht zu sein, diese Aufgabe falle ihr zu. Gestern hatte sie eine Dose Pflaumen, eine Flasche Pflaumensaft und eine Sechserpackung Toilettenpapier zu Ada Dover hinübergebracht. Sie war gezwungen gewesen, sich das Geschwafel der alten Frau anzuhören, sie sei bereits seit »vier Tagen vollkommen verstopft«. So etwas war einfach keine Unterhaltung, die man mit einem anderen Menschen führen wollte, besonders nicht mit jemandem, der wie ein altes gerupftes Huhn aussah.

Kate hatte den Verdacht, dass sie für den Rest ihres Lebens gebrandmarkt war. Sobald sie ihrem Großvater geholfen hatte, seine Depression zu überwinden und sein Leben in den Griff zu bekommen, würde sie wieder ihr eigenes Leben führen. Eines, in dem es keine Lebensmittellieferungen zu männerhungrigen Witwen gab. Sie wusste zwar nicht, wie sie das bewerkstelligen sollte oder wie lange es noch dauern würde, aber je mehr sie sich anstrengte und ihm den einen oder anderen liebevollen Schubs gab, umso schneller hatte sie ihr Ziel erreicht.

Kate legte die Hände um den Stiel und lud eine ordentliche Ladung Schnee vom Gehsteig auf die Schaufel. Ein leises Ächzen entrang sich ihrer Kehle, als sie den Schnee ins Gebüsch katapultierte. Sie hatte noch nie einen Winter in Idaho miterlebt und nicht gewusst, dass Schnee so schwer sein konnte. Sie konnte sich noch an ein Jahr in Las Vegas erinnern, als etwa ein Zentimeter Schnee gefallen war – der natürlich innerhalb einer Stunde wieder geschmolzen war. Kein Wunder, dass mehr als tausend Menschen pro Jahr beim Schneeschaufeln einen Herzinfarkt erlitten.

Sie versenkte die Schaufel in der weißen Masse auf dem Gehsteig und schob sie vorwärts. Das Knirschen von Metall auf Beton durchdrang die morgendliche Luft und mischte sich mit den vereinzelten Verkehrsgeräuschen. Eine dicke Schicht Schnee türmte sich auf der Schaufel, und statt sie anzuheben, schob sie sie diesmal vor sich her ins Gebüsch neben dem Haus. *Eine viel bessere Methode*, dachte sie, als sie die Schaufel über den Gehsteig manövrierte. Viel besser, als sich den Rücken zu verrenken und Gefahr zu laufen, einen Herzanfall zu erleiden, der sich nicht mit einem Aspirin am Tag wieder in den Griff bekommen ließ.

Die eisige Brise hob die Enden von Kates Schal, und sie unterbrach ihre Arbeit, um ihre Mütze ein Stück weiter über die Ohren zu ziehen. Kate hatte zahllose Alltagsweisheiten und unwichtige Kleinigkeiten in ihrem Gedächtnis abgespeichert. So wusste sie beispielsweise, dass das Gehirn eines erwachsenen

Menschen etwa drei Pfund wog und das menschliche Herz gut siebentausend Liter pro Tag durch den Körper pumpte. Während ihrer Observationen hatte sie häufig die Zeit mit der Lektüre von Zeitschriften und Nachschlagewerken totgeschlagen, da diese sich jederzeit bequem beiseitelegen ließen, wenn sie sich einem Verdächtigen an die Fersen heften musste. Einiges von diesem Wissen war hängengeblieben, manches nicht. Einmal hatte sie versucht, Spanisch zu lernen, doch das Einzige, woran sie sich noch erinnern konnte, war der Satz *Acabo de recibir un envío*, was sich als höchst hilfreich erweisen könnte, sollte sie eines Tages jemandem auf Spanisch mitteilen wollen, sie habe soeben ein Päckchen erhalten.

Ein Vorteil, Unmengen von Trivialitäten abgespeichert zu haben, war, dass sie diese Informationen jederzeit einsetzen konnte, um das Eis zu brechen, das Thema zu wechseln oder eine Situation zu entschärfen.

Am Ende des Gehsteigs machte sie kehrt und ging zur Ladentür zurück. Diesmal schob sie den Schnee vom Straßenrand bis zum Parkplatz. Ihre Zehen in den halbhohen Lederstiefeln wurden allmählich kalt. Es war März, Herrgott noch mal! Um diese Zeit sollte es doch nicht so kalt sein.

Gerade als sie auf Robs Hummer zusteuerte, trat er aus dem Laden und kam in ihre Richtung. Er trug denselben blauen Anorak wie vor zwei Wochen, als sie ihn das erste Mal gesehen hatte. Seine dicken Wanderschuhe hinterließen ein waffelförmiges Muster, und hinter seinen Fersen wirbelte der Schnee auf. Sie nahm an, dass er in seinen Wagen steigen und davonfahren würde.

Doch das tat er nicht.

»Wie geht's?«, fragte er, als er vor ihr stehen blieb.

Sie richtete sich auf, die Hand fest um den Schaufelgriff geschlossen. Der Reißverschluss seines Anoraks war halb heruntergezogen, und sie heftete ihren Blick auf das Etikett, das auf den Anhänger genäht war.

»Ganz gut.«

Er erwiderte nichts darauf, also zwang sie sich, ihren Blick über die winzige weiße Narbe, den Oberlippenbart und das kleine Kinnbärtchen wandern zu lassen. Seine grünen Augen waren fest auf sie gerichtet, während er eine schwarze Strickmütze aus seiner Anoraktasche zog. Zum ersten Mal bemerkte sie seine Wimpern, die länger als ihre eigenen waren. Solche Wimpern waren eine echte Verschwendung bei einem Mann, und ganz besonders bei einem wie ihm.

Er setzte die Mütze auf und musterte sie noch immer, als versuche er angestrengt, irgendetwas aus ihrem Gesicht zu lesen.

»Sagen Sie es mir lieber vorher, wenn Sie vorhaben, Ihren Namen in den Schnee zu pinkeln«, sagte sie, um das Schweigen zu brechen.

»Eigentlich frage ich mich gerade, ob ich Ihnen diese Schneeschaufel mit Gewalt aus der Hand nehmen muss«, meinte er. »Ich hoffe, Sie sind so nett und geben sie mir freiwillig«, fügte er durch die Wolke seines Atems, die zwischen ihnen schwebte, hinzu.

Ihre Hände schlossen sich noch ein wenig fester um den Schaufelstiel. »Warum sollte ich sie Ihnen geben?«

»Ihr Großvater ist ernsthaft sauer, weil Sie die Arbeit machen, die seiner Meinung nach ein Mann erledigen sollte.«

»Das ist aber ziemlich dumm von ihm. Ich bin nämlich durchaus in der Lage, Schnee zu schaufeln.«

Er zuckte die Achseln und schob die Hände in die Taschen seiner Cargo-Hosen. »Ich schätze, darum geht es hier nicht. Er findet, dass das Männerarbeit ist, und Sie haben ihn vor seinen Freunden bloßgestellt.«

»Wie bitte?«

»Jetzt steht er da drin im Laden und versucht, alle davon zu überzeugen, dass Sie ...« Rob hielt einen Augenblick inne und legte den Kopf schief. »... ich glaube, seine genauen Worten waren, dass Sie ›normalerweise ein nettes, reizendes, braves Mädchen‹ wären. Und dann meinte er, Sie seien ein wenig verschroben, weil Sie nie mit Leuten Ihres Alters ausgehen würden.«

Prima. Kate hatte den Verdacht, dass dieser Unsinn an Rob und nicht an die anderen Männer gerichtet war. Und, was noch schlimmer war, Rob schien denselben Verdacht zu hegen. Das Letzte, was sie im Moment gebrauchen konnte, war ein Großvater, der sich in ihr nicht vorhandenes Liebesleben einmischte. Insbesondere, wenn er Rob Sutter als geeigneten Kandidaten dafür ausgesucht hatte. »Ich bin nicht verschroben.«

Er erwiderte nichts darauf, doch seine erhobene Braue sagte genug.

»Wirklich nicht«, beharrte sie. »Mein Großvater ist nur ein wenig altmodisch.«

»Er ist ein guter Kerl.«

»Er ist dickköpfig.«

»Wenn Sie meine Meinung hören wollen, stehen Sie ihm in diesem Punkt in nichts nach.«

»Na schön.« Sie reichte ihm die Schneeschaufel.

Ein Lächeln zuckte in seinen Mundwinkeln, als er seine Hand aus der Hosentasche zog und die Schaufel entgegennahm. Er legte seine bloße Hand um ihre behandschuhten Finger. Sie versuchte, sich zu befreien, doch er verstärkte seinen Griff noch.

Sie hatte nicht vor, sich auf ein derartiges Spielchen mit einem Mann seiner Statur einzulassen. »Kann ich meine Hand wiederhaben?«, fragte sie. Finger für Finger löste er seinen Griff, bis sie sich befreien konnte.

»Verdammt«, meinte er, »und ich hatte mich schon darauf gefreut, ein wenig mit Ihnen rangeln zu dürfen.«

Sie wusste, dass das nicht stimmte. Betrunken oder nüchtern – er hatte kein Interesse daran, mit Kate zu »rangeln«, wie er es nannte. Aber es war nichts Persönliches. Sie sagte sich, dass er unter irgendeiner Art Funktionsschwäche leiden musste, die ihn daran hinderte, sich auf eine »Rangelei« mit einer Frau, egal welcher Natur, einzulassen. Mit ihr war alles in bester Ordnung. Die Schuld lag bei ihm. Eigentlich sollte sie Mitleid mit ihm haben.

»Und ich hatte gehofft, ich könnte bei dieser Gelegenheit einen Blick auf Ihr Tattoo werfen.«

Es dauerte einige Sekunden, bis die Bedeutung seiner Worte in ihr Gehirn sickerte. Als die Botschaft angekommen war, verwarf sie schlagartig ihren Vorsatz, Mitleid für Rob Sutter zu empfinden. Sie holte tief Luft. »Sie erinnern sich also!«

»Woran? An Ihr Angebot, mir Ihren blanken Hintern zu zeigen?« Er verlagerte sein Gewicht auf die Fersen und lachte leise. »Wie könnte ich das vergessen?«

»Aber …« Unwillkürlich hatte sie die ganze Zeit den Atem angehalten und ließ ihn nun entweichen. »Aber Sie haben doch gesagt, Sie hätten mich noch nie gesehen.« Vor ihren Augen begannen kleine Punkte zu tanzen. Sie holte noch einmal tief Luft. »An diesem ersten Tag haben Sie … oh, mein Gott!«

»Hätte ich Stanley erzählen sollen, dass wir uns bereits kennen gelernt hatten?«, fragte er und bückte sich, um die Schaufel im Schnee zu versenken. »Dann hätte er doch wissen wollen, woher wir uns kennen.«

Großer Gott. Sie legte sich die behandschuhte Hand auf die Wange, während die Gedanken wild in ihrem Kopf umherwirbelten. Also hatte sie doch Pech, und er war kein Alkoholiker. Er erinnerte sich an alles. Wie vielen Menschen hatte er von diesem Abend erzählt? In dieser Stadt würde schon ein einziger Bewohner ausreichen, um dafür zu sorgen, dass sich die Nachricht wie ein Lauffeuer verbreitete. Obwohl es ihr lieber wäre, wenn nicht jeder in der Stadt von ihrer Demütigung erführe, war ihr Großvater der Einzige, bei dem es eine Rolle spielte. Er ging jeden Sonntag zur Kirche und war ein strikter Gegner von Sex vor der Ehe – von seiner Meinung über Frauen, die sich Männern in Bars an den Hals warfen und ihnen unmoralische Angebote unterbreiteten, einmal ganz zu schweigen.

»Ich wollte nicht derjenige sein, der seine Illusionen im Hinblick auf Sie zerstört.« Er schob die Schaufel in einen Haufen Schnee zwischen ihnen und schleuderte ihn zur Seite. »Hätte er die Wahrheit erfahren, hätte er wahrscheinlich genau den Herzinfarkt erlitten, vor dem Sie ihn anscheinend unbedingt bewahren wollen.«

Sie hob den Kopf und musterte seine Strickmütze, unter deren Rand seine dunklen Locken hervorlugten. »Sie kennen mich nicht, und Sie wissen nichts über meine Beziehung zu meinem Großvater«, erklärte sie.

»Ich weiß aber, dass Sie mit Ihrer Behauptung, Stanley sei ein altmodischer Knabe, Recht haben. Wahrscheinlich glaubt er, dass Sie sich Ihre Jungfräulichkeit für die Hochzeitsnacht bewahren, aber wir wissen beide, dass das nicht so ist.«

Hätte Kate ihm nicht die Schaufel überlassen, würde sie ihm jetzt damit den Schädel einschlagen.

»Ich weiß auch, dass Sie keinen Rat von mir haben wollen, aber ich gebe Ihnen trotzdem einen«, fuhr er fort, stützte die Schaufel auf den Betonboden und ließ sein Handgelenk über dem Griff baumeln. »Männer in Bars aufzureißen ist nicht besonders klug. Sie könnten in große Schwierigkeiten geraten, wenn Sie das weiterhin tun.«

Es kümmerte sie nicht, was er glaubte, und sie verspürte keinerlei Bedürfnis, sich zu verteidigen. »Ich weiß, dass Sie nicht mein Vater sind. Also, was sind Sie dann? Polizist?«

»Nein.«

»Priester?« Er sah nicht wie ein Priester aus, aber es würde eine Menge erklären.

»Nein.«

»Mormonenprediger?«

Er lachte leise, so dass kleine Atemwölkchen aus seiner Nase drangen. »Sehe ich aus wie ein Mormonenprediger?«

Nein. Er sah aus wie ein Mann, der gern sündigen würde, es aber nicht tat. Sie wusste absolut nichts über ihn. Abgesehen von der Tatsache, dass er ein Mistkerl war und einen Hummer fuhr. Welcher halbwegs normale Mensch fuhr ein Gefährt, das die Armee im Kampf einsetzte? Ein Idiot mit einer erektilen Dysfunktion, diese Art Mann tat so etwas. »Wieso fahren Sie eigentlich keinen Wagen in einer normalen Größe?«

Er richtete sich auf. »Ich mag meinen Hummer.«

Erneut erfasste ein kalter Windzug die Enden von Kates Wollschal und ließ sie zwischen ihnen aufflattern. »Wenn die Leute diesen Wagen sehen, fragen sie sich doch, ob Sie damit irgendetwas kompensieren wollen«, meinte sie.

In seinen Augenwinkeln erschienen winzige Fältchen, und er streckte die Hand nach einem der Zipfel ihres Schals aus. »Soll das heißen, Sie machen sich Gedanken wegen meiner Ausstattung?«

Sie spürte, wie sich ihr Puls beschleunigte und ihre ohnehin von der Kälte geröteten Wangen noch eine Spur dunkler wurden, und entzog ihm ihren Schal. »Bilden Sie sich bloß nichts ein. Ich mache mir überhaupt keine Gedanken Ihretwegen.« Sie ging um ihn herum. »Geschweige denn wegen der Größe Ihrer Ausstattung.«

Er legte den Kopf in den Nacken und brach in Gelächter aus. Ein tiefes, maskulines Dröhnen, das sie den ganzen Weg bis zum Laden begleitete. »Schönen Tag noch«, murmelte sie Paul Aberdeen und Hayden Dean zu, die ihr an der Ladentür entgegenkamen. Drinnen drückte sich Regina immer noch um Stanley herum und schwafelte über die Bibliothek, in der sie arbeitete, und ihre Brille mit den dicken Gläsern wippte auf ihrer Nase auf und ab, wann immer sie eifrig nickte. Stanley beschäftigte sich solange mit den Kleinwaren neben der Kasse.

Unter normalen Umständen hätte Kate ihn von Reginas Geschnatter erlöst, doch Stanley hatte ihr Rob auf den Hals gehetzt, deshalb war sie nicht in der Stimmung für irgendwelche milden Taten.

»Ich bin hinten«, informierte sie ihren Großvater und ging an ihm vorbei. Sie zog die Handschuhe aus, streifte die Mütze ab und löste ihren Schal, warf alles auf die Arbeitsplatte und hängte ihre Jacke an den Haken. Der Heizlüfter über ihr blies warme Luft in den Raum. Sie hob das Gesicht und schloss die Augen.

Also wusste er noch alles von diesem Abend, als sie sich ihm aufgedrängt hatte. Diese Gewissheit lag ihr wie ein zentnerschwerer Stein im Magen. Ihre Hoffnung, er könnte ein hemmungsloser Trunkenbold sein, war also vergeblich gewesen. Sie war nach Gospel gekommen, um sich eine Pause von ihrem bisherigen Leben zu gönnen. Um ein wenig Ruhe, Entspannung und die Gelegenheit zu finden, in Ruhe über alles nachzudenken.

Kate schlug die Augen auf und stieß einen Seufzer aus. Konnte ihr Leben noch miserabler werden? Sie war einsam, und außerhalb des Ladens gab es niemanden ihres Alters, mit dem sie sich unterhalten konnte – außer diesem grünäugigen, hochgewachsenen A…loch von gegenüber. Und was sich gerade zwischen ihnen abgespielt hatte, konnte beim besten Willen nicht als Unterhaltung bezeichnet werden.

Sie musste sich eine Beschäftigung suchen. Etwas anderes als die Arbeit im Laden und die Wiederholungen von *Friends*, die jeden Abend im Fernsehen liefen. Das Problem war, dass es nur zwei Dinge gab, die man in diesem Kaff tun konnte – entweder dem Hausfrauenverein, den Mountain Momma Crafters, beitreten und Untersetzer für den Toaster häkeln oder durch die Bars ziehen und sich betrinken. Keine dieser Alternativen erschien ihr besonders verlockend.

Die Glocke über der Ladentür ertönte, und Stanley rief nach ihr. Sie fragte sich, ob Rob zurück war, und fürchtete, ihr Großvater könnte einen weiteren, für jeden durchschaubaren Versuch unternehmen, sie mit diesem Mann zu verkuppeln. Doch als sie nach vorn kam, war Rob zum Glück nirgendwo zu sehen.

Stanley stand am Tresen und unterhielt sich mit einer Frau, die Kates Schätzung nach Ende fünfzig, Anfang sechzig sein musste. Ihr braunes Haar war mit silbernen Strähnen durchzogen und zu einem perfekten Bob frisiert. Sie war nur wenige Zentimeter kleiner als ihr Großvater, so dass sie etwa Kates Größe haben musste. Kate bemerkte das rote Stethoskop, das aus ihrem dicken Wintermantel ragte. Regina hatte sich zu den beiden gesellt, und die Frauen erzählten Stanley von ihrem Gedichte-Abend.

»Ich hoffe, du überlegst es dir noch mal«, sagte die fremde Frau. »Wir könnten gut ein paar Männer bei unserem monatlichen Gemeinschaftsabend gebrauchen.«

»Was ist mit Rob?«, erkundigte sich Regina.

Als Kate näher kam, zuckte die Frau die Achseln und sah zu Stanley hoch. »Ich habe gesehen, dass du Rob beauftragt hast, den Gehsteig frei zu schaufeln.«

»Er hat es freiwillig getan.« Stanley sah zu Kate hinüber, und die Enden seines Schnurrbarts hoben sich. »Grace, ich glaube, du hast meine Enkeltochter, Katie Hamilton, noch nicht kennen gelernt.«

»Hallo.« Kate streckte die Hand aus, die die andere Frau ergriff und schüttelte.

»Freut mich, Sie kennen zu lernen, Katie«, sagte Grace, legte den Kopf schief und musterte Kate einen Moment lang. Um ihre grünen Augen hatten sich einige Fältchen eingegraben, und ihre Finger fühlten sich noch ein wenig kühl an. »Woher haben Sie denn Ihr rotes Haar? Es ist wunderschön.«

»Danke«, erwiderte Kate, ließ die Hand sinken und lächelte. »Die Familie meines Vaters ist rothaarig.«

»Grace ist Robs Mutter«, erklärte Stanley. »Sie arbeitet unten in der Sawtooth Clinic.«

Kate spürte, wie sich ihr Magen zusammenzog, und sie musste sich zwingen, weiter zu lächeln. Hatte Rob seiner Mutter von dem Vorfall in der Duchin Lounge erzählt? Wusste diese nette Frau mit dem Stethoskop um den Hals, dass Kate ihrem Sohn ein unsittliches Angebot gemacht hatte? Musste Kate ihr erklären, dass sie an jenem Abend nur ein wenig angetrunken gewesen war? Dass dies das erste und einzige Mal gewesen war, dass sie sich einem Mann auf diese Weise an den Hals geworfen hatte? Dass sie in Wahrheit kein trinkfreudiges Flittchen war? Nicht dass sie nicht gelegentlich ein paar unanständige Gedanken hegen würde ... vor diesem Abend hatte sie nur nie den Mut aufgebracht, sich auch entsprechend zu benehmen.

Großer Gott, wo war sie nur mit ihren Gedanken? »Es freut mich auch, Sie kennen zu lernen, Grace.« Sie trat einige Schritte zurück, bevor ihr einer ihrer wirren Gedanken aus Versehen entschlüpfen konnte. »Ich räume jetzt weiter die Küchenrollen ein«, erklärte sie und machte sich auf den Weg zu Gang drei.

Warum sollte es sie kümmern, was Rob Sutters Mutter von ihr dachte? Grace hatte einen unhöflichen, widerwärtigen Sohn großgezogen. Womit bewiesen wäre, dass auch sie alles andere als perfekt war.

Gerade als Kate eine Rolle Küchenpapier nahm und in das Regal stellte, kam Grace durch Gang zwei, dicht gefolgt von Regina.

»Ich muss mit dir reden, Grace.«

»Ich habe jetzt wirklich keine Zeit zu plaudern. Ich bin nur hergekommen, weil ich Würfelzucker für die Station brauche«, erklärte Grace.

»Es dauert nur eine Minute«, drängte Regina, als die beiden Frauen auf der anderen Seite des Regals mit den Küchenrollen stehen blieben. »Gestern war ich im Crazy Corner, und beim Spezialmittagsmenü hat mir Iona erzählt, dein Sohn Rob sei schwul.«

Kate wandte den Kopf leicht nach links und beobachtete durch die Regalreihen, wie sich Graces Augen weiteten und ihr der Mund offen stehen blieb. »Ich glaube nicht ...«

»Und der Grund, weshalb ich dieses Thema anschneide«, unterbrach Regina, »ist, weil mein Sohn Tiffer über Ostern nach Hause kommt. Ich weiß nicht, ob du es schon gehört hast, aber Tiffer arbeitet als Travestiekünstler unten in Boise.« Selbst Kate war das nicht neu, konnte sich aber nicht mehr erinnern, wer ihr wo davon erzählt hatte. »Tiffer hat im Moment keinen Freund, und ich dachte, wenn Rob auch Single ist, könnten wir die beiden doch einander vorstellen.«

Grace zupfte an ihrem Mantelkragen herum. »Nun ja, ich glaube aber nicht, dass Robert schwul ist.«

Kate ebenso wenig, und sie fragte sich, wer dieses Gerücht in Umlauf gebracht haben könnte und wer so etwas jemals glauben sollte. Nicht dass sie Mitleid mit »Robert« hätte.

»Manchmal sind wir Mütter die Letzten, die es erfahren«, meinte Regina beruhigend.

»Er ist sechsunddreißig Jahre alt.« Grace zog die Brauen zusammen. »Ich denke, inzwischen hätte ich es mitbekommen.«

»Da er Eishockeyspieler war, könnte ich mir vorstellen, dass er lieber Stillschweigen über seine Sexualität bewahrt hat.«

»Inzwischen spielt er aber nicht mehr.«

»Vielleicht hat er sich nur noch nicht geoutet. Manche Männer tun das ihr ganzes Leben nicht.«

Eishockeyspieler? Kate war der eine oder andere Klatsch über Rob zu Ohren gekommen, aber niemand hatte bisher erwähnt, dass er Eishockey spielte. Aber es würde die Knieverletzung erklären, die er bei ihrer ersten Begegnung erwähnt hatte. Und damit war auch klar, woher sein ungestümes Temperament stammte.

»Ich versichere dir, Regina, mein Sohn mag Frauen.«

In diesem Augenblick ertönte die Glocke über der Tür, und alle Augen richteten sich auf besagten Rob, der hereinkam und sich den Schnee von den Stiefeln trampelte. Er zog seine Mütze vom Kopf und schob sie in seine Anoraktasche. Seine Wangen waren gerötet, und seine grünen Augen funkelten. Die Deckenbeleuchtung fing sich in dem Silberring an seinem Finger, als er sich mit den Händen durchs Haar fuhr. Irgendwie gelang es ihm, jungenhaft und wie ein Hüne zugleich auszusehen.

Regina beugte sich zu Grace. »Du musst auf jeden Fall mit ihm reden. Sag ihm, Tiffer sei ein guter Fang«, flüsterte sie.

Graces Mundwinkel hoben sich. »Oh, du kannst beruhigt sein, das werde ich.«

FÜNF

»Regina Cladis will dich mit ihrem Sohn Tiffer verkuppeln.«

Rob streckte die Hand nach der Tür des Ford Bronco seiner Mutter aus und öffnete sie. Ein Teil seines Gehirns registrierte, dass seine Mutter mit ihm sprach, doch er beachtete sie nicht. Er war mit den Gedanken bei Kate Hamilton und dem Gespräch mit ihr. Sie hatte nicht nur irrtümlich angenommen, er erinnere sich nicht mehr an den Abend, als sie sich ihm an den Hals geworfen hatte, sondern schien auch nicht darüber reden zu wollen. Nicht dass er ihr einen Vorwurf daraus machen könnte, trotzdem wollte er ihr den guten Rat erteilen, keine Männer in Bars aufzugabeln. Er hatte versucht, das Ganze ins Lächerliche zu ziehen, aber offensichtlich besaß sie keinerlei Sinn für Humor.

»Regina glaubt, du seist schwul und hättest dich nur noch nicht geoutet.«

Diese Worte ließen ihn aufhorchen, und er warf seiner Mutter einen Blick über die Schulter zu. »Wie bitte?«

»Offenbar gönnt sich Tiffer eine Pause von seiner Karriere als Transvestit, um über Ostern nach Hause zu kommen. Regina meint, er sei ein guter Fang.«

Rob runzelte die Stirn. »Und was hat das mit mir zu tun?«

Grace duckte sich unter seinem Arm hindurch und warf ihre Einkaufstüte auf den Beifahrersitz. »Regina hat mir gerade erzählt, Iona reibe jedem im Cozy Corner unter die Nase, du seist schwul.«

Es war nicht das erste Mal, dass ihm dieses Gerücht zu Ohren kam, aber er hatte bisher keinen weiteren Gedanken daran verschwendet. Stattdessen hatte er gehofft, sein Leugnen habe es zum Verstummen gebracht. Aber er hätte es besser wissen müssen.

Grace, die bereits einen Fuß im Wagen hatte, hielt inne und sah Rob ins Gesicht. »Aber wenn es stimmt, ist das natürlich völlig in Ordnung. Du bist mein Sohn, und ich stehe hinter dir, egal was passiert.«

Rob stieß einen Seufzer aus. »Herrgott, Mom. Du weißt doch, dass ich nicht schwul bin.«

Sie lächelte. »Das tue ich. Und was sollen wir deiner Meinung nach im Hinblick auf dieses Gerücht unternehmen?«

Rob sah zu den grauen Wolken hinauf und stieß den Atem aus, während er über die weitreichenden Folgen dieser Angelegenheit nachdachte. In einer Großstadt würde ein solches Gerücht keine Rolle spielen, in einer Stadt wie Gospel hingegen könnte es sich negativ auf sein Geschäft auswirken. Und wenn das passierte, würde er Sutter Sports schließen und wegziehen müssen, was er definitiv nicht wollte. »Ich weiß es nicht«, erwiderte er und richtete den Blick wieder auf seine Mutter. Er fühlte sich ein wenig hilflos, aber außer sich eine Frau zu schnappen und sie auf der Main Street flachzulegen, gab es nicht viel, was er unternehmen könnte.

»Glaubst du, Harvey Middleton hat das Gerücht in Umlauf gesetzt, um dir geschäftlich zu schaden?«

»Nein.« Er konnte sich nicht vorstellen, dass der Besitzer des Sawtooth Gun & Tackle so etwas tun würde. Harvey war ein netter Kerl und hatte mehr Aufträge, als er bewältigen konnte.

»Wer war es deiner Meinung nach dann?«

Er schüttelte den Kopf. »Ich habe keine Ahnung. Wieso sollte jemand überhaupt auf diese Idee kommen?«

Die Frage war rein rhetorisch, trotzdem dachte Grace darüber nach. »Vielleicht weil du mit keiner Frau mehr ausgehst.«

Rob wollte sich nicht mit seiner Mutter über sein Privatleben unterhalten – nicht nur, weil sie diese Unterhaltung in der Vergangenheit bereits häufiger geführt hatten, sondern auch weil dieses Thema seine Gedanken zwangsläufig auf Sex lenkte. Der Mangel an Sex stellte sein wahres Problem dar, und das war ohne jeden Zweifel etwas, was er nicht mit seiner Mutter besprechen wollte.

»Du gehst doch auch mit niemandem aus«, wandte er ein und blickte über die Wagentür hinweg zum M & S Market hinüber, wo von einer gewissen klugscheißerischen Rothaarigen weit und breit nichts zu sehen war. *Bilden Sie sich bloß nichts ein. Ich mache mir überhaupt keine Gedanken um Sie*, hatte sie zu ihm gesagt. *Geschweige denn um die Größe Ihrer Ausstattung.* Was ihm nicht ganz fair erschien, da er in letzter Zeit ziemlich häufig an dieses Tattoo dachte, das offenbar ihr Hinterteil zierte.

»Ich denke, es wird allmählich Zeit, dass wir beide wieder anfangen auszugehen.«

Er wandte sich wieder seiner Mutter zu. »Gibt es da jemanden, für den du dich interessierst?«, fragte er halb im Scherz. Soweit er wusste, traf sich seine Mutter seit dem Tod seines Vaters 1980 nicht gerade oft mit Männern.

Sie schüttelte den Kopf und stieg in den Wagen. »Nein. Eigentlich nicht. Ich dachte nur, wir sollten vielleicht beide wieder häufiger unter Menschen gehen. Vielleicht ein bisschen mehr aus unserem Leben machen als immer nur arbeiten.«

»Mein Leben ist aber prima, wie es ist.«

Sie warf ihm einen dieser »Du kannst dich gern selbst belügen, aber deine Mutter führst du nicht hinters Licht«-Blicke zu und streckte die Hand nach dem Türgriff aus. »Ich lese heute

Abend mein neues Gedicht im Gemeindezentrum vor. Du solltest auch kommen.«

Oh, nein, bitte nicht. »Ich fliege dieses Wochenende zu Amelia«, erwiderte er. Eine bessere Ausrede fiel ihm auf die Schnelle nicht ein. Sie mochte ein wenig lahm klingen, aber zumindest entsprach sie der Wahrheit.

Grace zog die Tür zu und startete den Motor. »Bis dahin sind es noch drei Tage«, meinte sie, nachdem sie das Fenster heruntergelassen hatte.

Er hatte die Gedichte seiner Mutter gelesen und wusste, dass sie ziemlich schlecht waren, auch wenn er kein Experte für anspruchsvolle Literatur war.

Sie waren sogar miserabel, um ganz ehrlich zu sein.

»In zwei Wochen mache ich den Laden wieder auf und habe bis dahin noch jede Menge zu tun«, fügte er hinzu. Was zwar ebenfalls der Wahrheit entsprach, aber eine ebenso lahme Ausrede wie die erste war.

»Gut. Ich habe eine Kleinigkeit für Amelia besorgt. Komm noch bei mir vorbei, bevor du fliegst.«

Er hatte ihre Gefühle verletzt, aber er würde sich lieber einen Puck in die Weichteile schießen lassen, als zu einem Gedichte-Abend zu gehen. »Ich schaffe es wirklich nicht heute Abend.«

»Ich habe es gehört.« Sie legte den Rückwärtsgang ihres City-Jeeps ein. »Es fängt um sieben an, falls du es dir doch noch anders überlegst.«

Rob blieb auf dem leeren Parkplatz zurück und sah seiner Mutter nach. Er war sechsunddreißig Jahre alt. Ein erwachsener Mann. Es hatte eine Zeit in seinem Leben gegeben, als er andere Eishockeyspieler gegen die Banden gedrückt und es ihnen so richtig gezeigt hatte. Er war der gefürchtetste Spieler der gesamten Liga gewesen und hatte mit Abstand die meisten Strafminuten kassiert. Sie hatten ihm den Spitznamen »der

Hammer« gegeben, als Hommage an den ursprünglichen Träger dieses Namens, den legendären Dave Schultz.

Und heute Abend würde er zu einem geselligen Abend gehen, von dem er wusste, dass er dort nur alte Frauen antreffen würde, um sich das neueste Gedicht seiner Mutter anzuhören. Er betete nur, dass es nicht ganz so entsetzlich war wie das über die Eichhörnchen auf der Suche nach Nüssen.

Der Gedichte-Abend fing um Punkt sieben Uhr mit einer Diskussion darüber an, die Werke der Frauengruppe zu binden und im Sommer beim alljährlichen Rocky Mountain Oyster Feed, dem legendären Feuerwehr- und Landwirtschaftsfest in der Gegend, zu verkaufen. Die diesjährige Veranstaltungsbeauftragte, Ada Dover, stand auf einem Podest.

In dem länglichen Raum waren Stühle aufgestellt worden. Etwa fünfundzwanzig Frauen hatten sich eingefunden … und Rob. Er war absichtlich eine halbe Stunde später gekommen und hatte sich in die letzte Reihe gesetzt, die leer war. Auf diese Weise konnte er notfalls einen raschen Abgang machen.

»Wir können uns keinen eigenen Stand leisten«, wandte jemand ein. Rob sah, wie seine Mutter einige Reihen vor ihm die Hand hob. »Wir können die Hefte doch am Stand der Mountain Momma Crafters verkaufen. Die meisten von uns gehören ihnen doch sowieso an.«

»Ich wette, die Gedichte werden sich schneller verkaufen als die Kleenex-Hüllen im letzten Jahr.«

Rob schob die Ärmel seines grauen Pullovers zurück und fragte sich, ob mit den Kleenex-Hüllen diese Dinger gemeint waren, die seine Großmutter früher immer gehäkelt hatte, um sie über die Reserve-Toilettenrolle zu ziehen. Wenn er sich recht entsann, hatten ihre aus Ummengen Spitze bestanden und waren mit einem Puppenkopf verziert gewesen.

In diesem Moment ging die Hintertür rechts neben ihm auf. Er blickte über die Schulter und sah Stanley Caldwell hereinkommen, der ein Gesicht machte, als hätte er eine Wurzelbehandlung beim Zahnarzt vor sich. Er brachte einen Schwall kalte Nachtluft mit sich herein, gefolgt von seiner Enkelin, die noch weniger begeistert zu sein schien als er. Stanley erblickte Rob und kam auf ihn zu. »Macht es dir etwas aus, wenn wir uns zu dir setzen?«, fragte er.

Rob sah an Stanley vorbei zu Kate und betrachtete ihr rotes Haar, das sich über ihre dunkle Marinejacke ergoss, und ihre schimmernd rosigen Lippen. Stanley sah nach vorn zu Ada, die sich alle Mühe gab, so zu tun, als existiere er nicht.

»Nein, überhaupt nicht«, antwortete Rob und stand auf.

Stanley ging zum dritten Stuhl, so dass sich ein freier Platz zwischen ihm und Rob befand. Kate warf ihrem Großvater einen durchdringenden Blick zu, als sie sich an Rob vorbeischob, wobei der Stoff ihrer Jacke flüchtig seinen Pullover streifte. Ihre bleichen Wangen waren von der Kälte leicht gerötet, und der Geruch ihrer kühlen Haut stieg ihm in die Nase.

Für den Bruchteil einer Sekunde begegneten sich ihre Blicke, so dass er die unübersehbare Abneigung gegen ihn in ihren dunkelbraunen Augen sehen konnte. Ihre offenkundigen Gefühle für ihn hätten ihm eigentlich etwas ausmachen sollen, aber sie taten es nicht. Aus irgendeinem Grund, den er nicht benennen konnte, fühlte er sich mehr zu Kate Hamilton hingezogen als zu jeder anderen Frau seit langer Zeit. Er gab sich keinerlei Illusionen hin. Es war Sex. Nicht mehr und absolut nachvollziehbar, wenn man bedachte, unter welchen Umständen sie einander begegnet waren. Er hatte deshalb auch kein schlechtes Gewissen wegen der rein sexuellen Anziehungskraft, die sie auf ihn ausübte. Wann immer er sie sah, betrachtete er sie als die Frau, die sich ihm an jenem Abend an den Hals geworfen hatte. Die Frau, die ihm so gern ihren nackten Hintern hatte zeigen wollen.

Die beiden setzten sich, und Stanley beugte sich über den Schoß seiner Enkelin zu ihm herüber. »Ich hätte nicht gedacht, dass ich dich hier treffen würde.«

Rob wandte seine Aufmerksamkeit von Kate zu ihrem Großvater. »Meine Mutter liest heute Abend eines ihrer Gedichte vor. Deshalb hatte ich keine andere Wahl. Und was ist deine Ausrede?«

»Kate hat mein Alibi ruiniert, und Regina hat den ganzen Tag angerufen und mir gedroht, mich abzuholen und selbst herzubringen.« Er deutete auf Kate. »Ich habe Katie gezwungen, mich herzufahren, weil sie an allem schuld ist.«

Kate verschränkte die Arme vor der Brust und schürzte die Lippen ein wenig, sagte aber kein Wort.

Stanley zog seine Fliegerjacke aus und legte sie über seinen Schoß. »Habe ich etwas verpasst?«

Rob schüttelte den Kopf. »Nein.«

»Verdammt.«

Stanley rutschte auf seinem Stuhl zurück, und Rob warf einen erneuten Blick auf Kate. Ihre Verdrossenheit war nicht zu übersehen, aber es kümmerte ihn nicht. Er war schon immer ein Fan von echten Rothaarigen gewesen, und der Anblick von Kates Haar war, als starre man geradewegs in Flammen. Ihr Haar war eines der ersten Dinge gewesen, die ihm an jenem Abend in der Duchin Lounge neben ihrer blassen, weichen Haut und ihren großen, braunen Augen aufgefallen waren.

An diesem Abend wirkte sie kühl und gefasst, doch je länger er sie betrachtete, umso fester pressten sich ihre vollen Lippen zu einer verärgerten Linie zusammen. Ihre Arme waren noch immer vor der Brust gekreuzt, und sie hatte ihre endlos langen Beine übereinandergeschlagen und vor sich ausgestreckt. Sie hatte schwarze Hosen und hochhackige Stiefel an – jene Art, die Frauen gewöhnlich in Begleitung einer Peitsche und eines Dressurstocks trugen. Heiliger Strohsack!

»Wenn ich jetzt alle um ihre Aufmerksamkeit bitten dürfte«, verkündete Ada Dover auf dem Podium und fing Robs Blick über den Raum hinweg auf. »Ich möchte Euch recht herzlich zu diesem Monatstreffen willkommen heißen, ganz besonders unsere Gäste, die das erste Mal den Weg zu uns gefunden haben.« Stanley wand sich sichtlich, während Kate und Rob ein wenig tiefer auf ihren Stühlen zusammensanken. Leider waren jedoch beide zu groß, um gänzlich unsichtbar zu werden.

»Wie wir alle wissen, ist dies hier ein Gedichte-Abend, und einige von uns haben ihre Werke mitgebracht. Nachdem alle die Gelegenheit hatten, uns daran teilhaben zu lassen, gehen wir zum geselligen Teil des Abends über. Ich werde den Anfang machen, und als Nächste folgt Regina Cladis.«

Als Ada zu einem ellenlangen Gedicht anhob, das sie über ihren Hund Snicker verfasst hatte, zeigten sich erste Risse an Kates beherrschter Fassade. Es fing mit einem leicht genervten Wippen ihres rechten Fußes an, das sich jedoch nach einigen weiteren Minuten zu einem wütenden Treten auswuchs.

»*Seine braunen Augen sind niemals matt*«, läutete Ada die letzte Strophe ein.

> »*Er ist der einzige Hund in der Stadt,*
> *der herkommt, wenn ich rufe ›Snicker‹*
> *– kein Wunder, er ist ja mein Dicker.*
> *Er hat ein herrlich braunes Fell*
> *und zeigt mir seine Liebe mit seinem Gebell.*«

Kates Fuß erstarrte, und Rob glaubte sie etwas murmeln zu hören, das wie »Großer Gott, hab Erbarmen« klang.

Stanley hob die Faust an den Mund und hustete. Rob war froh, dass seine Mutter nicht die einzige miserable Dichterin hier war.

Als Nächstes war Regina mit Versen über die Bibliothek, in der sie arbeitete, an der Reihe. Nach Regina schaltete Iona Osborne einen Kassettenrekorder an, worauf ein rhythmisches *Bumm-bop-bop-Bumm* den Raum erfüllte. Über die Trommelschläge hinweg rezitierte Iona ein Gedicht mit dem Titel »Wenn ich Britney Spears wäre«. Es war ein fröhliches, unbeschwertes Gedicht und nicht einmal halb so schlecht wie Adas Werk. Kates Fuß ging wieder zu einem lässigen Wippen über, ehe er zum Stillstand kam, während sie die großen Knöpfe an ihrer Jacke löste. Sie stieß mit der Schulter gegen Rob, als sie versuchte, ihre Arme aus den Ärmeln zu winden. Ihr zuzusehen war, als beobachte man jemanden beim Abstreifen einer Zwangsjacke.

Er beugte sich zu ihr hinüber. »Heben Sie Ihre Haare hoch«, flüsterte er.

Sie hielt inne und warf ihm einen Blick aus den Augenwinkeln zu. Für einen Moment sah es aus, als würde sie widersprechen und zu einer ihrer typischen »Ich kriege das sehr gut allein hin«-Erwiderungen ansetzen. Sie öffnete den Mund und klappte ihn jedoch wieder zu, ehe sie ihre Hand in den Nacken schob und ihr Haar anhob. Rob streckte die Hand nach ihrer Jacke aus und zog sie nach oben heraus, während sie sich auf ihrem Stuhl vorbeugte. Sie befreite einen Arm, richtete sich wieder auf und ließ ihr Haar los. Es fiel in weichen Wellen über ihre Schultern und streifte Robs Handrücken. Tausende seidig weiche Haare berührten seine Haut und kringelten sich um seine Finger. Würde er die Handfläche nach oben drehen, könnte er sie mit der Faust umschließen. Es war lange her, dass er das Gewicht und die Geschmeidigkeit von Frauenhaaren auf seiner Brust und seinem

Bauch gespürt hatte. Er spürte, wie sich ein unerwartetes und ungewolltes Verlangen in seinem Schoß rührte.

Sie sah ihn an und lächelte zum ersten Mal seit jenem Abend, als sie sich in Sun Valley kennen gelernt hatten.

»Danke«, sagte sie, während sie auch den zweiten Arm aus dem Ärmel befreite.

»Bitte.« Er wandte seine Aufmerksamkeit wieder dem Podium zu und verschränkte die Arme vor der Brust. Wie jämmerlich sein Leben geworden war. Ihr Haar hatte seine Hand berührt. Ganz große Sache. Es hatte eine Zeit in seinem Leben gegeben, als er so etwas wahrscheinlich nicht einmal bemerkt hätte. Als sein Hauptaugenmerk darauf gelegen hätte, sie möglichst schnell von ihrem BH zu befreien, statt darauf, wie sich ihr Haar anfühlte.

Er hatte keine Ahnung, wie er seine Gefühle für Kate Hamilton definieren sollte. Abgesehen von ihrem unglaublichen Körper und ihren Domina-Stiefeln war er noch nicht einmal sicher, ob er sie überhaupt mochte. Es gab zahlreiche Männer, die sie mit ihrem Benehmen einschüchterte – Männer, die dachten, sie würde ihnen am liebsten die Eier lang ziehen, und Rob war nicht sicher, ob sie mit ihrer Vermutung so falsch lagen. Wie kam es also, dass er in einer Art und Weise an sie dachte, die seine eigenen Eier ernsthaft in Gefahr zu bringen drohte?

Er wusste wirklich nicht, warum, aber vielleicht lag es nur daran, dass die Kate, die jeder kannte, in so krassem Gegensatz zu der Frau stand, die er in der Bar in Sun Valley kennen gelernt hatte. An diesem Abend war sie weich, warm und einladend gewesen. Sie war eine ansprechend verpackte Versuchung gewesen, obgleich er ihr eisern widerstanden hatte – eine Versuchung, der er auch jetzt noch widerstehen konnte.

Ist sie es wert, für sie zu sterben?, fragte die Stimme in seinem Kopf. *Ist sie es wert, dass du dein Leben für sie hergibst?*

Kate war eine schöne Frau. Daran bestand kein Zweifel, aber wie immer lautete die Antwort Nein. Man konnte einfach nicht wissen, wann sich eine sanfte, warme, einladende Frau in eine Gottesanbeterin verwandelte.

Als Nächstes trat Eden Hansen auf das Podium. Sie war – im wahrsten Sinne des Wortes – von Kopf bis Fuß in Purpurrot gekleidet. Rob musterte ihr purpurrotes Haar und den purpurroten Lidschatten. Wenn es etwas gab, das ihm jeden Gedanken an Sex austreiben konnte, dann war es Eden. Ihr Gedicht trug den Titel »Zehn Arten, eine miese Ratte umzubringen« und handelte von ihrem Schwager Hayden Dean. Sie erwähnte ihn nicht namentlich, aber jeder der Anwesenden wusste, dass sie vom Ehemann ihrer Zwillingsschwester Edie sprach. Als sie geendet hatte, wussten die Zuhörer nicht, ob sie applaudieren oder sie nach versteckten Waffen abklopfen sollten.

Rob sah seine Mutter einige Reihen weiter vorn aufstehen und zum Podium gehen. Sie legte ihre Blätter auf den Tisch und fing an.

Alt zu werden ist wahrlich ein Kummer.
Du wirst langsam und brauchst plötzlich mehr Schlummer.
Der Hintern hängt, das Gesicht wird faltig.
Ich sage euch, das nervt gewaltig.

Rob stützte sich mit den Ellbogen auf den Knien auf und starrte auf seine Stiefelspitzen. Seine Mutter hatte ihr Gedichte-Nachschlagewerk offenbar mächtig in Anspruch genommen.

Du triffst Leute, die sind nur halb so alt,
kriegen dafür aber das doppelte Gehalt.
Sie glauben, sie sind auch zweimal so klug,
ich sage euch, da hat man genug.

Und so ging das Gedicht mehrere Minuten weiter, in denen sie die leidigen Seiten des Älterwerdens beschrieb, ehe sie zur letzten Strophe anhob:

> *Dein Leben ist ruhig und ohne jedes Drama,*
> *fast ganz so erloschen wie der Fujijama.*
> *Und mag dieser Berg vielleicht nicht mehr erbeben,*
> *ich sage euch, in mir tobt noch das Leben.*

»Heilige Maria, Mutter Gottes«, stöhnte Rob, den Blick noch immer fest auf seine Schuhspitzen geheftet.

Er spürte noch immer Kates Bein wippen. In diesem Augenblick drang Stanleys halblaute Stimme durch die Stille. »Das war wunderbar.«

Rob wandte den Kopf und betrachtete Stanley, der sein Lob durchaus ernst zu meinen schien.

»Das Beste, das wir bisher gehört haben«, fügte er hinzu.

Kate musterte ihren Großvater, als hätte er den Verstand verloren. »Besser als das über Britney?«

»O ja. Fandet ihr nicht auch?«

Sie schob sich eine Haarsträhne hinter die Ohren. »Nicht jedes Gedicht muss sich reimen«, meinte sie, um nicht lügen zu müssen.

Stanley runzelte die Stirn, und die Enden seines Schnurrbarts sanken herab. »Tja, ich weiß nur, dass Graces Gedicht vom Leben handelte und davon, wie es ist, älter zu werden. Es geht um Weisheit und um den Frieden, den man mit sich finden muss. Mich hat es jedenfalls angesprochen.«

Rob legte die Hände auf die Knie, ohne den Blick von Stanley zu nehmen. Um all das war es in dem Gedicht seiner Mutter gegangen? Alles, was er gehört hatte, war, dass sie nicht so tot wie der Fujijama war und ihr Hintern nach unten hing. Beides Dinge, über die man als ihr Sohn lieber nicht nachdenken wollte.

Lächelnd kehrte Grace zu ihrem Platz zurück, und Rob ließ noch drei weitere Gedichte über sich ergehen, ehe der »gesellige« Teil des Abends begann. Er entschuldigte sich bei Kate und Stanley und suchte nach seiner Mutter, die am Tisch mit den Erfrischungen stand. Er und Stanley waren die einzigen Männer hier, deshalb würde er auf keinen Fall bleiben und sich »unters Volk« mischen, was in Gospel zwangsläufig »klatschen« hieß.

»Wie fandest du mein Gedicht?«, erkundigte sich seine Mutter und reichte ihm einen Keks, auf dessen Mitte irgendein Marmeladenklecks prangte.

»Ich fand es besser als das mit den Eichhörnchen, das du mir letzte Woche vorgelesen hast«, antwortete er, biss in den Keks und spülte ihn mit dem Champagnerpunsch hinunter, den sie ihm gereicht hatte. Es fühlte sich an, als brenne ihm die Säure ein Loch in die Magenwände. »Was ist denn das?«

»Ein bisschen Whiskey, ein Spritzer Brandy und etwas Champagner. Für den Fall, dass du zu viel getrunken hast – wir haben einige Frauen als Fahrerinnen bestimmt.«

Er hatte nicht vor, so lange zu bleiben, um eine Fahrerin zu brauchen.

»Du fandest also die Zeile über den Fujijama nicht zu schräg?«, fragte sie weiter.

Doch. »Nein. Stanley Caldwell hat dein Gedicht gut gefallen. Er hat gemeint, er habe es wunderbar gefunden. Das hat er mir selbst erzählt.«

Ihre Mundwinkel hoben sich. »Ehrlich?«

»Ja.« Wenn seine Mutter glaubte, sie könnte ihn zum Bleiben bewegen, indem sie ihn mit Champagnerpunsch abfüllte und mit Keksen vollstopfte, hatte sie sich gründlich geirrt. Sowie er dieses trockene Ding hinuntergewürgt hatte, würde er verschwinden. »Er fand, es sei das beste von allen gewesen, die wir gehört haben.«

»Er ist ein netter Mann«, meinte sie, noch immer lächelnd. Die Krähenfüße um ihre Augen zogen sich über ihre Schläfen bis hin zum Ansatz ihres ergrauenden Haars. »Und seit Melbas Tod ist er so schrecklich einsam. Vielleicht sollte ich ihn mal zum Abendessen einladen.«

Rob warf einen Blick zu Stanley hinüber, der ein Stück hinter ihm stand und von mehreren grauhaarigen Damen umringt war. Die Deckenbeleuchtung spiegelte sich in seiner Glatze wider, als hätte er sie mit Politur eingerieben. Sein Blick huschte im Raum umher, als sei er auf der verzweifelten Suche nach einer Fluchtmöglichkeit. Schließlich blieb er an Kate hängen, die ein Stück neben ihm am Tisch mit den Erfrischungen stand und den Punsch hinunterkippte wie eine Alkoholikerin, die seit Wochen auf Entzug war.

»Interessierst du dich für Stanley Caldwell?«, fragte er und schob sich den restlichen Keks in den Mund.

»Rein freundschaftlich. Er ist nur sechs Jahre älter als ich.« Sie nahm einen Schluck von ihrem Punsch. »Wir haben eine Menge Gemeinsamkeiten«, fügte sie hinzu.

Rob leerte seinen Becher und stellte ihn auf dem Tisch ab. »Ich muss los«, sagte er und zog seinen Anorak über, doch bevor er einen Schritt in Richtung Tür machen konnte, vertrat ihm Regina den Weg.

»Hatte deine Muter schon Gelegenheit, mit dir über Tiffer zu reden?«, wollte sie wissen.

Rob runzelte die Stirn und warf einen Blick über die Schulter, ob jemand Regina gehört hatte. »Ich bin nicht schwul.«

Einige Momente lang starrte sie ihn wortlos durch ihre dicken Brillengläser an, die ihre Augen riesengroß wirken ließen. »Bist du sicher?«

Er kreuzte die Arme vor der Brust. *War er sicher?* »Ja«, antwortete er. »Ganz sicher.«

Reginas Schultern sackten unter dem Gewicht ihrer Enttäuschung zusammen. »Tut mir leid, das zu hören. Du wärst ein guter Partner für Tiffer gewesen.«

Ein guter Partner für eine Drag Queen? Allmählich schien die Angelegenheit aus dem Ruder zu laufen. Er spürte Ärger in sich aufkeimen.

»Regina, weißt du, wer dieses Gerücht in Umlauf gesetzt hat?«, fragte Grace.

»Ich bin nicht sicher. Mir hat es Iona erzählt, aber ich habe keine Ahnung, woher sie es hat.« Sie drehte sich zu einer Hand voll Frauen um, die hinter ihnen standen. »Iona«, rief sie, »wo hast du das Gerücht gehört, dass Graces Junge schwul ist?«

Wie auf Kommando fuhren sämtliche Frauen, die sich um Stanley geschart hatten, herum und starrten Rob an. Er hatte das Gefühl, als wäre ein Scheinwerfer auf ihn gerichtet, und zum ersten Mal, seit ihm dieses Gerücht zu Ohren gekommen war, riss ihm der Geduldsfaden. Es kümmerte ihn nicht, wer es in Umlauf gesetzt hatte, er wollte nur, dass es aufhörte, bevor es vollends außer Kontrolle geriet. Bevor sich eine Horde Hinterwäldler auf ihn stürzen konnte, um sich etwas zu beweisen, auch wenn er durchaus mit ihnen fertigwerden würde.

»Ich habe es an dem Tag gehört, als ich mir unten im Curl Up & Dye die Haare habe machen lassen. Ada hat es mir erzählt. Aber ich habe keine Ahnung, woher sie es hatte.«

Nachdenklich legte Ada sich einen knochigen Finger an die dünnen Lippen. »Stanleys Enkelin hat behauptet, du seist schwul«, verkündete sie schließlich.

Alle Augen richteten sich auf Kate, die es jedoch erst zu bemerken schien, als sie ihren leeren Punschbecher abstellte und den Kopf hob. »Was ist?«

»Sie waren es also.«

Kate leckte sich einen Tropfen Punsch von den Lippen und sah die Anwesenden an. Sie starrten sie an, als hätte sie etwas Schlimmes angestellt. Ja, okay, sie hatte sich ein paar Becher Punsch genehmigt. Na und? Nach diesem Abend mit all den lausigen Gedichten und Rob Sutters Anwesenheit hatte sie sich das auch redlich verdient. Er hatte sie dazu gebracht, ihn anzulächeln, und er war so riesig und nahm so viel Platz in Anspruch, dass sie die Schultern hatte einziehen müssen, um ihn nicht ständig zu streifen. So sehr, dass ihr Genick inzwischen schmerzte. Das war doch ein, zwei Becher Punsch wert, oder?

»Was ist?«, wiederholte sie, als die anderen sie noch immer anstarrten. Wo lag das Problem? Sie hatte doch noch etwas Punsch übrig gelassen. »Was habe ich getan?«

»Sie waren die Erste, die behauptet hat, Graces Sohn sei schwul.«

»Ich?« Sie sog scharf den Atem ein. »Das habe ich nicht getan!«

»Doch, das haben Sie. Sie haben meine Dosenpfirsiche kassiert und behauptet, dass er keine Frauen mag.«

Kate durchforstete ihr Gedächtnis und konnte sich noch dunkel an die Unterhaltung mit Ada über den Besitzer des Sportgeschäfts auf der anderen Seite des Parkplatzes erinnern. »Moment mal.« Sie hielt eine Hand hoch. »Ich weiß überhaupt nicht, wovon ihr redet. Damals hatte ich Mr. Sutter doch noch nicht einmal gesehen.«

Seine hochgezogene Braue verriet ihr, dass er sie für eine Lügnerin hielt.

»Ich schwöre«, beteuerte sie. »Ich wusste nicht, dass sie von Ihnen geredet hat.« Der Ausdruck in seinen grünen Augen ließ sie ahnen, dass er ihr kein Wort glaubte.

»Es ist nicht richtig, ein Gerücht über jemanden in Umlauf

zu bringen, den man nicht einmal kennt«, erklärte Iona, als hätte Kate gegen eine ungeschriebene Klatschregel verstoßen. Was schlicht und einfach verrückt war. Jeder wusste, dass es nur eine Klatschregel gab – sowie man den Raum verließ, war man Freiwild.

»Katie«, sagte Stanley und schüttelte den Kopf, »du solltest keine Gerüchte verbreiten.«

»Das habe ich auch nicht!« Sie wusste, dass sie nichts Derartiges getan hatte, doch nach dem Gesichtsausdruck der Anwesenden zu schließen, glaubte ihr niemand ein Wort. »Na schön. Denkt doch, was ihr wollt«, sagte sie und schlüpfte in ihre Jacke. Sie war unschuldig. Wenn überhaupt, hielt sie Rob höchstens für impotent, aber keinesfalls für schwul.

Das war doch verrückt. Sie wurde als Klatschbase in einer Stadt an den Pranger gestellt, die vom Klatsch *lebte*. Sie verstand diese Leute hier einfach nicht.

Ihr Blick wanderte von Rob, der sie ansah, als würde er sie am liebsten erwürgen, zu den anderen Anwesenden. Sie mochten ganz normal aussehen, aber das waren sie nicht. Und wenn sie sich nicht vorsah, würde sie am Ende noch so werden wie sie.

Eine weitere Irre in einem Kaff voll Durchgeknallter.

SECHS

Kate sah sich im Wohnzimmer um, ehe sie den Kopf gegen die Sofalehne sinken ließ. Das leise Quietschen des Schaukelstuhls ihres Großvaters und die Geräuschkulisse der Wiederholung einer alten *Golden-Girls*-Folge im Fernsehen erfüllten den Raum. Es war St. Patrick's Day, und sie verbrachte den Tag damit, mit ihrem Großvater vor dem Fernseher zu sitzen. Sie war zur Hälfte Irin, und normalerweise war sie an diesem Tag mit ihren Freunden unterwegs, genehmigte sich ein paar Drinks und sang »Too Ra Loo Ra Loo Ra«.

Auch in den Adern ihres Großvaters floss irisches Blut, und er sollte ebenfalls unterwegs sein und feiern. Vielleicht sollte sie ihm vorschlagen, einige seiner Freunde anzurufen und sie wenigstens auf ein Green Beer einzuladen. Doch als sie ihn das letzte Mal aufgefordert hatte, etwas zu unternehmen, hatte er sie anschließend als Rache gezwungen, ihn zu dem Gedichte-Abend zu begleiten – ein Abend, der sich als absolute Katastrophe erwiesen hatte.

Schon als Mädchen hatte sie gewusst, dass die Leute in Gospel etwas eigen sein konnten, doch nach diesem Abend war sie restlos davon überzeugt, dass sie mehr als nur ein wenig verschroben waren. Sie war sich sicher, dass sie in einer anderen Dimension lebten, einer, die auf den ersten Blick ziemlich normal wirkte, unter deren Oberfläche es jedoch mächtig brodelte. Vier Tage war es her, seit sie Gelegenheit gehabt hatte, einen Blick auf die Verrücktheit zu werfen, die sich hinter all den normalen Gesichtern verbarg, und es war beängstigend gewesen. Der einzige Mensch, der sich nicht wie ein Verrückter benommen hatte, war Rob Sutter. Er hatte eher wütend als verrückt gewirkt.

»Warum gehst du denn nicht aus, Katie?«

Sie wandte den Kopf und sah ihren Großvater an. »Willst du mich loswerden?«

»Ja. Du bringst mich an den Rand der Erschöpfung«, meinte er und sah wieder in den Fernseher. »Ich liebe dich, Katie, aber ich brauche eine Pause von dir.«

Sie setzte sich auf. Sie war nach Gospel gekommen, um ihm zur Hand zu gehen und ihm zu helfen, über seinen Kummer hinwegzukommen. Auch sie hatte eine Pause von ihm nötig, aber sie wäre niemals so unhöflich, es ihm ins Gesicht zu sagen. Doch allem Anschein nach hatte er diese Skrupel nicht.

»Geh und trink irgendwo ein Green Beer.«

Sie wollte aber nicht allein in eine Bar gehen. Das hatte immer etwas Trauriges an sich, und beim letzten Mal war es auch nicht gerade gut für sie gelaufen. Sie hatte zu viel getrunken und litt noch heute unter den Folgen.

»Spiel eine Runde Billard und unterhalte dich mit Leuten in deinem Alter.«

Billard. Sie könnte tatsächlich Billard spielen gehen. Das war nicht traurig, und wenn sie nicht zu viel trank, würde sie auch keine Dummheiten machen. »In welchen Bars gibt es hier Billardtische?«, fragte sie ihren Großvater.

»Im Buckhorn gibt es ein paar im Hinterzimmer. Ich glaube nicht, dass in Rocky's Bar auch welche stehen, aber vielleicht im Hitching Post.« Während Kate sich zu erinnern versuchte, welche Bar vom Haus ihres Großvaters aus am schnellsten zu erreichen war, fuhr er fort: »Aber ins Hitching Post solltest du lieber nicht gehen. Die Toiletten dort sind ziemlich übel.«

Kate sah an sich hinunter und musterte ihre Jogginghose und ihre Hausschuhe mit dem Tasmanischen Teufel als Comic darauf. »Ist das Buckhorn nicht auch ein ziemlich übler Laden?« Sie war einige Male an der Bar vorbeigefahren und fand, dass sie aussah, als wäre sie mindestens hundert Jahre alt. Nicht so, als drohe das Haus zusammenzubrechen, sondern nur reichlich rustikal.

»Nicht um diese Jahreszeit. Dort geht es nur drunter und drüber, wenn im Sommer die Flachländer herkommen.«

»Wieso gehen wir nicht zusammen hin und spielen Billard? Ich wette, einige deiner Freunde sind auch dort.«

Er schüttelte den Kopf. »Ich will nirgendwo hingehen. Ich rufe Jerome an und frage ihn, ob er auf ein Bier rüberkommt«, meinte er, bevor sie etwas sagen konnte.

Sie stand auf. Wenn ihr Großvater Besuch von einem Freund hatte, würde er ihre Gesellschaft nicht benötigen. »Okay. Vielleicht gehe ich ja tatsächlich los und spiele ein bisschen Billard«, sagte sie und ging in ihr Zimmer. Sie zog ihren halterlosen BH an, darüber den schwarzweiß gestreiften Pulli mit U-Boot-Ausschnitt und ein Paar Jeans. Dann schlüpfte sie in ihre schwarzen Stiefel und gab ein paar Tropfen Parfum auf ihre Handgelenke. Nachdem sie die Zähne geputzt hatte, bürstete sie ihr Haar, bis es sich in einer glatten Masse zwischen ihren Schulterblättern ergoss. Sie machte sich nicht die Mühe, ein besonderes Make-up aufzulegen, sondern trug nur einen Hauch Wimperntusche und ein wenig rosafarbenen Lipgloss auf. Schließlich nahm sie ihre Jacke und ihren kleinen, schwarzen Rucksack und machte sich auf den Weg.

»Ich glaube nicht, dass ich lange wegbleibe«, sagte sie zu ihrem Großvater, als sie die Küche durchquerte und am Tisch mit Melbas alten Tom-Jones-Sets vorbeikam.

»Du siehst reizend aus.« Stanley half ihr in die Jacke. »Versprich mir, dass du mich anrufst, solltest du zu viel getrunken haben.«

»Danke, das mache ich«, sagte sie, obwohl sie nicht die Absicht hatte, es so weit kommen zu lassen. Sie kramte die Autoschlüssel aus ihrem Rucksack und ging zur Tür.

»Und, Kate ...«

Sie wandte sich um und sah ihrem Großvater ins Gesicht.

»Ja?«

»Mach nicht alle Jungs beim Billard fertig.« Er lachte, doch Kate war sich nicht sicher, ob seine Worte wirklich scherzhaft gemeint waren.

Von außen sah die Buckhorn Bar wie viele Läden in Gospel aus – ein Blockhaus mit einem verzinkten grünen Dach –, doch im Gegensatz zu den anderen Geschäften waren keine gestreiften Markisen oder Pflanzen angebracht, um die etwas grobe Fassade hübscher aussehen zu lassen. Weder stand ein Holzindianer neben der Tür, noch prangten goldene Buchstaben auf den abgedunkelten Fensterscheiben. Der Türgriff bestand aus einem Horn, und ein großes Neonschild mit einem Elch hing über der abgetretenen Veranda. Die Lücken zwischen den Holzblöcken waren mit Zement zugekleistert, trotzdem sickerte düsteres Licht und das leise Jaulen von Gitarren durch vereinzelte Spalten.

Im Buckhorn war es keinen Deut anders als in jeder anderen Bar in einer ländlichen Gegend. Für die Stammgäste war es wie ein zweites Zuhause, und jeder, der neu hinzukam, wurde beim Hereinkommen argwöhnisch gemustert.

Der Besitzer der Bar, Burley Morton, musste hundertfünfzig Kilo wiegen und war mindestens einen Meter neunzig groß. Zur Sicherheit bewahrte er hinter seiner Bar einen Baseballschläger und eine abgesägte Schrotflinte auf. Den Schläger hatte er schon seit 1985 nicht mehr benutzt, als ein Flachländer versucht hatte, ihn wegen einer Kiste Coor's-Lite-Bier und einer Schachtel Erdnüsse zu überfallen. Zwar war seit Jahren nichts Derartiges mehr vorgefallen, trotzdem behielt er beide Waffen für den Notfall in greifbarer Nähe. Gelegentlich gerieten einige Einheimische im Suff in Streit und gingen aufeinander los, aber es war nichts, was er nicht mithilfe eines Anrufs beim Sheriff oder seiner beiden Fäuste in den Griff bekam.

Die Tür des Buckhorn fiel hinter Kate ins Schloss. Die Innenausstattung erinnerte sie an viele der älteren Hotels und Casinos in Vegas. Es roch nach Alkohol und schalem Zigarettenrauch, der sich förmlich in die Holzverkleidung gefressen hatte. Doch auch der Versuch des Besitzers, mit Kirsch-Lufterfrischer Abhilfe zu leisten, änderte daran nichts.

Aus der Jukebox drang Kenny Chesneys Stimme, der von einem Mädchen sang, das zu einem großen Star geworden war, und in der Mitte des großen Raums tanzten einige Pärchen. Kate war kein allzu großer Fan von Countrymusik, doch im Vergleich zu Tom war Kenny ein echter Fortschritt. Grüne Kleeblattgirlanden schmückten die lange Bar. Rechts von Kate hing ein Mitteilungsbrett, auf dem mehrere bunte Flugblätter angebracht waren.

Kate schwang sich ihren Rucksack über die Schulter und steuerte auf die Bar zu. Sie schob sich an mehreren Tischen vorbei, bis sie einen leeren Barhocker neben dem Coor's-Neonschild fand.

»Was darf's sein?«, fragte der Besitzer des Buckhorn, ohne seine dicke Zigarre aus dem Mund zu nehmen.

»Haben Sie Winterweizenbier?«

Burley zog seine dichten, schwarzen Brauen zusammen und starrte sie an, als hätte sie einen Shirley Temple mit einer Extraportion Kirschen bestellt.

»Dann nehme ich ein Bud Light«, meinte sie.

»Gute Wahl«, gab er zurück und ging, gefolgt von einer dünnen Rauchspur, zu den Zapfhähnen.

»Bist du nicht Stanleys Enkeltochter?«

Sie drehte sich um und sah den Mann auf dem Barhocker neben sich an, den sie sofort als Hayden Dean wiedererkannte, jenen Mann, dem das Gedicht über die miesen Ratten gegolten hatte.

»Ja. Wie geht es Ihnen, Mr. Dean?«

»Gut.« Er griff nach seinem Bier, wobei er Kate mit der Schulter streifte. Sie war sich nicht sicher, ob es wirklich ein Zufall war.

Burley kam zurück und stellte zwei Gläser mit Green Beer vor Kate ab. »Zwei fünfzig.«

»Ich habe aber nur eines bestellt«, meinte sie, während die Platte in der Jukebox wechselte und Clint Blacks Stimme aus den Lautsprechern drang.

Er nahm die Zigarre aus dem Mund und deutete auf ein Schild hinter ihm. »Mittwoch gibt's zwei zum Preis von einem.«

Wow, zwei zum Preis von einem. Das letzte Mal hatte sie dieses Angebot in Anspruch genommen, als sie noch auf dem College war. Heutzutage war die Aussicht, sich einen hinter die Binde zu gießen, weitaus weniger reizvoll als damals mit Anfang zwanzig, als sie trinkfest gewesen war und das auch regelmäßig unter Beweis gestellt hatte.

»Ich war noch nie vorher hier«, erklärte sie Hayden, während sie eine Fünfdollarnote aus ihrem Rucksack kramte. Sie warf einen Blick über die linke Schulter zum hinteren Teil der Bar, wo durch eine geöffnete Tür Billardlampen über zwei Pooltischen zu sehen waren.

Sie hob das Bier an die Lippen und spürte, wie etwas ihren Oberschenkel berührte.

»Ich mag Rothaarige«, erklärte Hayden.

Sie sah nach unten auf seine Hand, die auf ihrem Schenkel lag, dann wieder in sein von tiefen Falten durchzogenes Gesicht. Allem Anschein nach war der einzige Mann, der sie seit mehr als einem Jahr beachtete, ein widerlicher alter Mistkerl mit schalem Bieratem und dem Ruf, eine Schwäche für billige Frauen zu haben. »Nehmen Sie Ihre Hand von meinem Schenkel, Mr. Hayden.«

Er lächelte, und sie sah, dass ihm einige Backenzähne fehlten. »Du hast eine Menge Feuer. Ich mag so was an Frauen.«

Kate verdrehte die Augen. Seit sie ihre Lizenz als Privatdetektivin gemacht hatte, nahm sie regelmäßig Unterricht in Selbstverteidigung und könnte mit einer einzigen Bewegung Haydens Hand von ihrem Bein reißen und seinen Daumen bis zum Handgelenk zurückbiegen, wenn sie Lust hätte. Doch sie wollte Mr. Dean nicht wehtun, weil es unangenehm werden könnte, wenn er in nächster Zeit auf einen kostenlosen Kaffee im M & S Market vorbeikäme. Also stand sie auf und hängte sich den Riemen ihres Rucksacks über die Schulter. Obwohl sie eigentlich keine zwei Gläser Green Beer haben wollte, nahm sie beide mit und ging in den hinteren Teil der Bar. Während sie sich vorsichtig einen Weg zwischen den Tischen hindurchbahnte, nippte sie an beiden Gläsern, um nichts von dem Bier zu verschütten.

Vier Männer spielten an den beiden Tischen in dem vollen Billardraum, während etliche Zuschauer mit ihren Bieren in der Hand unter einem Schild mit der Aufschrift »Kein Spucken, kein Raufen, kein Wetten« herumstanden.

Rob Sutter, der in dem rauchgeschwängerten Dunkel des Raums gestanden hatte, löste sich von der Wand und beugte sich über einen der Billardtische. »Die Drei in die Seitentasche«, verkündete er über die Ansammlung von Billardkugeln auf dem grünen Filz und George Jones' Stimme aus den Lautsprechern der Jukebox im Nebenraum hinweg.

Kate stand im Türrahmen und sah zu, wie er sich in Position brachte und ansetzte. Der Lichtkegel der Lampe, die unmittelbar über seinem Kopf hing, fiel auf seine linke Hand und den silbernen Ring an seinem Mittelfinger. Sein Hemdsärmel aus blauem Flanell war aufgekrempelt, so dass der Schwanz der Schlange auf seinem Arm zu sehen war. Außerdem trug er eine Mütze, die mit einem Fliegenhaken und dem Spruch »Beiß mich an« bestickt war. Er ließ den Queue zwischen Daumen und Zeigefinger gleiten und setzte zum Stoß an, wobei er seinen Mangel an Zielgenauigkeit durch schiere Muskelkraft wettmachte. Die Queuekugel prallte so heftig gegen die rote Kugel, dass diese einen kleinen Satz machte, ehe sie über den Tisch schoss und in der Tasche verschwand. Sein Blick folgte den Kugeln zur Bande des Tisches, wo er einige Sekunden lang verharrte, ehe er über die Knöpfe von Kates Jacke, über ihr Kinn und ihren Mund bis zu ihren Augen wanderte. Im Schatten seines Mützenschirms begegneten seine Augen ihrem Blick, und er starrte sie wortlos an. Im nächsten Moment verzogen sich seine Mundwinkel eine winzige Spur. Kate hatte keine Ahnung, warum er so ärgerlich war – wegen ihres unvermittelten Auftauchens oder weil er so heftig zugestoßen hatte, dass er die Kontrolle über seinen Queue verloren hatte. Wahrscheinlich beides.

Mit einer weichen, fließenden Bewegung richtete er sich auf, so dass der Schatten seiner Mütze bis zu seiner Nasenspitze wanderte und nur noch seine Lippen und sein Bart im düsteren Licht des Raums zu erkennen waren. Er trug ein weißes T-Shirt unter seinem offenen blauen Flanellhemd, dessen Zipfel um seine Hüften und den geknöpften Verschluss seiner Levi's flatterten.

Während er dastand und wahrscheinlich wie der Traum jedes Mädchens aussah, musste sie mit ihren zwei Green Beers in der Hand wie eine völlige Idiotin wirken.

Kate überlegte, ob sie den Rückzug antreten sollte, doch wenn sie jetzt den Raum verließ, würde er glauben, sie hätte es seinetwegen getan – was zwar der Wahrheit entspräche, doch sie wollte auf keinen Fall, dass er das wusste. Erneut beugte er sich über den Tisch, lang und geschmeidig, während sich der Stoff seiner Levi's um sein Hinterteil spannte. Keine Frage, Rob Sutter war ein absolut heißer Kerl. Die Art Mann, der eine Frau an den gewissen Stellen zum Ticken brachte. Nur Kate nicht. Sie war immun gegen ihn. Er legte den Queue an, und sie wandte sich ab.

Es gab weder Stühle noch Tische im Raum, also stellte sie ihre Gläser auf einem der Regale an der Wand ab und hängte ihren Rucksack und ihre Jacke an einen Haken hinter ihr. Am Tisch neben Rob waren zwei der drei Worsley-Brüder gerade dabei, ihr Spiel zu beenden. Kate legte drei Vierteldollarmünzen auf die Bande des Billardtisches und nahm einen hauseigenen 19-Unzen-Queue aus dem Ständer an der Wand. Sie wog ihn in den Händen, als wäre er ein Gewehr. Der Schaft war ein wenig verbogen, doch er besaß eine hübsche harte Spitze. Sie stellte ihn mit dem Ende auf ihren rechten Fuß und wartete.

Robs nächster Stoß ging daneben, was keine große Überraschung war, da er erneut den Ball praktisch vom Tisch katapultierte. Er richtete sich auf, worauf ihm eine gefärbte Blondine mit riesigen Brüsten eine Flasche Heineken reichte. Sie hieß Dixie Howe und war die Besitzerin des Curl-Up & Dye-Frisiersalons. Sie hatte lange rote Nägel und schob einen Finger durch die Gürtelschlaufe seiner Jeans, an der sie nun zerrte und ihm etwas ins Ohr sagte. Allem Anschein nach wusste Dixie nicht, dass Rob ein Problem mit unverblümten Frauen hatte, die den ersten Schritt machten, und dass er alles andere als der Inbegriff männlicher Perfektion war.

Im Lauf der letzten Wochen hatte Kate überlegt, ob sie Mr. Rob Sutter nicht einmal genauer unter die Lupe nehmen sollte. Abgesehen von der Tatsache, dass er unhöflich und ein grober Klotz war, wusste sie nur, dass er einen Hummer fuhr, früher einmal Eishockey gespielt und eine schwere Knieverletzung erlitten hatte. Sie vermutete, dass diese Knieverletzung auch seiner Karriere ein Ende gesetzt hatte, wusste es aber nicht genau. Sie könnte ihren Großvater danach fragen, doch der würde ihr Interesse an Rob nur für von romantischer Natur halten. Wenn sie mehr über ihn wissen wollte, würde sie ihren Laptop aus einer ihrer Schachteln kramen müssen, die sie in ihrem Schlafzimmerschrank verstaut hatte. Sie kannte sein Autokennzeichen, so dass sie mit wenigen Handgriffen einen Blick auf seinen Führerschein werfen und sein Geburtsdatum sowie seine Sozialversicherungsnummer herausfinden könnte. Und dann könnte sie die Stationen seiner Karriere verfolgen und sehen, ob er schon einmal verheiratet gewesen war. Sie würde auch noch andere Details über ihn erfahren, wie zum Beispiel, ob er ein Vorstrafenregister besaß.

Aber solche Dinge tat sie nicht mehr. Nicht auf beruflicher Ebene. Nicht einmal, um ihre Neugier zu befriedigen.

Sie nahm einen Schluck von ihrem Bier und sah ihn über den Rand des Glases hinweg an. Er stand mit leicht geneigtem Kopf da und hörte Dixie zu, dennoch spürte Kate seinen Blick auf sich. Sie konnte zwar seine Augen im Schatten des Mützenschirms nicht erkennen, doch sie spürte, wie sein Blick über ihr Gesicht und ihren Körper wanderte. Wäre sie nicht immun gegen ihn gewesen, hätte sie jetzt höchstwahrscheinlich bemerkt, wie sie Feuer fing.

Die Worsley-Brüder beendeten ihr Spiel, worauf Kate vortrat und den Gewinner herausforderte. Peirce Worsley brachte es auch mit seinen handgefertigten Cowboystiefeln gerade mal auf einen Meter fünfundsiebzig und besaß wie seine Brüder kurzes, braunes Haar. Die drei waren zwischen fünfundzwanzig und dreißig und lebten und arbeiteten auf der Farm ihrer Eltern etwa zwanzig Meilen von Gospel entfernt. Kate war ihnen einige Male begegnet, als sie in den M & S Market gekommen waren. Sie schienen nicht gerade die hellsten Kerzen am Baum zu sein, aber Kate war auch nicht ins Buckhorn gekommen, um anspruchsvolle Konversation zu führen.

Peirce ordnete die Kugeln, während Kate eine Münze um den Anfang warf. Sie gewann und positionierte die Queuekugel neben der Seitenbande auf dem Fußpunkt. Sie beugte sich vor, legte den Queue über ihren Daumenrücken, zielte auf die zweite Kugel und stieß zu. Alle fünfzehn Kugeln stoben auseinander. Die gelbe rollte über den grünen Filz und fiel in eine Seitentasche. Als Nächstes versenkte sie die Drei in der linken Seitentasche und die Sieben in der rechten. Dann setzte sie den Queue über die Bande an und brachte die blaue Kugel an eine Stelle, von der aus sie sie später versenken konnte. Vier gute Stöße, und sie hatte beinahe vergessen, dass Rob sich im selben Raum aufhielt.

Peirce schob die Krempe seines Cowboyhutes zurück und musterte sie über den Tisch hinweg. Der aggressive Ausdruck in seinen hellblauen Augen hätte sie warnen müssen, dass dieser Abend auf eine Katastrophe zusteuerte. »Woher kommst du?«, fragte er.

»Aus Las Vegas.«

»Bist du 'ne Gaunerin?«

Kate starrte ihn an und hielt sich vor Augen, dass die Brüder auch im nüchternen Zustand nicht gerade die Schlausten waren. Glaubte er allen Ernstes, sie würde es ihm auf die Nase bin-

den, wenn sie versuchen würde, ihn über den Tisch zu ziehen?
»Nein, ich bin keine Gaunerin.«

»Spielst du in 'ner Liga oder so was?«

»Meine Eltern hatten einen Billardtisch, als ich noch klein war«, erwiderte sie und ging zu dem Regal, auf dem ihr Bier stand. Sie hob das grün gefärbte Bud Light an die Lippen und beobachtete, wie Dixie Howe sich über den Tisch beugte und jedem der Anwesenden einen ausgiebigen Blick in ihr tiefes Dekolletee ermöglichte. Kate hatte kein Problem mit Frauen, die ihre Reize zur Schau stellten. Sie gehörte nur zufällig nicht dazu. Na ja, bis auf dieses eine Mal. Kate sah zu Rob hinüber, der wie all die anderen Männer den Blick kaum von ihren mit üppigen Implantaten versehenen Brüsten lösen konnte. Er sagte etwas, das Dixie zum Lachen brachte, ehe er sein Bier an die Lippen hob.

Kate wandte ihre Aufmerksamkeit wieder Pierce zu, während dieser eine Kugel versenkte und sofort zum nächsten Stoß ansetzte. Kate konnte sich noch genau genug an jenen Abend erinnern, als sie Rob kennen gelernt hatte, um zu wissen, dass er charmant sein konnte. Sie hatte sich zwar von seinem Charme in die Irre führen lassen, aber zu ihrer Verteidigung musste sie sagen, dass sie an diesem Abend stockbetrunken gewesen war.

»Wenn du gegen Peirce gewinnst, trittst du als Nächstes gegen mich an.«

Sie warf dem anderen Bruder einen Blick über die Schulter zu. »Welcher Worsley bist du?«, fragte sie.

»Tuttle.« Er deutete auf den Mann links neben sich. »Und das ist Victor. Wenn du mich schlägst, spielst du gegen ihn«, meinte er, als hätte sie gar keine andere Wahl. »Aber ich bezweifle, dass du besser spielst als ich.«

»Ich glaube nicht, dass ich so lange bleiben werde, Tuttle.«

»Hast du Angst, dass ich gewinne?«

Pierce verfehlte eine Kugel, worauf sie ihr Bier beiseitestellte.

»Nein.«

»Los, dann wette mit ihr um fünf Mäuse, dass du gewinnst, Tut«, schlug Victor vor und schüttete sein Bier hinunter.

»Wow, fünf Mäuse!«, meinte Kate.

Offenbar entging den beiden Männern ihr Sarkasmus. »Wenn das zu viel für dich ist, können wir auch gern Strip-Pool spielen.«

Genau. Tolle Idee. Sie trat an die Bande und betrachtete die Position der Kugeln. Sie musste warten, bis Rob seinen nächsten Stoß beendet hatte, um ein Stück weiter zwischen die Tische treten zu können. Er richtete sich zwar auf, machte jedoch keine Anstalten, zur Seite zu gehen, um sie vorbeizulassen.

»Entschuldigen Sie«, sagte sie und sah hoch, doch der Großteil seines Gesichts lag noch immer im Schatten des Mützenschirms.

Er rührte sich nach wie vor nicht vom Fleck, so dass ihr nichts anderes übrig blieb, als sich an ihm vorbeizuquetschen. Dabei kam sie ihm so nahe, dass sie die Stoppeln an seinem Kinn erkennen konnte. Der aufgekrempelte Ärmel seines Flanellhemds streifte ihren Arm. Als sie sich vorbeischob, suchte sie seinen Blick. Seine Augen verengten sich, und sie nahm an, dass er mit Absicht versuchte, sie zu ärgern. Wahrscheinlich war er immer noch sauer wegen dieses Schwulen-Gerüchts.

»Wenn Sie wissen, was gut für Sie ist, lassen Sie's für heute gut sein und gehen nach Hause.«

Kein Zweifel, er war stocksauer. »Soll das eine Drohung sein?«

»Ich bedrohe keine Frauen.«

Tja, für sie hatte es aber nach einer Drohung geklungen.

»Nur dass Sie's wissen, ich habe dieses Gerücht über Sie nicht in Umlauf gebracht.«

Er musterte sie einige Sekunden lang. »Klar.«

»Zumindest wollte ich es nicht tun.« Er starrte sie noch immer an, und schließlich zuckte sie die Achseln. »Wenn Sie die Wahrheit erfahren wollen, wie es angefangen hat, erzähle ich sie Ihnen vielleicht eines Tages.«

»Ich weiß, wie es angefangen hat«, meinte er und senkte seine Stimme. »Weil ich mich geweigert habe, in einem Hotelzimmer Sex mit Ihnen zu haben, sind Sie hergekommen und haben jedem hier erzählt, ich sei schwul.«

Eilig sah Kate sich um, ob ihn jemand gehört hatte. Allem Anschein nach war es nicht der Fall, aber das hätte ihn wohl ohnehin nicht gekümmert. »Wie fühlt es sich an, Unrecht zu haben?«, fragte sie. Ohne seine Antwort abzuwarten, beugte sie sich vor, setzte zu einem Stoß an, sorgsam darauf bedacht, Rob zu ignorieren.

Im Handumdrehen hatte sie Peirce geschlagen, und seine Brüder machten sich einen Spaß daraus, ihn aufzuziehen, weil er gegen eine Frau verloren hatte. Peirces Gesicht lief dunkelrot an, ehe er aus dem Raum stapfte. Bevor Kate protestieren konnte, hatte Tuttle die Kugeln neu arrangiert, und sie ließ sich zu einem weiteren Spiel überreden.

Sie hatte noch nie zu denjenigen gehört, die absichtlich verloren – weder um jemanden über den Tisch zu ziehen noch um dafür zu sorgen, dass sich ein Mann nicht ganz so mies fühlte.

Tuttle spielte die erste Kugel an, die gegen die Bande prallte und dabei die Zwei berührte, ehe sie in der Tasche verschwand. Tuttle grinste, als hätte er genau das beabsichtigt. Als Nächstes schoss er auf die orange Kugel und versenkte sie – wenn auch leider dicht gefolgt von der weißen.

»Du lässt dich doch nicht von einem Mädchen fertigmachen,

oder?«, rief Victor seinem Bruder zu. »Ihr Kerle seid eine echte Schande für die Familie.«

»Halt die Klappe, Victor«, knurrte Tuttle, während Kate die weiße Kugel neben dem Kopfpunkt platzierte.

»Ich war schon ein paarmal in Vegas. Bist du eines von diesen Showgirls, die in einer Oben-ohne-Bar auftreten?«, wollte Tuttle wissen und kicherte wie ein Dreizehnjähriger.

Sie warf ihm einen viel sagenden Blick zu, ehe sie zuerst die Neun und dann die Fünfzehn versenkte. Wenn er glaubte, er könnte sie mit seinem Geschwafel aus der Ruhe bringen, irrte er sich gewaltig. Sie hatte in einem Haus Pool spielen gelernt, das vom Lärm ihrer lauten Brüder und deren Freunde erfüllt gewesen war. »Ich fürchte, nein.«

»Hast du schon mal in der Chicken Ranch gearbeitet?« Offenbar fand er seine Bemerkung wahnsinnig witzig, denn er bog sich vor Lachen.

Kate ging nicht weiter darauf ein, sondern versenkte die Vierzehn in der Seitentasche, dann die Zehn.

»Willst du mal auf unsere Ranch kommen?«, fragte er.

Als Nächstes waren die Elf und die Zwölf an der Reihe. »Nein, danke.«

»Ich könnte dir mal die Pferde zeigen. Es kommen eine Menge Mädchen zu uns raus, um die Pferde zu reiten.«

Aus irgendeinem Grund bezweifelte Kate, dass »eine Menge Mädchen« auch nur in die Nähe der Worsley-Ranch kamen. Sie ging zur anderen Seite des Tisches und wartete, bis Rob seinen nächsten Stoß beendet hatte. Als er fertig war, versenkte sie die Sechs und die Drei. Sie legte die Hand auf den Rand des Tisches und setzte zu einem Bandenstoß an, den sie in der Vergangenheit schon unzählige Male gemacht hatte, doch dieses Mal verfehlte sie ihr Ziel um Haaresbreite.

Sie richtete sich auf und trat einen Schritt zurück, wobei sie an etwas Hartes, Unnachgiebiges stieß. Sie sah über ihre Schulter, vorbei an dem blauen Flanellstoff, an Robs Kinn und seinem Mund, bis ihr Blick an seinen Augen hängen blieb. Es herrschte reger Betrieb im Raum, aber so voll war es nun auch wieder nicht. Er stand ihr mit Absicht im Weg, weil er sie ärgern wollte.

»Könnten Sie ein Stück zur Seite treten?«, fragte sie.

»Ja, könnte ich.« Doch er tat es nicht. Stattdessen legte er seine riesigen Hände um ihre Oberarme, als wollte er sie zur Seite schieben, doch auch das tat er nicht. Für den Bruchteil einer Sekunde verspürte sie den Drang, sich gegen seine Brust sinken zu lassen, seine Wärme zu spüren, sich umzudrehen, das Gesicht in seinem weichen Kragen zu vergraben und seinen Geruch in sich aufzusaugen.

Es war verdammt lange her, sagte sie sich, einfach nur lange her, seit sie das letzte Mal mit einem Mann geschlafen hatte. Ihre Gedanken hatten also nichts mit Rub Sutter zu tun. Außer den Worsley-Brüdern hätte es im Prinzip jeder sein können. Na gut, Mr. Dean schied wohl auch aus.

»Die Worsley-Brüder sind gemeine Dreckskerle«, sagte er und beugte sich ein wenig vor, so dass der Schirm seiner Mütze ihre Schläfe streifte. Der Geruch seiner warmen Haut drang tief in ihre Nase. »Nicht die Art Jungs, denen ein Mädchen seine Tätowierung zeigen sollte.«

Sie wandte den Kopf ab und blickte in den Schatten unter dem Mützenschirm. »Wow, danke für die Warnung. Und dabei wollte ich gerade die Hosen runterlassen.«

Seine Lippen waren noch immer zu einer schmalen Linie zusammengepresst, als er seine Hand über ihren Arm und ihre Schulter wandern ließ und seine langen, warmen Finger ihr Haar im Nacken zur Seite schoben.

»Was machen Sie da?«

»Diesen Hinterwäldlern, die mich in den Arsch treten wollen, zeigen, dass ich nicht schwul bin.« Sein warmer Atem erfüllte ihre Ohrmuschel, und alle, die ihnen zusahen, hätten glauben können, er flüstere ihr irgendwelche unartigen Dinge ins Ohr. »Einen oder zwei kann ich in Schach halten, aber eine ganze Bar voll ... das kriege wohl nicht einmal ich hin.« Kate sah sich im Raum um, doch die männlichen Besucher der Bar schienen Rob kaum zu beachten. Sie fragte sich, ob er sie anlog, doch sie war noch nicht lange genug im Buckhorn, um es mit Gewissheit sagen zu können.

Sie richtete den Blick wieder auf den Billardtisch, während Tuttle zum nächsten Stoß ansetzte. »Sie könnten doch Dixie fragen. Ich bin sicher, sie stellt sich mit dem größten Vergnügen zur Verfügung. Genauso wie jede andere Frau hier.«

Er schob seine Hand unter ihren Arm und legte die Handfläche auf ihre Taille. »Aber Sie schulden mir etwas.«

Der Meinung war sie eigentlich nicht, doch sie wollte auch nicht, dass er wegen etwas wütend auf sie war, das sie unabsichtlich getan hatte. »Sie glauben doch nicht eine Sekunde, dass ich mich von Ihnen begrapschen lasse«, erklärte sie und registrierte erleichtert, dass eine Entschlossenheit in ihrer Stimme mitschwang, die in Wirklichkeit nicht ganz so fest war, wie es sich anhörte.

»Vielleicht sollten Sie zuerst definieren, was Sie mit *begrapschen* meinen.« Seine Hand wanderte über ihren Bauch, so dass seine Wärme durch ihren Pullover drang und ihr den Atem raubte, ehe seine Finger zurück zu ihrer Taille glitten. »Ist das begrapschen?«

Rein technisch gesehen nicht. Aber sie hatte seine Berührung in Regionen ihres Körpers gespürt, zu denen er gar nicht vorgedrungen war. »Nur wenn Sie die Hand weiter nach oben wandern lassen.«

»Und wie wäre es, wenn ich sie nach unten wandern lassen würde?« Sein tiefes Glucksen vibrierte an ihrem Hals. »Wollen Sie, dass ich das tue, Kate?«

»Denken Sie nicht mal dran.« Tuttle vermasselte seinen nächsten Stoß, und Kate trat zur Seite. Sie hatte genug. Genug von Rob und genug von den Worsleys. Sie beugte sich über den Tisch und versenkte die Acht in der Ecktasche.

»Jetzt bin ich dran«, verkündete Victor und trat auf das Ende des Tisches zu.

»Jungs, das war's für mich.«

»Du kannst nicht gehen, bevor du nicht gegen Victor gespielt hast.«

»Ich spiele aber nicht gegen Victor«, widersprach sie, trat vor den Ständer und gab ihren Queue hinein. Ihre Nerven waren zum Zerreißen gespannt, und sie hatte nur einen Wunsch: so schnell wie möglich nach Hause und ins Bett. »Ich gehe jetzt.«

»Aber du musst spielen«, beharrte Victor. »Niemand schlägt die Worsleys.«

»Und schon gar nicht ein Mädchen«, fügte Tuttle hinzu.

Oh, Mann. Sie waren betrunken, sagte sich Kate. »Vielleicht ein anderes Mal.«

»Jeder weiß, dass es nicht okay ist, wenn ein Mädchen gegen einen Mann gewinnt.«

Vermutlich sollte sie das Ganze auf sich beruhen lassen, doch sie hatte schon den ganzen Abend ihre Zunge im Zaum halten müssen. Sie war es leid, ständig das nette, freundliche Mädchen spielen zu müssen. »Victor, wenn du ein Mädchen schlagen musst, um dich besser zu fühlen, hast du ein paar Probleme, die weit über deine Spieltechnik beim Billard hinausgehen.«

»Was soll das heißen?«

Sie wünschte, sie müsste es ihm nicht erklären. »Das heißt,

dass sich ein richtiger Mann nicht von einer Frau bedroht fühlt.«

»Ich zeig dir gleich, was ein richtiger Mann ist.«

Großer Gott, wenn er sich jetzt auch noch an die Weichteile fasste, würde sie sich übergeben. Sie schüttelte den Kopf. »Bist du schwer von Begriff?«

»Nein.«

»Auf den Kopf gefallen?«

»Nein. Aber ziemlich oft vom Pferd getreten worden.«

»Tja, das erklärt natürlich einiges«, sagte sie und versuchte, sich an ihm vorbeizuschieben. Doch er baute sich vor ihr auf und ließ sie nicht vorbei.

»Du gehst erst, wenn wir gespielt haben.«

Kate blickte in Victors gemeine, blutunterlaufene Augen und spürte, wie ihr Herz schmerzhaft gegen ihre Rippen hämmerte.

»Hey, Schwachkopf«, hörte sie Rob hinter Victor sagen. »Du hast doch gehört, dass sie nicht mit euch spielen will.«

Kates Blick wanderte an Tuttle vorbei zu Rob, der ein Stück neben ihm stand. Ein tiefes Gefühl der Erleichterung durchströmte sie und ließ ihr Herz wieder im gewohnt ruhigen Rhythmus schlagen.

»Das ist nicht deine Sache«, erklärte Tuttle.

»Ich sorge aber dafür, dass es meine Sache wird.«

»Sieht ja ganz so aus, als würdest du dich mächtig für sie ins Zeug legen. Die ist ein echtes Mannweib, aber genau das gefällt dir wahrscheinlich an ihr.«

»Was genau willst du damit sagen, Tuttle?«

»Dass du eine Schwuchtel bist«, antwortete er und deutete mit dem Daumen auf Kate. »Und das hier ist deine Kampflesbe.«

Kate nahm an, dass die Frage damit hinreichend beantwortet war. »Das war aber nicht sehr nett.« Seufzend nahm Rob seine Mütze ab und warf sie auf den Billardtisch. »Du schuldest Kate eine Entschuldigung.«

»Sonst passiert *was*?«

»Sonst sorge ich dafür, dass du dir wünschst, du hättest es getan«, antwortete Rob und fuhr sich mit den Fingern durchs Haar. »Vielleicht möchten Sie einen Schritt zurücktreten, Kate.«

Das brauchte er ihr nicht zweimal zu sagen. Sie quetschte sich zwischen die Queue-Ständer.

»Ich hab keine Angst vor dir«, erklärte Tuttle, während er wie ein Boxer zu tänzeln begann und die Fäuste hob. Rob stand da, die Hände in die Hüften gestemmt, und musterte ihn mit belustigtem Grinsen. Schließlich holte Tuttle aus, und Kate sah kaum Robs Faust nach vorn sausen, ehe sie in Tuttles Gesicht landete. Tuttle wurde nach hinten katapultiert, so dass Kate gerade noch rechtzeitig zur Seite springen konnte, ehe er gegen die Wand krachte, vor der sie gerade noch gestanden hatte.

Tuttles Blick war glasig, als er in Richtung Tür taumelte. »Dreckskerl, elender!«, dröhnte Victor und stürzte sich auf Rob, der unter der Wucht des Aufpralls von Victors kompaktem Körper ins Straucheln geriet.

»Dafür werde ich dir den Arsch aufreißen«, drohte Victor, schwang wild die Fäuste und traf Rob prompt am Kiefer. Robs Kopf flog nach hinten, ehe er Victor einen Doppelschlag verpasste, der den kleineren Mann zwar nicht von den Füßen riss, aber dennoch benommen machte.

Peirce kam in den Raum gestürmt und eilte an Tuttles Seite, aus dessen Mund nur unverständliches Gestammel kam. Peirce fuchtelte mit den Händen vor dem Gesicht seines Bruders herum, ehe er zum Ständer mit den Queues hinüberstürzte. Bevor er eine Hand ausstrecken konnte, vertrat Kate ihm den

Weg. »Sieht so aus, als wäre Rob gleich mit Victor fertig. Wieso wartest du nicht, bis du an der Reihe bist?«

»Und wie willst du es anstellen, dass ich das tue?«

»Kommt ganz darauf an.«

»Geh mir aus dem Weg, du kesser Vater.«

Kesser Vater? Diese Bezeichnung hatte Kate schon seit der Schule nicht mehr gehört. Die Worsley-Brüder sollten eindeutig häufiger aus ihrem Kaff herauskommen. Sie ließ den Queue keine Sekunde aus den Augen, als Peirce ihn anhob und, den Blick auf Rob geheftet, losstürmte. Rob versetzte Victor einen letzten Schlag, worauf dieser zu Boden ging. Als Peirce vorbeikam, streckte Kate ihr Bein zwischen seine beiden Cowboystiefel und rammte ihm den Ellbogen in den Rücken. Wie ein Sack fiel auch er um. Im Fall schlug er sich den Kopf an der Kante des Billardtisches an, ehe er zusammensackte. Er stöhnte auf, rollte auf den Rücken, den Queue noch immer in der Hand, und sah im düsteren Licht der Deckenlampen nach oben. Sein Blick war ebenso glasig und benommen wie der seines Bruders.

»Heilige Scheiße, verdammt«, stöhnte er, ehe seine Augen in den Höhlen nach hinten kippten und er das Bewusstsein verlor.

Rob musterte Kate mit funkelnden Augen. »Alles in Ordnung?«

Sie schluckte gegen den dicken Kloß in ihrem Hals an und nickte.

Im Raum neben dem Billardzimmer hatte jemand die Jukebox ausgeschaltet. Über das Hämmern ihres Herzens hinweg hörte Kate Stöhnen und Flüche und sah zerbrochene Tische, während Stühle und menschliche Körper durch die Luft flogen.

»Wow, verdammt«, meinte Rob, legte die Hand auf die rote Stelle an seinem Kinn und grinste, als amüsiere er sich göttlich.

»Habe ich etwas verpasst? War das nicht ein Spaß?«

Er schnappte seine Mütze und lachte – ein lautes, vergnügtes

Dröhnen, das sich mit dem Zerbersten von Glas und dem fernen Heulen der Polizeisirenen mischte.

Er hatte den Verstand verloren. War verrückt. Komplett durchgeknallt.

SIEBEN

Die Fassade des Buckhorn war beleuchtet wie zur Parade am 4. Juli. Rote, weiße und blaue Lichtkegel erhellten abwechselnd das Haus, vor dem sich die Stammgäste in einer Reihe aufgestellt hatten. Die rotierenden Lichter dreier Streifenwagen spiegelten sich in den Fahrzeugen auf dem Parkplatz und erhellten die Schatten des dichten Waldes dahinter.

Rob saß im Einsatzwagen des Sheriffs und betrachtete die Männer, die vor dem Buckhorn standen und von zwei Streifenbeamten auf ihren Alkoholgehalt im Blut überprüft wurden, ehe sie nach Hause gehen durften. Der Rücksitz des Chevrolet Blazer des Sheriffs bot keinerlei Beinfreiheit, und die Handschellen schnitten sich in die Haut an seinen Handgelenken. Er fühlte sich verdammt unwohl, und hätte nicht diese Nervensäge in Handschellen direkt neben ihm gesessen, hätte er sich zumindest ein klein wenig ausstrecken können.

Er hatte schon immer gewusst, dass Kate Hamilton Ärger bedeutete, ihm war nur nie klar gewesen, wie groß dieser Ärger sein würde. Als sie nach Gospel gekommen war, hatte sie dieses Schwulen-Gerücht in Umlauf gesetzt und dafür gesorgt, dass einige dieser Hinterwäldler ihm schiefe Blicke zuwarfen. Nicht dass er sich vor ihnen gefürchtet hätte, nein, er war einfach nur wütend.

Heute Abend war sie ins Buckhorn gekommen und hatte sich mit drei der schlimmsten Idioten der ganzen Gegend eingelassen. Es war nur eine Frage der Zeit gewesen, bis es zum Streit zwischen ihr und den Worsleys kam und jemand einschreiten musste. Natürlich war er dieser Jemand gewesen, und jetzt durfte er sein Mütchen auf dem Rücksitz eines Polizeiwagens kühlen. Und sie schien ihm noch nicht einmal dankbar zu sein, dass er ihr zu Hilfe gekommen war.

Er wandte den Kopf und betrachtete ihr Profil im Dunkel des Wagens. »Bitte. Gern geschehen«, sagte er.

»Wieso, wofür denn?« Die Lichter eines weiteren Streifenwagens erhellten eine Seite ihres Gesichts, als sie sich ihm zuwandte.

»Dafür dass ich Ihren Hintern gerettet habe.«

»Ich würde sagen, wir sind quitt.« Sie schüttelte den Kopf. »Peirce hätte Ihnen mit diesem Queue den Schädel eingeschlagen, wenn ich ihm nicht ein Bein gestellt und damit Ihren Hintern gerettet hätte.«

»Er hätte es zumindest versucht«, knurrte Rob finster. Er hatte zwar schon einige Hiebe mit dem Hockeyschläger und den einen oder anderen Puck abbekommen, hatte aber stets einen Helm getragen. Zwar bezweifelte er, dass ihn der Queue außer Gefecht gesetzt hätte, aber es wäre bestimmt verdammt schmerzhaft gewesen. »Ich weiß, dass Sie glauben, Sie könnten alles genauso gut wie ein Mann. Sie denken, Sie könnten auf sich selbst aufpassen, aber es gibt einen Grund, weshalb die Leute den Worsley-Brüdern aus dem Weg gehen. Alle hier wissen, dass sie mit anderen nicht gerade sanft umspringen.«

Sie schwieg einen Augenblick lang. »Tja, es wäre nett gewesen, wenn mir das *alle hier* ein bisschen früher gesagt hätten.«

»*Ich* habe es Ihnen gesagt.« Rob rutschte so weit auf dem Wagensitz nach unten, wie es seine langen Beine zuließen. »Sogar zweimal.« Seine Jacke und sein Flanellhemd standen offen, so dass die Kälte durch sein T-Shirt drang und über seinen Bauch kroch. Es blieb ihm nichts anderes übrig, als ruhig hier sitzen zu bleiben und zu warten, bis man ihn und dieses undankbare Geschöpf neben ihm wieder laufen ließ. »Ich habe Ihnen gesagt, Sie sollen es für heute gut sein lassen und nach Hause gehen.« Gewiss hätte er sie im Hinblick auf die Worsleys schon früher warnen können, doch er war zu beschäftigt damit gewesen, sie zu ignorieren. Kate war nicht unbedingt der Mensch, den er am liebsten in seiner Nähe hatte, und als ihm aufgefallen war, dass sie sich auf ein Spiel mit den Worsleys eingelassen hatte, hatte sie bereits drei Kugeln versenkt. Zu diesem Zeitpunkt war ihm keine andere Wahl mehr geblieben, als in ihrer Nähe zu bleiben, ihr beim Spiel zuzusehen und abzuwarten, bis die Situation außer Kontrolle geriet.

Rob konzentrierte sich wieder auf das, was vor der Bar geschah. Tuttle hatte Kate als Mannweib bezeichnet, was absolut schwachsinnig war. Kate war mit ihren großen Brüsten, der schlanken Taille und ihren langen Beinen so unübersehbar feminin, dass man sie unmöglich mit einem Mann verwechseln konnte. Natürlich war sie groß, das stimmte, aber Rob mochte hochgewachsene Frauen. Er mochte es, wenn sich lange geschmeidige Frauenbeine um seine Taille schlangen, sich über seine Schultern und seinen Kopf legten. Er genoss das Gefühl, wie sich der Körper einer hochgewachsenen Frau im und außerhalb des Bettes an seinen schmiegte.

Der Anblick ihres langen, geschmeidigen Körpers, der sich über den Billardtisch streckte, hatte ihn mindestens ebenso sehr verärgert wie erregt. Und dann hatte er sie berührt, weil er allem Anschein nach nicht in der Lage gewesen war, sich zu beherrschen. Er hatte ihren Hals und ihr Haar angefasst. Er hatte seine Hand auf ihre Taille gelegt und seine Handfläche über ihren Bauch gleiten lassen. Und für ein paar Sekunden hatte er sich dem warmen, lustvollen Brennen in seinem Bauch hingegeben, statt es niederzukämpfen.

Ein leises Murmeln neben ihm riss ihn aus seinen Gedanken. »Was ist?«, fragte er.

»Ich habe mich nur gerade gefragt, wie lange es wohl dauern wird, bis ich auf Kaution aus dem Gefängnis komme«, antwortete sie seufzend und ließ ihren Kopf gegen die Fensterscheibe sinken. »Ich will nicht, dass man meinen Großvater wegen dem hier aus dem Bett klingelt.« Ihr Haar fiel nach vorn und verdeckte ihr Gesicht. »Er ist alt und sollte nicht mitten in der Nacht von einem Anruf des Sheriffs aus dem Schlaf gerissen werden.«

»Ich sorge dafür, dass wir auf Kaution freigelassen werden«, versprach er. Aus irgendeinem Grund tat sie ihm allmählich leid, und er hatte Mühe, sich daran zu erinnern, warum er sie anfangs nicht gemocht hatte. »Wie hoch wird sie wohl werden?«

»Keine Ahnung. Hängt davon ab, was man uns vorwirft.«

»Und wie läuft das ab? Gibt es irgendwo einen Geldautomaten? Oder soll ich einen Scheck ausstellen?«

»Nein, es geht nur mit Bargeld.« Sie richtete sich auf dem Sitz auf und sah ihn an. »Sagen Sie bloß, Sie sind noch nie verhaftet worden.«

»Nein.«

Selbst in der Dunkelheit erkannte er, dass sie das nicht so recht glauben konnte. »Soll das ein Witz sein?«

Wieso war das so schwer vorstellbar? »Nein«, antwortete er mit finsterer Miene. Er hatte ihr gerade angeboten, die Kaution für sie zu hinterlegen, und sie beleidigte ihn. Inzwischen war ihm wieder eingefallen, warum er sie nicht leiden konnte. »Wie oft sind *Sie* denn schon verhaftet worden?«

»Auch noch nie. Aber ich bin Privatdetektivin. Beziehungsweise war ich das früher. Daher weiß ich, wie das abläuft.« Sie dachte einen Augenblick lang nach. »Zumindest in Nevada.«

Er wandte seine Aufmerksamkeit wieder dem Eingangsbereich des Buckhorn zu. Was sie tat, interessierte ihn nicht mehr. Vielleicht hatten die Männer ja Recht mit dem, was sie über sie sagten. Sie war eine echte Beißzange.

Er hörte, wie sie tief Luft holte und sie langsam wieder entweichen ließ. Der Sitz bewegte sich ein wenig, als sie ihr Gewicht verlagerte, um eine etwas bequemere Sitzposition zu finden.

»Hey?« Ihre Stimme war kaum mehr als ein Flüstern.

Er sah zu ihr hinüber. Sie hatte sich abgewandt, ein Bein angezogen und auf dem Sitz abgestellt. Das von draußen hereinfallende Licht erhellte ihre Züge, und ihr Knie berührte beinahe die Außenseite seines Schenkels. »Ja?«

Sie fuhr sich mit der Zunge über die Lippen. »Danke«, sagte sie mit leiser, leicht kehliger Stimme.

Verdammt. Gerade als es ihm gelungen war, so etwas wie einen Widerwillen gegen sie zu entwickeln, musste sie alles ruinieren, indem sie sich von ihrer netten, mädchenhaften Seite zeigte. Ihre Stimmungsumschwünge trieben ihn noch in den Wahnsinn. »Bitte.«

Sie beugte sich ein Stück nach vorn. »Was macht Ihr Kinn?«, fragte sie in die Dunkelheit hinein.

»Tut verdammt weh, aber ich werd's überleben.«

»Tut mir leid, dass er Sie erwischt hat. Sagen Sie es mir, wenn Sie etwas brauchen.«

Er betrachtete ihren Mund und fragte sich, ob sie ihm wohl anbieten würde, den Schmerz wegzuküssen. Nicht dass es eine gute Idee wäre, Kate zu küssen. »Was denn, zum Beispiel?« Andererseits wäre es eine gute Methode, dafür zu sorgen, dass sie beschäftigt war und den Mund hielt.

»Einen Eisbeutel.«

Ein Eisbeutel wäre sehr praktisch, weil er verhindern könnte, dass seine Gedanken ständig darum kreisten, wie er ihren Mund beschäftigt halten könnte. »Wieso erzählen Sie mir nicht, wie dieses Schwulen-Gerücht zustande kam?«, schlug er vor, um sich nicht länger ihren Kopf in seinem Schoß vorzustellen.

Sie lehnte sich zurück. »Ich glaube, damals war ich erst ein paar Wochen hier, und Sie waren noch nicht aus Sun Valley zurück. Ada kam eines Morgens in den Laden und fing an, mir vom Besitzer des Sportgeschäfts zu erzählen. Sie meinte, er interessiere sich für keine einzige Frau in der Stadt, also habe ich gesagt, Sie hätten vielleicht grundsätzlich nichts mit Frauen am Hut. Ich habe eher an einen Frauenfeind oder so etwas gedacht und konnte ja nicht wissen, dass sie von Ihnen geredet hat.«

Ja, klar.

Sie zuckte die Achseln. »Ich habe Sie nie für schwul gehalten. Nicht einmal nach dem Abend, an dem wir uns kennen gelernt haben. Das habe ich nie gedacht.«

Tja, das ist doch immerhin etwas, dachte er, setzte sich auf und bemühte sich, eine bequemere Sitzposition zu finden.

»Erektile Dysfunktion, ja. Aber schwul?« Wieder schüttelte sie den Kopf. »Nein.«

Er erstarrte. »Sie glauben, ich kriege keinen hoch? Das tue ich aber, und zwar ganz hervorragend!« Das hatte er nicht sagen wollen, aber Herrgott noch mal, nur weil er seine Erektionen in letzter Zeit nicht aktiv in die Tat umgesetzt hatte, bedeutete das noch lange nicht, dass er sie nicht zustande brachte.

»Wenn Sie das sagen.«

Großer Gott, innerhalb weniger Minuten hatte sie es schon wieder getan. Gerade als er glaubte, dass sie vielleicht doch nicht so übel war, musste sie ihn wieder auf die Palme bringen. Gerade als er darüber nachgedacht hatte, sie zu küssen, erklärte sie ihm, er leide an Erektionsstörungen. Säßen sie nicht in

Handschellen hier, würde er sie packen und sie sich ordentlich vornehmen, nur um sie vom Gegenteil zu überzeugen. Dann bekäme sie am eigenen Leib zu spüren, dass er ganz ausgezeichnet funktionierte.

Die Wagentür ging auf, und Sheriff Dillon Taber erschien im Türrahmen. »Kommen Sie, steigen Sie aus. Alle beide.«

Rob zögerte keine Sekunde, sondern rutschte vom Sitz und stieg aus. Er wollte so weit von Kate weg sein, wie er nur konnte. »Erektile Dysfunktion«, schnaubte er finster.

»Haben Sie was gesagt, Sutter?«, erkundigte sich der Sheriff. Er runzelte die Stirn. »Nein.«

Kate stieg ebenfalls aus und trat neben Rob in den Lichtkegel, den das Blaulicht des Streifenwagens warf. »Peirce schwört, Sie hätten ihn nicht angefasst«, erklärte Dillon Kate und trat hinter sie, um ihr die Handschellen abzunehmen. »Er sagt, er muss gestolpert sein, weil es unmöglich sein kann, dass ihn ein Mädchen zu Fall bringt.« Sie drehte sich um und massierte ihre Handgelenke. »Aber ich gebe Ihnen einen Rat«, fuhr der Sheriff fort, während er die Handschellen in die Hülle an seinem Gürtel schob. »Halten Sie sich von jedem Menschen mit dem Nachnamen Worsley fern.« Er dachte einen Augenblick nach. »Und wo wir gerade dabei sind – dasselbe gilt auch für Emmett Barnes und Hayden Dean.«

»Ich hatte vor, mich künftig von sämtlichen Bars in der Gegend fernzuhalten«, meinte sie und nahm ihren ledernen Rucksack von der Motorhaube des Blazer.

»Das ist wahrscheinlich das Klügste. Wie viel haben Sie heute Abend getrunken?«

»Etwa ein halbes Glas Bier.«

»Dann können Sie jetzt gehen. Und fahren Sie bitte vorsichtig, Ms. Hamilton.«

»Das werde ich. Danke«, versprach sie und ging davon. Für

den Bruchteil einer Sekunde fing sich das rotierende Licht des Streifenwagens in ihrem Haar, dann war sie verschwunden.

Dillon trat hinter Rob und schloss auch dessen Handschellen auf.

»Ein paar Gäste haben bestätigt, dass Tuttle Worsley zuerst zugeschlagen hat«, meinte er und nahm Rob die Handschellen ab. »Sie können ebenfalls gehen.«

Rob hatte Dillon im vergangenen Sommer kennen gelernt, als er und sein Sohn Adam sich für eine Unterrichtsstunde im Fliegenfischen eingeschrieben hatten. Er hatte den Sheriff auf Anhieb gemocht und Adam als Aushilfe im Laden engagiert. Der Elfjährige hatte seine Sache sehr gut gemacht und eifrig den Fußboden gekehrt und die Mülleimer ausgeleert. »Wie geht's Adam so?«, erkundigte er sich.

»Er kann es gar nicht erwarten, die Forellenpopulation im Sommer ordentlich zu dezimieren.«

»Sagen Sie ihm, er soll im Laden vorbeikommen, dann gebe ich ihm ein wenig Arbeit.«

»Das würde ihm bestimmt gefallen«, meinte Dillon und schob seinen Cowboyhut in den Nacken. »Wie viel haben Sie getrunken?«

»Ich war gerade beim zweiten Bier.«

Das Funkgerät an Dillons Schulter erwachte knisternd zum Leben, und er hob die Hand, um es abzuschalten. »Was wissen Sie über Stanleys Enkeltochter?«, fragte er, als Kates Geländewagen vom Parkplatz auf die Straße bog.

Abgesehen davon, dass ich sie nicht leiden kann, aber gern mit ihr schlafen würde? »Nur, dass sie manchmal eine Art an sich hat, die Leute an der verkehrten Seite anzupacken.«

»Von denen habe ich auch eine zu Hause«, gab Dillon leise lachend zurück. »Aber manchmal sind die schwierigeren Frauen die besten«, fügte er hinzu.

»Was das betrifft, nehme ich Sie beim Wort«, meinte Rob und zog seine Wagenschlüssel aus der Anoraktasche. »Sehen Sie zu, dass Sie keinen Ärger bekommen, Sheriff.«

»Ich wünschte, ich könnte es, aber es ist erst März, und bald kommt der Sommer.« Dillon schüttelte den Kopf und ging zu den Betrunkenen, die in einer Reihe vor der Bar standen.

Rob ging zu seinem Hummer und fuhr die fünf Meilen nach Hause. Er bog in die Einfahrt, worauf der Bewegungsmelder die Beleuchtung anspringen ließ. Er hatte sie beim Bau des Hauses als zusätzliche Sicherheitsmaßnahme installieren lassen. Doch wie er schnell hatte feststellen müssen, waren Bewegungsmelder und das Leben in der Wildnis keine besonders erfreuliche Verbindung. In vielen Nächten musste er die Anlage abschalten, um ungestört schlafen zu können.

Er betätigte die Fernbedienung des automatischen Garagentors, die hinter seiner Sonnenblende steckte, und fuhr den Hummer in die Garage. Hinter ihm glitt das Garagentor zu. Er hatte das Haus mit seinen knapp vierhundert Quadratmetern im letzten Sommer gebaut. Es war eine Konstruktion aus Holz und Stein und besaß vier Schlafzimmer und Bäder. Er liebte die hohe, gewölbte Decke und die riesigen Panoramafenster, die auf den See hinausgingen, aber er wusste auch nicht mehr, was er sich dabei gedacht hatte, ein so riesiges Haus zu bauen. Selbst wenn Amelia groß genug wäre, ihn in Gospel zu besuchen, würde sie nie im Leben so viel Platz benötigen.

Das Licht, das er über dem Herd angelassen hatte, brannte noch. Er schaltete es ab und warf die Schlüssel auf die Granitarbeitsplatte. Der Teppich auf den Stufen dämpfte das Geräusch seiner Schritte, als er im Dunkeln nach oben ging. Er hatte das vergangene Wochenende gemeinsam mit seiner Tochter in Seattle verbracht, die drei neue Wörter gelernt und angefangen hatte, Sätze daraus zu bilden.

Rob zog seinen Anorak aus und warf ihn auf einen Stuhl neben dem Eichenschrank, in dem einer seiner Breitwandfernseher untergebracht war. Das Mondlicht sickerte durch die raumhohen Fenster und fiel auf ihn, während er seine Kleider abstreifte. Nackt kroch er ins Bett.

Die kühlen Laken schmiegten sich an seine Haut, und er zog die schweren Wolldecken und die rotblau karierte Tagesdecke bis zum Kinn herauf. Sein letzter Besuch in Seattle hatte eine spürbare Verbesserung dargestellt. So gut hatten er und Louisa sich seit der Schussverletzung nicht mehr verstanden. Rob war nicht sicher, was er davon halten sollte, aber sie hatte Andeutungen über eine Versöhnung gemacht.

Er schob den Arm hinter den Kopf und starrte auf den Streifen Mondlicht, der die Zimmerdecke erhellte. Er liebte Amelia und wollte gern bei ihr sein. Und er empfand nach wie vor etwas für Louisa. Er wusste nur nicht, wie er seine Gefühle einschätzen sollte und ob sie tief genug für eine feste Bindung waren. Er konnte es sich nicht leisten, noch einen Fehler zu begehen. Sowohl er als auch Louisa wurden älter. Klüger. Und gesetzter – zumindest wusste er, dass es bei ihm so war. Vielleicht würden sie dieses Mal ja keinen Mist bauen, sondern es beim zweiten Anlauf schaffen.

Aber wenn er die Augen schloss, waren es nicht die Gedanken an Louisa, die ihn noch stundenlang wach hielten. Es war nicht der Anblick ihres langen, blonden Haars, der ihm durch den Kopf ging, nicht die Erinnerung an ihre Stimme, die »Lass mich wissen, wenn du etwas brauchst« sagte, die sein Inneres berührte und ihn hart werden ließ. Oder der Gedanke daran, auf wie viele Arten er ihr gern zeigen würde, dass er ein Mann war. Ein Mann, der einer Frau große Freude schenken konnte. Es war nicht der Gedanke an seine Exfrau, der seine Haut wärmte und ihm die Laken mit einem Mal unerträglich heiß erscheinen ließ. Es war nicht die Berührung von Louisas Händen, nach der er sich sehnte.

Es war Kate – die Erinnerung, wie sie Billard gespielt hatte, ihr Anblick, wie sie sich vor ihm über dem Tisch ausgestreckt hatte. Es war der Anflug eines Ausschnitts, das kurze Aufblitzen nackter Haut. Der Bruchteil einer Sekunde, als sie den Blick gehoben hatte, während er sie in den Armen hielt.

Als er allein in der Dunkelheit seines Schlafzimmers lag, war ausgerechnet die Frau, die ihn für impotent hielt, der Gegenstand seiner wildesten Fantasien.

Auf der anderen Seite der Stadt saß Stanley Caldwell auf der Kante seines Bettes und betrachtete den Inhalt der Schachtel in seiner Hand. Eine halbe Stunde zuvor hatte er Kate nach Hause kommen hören und leise die Tür zu seinem Zimmer geschlossen.

In der Schachtel bewahrte er Melbas Tom-Jones-Platten auf, von denen einige mit seinem Autogramm versehen waren. Insgesamt waren es fünfundzwanzig Stück. Das wusste er deshalb so genau, weil er sie gerade gezählt hatte.

So war das Ganze nicht geplant gewesen. Er hätte als Erster sterben, und Melba hätte ihn überleben sollen. Auf diese Weise war es zu schlimm. Zu unerträglich für einen alten Mann wie ihn, weiterleben zu müssen, wenn die beste Freundin und Gefährtin nicht mehr an seiner Seite war. Sie hatten Kinder großgezogen, waren zusammen alt, dick und behäbig geworden. Er vermisste sie so sehr, als fehle ihm der zweite Teil seiner Seele. Er konnte sie nicht einfach verpacken und wegschließen.

Er griff in die Schachtel und zog einige der Alben heraus, ehe er sie langsam wieder zurücklegte. Grace Sutter war an diesem Abend auf ein Bier vorbeigekommen, während Katie beim Billard gewesen war. Sie hatten gelacht und sich über ihre Gemeinsamkeiten unterhalten, wie zum Beispiel ihre Liebe zu Filmen mit John Wayne und Tex-Ritter-Western, zu Glenn Miller und zum Kingston Trio.

Und nun, da Grace fort war, hatte er ein schlechtes Gewissen, weil er diese Erinnerungen mit jemand anderem als Melba, seiner Frau, geteilt hatte. Ein schlechtes Gewissen, weil er ihre Schallplatten in eine Schachtel gelegt hatte. Er hatte gedacht, er könnte einige ihrer Sachen wegpacken – nichts Wichtiges wie ihre Hauskleider und Hausschuhe, sondern ein paar Kleinigkeiten, derentwegen Katie ihm bereits in den Ohren gelegen hatte. Er hatte gedacht, er könnte es.

Stanley ließ die Platten los und stellte die Schachtel auf den Boden. Er mochte Grace. Abgesehen von Melba mochte er sie lieber als jede andere Frau seit langer, langer Zeit. Sie drängte ihn nicht und war keine Klatschbase. Mit ihr zu reden war so einfach gewesen, und ihr Lächeln löste das Bedürfnis in ihm aus zurückzulächeln.

Mit dem Fuß schob er die Schachtel unters Bett. Na schön, also hatte er es doch nicht über sich gebracht, sich von Melbas Alben zu trennen. Stattdessen hatte er sie einfach nur irgendwo anders hingestellt. Irgendwo, wo er sie nicht sehen konnte, aber er hatte sie nicht endgültig weggeräumt.

Er drehte das Licht ab und kroch unter die Decken. Als er die Augen schloss, stellte er sich Melbas Gesicht vor, umrahmt von ihrem grauen Haar, und entspannte sich. Grace Sutter war eine gute Freundin. Er mochte sie, aber niemand würde jemals den Platz seiner toten Frau in seinem alten, einsamen Herzen einnehmen können.

ACHT

Am Montag nach dem Ärger in der Buckhorn Bar zwang Kate eine böse Erkältung, zu Hause zu bleiben. Sie saß auf ihrem Bett, zappte sich durch die Fernsehkanäle und suhlte sich im Selbstmitleid. Ihr ganzer Körper schmerzte. Ihr war so langweilig, dass sie am liebsten laut geschrien hätte, doch das ging nicht, weil ihre Brust viel zu sehr wehtat.

Statt sich ihrer schlechten Laune hinzugeben, zog sie das Kabel für die Internetverbindung hervor, die ihre Großmutter vor einigen Jahren hatte legen lassen und ihr Großvater noch immer regelmäßig bezahlte, obwohl er sie niemals nutzte. Dann holte sie ihr Notebook aus dem Schrank und verbrachte die nächste Stunde damit, das Netz nach spannenden Dingen wie Software für den Einzelhandel, besonders für kleine Lebensmittelgeschäfte, zu durchforsten. Wenn sie die Namen von Beratern, mehr Informationen oder sogar Broschüren aufstöberte, könnte sie ihrem Großvater zeigen, dass sein Leben um so vieles einfacher wäre, wenn er den Schritt ins neue Jahrtausend vollzöge. Es war doch verrückt, die Technologie nicht zu nutzen, die einem gleichzeitig einen Überblick über den Gewinn und die Bestände im Laden verschaffte. Es war schlicht und einfach dickköpfig, sich zu weigern, auch nur einen Gedanken daran zu verschwenden.

Sie markierte mehrere Seiten mit einem Lesezeichen und schickte eine E-Mail mit der Bitte um weitere Informationen, und da sie krank und unerträglich gelangweilt war, brachte sie sich mit einer kleinen Einkaufstour im Internet wieder in eine bessere Stimmung. Sie erstand Höschen und BHs bei Victoria's Secret und Jeans und Pullis bei Neiman Marcus und Banana Republic. Bei Nordstrom's kaufte sie ein Paar Schuhe, ehe sie sich zu einem silbernen Armband von Tiffany's hinreißen ließ. Am Ende war sie zwar um tausend Dollar ärmer, fühlte sich aber trotzdem nicht viel besser. Sie war immer noch krank, und ihre Langeweile war auch nicht verflogen.

Sie legte die Hände an das Notebook, um den Deckel zu schließen, doch eine leise Stimme in ihrem Kopf ließ sie innehalten. *Es wäre so einfach*, sagte sie. Sie kannte die Autonummer von Rob Sutters Hummer, und mit wenigen Mausklicks könnte sie seinen Geburtstag und seine Sozialversicherungsnummer herausfinden. Und dann könnte sie sich selbst davon überzeugen, ob er sie mit seiner Behauptung, noch nie verhaftet worden zu sein, belogen hatte oder nicht.

Nein, das würde eine Verletzung seiner Privatsphäre darstellen ... aber sie konnte bei Google nach ihm suchen. Rob war Profi-Eishockeyspieler und damit eine Persönlichkeit des öffentlichen Lebens gewesen. Solange die Informationen jeder nachlesen konnte, verletzte sie seine Privatsphäre nicht.

Bevor sie es sich anders überlegen konnte, wählte sie sich ins Internet ein und gab seinen Namen in die Suchmaschine ein. Schockiert stellte sie fest, dass sich das Suchergebnis auf mehr als 40 000 Einträge belief. Bei der Mehrzahl davon handelte es sich um Sportseiten mit seinem Porträtfoto und mit seiner Spielstatistik. Auf einigen der Fotos trug er seinen Bart, auf anderen wiederum nicht. Auf den bartlosen Fotos wirkte sein Unterkiefer noch eine Spur kantiger, maskuliner, auch wenn sie das kaum für möglich gehalten hätte. Auf sämtlichen Aufnahmen sah er mit seinen grünen Augen direkt in die Kamera, als führe er nichts Gutes im Schilde.

Auf der Seite www.hockeyfights.com war ein Foto von ihm zu sehen, wie er sich mit irgendeinem Kerl auf dem Eis prügelte. Er trug ein marineblaues Trikot und einen schwarzen Helm, und die Bildunterschrift lautete:

Rob Sutter mag wie ein aggressiver Schläger wirken, aber er ist hoch spezialisiert und spielt eine wesentliche Rolle in seiner Mannschaft – seine Aufgabe ist es, dafür zu sorgen, dass sich die Mitglieder der gegnerischen Mannschaft zweimal überlegen, ob sie eine Dummheit begehen, wie ein Tor zu erzielen, einen Pass zu schießen oder auch nur einen verkehrten Atemzug zu machen.

Sie klickte auf Seiten mit Fotos, auf denen er zu sehen war, wie er übers Eis flitzte und ein Tor schoss oder mit Wattebäuschen in den Nasenlöchern auf der Strafbank saß.

Schließlich stieß sie auf einen Artikel, den er 2003 über sich selbst in der *Hockey News* verfasst hatte. »Ich bin mehr als ein Sandsack« lautete der erste Satz, ehe er die Anzahl seiner Tore und seiner Vorlagen auflistete. Kate hatte keine Ahnung von Hockey, vermutete jedoch, dass er die Zahlen nicht genannt hätte, wenn sie nicht vorteilhaft für ihn gewesen wären. Sie erfuhr von den Höhepunkten seiner Karriere, ehe sie auf den letzten Artikel stieß, der in der *Sports Illustrated* über ihn erschienen war. Das Hochglanzfoto zeigte ihn, wie er mit seinem Schläger den Puck übers Eis trieb. Die Überschrift des Artikels lautete »NHL-Spieler von weiblichem Fan angeschossen«.

Kate richtete sich abrupt auf. Die Anzahl der Einträge mochte an sich schon ein Schock gewesen sein, doch was sie nun las, war einfach unglaublich.

Laut dem Artikel hatte eine gewisse Stephanie Andrews aus Denver, Colorado, drei Schüsse auf Rob abgefeuert, nachdem er ihre Affäre beendet hatte. Zwei Kugeln hatten ihn in die Brust getroffen und lebensgefährlich verletzt, während eine dritte sein Knie zertrümmert und damit seiner Karriere unwiderruflich ein Ende bereitet hatte. Kate hatte bereits vermutet, dass seine Knieverletzung das Ende seiner Karriere dargestellt hatte, aber auf die Wahrheit wäre sie in einer Million Jahren nicht gekommen.

Kate forschte noch ein wenig weiter und stieß auf weitere Artikel über die Schießerei und den Prozess. Im Archiv der *Seattle Times* fand sie einige Informationen. Aus den Prozessberichten erfuhr sie, dass Stephanie Andrews noch nicht einmal Robs feste Freundin gewesen war. Stattdessen war sie ein Groupie gewesen, das er in einer Bar aufgegabelt und das sich zu einer Stalkerin entwickelt hatte.

Stephanies Anwalt hatte auf vorübergehende Unzurechnungsfähigkeit plädiert, doch am Ende hatten sich die Geschworenen nicht darauf eingelassen. Sie war zu einer zwanzigjährigen Haftstrafe verurteilt worden, die erst nach zehn Jahren die Möglichkeit auf vorzeitige Entlassung bot. Kate fragte sich, wie Rob über all das dachte. War es in seinen Augen fair, dass die Frau, die versucht hatte, ihn umzubringen, in zehn Jahren aus dem Gefängnis frei gelassen werden würde, während er für den Rest seines Lebens mit seinen Verletzungen leben musste.

Kate überflog auch noch den letzten Artikel, als ihr Blick auf ein Zitat am Ende fiel. »... dass Mrs. Sutter keinen Kommentar dazu abgeben möchte.« Sie scrollte einen Absatz weiter nach oben und las »Louisa Sutter und das gemeinsame Kind des Paars leben nicht in Sutters Haus auf Mercer Island. Die *Times* hat versucht, mit ihr in Kontakt zu treten, um ihre Reaktion auf die Verurteilung zu erfahren. Mrs. Sutters Anwalt reagierte auf unseren Anruf und informierte uns, dass Mrs. Sutter keinen Kommentar dazu abgeben möchte.«

Verheiratet. Er war zum Zeitpunkt des Mordversuchs also verheiratet gewesen und hatte ein Kind gehabt. Und er war nach wie vor der Vater dieses Kindes. Kate schob sich das Haar hinter die Ohren. Sie war verblüfft und schockiert, aber auch überrascht über die tiefe Enttäuschung, die sie angesichts dieser Neuigkeiten empfand. Ohne es zu wollen, hatte sie angefangen, ihn zu mögen. Er hatte sich für sie eingesetzt und sich wegen ihr in eine Schlägerei mit den Worsleys verwickeln lassen. Okay, das Ganze hatte ihm für ihren Geschmack ein wenig zu viel Spaß gemacht, aber wäre er nicht gewesen, würde sie wahrscheinlich heute noch im Buckhorn stehen und Billard spielen. Denn eines stand fest: Die Worsleys hätten sie erst gehen lassen, wenn sie gegen sie verloren hätte. Und Kate verlor grundsätzlich nie mit Absicht. Bei nichts und gegen niemanden.

Sie klappte das Notebook zu und schob es in ein Fach des Kleiderschranks neben eine Schachtel mit Tom-Jones-Memorabilien. Rob hatte seine Frau also mit einem Eishockey-Groupie betrogen. Auch Kate war in der Vergangenheit betrogen worden und hasste Männer, die so etwas taten. Trotzdem verdiente niemand, deswegen erschossen zu werden oder seine Karriere einzubüßen. Niemand verdiente es zu sterben, und es gab keinen Zweifel an der Tatsache, dass Stephanie Andrews vorgehabt hatte, Rob umzubringen.

Kate schob sich unter die pinkfarbenen, mit Rüschen besetzten Decken des Doppelbetts. Ihre Bettwäsche, die sie aus Vegas mitgebracht hatte, war für ein breites Einzelbett zugeschnitten, deshalb blieb ihr nichts anderes übrig, als inmitten von Rüschen und Spitze – und von Tom – zu schlafen.

Dass er von einem weiblichen Fan angeschossen wurde, den er zuvor in einer Bar aufgegabelt hatte, mochte der Grund dafür sein, dass Rob sie in der Duchin Lounge abserviert hatte. Es erklärte auch, warum sie sich, trotz ihrer Bemühungen, ihn nicht zu mögen, so zu ihm hingezogen fühlte.

Sie zog ein Papiertaschentuch aus der Schachtel und putzte sich die Nase. Woran es auch immer liegen mochte – wenn es einen Mann innerhalb eines Umkreises von hundert Meilen gab, der ihr das Herz brechen und sie schlecht behandeln könnte, zog er sie geradezu magnetisch an.

Sie warf das Papiertaschentuch in den Tom-Jones-Mülleimer, verfehlte ihn jedoch. Rob war ein Mann, der fremdging. Er hatte Bindungsprobleme, und auf seiner Stirn war »Finger weg! Beziehungsmuffel!« tätowiert. Er war jeder Mistkerl, mit dem sie jemals zusammen gewesen war, in einer Person, zusammengeschnürt in einem attraktiven Paket. Und er würde ihr das Herz schneller brechen, als er es früher mit den Knochen seiner Gegner getan hatte.

Okay, das mochte zynisch sein. Und, ja, eigentlich hatte sie sich vorgenommen, gegen diesen Zynismus anzukämpfen, aber trotzdem war es wahr.

Kate fühlte sich zu Rob hingezogen, doch sie würde in dieser Hinsicht nichts unternehmen. Für sie war das Thema »nicht bindungsfähige Männer« ein für alle Mal erledigt.

Sie ließ den Kopf aufs Kissen sinken und schloss die Augen. Beim Einschlafen dachte sie über ihr Leben in Gospel nach. Manchmal war ihr so langweilig, dass sie glaubte, bald ebenso verrückt zu werden wie all die anderen Leute hier. Andererseits musste sie zugeben, dass die nüchterne Bodenständigkeit ihren Reiz hatte. Dinge, die sich niemals änderten, wie zum Beispiel die Monotonie beim Einräumen von Regalen und Sortieren von Lebensmitteln, hatten manchmal etwas unendlich Tröstliches.

Genau dieses Gefühl rief sich Kate zwei Tage später ins Gedächtnis, als sie mit ihrem Großvater in eine Diskussion darüber verstrickt war, wie sie ihre geschäftlichen Verluste minimieren könnten. Kate war der Meinung, sie sollten die Lebensmittel nicht länger zu den Kunden nach Hause liefern, oder, wenn sie diesen Service schon anboten, wenigstens einen Aufpreis dafür berechnen, doch Stanley wollte nichts davon hören.

Sie wollte eine Kaffeekasse neben den Automaten stellen, um von dem Geld den Kaffee zu bezahlen, den die Stammkunden jeden Morgen im Laden schlürften. Doch auch davon wollte Stanley nichts wissen. Sie schlug vor, Gourmetkäse und Pasta ins Sortiment zu nehmen, Spezialitäten wie gefüllte italienische Oliven und Gläser mit Jalapeño-Gelee, worauf er sie ansah, als hätte sie den Verstand verloren.

»Niemand hier isst diese affigen Dinge.«

»Aber bei Triangle Grocery gibt es sie«, wandte sie ein. Triangle Grocery war der zweite Lebensmittelladen in der Stadt.

»Genau. Wenn die so was haben, wieso sollte ich es dann auch noch anbieten?«

Zumindest in der Frage der Preisetiketten gelangten sie zu einem Kompromiss. In Zukunft würde es keine Preisschilder mehr auf Waren geben, die bereits vom Hersteller ausgezeichnet waren. Ihr Großvater stimmte ihr zu, dass dies nicht nur eine Geld-, sondern auch eine Zeitverschwendung war.

Es war nur ein kleiner Sieg für Kate, aber ein wichtiger. Denn er bewies, dass ihr Großvater nicht gänzlich unnachgiebig war, sondern in manchen Fragen durchaus auf sie hörte. Wenn der richtige Zeitpunkt gekommen war, stünde er möglicherweise ihren Ideen offen gegenüber, die Bestandskontrolle und die Buchführung des Ladens zu modernisieren. Auf diese Weise könnte sie ihm letzten Endes doch helfen, sein Leben einfacher zu machen. Im Grunde war die Lage gar nicht so übel.

Zumindest dachte sie das bis zu der Sekunde, als die Ladentür aufging und ein leicht zerzaust aussehender Rob eintrat.

Aus den Stereolautsprechern drang Toms Interpretation von Otis Reddings »Try a Little Tenderness«. Sie hatte Rob seit der Schlägerei im Buckhorn nicht mehr gesehen, und trotz allem, was sie seither über ihn herausgefunden hatte, wäre sie bei seinem Anblick am liebsten vor den Spiegel gelaufen und hätte ihren Lipgloss aus der Tasche gezogen.

Sie stand hinter einem Korb mit Orangen und Grapefruits, und er sah vom Ende von Gang zwei zu ihr herüber, als hätte er ihre Anwesenheit gespürt. Er trug ein dunkelgrünes Kapuzen-Sweatshirt, das perfekt zur Farbe seiner Augen passte. Auf seinem Kiefer prangte ein bläulich schimmernder Bluterguss, die lebhafte Erinnerung an den Abend, als er sich ihretwegen eine Prügelei mit den Worsleys geliefert hatte.

»Wie geht's?«, fragte er mit leicht heiserer Stimme, als hätte er in letzter Zeit nicht viel gesprochen.

»Mir geht's gut.«

Seine Lippen teilten sich, als wollte er etwas sagen, doch stattdessen wanderte sein Blick zu den zwei kleinen Jungen, die hereingekommen waren, um sich einen Schokoriegel zu kaufen.

Es war halb vier Uhr nachmittags, und im Laden war wenig los. Die einzigen Kunden waren Adam Taber und Wally Aberdeen, die sich darüber stritten, wer der härtere Kämpfer war – Spiderman oder Wolverine aus *X-Men*. Rob packte Adam im Genick und zerzauste ihm das Haar.

»Wirst du diesen Sommer wieder bei mir arbeiten?«, fragte er den Jungen.

»Ja.« Adam lachte und befreite sich aus Robs Griff. »Kann Wally auch bei Ihnen arbeiten?«

Während Rob vorgab, über die Frage nachzudenken, ließ Kate den Blick über sein Sweatshirt wandern, vorbei an dem aufgestickten Rossignol-Etikett auf der Brust und über die Ärmel bis zu seinen ausgewaschenen Jeans. Die Säume waren ausgefranst, und auf seinen Knien prangte ein Schmutzfleck.

»Wenn du glaubst, du kriegst das hin«, meinte er.

»Werde ich«, versicherte Wally eifrig.

»Gut. Vielleicht habe ich nächsten Monat etwas für euch beide zu tun.« Die drei vollzogen irgendein männliches Fingerknöchel-Abschlagritual, ehe Rob auf die Ladentheke zuging, wo ihr Großvater gerade Zigarettenschachteln nachfüllte.

»Wie geht es deiner Mutter?«, erkundigte sich Stanley.

»Gut. Ich war gerade bei ihr und habe ein paar alte Rosensträucher ausgegraben.«

»Sag ihr, ich lasse sie schön grüßen, wenn du sie siehst.«

»Mache ich«, versprach Rob, lehnte sich mit der Hüfte an den Tresen und stellte einen Fuß vor den anderen. »Könntest du mir etwas Leinsamen bestellen?«

Leinsamen? Kate legte ein paar Orangen in die Auslage und mimte großes Interesse an den Äpfeln, obwohl sie mit den Gedanken ganz woanders war. Sie fragte sich, ob Rob häufig über seine Vergangenheit nachgrübelte. Ob er das Eishockey wohl vermisste oder besorgt wegen des Tages war, an dem Stephanie Andrews entlassen werden würde. Sie jedenfalls wäre besorgt deswegen, so viel stand fest. Und sie rätselte, ob er seine Lektion im Hinblick auf Untreue gelernt hatte und ob es sich bei seinem Kind um einen Jungen oder ein Mädchen handelte.

Schließlich griff sie nach dem leeren Orangenkorb und trug ihn zum Tresen, hinter dem eine Tür ins Hinterzimmer führte. Auf dem Weg warf sie Rob aus den Augenwinkeln einen Blick zu und musterte einen kurzen Augenblick lang den Bluterguss auf seinem Unterkiefer und den Bart, der seinen Mund einrahmte.

»Außerdem brauche ich getrocknete schwarze Johannisbeeren«, fuhr er an Stanley gewandt fort, während sein Blick Kate folgte, bis sie im Hinterzimmer verschwunden war.

Links neben ihr befand sich eine Tür, die auf den Hof neben dem Haus hinausging. Kate nahm einige Schachteln und trat nach draußen. Sie fragte sich auch, ob Rob ihr glaubte, dass sie das Gerücht über ihn nicht in Umlauf gebracht hatte. Er hatte dazu gar nichts mehr gesagt, denn ihre Unterhaltung hatte im Grunde an dem Punkt geendet, als sie seine vermeintliche erektile Dysfunktion ins Spiel gebracht hatte.

Sie warf die Schachteln in den Abfallcontainer und schloss den Deckel. Sie hatte das halb im Scherz gesagt, doch ihre Worte schienen ihn so getroffen zu haben, dass sie sich nur fragen konnte, ob sie nicht unabsichtlich einen wunden Punkt erwischt hatte. Seit dem ersten Abend, als sie einander begegnet waren, sagte sie sich, dass er impotent sein musste, doch wenn sie ganz ehrlich war, hatte sie nie so recht daran geglaubt. Nicht bis zu dem Augenblick, als er es so vehement bestritten hatte. Vielleicht hatte er ja durch die Schießerei in diesem Teil seines Körpers psychischen oder körperlichen Schaden davongetragen?

Das Lachen ihres Großvaters drang an ihre Ohren, als sie ins Hinterzimmer zurückkehrte und die Tür hinter sich schloss. Sollte Rob allen Ernstes ein Problem in den unteren Körperregionen haben, würde sie es aufrichtig bereuen, Witze darüber gerissen zu haben. An sich war sie kein gemeiner Mensch. Sie mochte gelegentlich ein wenig unsensibel sein, aber sie würde ganz bestimmt nie jemandem mit Absicht wehtun.

Einen Moment mal! Sie blieb abrupt neben der auf Hochglanz polierten Fleischschneidemaschine ihres Großvaters stehen. Sie hatte Mitleid mit Rob? Wie war es denn *dazu* gekommen?

Sie lehnte sich gegen die verchromte Arbeitsfläche und legte die Handfläche an die Stirn. Sie wollte kein Mitleid für Rob empfinden. Denn wenn sie Mitleid mit ihm hatte, bestand die

Gefahr, dass ihre Sympathie für ihn weiter wuchs und sie ihn am Ende doch noch mochte. Und ihn zu mögen würde automatisch in Demütigungen und Zurückweisung gipfeln. Und sie wollte sich doch von Männern fernhalten, die sie nur benutzten und schlecht behandelten.

Rob Sutter war der Inbegriff des üblen Burschen.

»Katie«, sagte ihr Großvater und trat ins Hinterzimmer. »Ich habe eine Lieferung für dich.«

»Für wen?«

»Hazel Avery. Sie hat dieselbe schwere Grippe erwischt wie du vor ein paar Tagen.«

»Wieso hat sie dann nicht bei Crum's Pharmacy angerufen? Die liefern doch auch nach Hause.« Sie hielt eine Hand hoch, bevor er ihre Frage beantworten konnte. »Vergiss es. Ich kenne die Antwort. Weil du süßer bist als Fred Crum, der Apotheker.«

Stanleys Wangen färbten sich rosa, während er ihr eine Tüte mit einer Flasche Hustensaft und einer Schachtel Grippetabletten reichte. »Danke«, sagte er.

»Ist Rob noch vorn im Laden?«

»Er ist weg, aber ich glaube, er ist nur über den Parkplatz gegangen. Wenn du dich beeilst, erwischst du ihn bestimmt noch.«

Kate zog ihre Jacke an und schnappte ihre Handtasche. Seit der Prügelei im Buckhorn versuchte ihr Großvater noch eifriger, sie mit Rob in Kontakt zu bringen. »Ist nicht so wichtig. Es reicht auch ein anderes Mal.« Sie hängte sich ihre Handtasche über die Schulter und zog ihr Haar aus dem Kragen ihrer Jacke. »Es sollte nicht allzu lange dauern«, meinte sie und nahm ihrem Großvater die Tüte aus der Hand. Zumindest hoffte sie, dass es nicht lange dauern würde. Beim letzten Mal hatte sie ihre Liefertour zu den Fernwoods drüben in Tamarack geführt. Sie hatten sie ins Haus gebeten, ein Baby-Fotoalbum aufgeschlagen und ihr bestimmt hundert Fotos ihres neu geborenen Enkelkinds gezeigt. Sie hatten versucht, sie mit Kuchen vollzustopfen, und sie gezwungen, sich endlose Geschichten über ihre Tochter Paris und deren Ehemann Myron anzuhören. Myron war in der Welt des Profi-Zwergwüchsigen-Wrestlings besser unter dem Namen Myron der Zerstörer bekannt. Allem Anschein nach machte Myron im Moment beim Wrestling in Mexiko mit seiner neuesten legendären Angriffstaktik namens »Tornado« von sich reden.

Was erheblich mehr Informationen waren, als sie eigentlich über den Schwiegersohn der Fernwoods haben wollte. Kate verließ den M & S Market und trat in die strahlende Nachmittagssonne. Sie ging den Gehsteig entlang bis zu ihrem Honda CRV und spähte über den Parkplatz, wo Rob vor seinem Laden stand. Er trug noch dasselbe Sweatshirt und die Jeans, mit dem Unterschied, dass er mittlerweile eine schwarze Sonnenbrille mit leuchtend blauen Gläsern aufgesetzt hatte.

Aus einem Impuls heraus verließ sie den Bürgersteig und überquerte den asphaltierten Parkplatz. Ja, er war der Vorsitzende des »Vereins beziehungsungeeigneter Kandidaten«, andererseits war er der einzige Mann im Buckhorn gewesen, der ihr zu Hilfe gekommen war. Sie war nicht sicher, ob er wusste, wie aufrichtig dankbar sie ihm dafür war.

Beim Näherkommen beobachtete sie, wie er sich eine Axt unter den Arm klemmte und ein Paar braune Lederarbeitshandschuhe aus der Tasche zog. Vor ihren Augen drehte er sich um und ließ die Axt in den Stamm einer der gut einen Meter hohen Tannen sausen, die in Kübeln neben der Eingangstür standen. Zwei Schläge, und der kleine Baum kippte um und landete vor seinen Füßen.

»Hallo«, rief sie ihm zu, während sie auf den Gehsteig trat.

Er warf ihr einen Blick über die Schulter zu und richtete sich auf.

»Was machen Sie denn da? Brauchen Sie so dringend Holz für den Kamin?«, fragte sie und blieb neben dem gefällten Bäumchen stehen.

»Treten Sie bitte ein Stück zurück«, meinte er und holte erneut aus. Wenige Sekunden später lag auch der zweite Baum auf dem Boden.

»Ich konnte die Dinger noch nie leiden«, erklärte er und wandte sich ihr wieder zu. Er hob die Axt an und ließ den Holzstiel nach unten gleiten, bis die Klinge seine behandschuhte Hand berührte. »Sie sehen aus, als würden sie vor den Eingang eines Four Seasons gehören, aber nicht vor einen Laden für Sportartikel in den Idaho Sawtooths.«

»Werden Sie sie durch etwas anderes ersetzen?«

»Ich habe mir überlegt, ob ich mir ein paar dieser hohen, schlanken Gräser besorgen soll.« Er biss in die Spitze seines Handschuhs und zog ihn aus.

»Sie meinen so etwas wie Pampasgras oder Frauenhaar?«

Er schob den Handschuh in die Brusttasche seines Sweatshirts. »Ja, wahrscheinlich. Dieses Zeug wächst in meinem Garten, und es gefällt mir ziemlich gut.« Er nahm die Sonnenbrille ab und schob auch sie in die Tasche. Das Sonnenlicht war ziemlich grell, so dass sich kleine Fältchen um seine grünen Augen bildeten, als er sie musterte. Er trat mit dem Stiefel gegen einen der Stämme. »Die mussten endgültig sterben.«

»Wahrscheinlich ist es gut, dass Sie keine Waffen verkaufen.«

Er lächelte, und bestürzt bemerkte sie das leichte Kribbeln in ihrer Magengegend. Sie wandte den Blick von seinem Mund ab und betrachtete das Schlachtfeld zu ihren Füßen.

»Nein«, bestätigte er. »Keine Waffen.«

Sie verstand nur zu gut, warum er keine verkaufte. »Wow, es überrascht mich, dass die Sie mit dieser Einstellung überhaupt hier leben lassen.«

»Ich bin nicht grundsätzlich gegen Waffen, sondern habe nur keine Verwendung dafür.«

Sie hob den Kopf und betrachtete die gestreifte Markise über ihnen. »Wann eröffnen Sie Ihren Laden wieder?«

»Am 1. April. In genau einer Woche.«

Er machte keine Anstalten weiterzusprechen, so dass sich eine verlegene Stille zwischen ihnen ausbreitete. Unwillkürlich fragte sie sich, ob er an den Abend zurückdachte, als sie sich so zum Narren gemacht hatte. Oder an den Abend im Buckhorn, als er sie hatte retten müssen. Sie kreuzte die Arme vor der Brust, so dass die Plastiktüte mit Adas Medikamenten herunterbaumelte und gegen ihren Oberschenkel stieß.

»Wie geht es eigentlich Ihrem Kiefer?«, fragte sie und warf einen Blick auf seine Kinnlinie. »Tut er noch weh?«

»Nein.«

»Gut. Wenn Sie mir nicht zu Hilfe gekommen wären, würde ich wahrscheinlich immer noch im Buckhorn stehen und Billard spielen.«

»Die Worsleys sind Idioten.«

»Sie haben sie als Schwachköpfe bezeichnet, wenn ich mich recht entsinne.«

Er lachte leise. »Das sind sie auch.«

»Tja, jedenfalls danke ich Ihnen für Ihre Hilfe.«

»Vergessen Sie's.« Er schlug mit dem Axtgriff gegen sein Bein, als brenne er darauf, sie endlich loszuwerden.

Sie trat einen Schritt zurück. »Man sieht sich.«

Er bückte sich und hob den Stamm der einen Tanne auf. »Ja, klar.«

Während sie ein Prickeln in ihren Eingeweiden verspürte, empfand er offenbar absolut nichts. Wie peinlich! Sie drehte sich um und ging auf ihren Wagen zu. Aber sein Mangel an Interesse an ihr war ja nichts Neues – und es war völlig in Ordnung so. Schließlich war sie nicht nach Gospel gekommen, um einen Mann zu finden. Und einen wie Rob Sutter schon gar nicht. Stattdessen war sie hier, um ihrem Großvater zu helfen.

Und am darauf folgenden Freitag half sie ihm in einer Art und Weise, die sein Leben verändern sollte.

Aus Versehen hatte sie ihren Großvater mit ihrer Grippe angesteckt, so dass er gezwungen war, das Bett zu hüten. Bevor Kate sich auf den Weg in den Laden machte, beratschlagte sie mit Grace Sutter, ob sie ihn ins Krankenhaus bringen sollte. Grace glaubte nicht, dass das notwendig war, versprach jedoch, in der Mittagspause und nach Dienstschluss nach ihm zu sehen.

Kaum hatte Kate den Laden betreten, nahm sie die Tom-Jones-CD aus dem Gerät und ersetzte sie durch eine Scheibe von Alicia Keyes, gefolgt von Sarah McLachlan und Dido. Heute war eindeutig der Tag der Power-Mädels.

Um ein Uhr nachmittags rief sie bei einem Gourmet-Lieferanten in Boise an und bestellte Oliven, Jalapeño-Gelee und hauchdünne Cracker. Es erschien ihr am klügsten, erst einmal mit einer kleinen Auswahl anzufangen, und wenn diese Lebensmittel verkauft waren, würde ihrem Großvater keine andere Wahl bleiben, als sich auf einige ihrer anderen Ideen einzulassen.

Um fünf kamen die Aberdeen-Zwillinge zur Arbeit, und Kate tauschte die Kassen. Sie zählte das Geld, hielt die Umsätze im Kassenbuch ihres Großvaters fest und legte das Geld bis zum nächsten Morgen in den Safe. Gerade als sie sich um sechs Uhr auf den Weg machen wollte, läutete das Telefon. Es war ihr Großvater, der sie um zwei Gefallen bat. »Pack die Bücher ein und bring sie mit nach Hause«, bat er. Was sie bereits getan hatte. Außerdem hatte er noch einen Lieferauftrag für sie.

»Gestern ist Robs Bestellung angekommen«, meinte er zwischen zwei Hustenanfällen. »Bring sie bitte zu ihm nach Hause.«

Kate sah auf ihre beigefarbene Wickelbluse, die seitlich mit drei Lederschnallen geschlossen war, und wischte ein wenig Staub von ihrer Schulter. »Ich rufe ihn an, dann kann er morgen vorbeikommen und es abholen.« Sie wollte Rob nicht sehen. Es war ein langer, anstrengender Tag gewesen, und sie wollte nur noch nach Hause, um endlich ihre schwarzen Baumwolltwillhosen und die Lederstiefel ausziehen zu können. »Ich bin sicher, er braucht das, was er bestellt hat, nicht heute Abend noch.«

»Katie«, seufzte ihr Großvater. »Der M & S Market ist deshalb seit all den Jahren so gut im Geschäft, weil sich unsere Kunden auf uns verlassen.«

Sie hatte diesen Satz schon tausende Male gehört, also griff sie nach einem Stift. »Gib mir die Adresse.«

Fünf Minuten später fuhr sie um das linke Ende des Fish Lake River herum. Die Sonne ging gerade hinter den scharfkantigen Granithügeln unter und warf gezackte Schatten über die Landschaft und auf den kalten bläulich grünen See. Kate sah auf die Wegbeschreibung, die sie hinter den Schalthebel geklemmt hatte, und bog nach links in eine von einem Lattenzaun gesäumte Einfahrt ein. Sie konnte kaum das Dach des Hauses ausmachen, doch Bewegungsmelder ließen die Beleuchtung wie auf einem Laufsteg aufflammen, deshalb ging sie davon aus, dass sie auf dem richtigen Weg war. Plötzlich ragte das Haus vor ihr auf, groß und imposant im Zwielicht der hereinbrechenden Dämmerung.

Das Haus war eine Konstruktion aus Flusssteinen und Holzblöcken, und in den großen Fenstern spiegelten sich hohe Pinien und vereinzelte Schneefelder. »Ohohoho«, flüsterte sie. Es sah eher wie Hotel und nicht wie ein privates Wohnhaus aus.

Sie stellte ihren Honda vor der Vierergarage ab und nahm die Tüte mit Robs Einkäufen vom Beifahrersitz. Bisher hatte sie nie einen Gedanken daran verschwendet, wie und wo Rob wohl lebte, doch selbst wenn sie es getan hätte, wäre sie nie im Leben auf ein solches Haus gekommen.

Sie verglich die Adresse, die ihr Großvater ihr genannt hatte, mit den Ziffern auf dem Haus. Seine Karriere als Profieishockeyspieler musste Rob einiges eingebracht haben.

Sie stieg aus dem Wagen und hängte sich ihren Lederrucksack über die Schulter. Die Absätze ihrer Stiefel hallten auf dem Beton und den Steinen wider, als sie zu der breiten Veranda mit der Flügeltür hinaufging.

Die Tüte mit Robs Einkäufen baumelte an ihrem Handgelenk, als sie die Hand hob und an die Tür klopfte. Das Licht über ihr brannte nicht, und auch im Inneren des Hauses schien nirgendwo Licht zu sein. Nach ein paar Augenblicken stellte Kate die Tüte ab und öffnete ihren Rucksack. Auf der Suche nach einem Zettel stieß sie auf eine alte Einkaufsliste, einen Kontoauszug und ein Bonbonpapier, das nach Pfefferminz roch. Sie strich das Bonbonpapier mit einem Stift glatt und hielt es gegen die Tür, um schreiben zu können.

Etwa nach der Hälfte der Nachricht ging mit einem Mal das Licht über ihrem Kopf an, während ein Flügel der Eingangstür aufgerissen wurde. Kate geriet ins Straucheln und wäre um ein Haar mit dem Kopf gegen Robs Brust geprallt.

»Was machen Sie da?«, fragte er.

Sie musste sich am Rahmen des zweiten Türflügels festhalten, um nicht zu stürzen. »Ich bringe Ihnen Ihre Einkäufe.« Sie ließ ihren Blick über seinen bloßen Füße und Jeans zu einem alten, ausgebleichten T-Shirt wandern – es war blau, soweit sie sehen konnte, und hatte jede Form eingebüßt.

»Das hätten Sie nicht zu tun brauchen.«

Um seinen Hals hing ein weißes Handtuch, und er hob eine Hand, um sein nasses Haar zu frottieren. Der weite Ärmel seines T-Shirts rutschte über die harten Wölbungen seines Oberarms bis zu dem dunklen Haarbüschel unter seiner Achsel. Der Schwanz seiner Schlangentätowierung wand sich um seinen ausgeprägten Bizeps, und sie spürte, wie ein warmes, köstliches Gefühl sie durchströmte. »Mein Großvater meinte …« Sie runzelte die Stirn und hielt ihm die Plastiktüte hin. »Wie auch immer.«

Er drehte sich um und ging ins Haus, ohne ihr die Tüte aus der Hand zu nehmen. Ein Elchhorn-Kronleuchter brannte über ihrem Kopf und ließ Kristallprismen auf seinen breiten Schultern und seinem Rücken bis hinunter zu seinem Hinterteil tanzen. Er warf ihr einen Blick über die Schulter zu. »Kommen Sie rein und machen Sie die Tür zu.«

NEUN

»Sie leben allein hier?«

Rob warf das Handtuch auf die Lehne des Ledersofas und fuhr sich mit den Fingern durchs Haar. »Ja.«

Offenbar war sie gekommen, als er gerade unter der Dusche gestanden hatte. Er hätte sie nicht einmal bemerkt, wäre er nicht zufällig vorbeigekommen und hätte sie durch die Fenster über der Treppe gesehen.

Kate stellte die Tüte mit den Einkäufen auf dem Couchtisch ab und ging an ihm vorbei durch den weitläufigen Raum. »Wow, von dieser Seite habe ich den See noch nie gesehen«, bemerkte sie und sah durch die raumhohen Fenster.

Rob betrachtete die vereinzelten Schneefelder um den klaren See herum. Im Sommer reflektierte die Wasseroberfläche die dichten Pinienwälder, die dem See eine smaragdgrüne Farbe verliehen. An diesem Abend kam gerade die Mondsichel über den gezackten Kämmen der Sawtooths zum Vorschein und tauchte den See und die Berge in ein hellgelbes Licht.

»Gefällt es Ihnen?«, fragte er, während sein Blick über die Rückseite von Kates Jacke und über ihre Hose bis zu den hohen Absätzen ihrer Domina-Stiefel wanderte. Außer seiner Mutter hatte bislang kein weibliches Wesen einen Fuß in sein Haus gesetzt. Kates Anwesenheit fühlte sich ein wenig irritierend an – so als sehe man zu, wie der Star aus seinem Lieblingsporno mit einem Mal aus dem Fernseher steigt und das eigene Wohnzimmer betritt. Er hatte so häufig an sie gedacht, dass es fast peinlich war, sie jetzt vor sich stehen zu sehen. Fast so, als wäre er sechzehn und nicht sechsunddreißig Jahre alt.

»Es ist atemberaubend.« Sie schob ihr Haar hinters Ohr. »Wenn ich als Mädchen zu Besuch nach Gospel kam, ist meine Großmutter immer mit mir ins Strandbad gegangen.« Dann beugte sie sich vor, legte die rechte Hand auf die Fensterscheibe und spreizte ihre langen Finger auf dem kühlen Glas. Ihre kurzen, schimmernden Nägel deuteten Richtung Decke. »Ich kann den Jachthafen dort drüben erkennen.« Sie ließ ihre Hand sinken und sah ihn an. »Hoppla. Entschuldigung.« Sie runzelte die Stirn und wandte sich ihm zu. »Ich habe einen Handabdruck auf Ihrer sauberen Scheibe hinterlassen.«

»Ist schon gut. Dann hat Mabel wenigstens etwas zu tun, wenn sie nächste Woche zum Putzen kommt.« Er kreuzte die Arme vor der Brust und verlagerte sein Gewicht auf ein Bein, während er den Anblick ihres weichen, roten Haars, das ihren schlanken Hals umfloss, in sich aufsog. Er wusste nur zu gut, dass ihre Haut am Übergang von ihrer Schulter zum Hals so zart war, wie sie aussah.

»Ihr Haus ist wunderschön, Rob«, bemerkte sie, und ihm fiel auf, dass dies das erste Mal war, dass sie ihn mit Namen angesprochen hatte.

Natürlich hatte er sich ausgemalt, wie sie ihn sagte. Aber in einem Zusammenhang, für den er höchstwahrscheinlich eine Ohrfeige kassieren würde, wenn er ihn laut aussprechen würde. Es war keine gute Idee gewesen, sie hereinzubitten. Eine sehr schlechte sogar. Er sollte sie jetzt zur Tür bringen. »Wollen Sie auch den Rest sehen?«, hörte er sich stattdessen fragen.

»Klar.«

Zu spät. »Sie können Ihre Jacke hier liegen lassen, wenn Sie wollen.« Er bot ihr nicht an, ihr zu helfen. In dieser Hinsicht hatte er seine Lektion schon beim letzten Mal gelernt.

Sie streifte ihre Jacke ab und legte sie neben die Einkaufstüte. Dann kam sie auf ihn zu. Sein Blick wanderte zu ihrer Bluse, die sich um ihre Brüste spannte und mit Schnallen an der Seite geschlossen war. Mit schwarzen Lederschnallen. Die Art, die sich ohne weiteres öffnen ließ. *Denk jetzt bloß nicht an diese Schnallen.*

Er wandte sich um, und sie folgte ihm die Treppe hinauf. Das erste Zimmer war ein Fitnessraum mit zahllosen Gewichten und mehreren Sportgeräten. Vor einer verspiegelten Wand standen ein Laufband und ein Ellipsentrainer.

»Benutzen Sie all das?« Sie schob ihre Ärmel zurück, so dass die zarten blauen Venen auf den Innenseiten ihrer Handgelenke zum Vorschein kamen.

»Fast jeden Tag.« Zuerst war ihm ihr Hals ins Auge gefallen und nun ihre Handgelenke. Er kam sich wie ein Vampir vor.

»Ich war mal Mitglied in einem Fitnessclub.« Sie betrat den Raum und fuhr mit der Hand über die Gerätschaften. »Im *Golds* auf der Flamingo Road. Ich habe die Mitgliedschaft für ein ganzes Jahr bezahlt, bin aber nur drei Monate lang hingegangen. Ich fürchte, Sport ist nicht mein Ding.«

»Vielleicht brauchen Sie einfach jemanden, der Sie motiviert.« Er betrachtete ihre langen Finger und Hände, die über eine Reihe Hanteln strichen. In seinem früheren Leben hätte er sich spätestens jetzt bereiterklärt, sich ihrer mangelnden Motivation anzunehmen.

»Nein, das ist nicht das Problem. Ich bin mit meiner Freundin Marilyn hingegangen, die ein begeisterter Stepper-Fan ist. Sie hat versucht, mich zu motivieren.« Sie schüttelte den Kopf. »Aber sobald meine Oberschenkel anfangen zu brennen, muss ich mich einfach hinlegen. Was Schmerzen angeht, bin ich ein absolutes Weichei.«

Er lachte, obwohl er wünschte, sie hätte niemals von ihren

brennenden Oberschenkeln angefangen. »Kommen Sie.« Er führte sie durch die offene Galerie, unter der sich der Eingangsbereich und das Wohnzimmer erstreckten. »Das ist das Zimmer meiner Tochter«, erklärte er und deutete auf eine geschlossene Zimmertür.

»Wie oft kommt sie Sie besuchen?«

»Amelia hat mich noch nie besucht. Sie lebt in Seattle bei ihrer Mutter, aber als das Haus gebaut wurde, habe ich ein Zimmer für sie einrichten lassen.«

»Wie alt ist sie?«

»Zwei.«

Er deutete auf eine weitere geschlossene Tür. »Das hier ist ein Badezimmer, das aber noch nie benutzt wurde, soweit ich weiß.« Sie kamen an einer Art Alkoven mit einer Couch vorbei, auf der offenbar ebenfalls nie jemand saß, und einer Pflanze, die er offenbar nie goss.

»Waren Sie jemals verheiratet?«, fragte er.

»Nein.«

»Schon mal kurz davor gewesen?«

»Einige Male.« Sie ließ ein freudloses Lachen hören. »Zumindest dachte ich es. Die Männer waren allerdings anderer Meinung.«

»Das ist ein Problem.« Sie gelangten zu der Tür, die in sein Schlafzimmer führte – jenem Ort, an dem er sie sich nackt vorgestellt hatte, an sein Bett gefesselt oder auf den Knien im Mondlicht. Er fragte sich, ob er sich wie ein Schwein vorkommen sollte, weil er sie im Geiste so häufig nackt vor sich gesehen hatte. Er überlegte, ob es überhaupt zählte, da sie ja nichts von seinen Fantasien wusste und er nie ernsthaft die Absicht gehabt hatte, sie in die Tat umzusetzen. Er lehnte sich mit der Schulter gegen den Türrahmen und schob die Hände in die Taschen seiner Levis. Als er zusah, wie sie schweigend durch den

Raum ging, überlegte er, ob er jemals in der Lage wäre, die Kate, die in diesem Moment in seinem Schlafzimmer stand und aus dem Fenster sah, von der Kate zu trennen, die ihn an jenem Abend in der Duchin Lounge gefragt hatte, ob er Sex mit ihr haben wolle. Er bezweifelte es. Die beiden Gestalten waren so untrennbar in seinem Kopf verwoben, dass er stets beide vor sich sah, wenn er in Kates Gesicht schaute.

»Ist das Ihre Kleine?«, fragte sie und blieb vor dem Schrank mit dem Fernseher und der Stereoanlage stehen, wo zahlreiche Fotos seiner Tochter aufgestellt waren.

»Ja. Das ist Amelia.«

Sie beugte sich vor und betrachtete die Fotos genauer. »Sie ist süß. Sie sieht Ihnen sehr ähnlich.«

»Das sagt meine Mutter auch immer.«

Kate trat einen Schritt zurück, während ihr Blick zu dem Großbildfernseher wanderte. »Eishockey scheint ja ziemlich lukrativ zu sein.«

Also hatte sie einiges über ihn in Erfahrung gebracht. Andererseits war es kein Geheimnis. Jeder in der Stadt wusste davon. »Ja, das ist es.«

»Welche Mannschaft?«

»Ottawa Senators. New York Rangers. Florida Panthers. Detroit Red Wings. L. A. Kings und am Ende die Seattle Chinooks.«

Sie sah zu ihm herüber. »Klingt, als wären Sie ziemlich herumgekommen.«

»Ja.« Er wollte nicht über die Vergangenheit reden, da es viel zu viele Fragen aufwarf, die er nicht beantworten wollte. Zu viele Erinnerungen, die er nicht heraufbeschwören wollte.

Der Teppich dämpfte das Geräusch ihrer Stiefel, als sie auf ihn zukam und einen knappen halben Meter vor ihm stehen blieb. »Waren Sie gut?«

Sein Blick blieb an ihrem Mund hängen. »Was glauben Sie wohl?«

Sie legte den Kopf schief, als unterziehe sie ihn einer eingehenden Musterung. »Ich denke, Sie müssen ziemlich angsteinflößend gewesen sein.«

»Sehen Sie sich Eishockeyspiele an?«

»Zumindest so viele, um zu wissen, dass ich zur Seite gehen würde, wenn Sie auf mich zukämen.« Sie biss sich auf die Lippe und sog sie zwischen die Zähne. »Außerdem habe ich gesehen, was Sie mit den Worsleys angestellt haben.«

Er lachte leise. »Lassen Sie uns nach unten gehen«, schlug er vor, ehe er dem Bedürfnis nachgeben konnte, sich auf ihre Lippe zu stürzen und ebenfalls seine Zähne darin zu versenken.

Er deutete auf zwei weitere geschlossene Türen. In einem der Zimmer waren seine Utensilien fürs Fliegenbinden untergebracht, im anderen seine Eishockeyausrüstung. Sie kehrten ins Erdgeschoss zurück und gingen am Esszimmer vorbei in die Küche. Auf einem Backblech auf der Granitarbeitsplatte neben dem Gasherd lagen seine selbst gemachten Müsliriegel zum Auskühlen. Er war regelrecht süchtig danach und bereitete sie schon seit Jahren selbst zu. Sein Honig-Mandel-Riegel war mittlerweile fast bis zur Perfektion ausgereift. Zu seiner aktiven Eishockeyzeit hatten sich seine Mannschaftskollegen immer deswegen über ihn lustig gemacht, doch wenn niemand in der Nähe gewesen war, hatten sie ihn ständig um einen Riegel angebettelt.

Sie stand neben der Kochinsel in der Mitte des Raums und sah zu den Töpfen und Pfannen hinauf, die an Haken über dem Herd hingen. Die indirekte Beleuchtung verlieh ihrer Haut einen warmen Schimmer und fing sich in ihrem roten Haar. »Wer benutzt all diese Töpfe und Pfannen?«

»Ich.« Er lebte allein und hatte schon vor Jahren gelernt, für sich selbst zu sorgen. Das Leben unterwegs und die ständigen Mahlzeiten in Restaurants konnten einem mächtig auf die Nerven gehen. »Wenn ich hier bin.« Er nahm einen Müsliriegel und trat auf sie zu. »Mund auf«, sagte er und hielt ihn ihr vors Gesicht.

Sie musterte ihn skeptisch, als wollte sie ablehnen. »Was ist da drin?«

»Weizen, Leinsamen, Honig.« Vielleicht war sie auch nur nervös. Die Idee, dass er sie nervös machte, gefiel ihm.

»Wussten Sie, dass eine Biene im Lauf ihres gesamten Lebens gerade mal anderthalb Teelöffel Honig produziert?«, fragte sie.

»Das ist ja höchst faszinierend. Und jetzt Mund auf.«

Sie sah ihm fest in die Augen, während sie den Kopf in den Nacken legte und den Mund öffnete. Seine Fingerspitzen berührten ihre Lippen. Er ließ ein Stück Müsliriegel in ihren Mund fallen, als wäre sie ein kleiner Vogel, und trat einen Schritt zurück.

Sie kaute, dann fuhr sie sich mit der Zunge über die Lippen. »Das schmeckt wirklich gut.«

»Ich bin süchtig nach diesem Zeug.« Er griff nach dem Backblech und stellte es neben sie auf die Arbeitsplatte. »Hier, bedienen Sie sich.«

»Und die haben Sie tatsächlich selbst gemacht?«

»Natürlich. Wer sonst?«

»Keine Ahnung, aber Sie sehen für mich nicht aus wie ein Mann, der seine eigenen Müsliriegel backt.«

Natürlich lag ihm die Frage auf der Zunge, für was für einen Mann sie ihn hielt, aber wahrscheinlich wusste er es ohnehin bereits. Sie dachte, er fahre mit einem Hummer durch die Gegend, um auf diese Weise seine Impotenz und seinen zu kurz geratenen Penis zu kompensieren. »Das liegt daran, dass Sie mich nicht kennen.«

»Das stimmt.« Sie legte den Kopf schief und musterte ihn eingehend. »Darf ich Sie etwas fragen?«

»Natürlich, aber nur, wenn ich nicht darauf antworten muss.«

»Klingt fair«, meinte sie und kreuzte die Arme unterhalb ihrer Brüste. »Warum leben Sie in einem so riesigen Haus, wenn Sie nicht einmal häufig hier sind?«

»Ich bin nur von März bis September hier. Na ja, wenn ich nicht gerade im Laden bin.« Was ihre Frage nicht beantwortete. Warum hatte er ein so großes Haus gebaut? Er lehnte sich mit der Hüfte gegen die Arbeitsplatte. »Ich schätze, es liegt daran, dass ich immer in Häusern mit Schwimmbad, Whirlpools und Billardzimmern gelebt habe, seit ich erwachsen bin. Deshalb habe ich dieses Haus wohl in einer Größe gebaut, wie ich sie gewohnt war.«

»Und haben Sie auch einen Billardraum?«

»Ja. Gleich neben dem Wohnzimmer«, antwortete er, als sie nach einem Müsliriegel griff und sich ein Stück davon in den Mund schob. »Vielleicht können wir ja irgendwann einmal eine Partie Pool spielen.«

Sie wischte sich die Hände ab und schluckte. »Vielleicht, aber ich muss Sie warnen. Ich verliere grundsätzlich nicht mit Absicht. Bei niemandem.«

»Und was wollen Sie mir damit sagen?«

»Ich habe Sie neulich spielen sehen und könnte Sie noch schlagen, wenn ich eine Binde um die Augen und einen Arm auf dem Rücken festgebunden hätte.«

»Angeberin«, meinte er lächelnd. »Ich würde gern mal sehen, wie Sie versuchen, mir den Hintern aufzureißen.«

»Oh, ich weiß nicht, ob ich Ihnen den Hintern aufreißen kann. So übel sind Sie nun auch wieder nicht.« Sie lachte. »Aber ich denke, ich würde es Ihnen schon ordentlich besorgen.«

Was für ein Anblick! Die Frau seiner kühnsten Träume stand vor ihm und drohte ihm, dass sie es ihm ordentlich besorgen würde!

Sie nahm noch einen Bissen von dem Müsliriegel und schluckte. »Das bedeutet aber, dass ich häufiger mit Männern in Schwierigkeiten gerate, die unter einem etwas fragilen Ego leiden.« Der Ausdruck in ihren braunen Augen wurde ernst. »Ich wollte Ihnen noch sagen, dass es mir leid tut, was ich neulich im Auto des Sheriffs gesagt habe.«

Er dachte einen Moment nach. »Dass Sie dachten, ich hätte Sie belogen, als ich gesagt habe, ich wäre noch nie verhaftet worden?«

»Nein. Ich meine diesen Blödsinn über die erektile Dysfunktion.«

»Ahhh ... *das*.«

»Ich habe eigentlich nur Spaß gemacht, aber Sie fanden es offenbar nicht so besonders witzig, deshalb ...« Sie hielt inne, hob den Kopf und sah ihm in die Augen. »Es tut mir leid. Es war unsensibel von mir.«

Er starrte sie einige Momente lang an, ehe er die Brauen hochzog. *Heiliges Kanonenrohr.* Sie glaubte also allen Ernstes, dass er keinen hochbekam. Dabei wäre ihr ganz schnell klar, wie sehr sie mit ihrer Vermutung danebenlag, würde sie sich die Mühe machen und einen Blick auf den Verschluss seiner Jeans werfen.

»Manchmal glaube ich, ich wäre witzig, bin es aber nicht und trete eben ordentlich ins Fettnäpfchen.«

Er machte einen Schritt auf sie zu, packte sie bei den Schultern und zog sie an seine Brust. Als er auf sie hinuntersah, bemerkte er den erschrockenen Ausdruck in ihren Augen. Er senkte den Kopf und legte seine Lippen auf ihren Mund. Er wollte ihr eine Lektion erteilen. Ihr zeigen, dass er ein Mann war, an dem alles ganz ausgezeichnet funktionierte. Er hatte Mühe, sich im Zaum zu halten. Aber, großer Gott, es war so schrecklich lange her. In der Sekunde, als seine Lippen die ihren berührten, war es um ihn geschehen. Wie ein Streichholz, das in eine Benzinpfütze fällt, erfasste ihn das lodernde Feuer seines Verlangens und schoss durch seine Adern.

Er nutzte die Gelegenheit, als sie nach Luft schnappte, und ließ seine Zunge in ihre warme, feuchte Mundhöhle gleiten. Ein Schauder lief über sein Rückgrat, und seine Muskeln begannen zu beben. Er verspürte den bohrenden Wunsch, mit ihrem Fleisch zu verschmelzen, hätte sie am liebsten auf der Stelle verschlungen, während sie stocksteif dastand und seine Umarmung über sich ergehen ließ. Sie wehrte sich weder dagegen, noch erwiderte sie sie. Er wusste, dass er sie loslassen musste, doch gerade als er sich von ihr lösen wollte, berührte ihre Zunge die seine, und nichts vermochte ihn noch aufzuhalten.

Ihr warmer, feuchter Mund schmeckte so herrlich. Nach Honig und Sex und allem, was er in seinem Leben vermisste. Ihre Hände legten sich auf seine Schultern, und ihre Finger drückten seine Muskeln durch den dünnen Stoff seines T-Shirts. Sie roch nach Blumen, nach Frau und all den Dingen, die er sich seit langem versagte. Begierig sog er alles in sich auf. Den Geschmack ihres Mundes und die warme Berührung ihrer Hände. Den Geruch ihrer Haut. Das Verlangen, das sich auf seiner Haut ausbreitete, über seinen Rücken und zwischen seine Lenden schoss und ihn bei lebendigem Leib verbrannte. Und er wollte es. Er wollte es wieder spüren. Alles. Zum ersten Mal seit langer Zeit versuchte er nicht, seine Gier zu kontrollieren oder zu bekämpfen. Stattdessen ließ er zu, dass die Lust sich durch seine Eingeweide fraß und ihn wie ein dichter Nebel umfing. Er vergrub seine Finger in ihrem Haar und legte sie um ihr Gesicht. Seine Hände zitterten ein wenig, als er gegen den

Drang ankämpfte, die Schnallen ihrer Bluse zu lösen und seine Hände um ihre üppigen Brüste zu legen.

Ihre feuchte Zunge berührte die seine und schlang sich um sie, und er spürte ihren Herzschlag unter seinem Daumen pulsieren. Ihre Münder öffneten und schlossen sich, während er sie mit Küssen liebkoste. Die Frau, die er in den Armen hielt, war genauso erregt wie er selbst.

Aber er musste dem ein Ende setzen. Er kannte sie nicht gut genug, um sicher sein zu können, dass sie sich nicht in eine Psychopathin verwandelte. Er glaubte nicht, dass sie verrückt war, aber sie war das Risiko auf keinen Fall wert. Keine Frau war das. Doch eines musste er noch tun, ehe er sich von ihr löste.

Er nahm ihre Hand von seiner Schulter und schob sie über seine Brust nach unten. Die Wärme ihrer Berührung brachte seine Haut durch den Stoff des T-Shirts zum Glühen. Seine Hand lag fest auf ihren Fingern und presste ihre Handfläche auf seine harten Muskeln. Dann schob er die Hand weiter abwärts, ganz langsam über sein Brustbein und seinen Bauch. Und es war eine Qual, eine so süße Qual, dass sie ihn körperlich schmerzte. Er schob ihre Hand über seinen festen Bauch bis zum Bund seiner Jeans.

Ein heiseres Stöhnen entrang sich ihrer Kehle, und er löste sich gerade so weit von ihr, um ihr ins Gesicht sehen zu können. Er starrte in das flüssige Braun ihrer Augen, während er ihre Hand auf seinen Schritt legte und ihre Handfläche auf seine Erektion drückte. Er presste die Knie zusammen, um nicht den Halt zu verlieren. Er war unfassbar hart, und ein dumpfes Pochen erfasste seine Lenden und pulsierte in seinen Eingeweiden.

»Ich denke, damit sollten sich alle weiteren Fragen erübrigt haben«, meinte er mit vor Lust erstickter Stimme.

Kate leckte sich die Lippen. »Was?«

»Ich kriege durchaus einen hoch.« Und dann tat er eines der schwierigsten Dinge, die er seit langem hatte tun müssen. Obwohl sein Körper sich danach sehnte, sie auf den Boden zu legen und zu nehmen, ließ er seine Hand sinken und trat einen Schritt zurück.

»Sonst noch etwas?«

Sie schüttelte den Kopf, während sich ihr Blick allmählich zu klären begann. »Nein. Ich habe nicht … ich …« Eine tiefe Röte breitete sich auf ihren Wangen aus, und sie legte die Finger an ihre Unterlippe, als wäre sie mit einem Mal taub. »Ich sollte … jetzt besser gehen.« Sie deutete auf das Zimmer nebenan, dann drehte sie sich um und verließ die Küche. Ihre Absätze klapperten eilig auf dem Holzfußboden, als sie ins Wohnzimmer ging.

Eine Mischung aus Wut, Frustration und Bedauern stieg in ihm auf. Einerseits sagte er sich, dass sie es nicht anders verdient hatte, andererseits hätte er sie am liebsten auf der Stelle flachgelegt, und eine dritte Stimme in seinem Kopf sagte ihm, dass er sich wie ein Arschloch benommen hatte und ihr nachgehen sollte, um sich zu entschuldigen. Er hörte die Tür zufallen, schloss die Augen und presste seine Handfläche auf seine Erektion.

Verdammt.

Das Motorengeräusch ihres Jeeps drang an seine Ohren, und er warf einen Blick aus dem Küchenfenster, während sie im Schein der Sicherheitsbeleuchtung die Einfahrt hinunterschoss. Er war so erregt, dass er drohte in der nächsten Sekunde zu platzen. Oder etwas mit den Fäusten zu zertrümmern. Es musste doch mehr in seinem Leben geben als das hier. Mehr als allein hier draußen in diesem riesigen, leeren Haus zu leben und sich Träumen und Illusionen über eine Frau mit roten Haaren und tiefbraunen Augen hinzugeben. Das war doch kein Leben!

Er holte tief Luft und ließ sie langsam entweichen. Er war sechsunddreißig Jahre alt. Und er wollte mehr in seinem Leben. Das Telefon läutete, und er holte noch einmal tief Luft. Auf dem Display war eine Nummer aus Seattle zu erkennen. Beim vierten Läuten hob er den schnurlosen Hörer ab.

»Hey, Louisa«, sagte er und verließ die Küche.

»Ich dachte, du wolltest uns heute Abend anrufen«.

»Es ist doch noch früh.« Der Holzboden fühlte sich kühl unter seinen bloßen Füßen an, als er durchs Haus ging, vorbei an dem großen gemauerten Kamin zum Fenster, das auf den See hinausging. »Wo ist Amelia?«

»Hier neben mir.«

»Gib sie mir mal.« Es entstand eine kurze Pause, ehe seine zweijährige Tochter an den Apparat kam.

»Hallo«, hörte er das zarte Stimmchen sagen, bei dessen Klang seine Brust eng wurde. Auch sie gehörte zu den Dingen in seinem Leben, von denen er sich mehr wünschte.

»Hey, Süße. Was machst du gerade?«

»Sesam.«

»Du siehst dir die Sesamstraße im Fernsehen an?«

Er hörte einige Atemzüge. »Ja.«

»Hast du schon zu Abend gegessen?«

»Ja.«

»Und was gab es?«

»Nudeln.«

Er lächelte. Nudeln waren ihr Lieblingsgericht. Und ihre Antwort konnte alles zwischen Spaghetti und Hühnersuppe bedeuten. O Gott, er vermisste sie so schrecklich. In Augenblicken wie diesen ertappte er sich beim Gedanken, den Laden einfach zu verkaufen und zurück nach Seattle zu gehen. Aber im Grunde wusste er genau, dass das unmöglich war. Er gehörte nicht mehr dorthin. »Ich hab dich lieb.«

»Hab dich auch lieb«, erwiderte sie.

Louisa kam wieder an den Apparat. »Hast du immer noch vor, über Ostern nach Seattle zu kommen?«, fragte sie.

»Ich fliege am Mittwoch davor los, muss aber am Ostersamstag zurück sein.«

»Wieso denn? Ich dachte, wir könnten ein paar Sachen für Amelias Osterkorb einkaufen gehen und sie ihr am Ostersonntag geben. Ich dachte, wir verbringen die Feiertage wie eine richtige Familie.«

Da war er. Der erste zögernde Schritt. Sie streckte über die Distanz hinweg die Hand nach ihm aus. Zog ihn wie üblich zu sich heran. Sie wollte sich mit ihm versöhnen, doch er war sich nach wie vor nicht sicher, was er wollte. Er konnte nicht in Seattle leben. Und sie wollte nicht nach Gospel ziehen. Und selbst wenn sie bereit dazu wäre, konnte er nicht mit Gewissheit sagen, ob dieses »mehr in seinem Leben« auch Louisa mit einschloss.

»Ich habe am Ostersamstag hier etwas zu erledigen, und es wäre idiotisch, am Samstag hierher und gleich danach wieder zurück nach Seattle zu fliegen.« Am Ostersamstag fand eine große Parade in der Stadt statt, und er hatte sich bereiterklärt, mit seinem Hummer den Festwagen der Grundschule zu ziehen. »Amelia kümmert es nicht, ob ich drei Tage vor Ostern, genau zu Ostern oder drei Tage nach Ostern da bin. Für sie macht das keinen Unterschied.«

Es entstand eine lange Pause. »Oh. Ist schon okay«, sagte sie schließlich. Was bedeutete, dass es natürlich keineswegs okay war. »Wie lange wolltest du also dieses Mal bleiben?«

»Drei Tage.«

Wieder entstand eine Pause. »Ziemlich kurz.«

Er sah auf den See und die Lichter von Gospel hinaus. »Am Montag nach Ostern fangen meine neuen Kurse im Fliegenfischen an«, erklärte er, obwohl ihm klar war, dass sie ihn nicht verstehen würde. »Aber ich komme zu meinem nächsten regulären Besuchswochenende.«

»Vielleicht kannst du ja bei uns übernachten.«

Er lehnte die Stirn ans Fenster und schloss die Augen. Es wäre so einfach. So einfach, anzunehmen, was sie ihm bot. Er kannte sie. Kannte ihren Körper und ihr Inneres. Er wusste, wie sie gern berührt werden wollte, und sie wusste, wie sie ihn berühren musste. Er konnte sicher sein, dass sie keine zweihundert Nachrichten auf seinem Anrufbeantworter hinterlassen und hunderte Meilen fahren würde, um ihn mit einer Waffe zu bedrohen.

Sie war die Mutter seines Kindes, und es wäre so einfach, sich wieder mit ihr zu versöhnen, und wenn es nur für eine Nacht war. Aber diese Entscheidung hätte einen hohen Preis. Ob die Währung Gefühle oder Fleisch hieß – Sex gab es niemals umsonst. »Ich halte das für keine gute Idee, Lou.«

»Wieso nicht?«, fragte sie.

Weil du mehr wollen wirst, als ich dir geben kann, dachte er. *Weil der Sex zwischen uns immer gut war, aber alles andere eine Katastrophe. Und weil es schlimmere Dinge gibt als Einsamkeit.* »Lassen wir es einfach gut sein.« Er taugte nicht für eine Beziehung. Weder mit ihr noch mit einer anderen Frau. Die Narben auf seinem Körper erinnerten ihn jeden Tag aufs Neue daran. »Ich muss jetzt Schluss machen«, sagte er. »Ich rufe dich nächste Woche an.«

»Ich liebe dich, Rob.«

»Ich dich auch«, erwiderte er, obwohl er wusste, dass es nicht die richtige Art Liebe war, die er für sie empfand. Vielleicht war es das nie gewesen.

Er beendete das Gespräch und richtete sich auf. Sein Blick blieb an einer schlierigen Spur auf der Scheibe hängen. Er hob die Hand und legte sie auf Kates Abdruck. Die Scheibe fühlte sich kalt unter seinen Fingern an, ganz anders als die Frau, die sie hinterlassen hatte.

Kate Hamilton war alles andere als kalt. Alles an ihr war heiß. Der Ausdruck in ihren Augen, als er sie leidenschaftlich geküsst hatte. Die Art und Weise, wie sie auf ihn reagiert hatte. Ihr Temperament. Die Art, wie sie aus dem Haus gestürzt war, als stünde sie lichterloh in Flammen. Wenn er ihr das nächste Mal über den Weg lief, würde er ohne jeden Zweifel ihren Zorn zu spüren bekommen.

Und wahrscheinlich verdiente er es nicht besser. Er sollte sich entschuldigen. Zu schade, dass er sein Verhalten nicht im Geringsten bedauerte.

Kate fuhr ihren Honda in die Garage neben dem Haus ihres Großvaters und stellte den Motor ab. Quietschend glitt das alte Garagentor in den Metallschienen nach unten und schloss sich. Sie starrte auf etliche Schachteln, die unmittelbar vor ihr auf der Werkbank ihres Großvaters aufgestapelt waren.

Rob Sutter hatte sie geküsst, und sie befand sich noch immer in einer Art Schockzustand.

Ihre Hände glitten vom Steuer und fielen in ihren Schoß. Das Wort »küssen« schien eine viel zu milde Umschreibung zu sein. Verschlungen. Er hatte sie regelrecht verschlungen. Ihren Widerstand mühelos gebrochen.

Sie betastete ihre Unterlippe mit den Fingern, wo die Haut von der Berührung seines Kinnbärtchens leicht wundgescheuert war. Sie war vierunddreißig Jahre alt und konnte sich nicht erinnern, jemals zuvor auf eine solche Weise geküsst worden zu sein. In der einen Sekunde hatte sie noch dagestanden, einen Müsliriegel gegessen und sich mit ihm unterhalten, in der nächsten hatte sich sein Mund auf ihren gepresst. In der einen Sekunde war ihr die Atmosphäre noch ganz normal erschienen, und wenige Augenblicke später war sie erfüllt von Leidenschaft, Verlangen und Lust gewesen. Ihre Begierde war in harten, pulsierenden Wellen durch ihren Körper gebrandet, so dass ihr nichts anderes übrig geblieben war, als sich an ihn zu drängen, als hinge ihr Leben davon ab.

Sie hatte sich an seine breiten Schultern geklammert, und als er ihre Hand genommen und über seine Brust nach unten geschoben hatte, war nur ein einziger Gedanke in ihrem Kopf gewesen. Der Gedanke an seine harten, wohl definierten Muskeln und seinen flachen, durchtrainierten Bauch. Er hatte sie völlig durcheinandergebracht und es ihr unmöglich gemacht, Nein zu sagen. Und dann hatte er ihre Hand auf seine Erektion gelegt. Sie hätte entsetzt sein müssen, außer sich vor Wut, weil ein Mann, den sie kaum kannte, so etwas einfach tat. Nun, da sie in der Garage ihres Großvaters saß, war sie tatsächlich außer sich vor Wut, doch vorhin hatte sie nur *Ich glaube, er kriegt doch einen hoch*, gefolgt von *Mmm, der ist ja überall so groß* denken können.

Kate zog die Schlüssel aus der Zündung und griff nach ihrem Rucksack. Während sie in seinen Armen förmlich dahingeschmolzen war, hatte er sie nur geküsst, um ihr zu beweisen, dass er definitiv einen hochbekam. Und während sie völlig verwirrt gewesen war und kaum einen klaren Gedanken hatte fassen können, hatte er ihr noch etwas vor Augen geführt – dass er sie immer noch nicht wollte. Sie war nicht nur außer sich vor Wut, sondern fühlte sich auch noch zurückgewiesen. Eiskalt abserviert. Schon wieder. Offenbar hatte sie ihre Lektion beim ersten Mal doch nicht gelernt.

Kate verließ die Garage und ging über den Hof ins Haus. Im Spülbecken stand eine Suppenschüssel mit einem Löffel darin. Kate stellte ihren Rucksack neben zwei leere Schachteln auf den Küchentisch, durchquerte das Wohnzimmer und spähte ins Zimmer ihres Großvaters. Er lag reglos unter einer ausgebleichten gesteppten Tagesdecke, die ihre Großmutter aus Resten der Kleider ihrer Kinder genäht hatte. Über dem Bett hing die Trophäe einer Antilope, die ihr Großvater 1979 erlegt hatte und die aussah, als springe sie geradewegs aus der Wand. Seine Hände waren über der Brust gefaltet und sein Blick starr an die Decke geheftet. Er sah aus, als wäre er tot.

Eilig trat Kate an sein Bett. »Großvater!«

Er wandte den Kopf und sah sie mit rotgeränderten Triefaugen an. »Hast du Rob seinen Leinsamen gebracht?«

»Ja.« Sie blieb neben dem Nachttisch stehen und legte die Hand auf ihr hämmerndes Herz. »Du hast mir einen Heidenschreck eingejagt. Wie geht es dir?«

»Inzwischen ziemlich gut. Grace hat auf einen Sprung vorbeigesehen.«

»Ich weiß. Sie hat es mir versprochen.« Sie bemerkte den Hustensaft und die Schachtel Aspirin neben seinem Wecker.

»Hast du schon zu Abend gegessen?«

»Grace hat mir eine Suppe gebracht. Selbst gemachte Hühnerbrühe mit Nudeln. Man erkennt eine gute Frau immer an ihrer Suppe.«

Wahrscheinlich gehörte etwas mehr dazu als nur eine Suppe, um eine gute Frau zu sein, vermutete Kate. »Brauchst du noch etwas?«, fragte sie und zog ihre Jacke aus.

»Ja, du musst etwas für mich erledigen.«

»Was denn?«

»Ich habe ein paar Schachteln geholt, in die du einige Sachen deiner Großmutter packen sollst.« Er wurde von einem heftigen Hustenanfall geschüttelt, ehe er weitersprechen konnte. »Ich dachte mir, du solltest alles einpacken, was du haben möchtest.«

Was für Neuigkeiten! Große Neuigkeiten. Kate überlegte,

was ihn zu dieser Entscheidung bewogen haben mochte, fragte ihn jedoch lieber nicht danach, um nicht zu riskieren, dass er es sich noch einmal anders überlegte. »Okay. Noch etwas?«

»Mach das Licht aus.«

Sie schaltete das Licht aus und ging zurück in die Küche, wo sie die Suppenschale und den Löffel aus dem Spülbecken nahm und beides in die Spülmaschine tat. Als sie das Reinigungsmittel in den Behälter füllte, fragte sie sich, wie eine nette Frau wie Grace nur einen Mann wie Rob hatte großziehen können. Wie eine »gute Frau«, die einem alten kranken Mann eine Suppe kochte, einen Sohn haben konnte, der arglose Frauen an sich zog und sie küsste, dass ihnen hören und sehen verging. Einen Mann, der so küssen und in Fahrt kommen konnte und der dann nicht versuchte, die Situation auf die Spitze zu treiben. So etwas war doch nicht normal.

Sie schaltete die Geschirrspülmaschine an und sah sich in der Küche um, während sie sich fragte, wo sie anfangen sollte. Was sollte sie mit einem Haus tun, das mit Fanartikeln von Tom Jones vollgestopft war? Eine Scheune mieten und die Sachen für den Rest ihres Lebens dort einlagern?

Ihr Blick fiel auf die Tom-Jones-Zierteller, die in einem Gestell neben dem Tisch standen, während ihre Gedanken wieder zu dem Kuss wanderten, den Rob ihr gegeben hatte. Welche Art Mann packte die Hand einer Frau und legte sie auf seine Erektion? Sie nahm einen Stapel Zeitungspapier, der neben der Hintertür lag, und legte ihn auf den Tisch. Leider kannte sie die Antwort auf ihre letzte Frage bereits – ein Mann, der ihr beweisen wollte, dass er kein Problem hatte, eine Erektion zu bekommen. Ein Teil von ihr konnte – zumindest halbwegs – sogar verstehen, warum er es getan hatte. Was sie jedoch nicht verstand, war die Frage, welcher Mann eine derart ausgeprägte Erektion haben und die Frau dennoch wegschieben konnte. Sie war noch nie einem derart erregten Mann begegnet, der nicht zu dem Schluss gekommen war, sie sollte auf die Knie gehen und so schnell wie möglich Abhilfe schaffen.

Doch was auch immer seine Gründe dafür sein mochten, es spielte keine Rolle. Sie hätte diejenige sein sollen, die dem Ganzen ein Ende bereitete, schon bevor es so weit gekommen war. Sie hätte diejenige sein sollen, die sich von ihm löste. Diejenige, die die Fäden in der Hand hielt und die Kontrolle über die Situation hatte. Und er hätte derjenige sein sollen, der verwirrt und gedemütigt zurückblieb.

Irgendwann hätte sie ihm bestimmt Einhalt geboten, sagte sie sich. Bevor ihre Kleider auf dem Boden gelandet wären, hätte sie ihren Rucksack geschnappt und wäre nach Hause gegangen. Zumindest sagte sie sich das. Das Problem war nur, dass die Stimme in ihrem Inneren nicht besonders überzeugend klang. Nicht einmal für ihre eigenen Ohren.

Kate wickelte einen der Zierteller in Papier ein und gab ihn in die Schachtel. Rob Sutter war ein Mann, der seine Frau betrog, und er stellte ein emotionales Risiko dar. Er war eigentlich nie nett, stattdessen benahm er sich die meiste Zeit wie ein Mistkerl, was wiederum die Anziehungskraft erklärte, die er auf sie ausübte.

Nun hatte er sie bereits zweimal gedemütigt. Zweimal hatte er dafür gesorgt, dass sie verlegen wegen ihres Verhaltens und verblüfft über seine Zurückweisung war. Und das war genau zweimal zu viel.

Ein drittes Mal durfte und würde es nicht geben.

ZEHN

Stanley las sein Gedicht ein letztes Mal. Er hatte drei ganze Tage gebraucht, es zu schreiben. Wieder und wieder hatte er ein Wort durchgestrichen und durch ein anderes ersetzt, trotzdem war er immer noch nicht sicher, ob er seinen Gefühlen einen angemessenen Ausdruck verliehen hatte.

Er wusste, dass Grace Poesie mochte, und er wollte ihr mit seinem Gedicht sagen, wie sehr er es schätzte, dass sie sich um ihn gekümmert hatte. Er wollte sie wissen lassen, dass er sie für eine gute Krankenschwester hielt, doch ihm war beim besten Willen kein gutes Wort eingefallen, das sich auf Schwester reimte. *Bester* und *Trester* waren wohl kaum das Richtige.

Er faltete das Blatt Papier zusammen und schob es in einen Umschlag. Der starke Husten hatte ihn vier Tage lang außer Gefecht gesetzt, und Grace war jeden Morgen und jeden Abend vor beziehungsweise nach dem Dienst vorbeigekommen, um nach ihm zu sehen. Sie hatte seinen Puls gefühlt und seine Lungen abgehorcht. Sie hatte ihm von Rob erzählt, und er hatte ihr von Katie erzählt. Und sie hatte ihm jedes Mal Suppe mitgebracht. Grace war eine gute Frau.

Er klebte eine Briefmarke in die obere Ecke, ehe er aus seinem Büro spähte. Katie stand mit dem Vertreter von Frito-Lay, von denen sie ihr Knabberzeug bezogen, im Laden und ließ sich wahrscheinlich gerade irgendwelches »biologisch-dynamisches« Zeug aus deren Sortiment aufschwatzen, was in Stanleys Augen nichts als Humbug war.

Eilig schrieb er Graces Adresse auf den Umschlag und schob ihn unter den Stapel mit der Ausgangspost. Einige Informationsbroschüren lagen auf seinem Schreibtisch. Er zog die Schublade auf und legte sie hinein. Ihm war klar, dass seine Enkeltochter ihn dazu bringen wollte, sein Kassen- und Buchhaltungssystem auf Vordermann zu bringen. Aber er war nicht im Geringsten daran interessiert. Er war einundsiebzig Jahre alt und das war zu alt, um noch etwas an der Art und Weise zu ändern, wie er seit über vierzig Jahren sein Geschäft führte. Wäre seine Frau nicht gestorben, wäre er inzwischen längst im Ruhestand und würde seine Ersparnisse für Reisen oder andere Freizeitbeschäftigungen statt für irgendwelche neumodischen Buchführungssysteme ausgeben.

Stanley legte die Hand auf die Schreibtischplatte und erhob sich. Bei seiner Rückkehr in den Laden hatte er festgestellt, dass Katie einiges verändert hatte. Nichts Weltbewegendes, nein, sie hatte nur ein paar Waren anders eingeräumt. Allerdings war er sich nicht sicher, warum die rezeptfreien Medikamente neben den Präservativen in Gang fünf stehen mussten. Und sie hatte die Lebendköder, die er stets neben der Milch im Kühlregal stehen gehabt hatte, aus irgendeinem nicht ersichtlichen Grund zu den Fleischwaren im Sonderangebot gestellt. Außerdem war ihm aufgefallen, dass sie Gourmet-Gelees und Oliven ins Sortiment aufgenommen hatte. Im Grunde störte es ihn nicht, da es bedeutete, dass sie sich in die Führung des Ladens einarbeitete, aber er konnte sich nicht vorstellen, dass sich derartige Waren in Gospel verkauften.

Er machte ein Gummiband um die Post, und als Orville Tucker mit dem Postlaster vorbeikam, reichte er ihm den Stapel, bevor er es sich anders überlegen konnte. Er fragte sich, was Grace wohl von seinem Gedicht hielt, ehe er sich sagte, dass es keine Rolle spiele, denn er hatte sein Bestes gegeben. Andererseits war Grace eine ausgezeichnete Dichterin und er nur ein Amateur. Er verdiente sich seinen Lebensunterhalt mit dem Zerlegen von Fleisch. Wie kam er auf die Idee, er könnte ein Gedicht verfassen?

Den Rest des Tages brachte er damit zu, sich Sorgen darum zu machen, was Grace wohl sagen würde. An diesem Abend war seine Qual so übermächtig, dass er am liebsten ins Postamt auf der Blaine Street eingebrochen wäre, um den Umschlag mit dem Gedicht wieder zurückzuholen. Doch das Postamt war eines der wenigen Gebäude in Gospel, das eine Alarmanlage besaß. Er wünschte, er hätte den Brief nie abgeschickt. Und falls er nichts von Grace hören sollte, war ihm klar, dass sie seine Verse entsetzlich fand.

Doch am nächsten Tag rief Grace an und schwärmte, wie begeistert sie von seinem Gedicht sei. Sie fühle sich sehr geschmeichelt, meinte sie, und das Gedicht habe sie tief im Herzen bewegt. Ihr Lob berührte Stanleys Herz in einer Weise, mit der er niemals gerechnet hätte. Es erinnerte ihn daran, dass sein Herz noch einen anderen Sinn hatte, als Blut durch seine Adern zu pumpen, und als sie ihn und Kate für den folgenden Tag zum Abendessen einlud, sagte er erfreut für sie beide zu. Katie lag ihm ohnehin ständig in den Ohren, häufiger auszugehen, deshalb war er sicher, dass sie nichts dagegen einzuwenden hatte.

»Du hast *was* getan?«

»Ich habe Grace Sutters Einladung zum Abendessen angenommen.«

»Wann?« Das Letzte, worauf Kate Lust hatte, war ein Abendessen, bei dem sie mit Rob Sutter an einem Tisch sitzen musste. Seit jenem Abend, als er sie geküsst hatte, hatte sie ihn nicht mehr gesehen. Nein, das stimmte nicht ganz. Sie hatte ihn gesehen, als er auf der anderen Seite des Parkplatzes gearbeitet hatte, aber seit fünf Tagen war er nicht mehr in den Laden gekommen. Und wann immer sie ihn gesehen hatte, war da dieses seltsame Kribbeln in ihrer Brust gewesen; eine Form von Nervosität, die sie erfasst hatte, wenn auch keine der anregenden, positiven Art.

»Sie hat vor einer halben Stunde angerufen.«

»Das habe ich nicht gemeint.« Kate hielt inne, als Iona Osborn mühsam auf den Tresen zugehumpelt kam, wobei ihr Gehstock ein dumpfes *Ka-dunk-ka-dunk* auf dem Holzboden von sich gab.

»Wie viel kosten die?«, fragte sie und legte eine Tüte Dorito-Chips neben die Kasse auf die Theke.

Kate deutete auf den Preis, der unübersehbar auf der Tüte prangte. »Vier Dollar neunzig«, antwortete sie.

»Früher war immer ein Preisschild drauf.«

Kate sah in Ionas blaue Augen, betrachtete ihre dicklichen, schlaffen Wangen und die Unmengen grauen Haars, das sich auf ihrem Kopf türmte, und zwang sich zu einem Lächeln. Iona war nicht die erste Kundin, die ihr wegen der Preisschilder zusetzte. Sie fragte sich, ob jemand in der Stadt eine Verschwörung angezettelt hatte mit dem Ziel, sie um den Verstand zu bringen. Sie holte tief Luft. »Die Waren, die vom Hersteller klar und deutlich ausgezeichnet worden sind, brauchen keinen Extrapreisaufkleber«, erklärte sie noch einmal.

»Ich mag es aber lieber, wenn sie einen Preisaufkleber haben.«

Resigniert hob Kate die Hände und ließ sie wieder sinken. »Aber der Preis auf dem Aufkleber war doch immer derselbe wie der, der auf der Packung steht.«

»Aber früher war immer überall ein Preisaufkleber drauf.«

Kate dachte ernsthaft darüber nach, Iona einen Preisaufkleber auf die Stirn zu knallen, als ihr Großvater sich in die Unterhaltung einschaltete. »Wie geht es denn deiner Hüfte, Iona?«, erkundigte er sich.

»Ich bin noch ein klein wenig angeschlagen, aber danke der Nachfrage.« Ionas Lederhandtasche kam mit einem dumpfen Platschen auf dem Tresen auf.

»Hast du schon mal darüber nachgedacht, dir einen dieser Elektrostühle zuzulegen, für die sie im Fernsehen immer Werbung machen?«, fragte Stanley, während er den Preis für die Chips in die Kasse tippte.

Iona schüttelte den Kopf und kramte in ihrer Handtasche. »Für so was habe ich kein Geld, und meine Krankenversicherung wird das bestimmt nicht übernehmen.« Sie zog eine Geldbörse heraus, die mit so vielen Coupons und Bargeld vollgestopft war, dass sie ein Gummiband benötigte, damit nichts herausfallen konnte. »Außerdem kann ich nicht in so einem Ding sitzen, wenn ich den ganzen Tag im Restaurant arbeite.« Sie wühlte sich durch sämtliche Coupons, bis sie fünf einzelne Dollarnoten gefunden hatte und auf den Tresen legte. »Wäre trotzdem nett, wenn du dir so einen Stuhl für den Laden zulegen würdest; so einen, wie sie ihn auch bei ShopKo in Boise haben.«

»Darüber sollte ich ernsthaft nachdenken«, meinte Stanley, nahm die Banknoten und zählte das Wechselgeld ab.

»Wie viel kosten denn diese Dinger?«

Kate starrte ihren Großvater ungläubig an, als er die Chips in eine Plastiktüte gab. Das konnte doch nicht sein Ernst sein!

»Etwa fünfzehnhundert Dollar.«

»Das ist eigentlich gar nicht so viel.«

Doch, es war sein Ernst. Er war nicht bereit, auch nur einen Dollar in die Modernisierung seiner Buchhaltung zu stecken, die ihm das Leben erleichtern würde, dafür aber eintausendfünfhundert Dollar zum Fenster hinauswerfen, um einen Rollstuhl zu kaufen, auf dem nur die Kinder aus dem Ort herumspringen und kreuz und quer im Laden herumflitzen würden.

»Ich verstehe dich einfach nicht«, sagte sie, sobald Iona den Laden verlassen hatte. »Du willst nicht, dass dein Leben leichter wird, würdest aber einen Elektrostuhl für irgendwelche gehbehinderten Kunden kaufen, die von Zeit zu Zeit vorbeikommen. Das ergibt keinerlei Sinn für mich.«

»Weil du noch jung bist und deine Kochen nicht wehtun, wenn du morgens aus dem Bett aufstehst. Du kannst dich mühelos bewegen. Wenn das nicht so wäre, würdest du vielleicht anders darüber denken.«

Wahrscheinlich hatte er Recht damit, deshalb ließ sie das Thema auf sich beruhen. »Wann findet das Abendessen bei Grace statt?«

»Morgen Abend.«

Und jetzt kam der knifflige Punkt. »Wird Rob auch da sein?« Kate stellte die Frage, als kümmere sie die Antwort nicht im Geringsten. Doch die Wahrheit war, dass sie Bauchkrämpfe oder sonst etwas würde vorschieben müssen, falls sie Ja lautete.

»Das hat Grace nicht gesagt. Ich kann sie aber gern fragen.«

»Nein. Ich dachte nur. Es ist nicht wichtig«, wiegelte sie ab, griff nach dem Staubwedel und ging in den Gang mit den Obst- und Gemüsekonserven. Wenn Rob auch dort wäre, würde sie eben in den sauren Apfel beißen und so tun müssen, als wäre es ihr egal. Als hätte dieser Kuss, den er ihr gegeben hatte, nicht das Mindeste in ihr ausgelöst. Was ja auch der Fall war. Okay, sie hatte ein leises, warmes Prickeln in ihrem Inneren gespürt, aber das war nichts Besonderes. Es gab eine Menge Dinge, die ein warmes Prickeln in ihr auslösten. Ihr fiel im Moment zwar keines ein, aber das würde es bestimmt noch.

Die Gläser mit Oliven und Jalapeño-Gelee waren am Tag zuvor geliefert worden, und sie ordnete sie auf Augenhöhe im Regal ein. Bislang hatte niemand etwas von ihren Gourmet-Lebensmitteln gekauft, aber schließlich hatten sie sie ja erst einen Tag im Sortiment. Vielleicht sollte sie eine Platte mit Horsd'œuvres zu Grace mitnehmen, und wenn Grace sie mochte, würde sie den anderen Frauen davon erzählen. Mundpropaganda war ein wichtiger Verkaufsfaktor.

Sie fragte sich, was es wohl bei Grace zum Abendessen geben würde und ob ihr Haus ebenso riesig war wie das ihres Sohnes.

In der Sekunde, als Kate Grace Sutters Heim betrat, wusste sie, dass hier eine alleinstehende Frau lebte. Die Einrichtung war weich, warm und behaglich. Überall Pastellfarben, weiße Rattanmöbel, belgische Spitze, Vasen und Schalen aus Kristall und frische Blumen. Das Haus hatte nicht die geringste Ähnlichkeit mit dem ihres Großvaters und war das genaue Gegenteil von dem ihres Sohnes. Und es war erfüllt vom Duft nach Roastbeef und gebackenen Kartoffeln.

Grace begrüßte sie an der Tür. Sie trug schwarze Hosen und ein rotes Twinset, und Kate kam sich in ihrem Jeansrock und dem langärmeligen Seidenshirt von Banana Republic ein wenig zu leger gekleidet vor. Sie reichte Grace die Vorspeisenplatte, die sie mitgebracht hatte, und ließ ihren Blick durchs Wohnzimmer schweifen.

Kein Rob. Sie spürte, wie die Spannung in ihren Schultern und ihrem Rücken nachließ. Sie wünschte, es wäre ihr egal, ob er da war oder nicht, aber das war es nicht, und aus irgendeinem Grund machte er sie nervös und reizbar. Und nach wie vor in keiner positiven Weise.

»Danke, Kate«, sagte Grace und nahm ihr die Platte ab. »Das war sehr aufmerksam von Ihnen.«

Kate deutete auf die Vorspeisen. »Das da sind italienische

Oliven, und die Pilze da habe ich selbst gefüllt.« Grace stellte die Platte auf dem Couchtisch ab. »Und das ist Jalapeño-Gelee auf Frischkäse«, fuhr Kate fort. »Sie müssen es auf die Cracker geben. Es schmeckt herrlich.«

»Was dieses Gelee betrifft, werde ich mich auf dein Urteil verlassen müssen«, sagte ihr Großvater zu Grace und schob sich eine Olive in den Mund.

Grace griff nach dem Käsemesser und gab etwas von der Frischkäse-Jalapeño-Mischung auf einen Cracker, nahm einen Bissen davon und kaute mit gespannter Miene. »Das ist gut«, verkündete sie.

Kate lächelte und warf ihrem Großvater einen viel sagenden Blick zu. »Danke.«

»Ich finde es nach wie vor nicht richtig, dass Leute Gelee aus Gemüse machen«, beharrte er und weigerte sich auch weiterhin zu probieren. Er trug seine bügelfreie Hose, ein blaues Anzughemd und einen grauen Pullover und hatte sich für seine Begriffe ziemlich in Schale geworfen. Kate war nicht sicher, aber sie hatte das Gefühl, als wäre ihr Großvater ein klein wenig nervös. Unablässig kreuzte er die Arme, löste sie wieder und zwirbelte die Enden seines Schnurrbarts. Und er hatte so viel Rasierwasser aufgetragen, dass sie auf der gesamten Fahrt hierher wie ein Irish Setter den Kopf aus dem Wagenfenster hatte halten müssen.

Grace zeigte ihnen ihre Swarovski-Sammlung und reichte Stanley drei Pinguine auf einer Eisscholle aus Kristall, so dass er sie ins Licht halten konnte. Die beiden betrachteten die bunten Prismen, die auf Stanleys alten, gekrümmten Fingern tanzten, ehe sich ihre Blicke begegneten. Für den Bruchteil einer Sekunde sahen sie einander in die Augen, eher er die Hand sinken ließ und wegsah. Eine feine Röte überzog seine Wangen, und er räusperte sich.

Ihr Großvater mochte Grace. Mehr als nur als Freundin. Mehr als die anderen Witwen im Ort. Wann war denn das passiert?

Kate naschte ein paar Oliven, ehe sie vor die Regale trat, in denen zahllose Fotos standen. Wie fand sie es, dass ihr Großvater mit Robs Mutter ausging? Sie war immer davon ausgegangen, sie würde sich freuen, wenn er sein Leben wieder in die Hand nahm. Wieder lebte. Tat sie das? Wenn sie ehrlich war, konnte sie es nicht sagen.

Die Fotos standen in Dreier- und Viererreihen in dem Regal, und ganz vorn befand sich eines von einem nackten Baby auf einem Lammfell. Daneben stand eine vergilbte, leicht verblasste Aufnahme eines weiteren Babys, das auf dem Schoß eines Mannes saß. Kate nahm an, dass es sich bei dem Mann um Robs Vater handelte. Sie schob sich eine weitere Olive in den Mund und betrachtete das Foto, auf dem Rob als Schulanfänger zu sehen war. Er trug einen Bürstenhaarschnitt, und in seinen Augen lag ein argwöhnischer Ausdruck. Sein Foto vom Schulabschlussball zeigte ihn in einem zartblauen Smoking, während seine Begleiterin ein Kleid aus Silberlamé mit Schulterpolstern anhatte, die ihr beinahe bis zu den Ohren reichten. Dieses Mal trug er sein Haar in einer Art Duran-Duran-Ananasfrisur mit langen Ponyfransen. Doch auf den meisten Bildern war Rob bei irgendwelchen Eishockeyturnieren zu sehen.

Auf einigen Fotos war er noch so klein, dass ihm das Trikot bis über die Hände reichte, doch auf sämtlichen Aufnahmen strahlten seine grünen Augen vor Aufregung und Begeisterung. Es gab einige Fotos, die ihn in Aktion zeigten, wie er auf das Tor schoss oder mit dem Puck übers Eis flitzte. Auf anderen hatte er den Helm tief ins Gesicht gezogen, und in seinen Augen lag ein drohender Ausdruck, während er seinen Gegnern nach allen Regeln der Kunst eins überbriet. Auf dem Titelblatt einer Zeitschrift war er in Siegerpose zu sehen, die Hände mit dem Eishockeyschläger gereckt und mit einem breiten Lächeln auf dem Gesicht. Das Testosteron drang förmlich aus dem Fotopapier und stand in krassem Gegensatz zu den Spitzenvorhängen und dem rosa bezogenen Rattansofa.

Kate griff nach einer jüngeren Aufnahme von Rob. Er hielt ein nacktes Baby an seine Brust und hatte die Lippen auf das dunkle Köpfchen gedrückt – die zarten Züge seiner Tochter gegen die raue Männlichkeit seiner Gestalt.

Die Haustür wurde geöffnet, und Kate stellte das Foto ins Regal zurück. Sie drehte sich genau in der Sekunde um, als Rob den Raum betrat und die Tür hinter sich schloss. Er trug ein weißes, langärmeliges Hemd, das er in seine Khakihose mit messerscharfer Bügelfalte gesteckt hatte, und hatte eine Flasche Wein in der Hand. Beim letzten Mal, als sie im selben Raum gewesen waren, hatte er sie geküsst und ihre Hand auf seinen Schoß gelegt. Sie spürte, wie ihre Nervenenden zu vibrieren begannen, und ärgerte sich darüber, weil sie fand, sie sollte viel wütender und empörter sein, als sie es in Wahrheit war.

Grace durchquerte den Raum und trat vor ihn. »Du bist spät dran.«

»Ich musste den Laden noch so lange offen lassen«, erklärte er und drückte seine Mutter kurz an sich. »Hallo, Stanley«, sagte er, ehe er über den Kopf seiner Mutter hinweg in Kates Augen blickte. »Hallo, Kate.«

»Hallo«, sagte sie und stellte erleichtert fest, dass ihre Stimme nichts von der Anspannung ihrer Nerven verriet.

»Das Essen ist gleich fertig«, meinte Grace, nahm die Weinflasche und warf einen Blick auf das Etikett. »Ich habe dir doch gesagt, du sollst einen Merlot mitbringen. Das hier ist ein Chardonnay.«

»Du weißt doch, dass ich nur Bier trinke. Ich verstehe nicht das Geringste von Wein. Ich habe einfach den teuersten genommen, weil ich dachte, dass er der beste ist.«

Grace gab ihm die Flasche zurück. »Bring sie in die Küche und mach sie auf. Vielleicht kann Kate dir ja zeigen, wie man einen Korkenzieher benutzt.«

Das konnte sie durchaus, aber sie wollte nicht. »Klar.« Sie folgte Rob durchs Wohnzimmer, während ihr Blick über die Bügelfalte seines Hemdes bis zu der Stelle wanderte, wo es in seiner maßgeschneiderten Hose verschwand. Der Baumwollstoff schmiegte sich um sein Hinterteil, und zwei braune Knöpfe zierten die Gesäßtaschen. Die Hosenbeine fielen in einer perfekten, geraden Linie bis zum Saum und schmiegten sich um die Absätze seiner weichen Slipper. Er mochte nichts von Wein verstehen, aber was teure Kleidung betraf, schien er sich ziemlich gut auszukennen.

Er stellte die Flasche auf der weißen Arbeitsfläche ab und öffnete eine Schublade. »Die Gläser stehen dort drüben über dem Kühlschrank«, sagte er und deutete mit dem Korkenzieher auf einen Küchenschrank.

Die Küche war ebenso feminin wie der Rest des Hauses. Die Wände waren pfirsichfarben gestrichen und mit einer Bordüre mit Tulpen und weißen Rosen verziert. Mit seinen breiten Schultern und seiner Größe wirkte Rob in diesem Ambiente ein wenig deplatziert. Ehrlich gesagt, sah er aus wie ein Elefant im Porzellanladen.

Kate öffnete die Schranktüren und nahm vier Gläser heraus. Ein extrem gut aussehender und gepflegter Elefant, der sich ausgesprochen wohl in seiner Haut zu fühlen schien. »Ich glaube, mein Großvater mag Ihre Mutter«, meinte sie, als sie die Gläser auf der Arbeitsplatte neben Robs Hüfte abstellte. »Ich denke, sie werden Freunde werden.«

»Gut, meine Mutter mag Ihren Großvater nämlich auch

sehr«, gab er zurück. Er hielt die Weinflasche in seiner riesigen Hand und schraubte mit der anderen den Korkenzieher in den Korken. »Ich kann mich jedenfalls nicht erinnern, wann sie das letzte Mal einen Mann zum Abendessen eingeladen hat.« Ohne jede Mühe zog er mit einem Ploppen den Korken heraus und schenkte ein wenig Chardonnay ins erste Glas. »Natürlich haben meine Mutter und ich bis vor Kurzem nicht in derselben Stadt gelebt, das heißt, es hätte jede Menge Männer in ihrem Leben geben können, von denen sie mir nur nichts erzählt hat.« Er füllte ein zweites Glas und reichte es Kate.

»Wann sind Sie von zu Hause ausgezogen?«, erkundigte sie sich und nahm das Glas entgegen. Seine Finger berührten ihre Hand. Sie fühlten sich warm gegen das kühle Glas an.

»Ich bin mit neunzehn in die NHL aufgenommen worden«, antwortete er, zog die Hand zurück und griff nach seinem eigenen Glas. »Mal ganz unter uns«, meinte er und hob es an die Lippen. »Ich weiß natürlich, was ein Merlot ist, aber ich fand Weißwein eben besser.«

»Sie haben Ihre Mutter angelogen.«

»Das wäre nicht das erste Mal.« Er lächelte wie ein reueloser Sünder, und sie spürte, wie sie sich ein wenig entspannte. »Und auch nicht das zweite Mal. Ich schätze, alte Gewohnheiten legt man nicht so ohne Weiteres ab.« Er nahm einen Schluck Wein und sah sie über den Rand hinweg an.

Sie spürte, wie sich ihre Mundwinkel hoben, obwohl sie sich nach Kräften bemühte, ihn nicht anzulächeln. »Sie sollten sich schämen«, meinte sie und nippte an ihrem Wein.

Er ließ sein Glas sinken. »Ich bin sicher, Sie haben es auch faustdick hinter den Ohren.«

»Klar.« Sie kreuzte die Arme vor der Brust und ließ ihren Wein im Glas kreisen. »Ich habe ständig geflunkert. Mein Dad war bei der Armee, deshalb sind wir häufig umgezogen. Wenn man alle paar Jahre die Schule wechselt, kann man seine Vergangenheit jedes Mal wunderbar neu erfinden. Man kann jeder sein, der man gern sein will.«

»Und was haben Sie über sich erzählt?«

»Meistens habe ich behauptet, ich sei erste Cheerleaderin oder Klassensprecherin gewesen. Einmal habe ich sogar behauptet, ich sei Primaballerina.«

Er lehnte sich mit der Hüfte gegen die Arbeitsplatte und schob seine freie Hand in die Hosentasche. »Und hat es funktioniert?«, fragte er.

»Überhaupt nicht. Keiner hat mir geglaubt. Ich habe drei ältere Brüder und war ein ziemlicher Wildfang. Außerdem war ich ein schrecklicher Trampel.«

»Ich wette, Sie waren ein sehr süßer Trampel.« Sein Blick glitt von ihren Augen zu ihrem Mund und dann wieder zurück zu ihrem Scheitel. »Und ich wette, dass die Jungs ganz verrückt nach Ihnen und Ihren roten Haaren waren.«

Er machte wohl Witze. »Glauben Sie mir, niemand mochte meine roten Haare. Außerdem war ich größer als die meisten Jungs in meinem Alter. Ich musste eine Zahnspange tragen und habe die meisten von ihnen beim Basketball geschlagen. Ich hätte sie gewinnen lassen können, aber ich bin ziemlich ehrgeizig und verliere nicht gern.«

Er lachte leise. »Ja, das weiß ich bereits.«

»Außerdem habe ich die Jungs, für die ich geschwärmt habe, nicht nur geschlagen, sondern regelrecht in Grund und Boden gerammt. Ich schwöre, keiner von denen hat mich jemals gefragt, ob ich mit ihm ausgehen will.«

»Ich gehe jede Wette ein, dass sie sich heute dafür am liebsten in den Hintern treten würden.«

Sie sah ihm ins Gesicht. Feine Lachfältchen gruben sich in die Haut um seine grünen Augen, trotzdem sah es nicht so aus, als scherze er. Aus irgendeinem Grund gelang es ihm mit dieser Bemerkung, dass sich der Teil ihres Herzens, der sich stets als unattraktiv und schlaksig empfunden hatte, ein klein wenig zusammenzog. Es war ein verwirrendes und unbehagliches Gefühl. Eilig hob sie ihr Glas an die Lippen. Sie wollte nichts für Rob empfinden. Nur Leere. »Keine Ahnung«, meinte sie und nahm noch einen Schluck.

In diesem Moment betraten Grace und ihr Großvater die Küche, und Kate half ihrer Gastgeberin beim Braten und den gebackenen Kartoffeln, während Rob Dressing über den Salat goss und ihn auf vier Schälchen verteilte.

»Und wie kann ich helfen?«, wollte Stanley wissen.

»Du kannst Kates Platte mit den Vorspeisen auf den Tisch stellen«, antwortete Grace. »Es wäre doch jammerschade, wenn wir sie nicht aufessen würden.«

Fünf Minuten später hatten sie ihr Essen auf die Teller verteilt und saßen an dem liebevoll mit weißem Damast und zartem Porzellan gedeckten Esstisch. Kate saß zwischen Grace und Rob, während ihr Großvater gegenüber von ihr Platz genommen hatte.

»Das ist ja alles mächtig nobel, Grace«, meinte Stanley, griff nach seiner Leinenserviette und breitete sie auf seinem Schoß aus. Seine Schultern wirkten stocksteif, als hätte er Angst durchzuatmen.

Grace lächelte. »Ich habe so selten Gelegenheit, mein gutes Geschirr herauszuholen. Es steht jahrein, jahraus nur im Schrank herum. Also, benutzen wir es!« Sie schüttelte ihre Serviette auf.

Rob griff nach seiner Gabel und spießte einen gefüllten Pilz von Kates Vorspeisenplatte in der Mitte des Tisches auf.

»Rob«, sagte seine Mutter, »würdest du bitte das Tischgebet sprechen?«

Er hob den Kopf und starrte sie an, als hätte sie ihn gebeten, einen Kopfstand zu machen und Französisch zu sprechen. »Du willst, dass ich ein Gebet spreche?« Er legte seine Gabel aus der Hand. »Jetzt?«

Grace warf ihm einen durchdringenden Blick zu, ohne dass ihr Lächeln verblasste. »Natürlich, mein Lieber.«

Rob senkte den Kopf und zog die Augenbrauen zusammen. Kate erwartete beinahe, dass er etwas wie »Guter Gott, segne flott. Amen« von sich gab.

Doch das tat er nicht. »Gott, bitte segne diese Speise, die wir jetzt essen werden«, sagte er stattdessen und hielt einen Augenblick inne. »Damit wir nicht krank werden ... ersticken oder sonst etwas. Amen.«

»Amen.« Kate presste die Lippen aufeinander, um nicht in Gelächter auszubrechen.

»Amen.«

»Amen. Danke, Rob.«

»Gern geschehen, Mutter.« Er griff erneut nach seiner Gabel und verspeiste den Pilz mit zwei Bissen. Dann spießte er noch einige davon auf und legte sie neben die Kartoffeln auf seinem Teller, die beinahe unter einer dicken Schicht Butter und Sauerrahm untergingen. »Haben Sie die mitgebracht?«

»Ja.«

»Sie sind gut«, meinte er und nahm ein Brötchen aus dem Korb.

»Danke.« Sie aß einen Bissen von ihrer Kartoffel, die sie lediglich mit einer Prise Salz und Pfeffer bestreut hatte.

»Wie läuft es für Sie im Laden, Kate?«, erkundigte sich Grace.

Bevor sie etwas sagen konnte, meldete sich ihr Großvater zu Wort. »Katie ist nicht der gesellige Typ.«

Rob gab einen erstickten Laut von sich, als habe er sich an seinem Wein verschluckt. Kate schenkte ihm keine Beachtung, sondern warf ihrem Großvater einen Blick über den Tisch zu. *Wie bitte?* Sie kam doch wunderbar mit den Kunden zurecht.

»Vielleicht liegen Ihre Stärken ja in einem anderen Bereich«, meinte Grace und faltete ihre Serviette im Schoß. »Stanley hat mir erzählt, Sie hätten in Las Vegas als Privatdetektivin gearbeitet.«

Der Umgang mit anderen Menschen hatte stets zu ihren Stärken gezählt. Ihre Fähigkeit, mit anderen Menschen in Kontakt zu kommen, war sogar ein Teil ihres Erfolgsgeheimnisses als Privatdetektivin gewesen. »Ja, das habe ich.« Sie wandte sich Rob zu, der offenbar Mühe hatte, sich das Lachen zu verbeißen. Auch er schien der Meinung zu sein, dass sie im Umgang mit anderen Menschen unfähig war.

»Also, ich finde es bewundernswert, dass Sie all das zurückgelassen haben, um Ihrem Großvater zu helfen.«

Kate richtete ihre Aufmerksamkeit wieder auf ihren Großvater. *Ich bin kein geselliger Mensch? Seit wann das denn?* Wahrscheinlich seit damals, als sie von ihrem letzten Freund verlassen und von einem Psychopathen angeheuert worden war, um dessen Familie ausfindig zu machen. »In Wahrheit hilft eher mein Großvater mir. Als ich beschlossen habe, dass ich nicht länger als Detektivin arbeiten will, habe ich meinen Job gekündigt, und er hat mich bei sich aufgenommen, bis ich mich entschieden habe, was ich als Nächstes tun will.«

»Und ich bin froh, sie bei mir zu haben«, meinte ihr Großvater lächelnd, obwohl sie nicht sicher war, ob er es auch wirklich so meinte.

Sie hatte nach wie vor keine Ahnung, was sie tun wollte. Zwei Monate waren seit ihrer Ankunft in Gospel vergangen, und sie war noch genauso ratlos wie damals. Sie schnitt ein Stück Fleisch ab und schob es in den Mund, während sich die anderen weiter unterhielten. In letzter Zeit hatte sie immer häufiger das Gefühl, als befände sich das, wonach sie suchte, direkt vor ihren Augen, nur dass sie es nicht sehen konnte. Aber vielleicht erkannte sie den Wald vor lauter Bäumen wieder, wenn sie sich nicht länger selbst im Weg stand.

»Klingt, als hättest du noch ein bisschen Gelegenheit gehabt, Ski zu fahren, bevor das Resort dichtgemacht hat, Rob. Das ist schön.« Die Stimme ihres Großvaters riss Kate aus ihren Gedanken. Sie sah Stanley an, dessen Blick auf Rob ruhte. Wie war die Unterhaltung vom M & S Market aufs Skifahren in Sun Valley gekommen? Ausgerechnet jenen Ort, an den Kate am ungernsten erinnert wurde.

»Ja. Die Reise im Februar war toll. Jede Menge Pulverschnee. Perfektes Wetter. Hübsche Skihasen.«

Unter dem Tisch berührte er Kates Bein mit seinem Knie. Sie sah ihn aus den Augenwinkeln an, doch er hielt den Blick fest auf ihren Großvater geheftet. »Eine davon hatte ein sehr interessantes Tattoo.«

»Robert!« Grace beugte sich vor und musterte ihren Sohn eindringlich. »Du weißt doch, dass du dich von solchen Geschichten fernhalten sollst. Sie bringen nichts als Ärger.«

Er lachte. »In mehr als nur einer Hinsicht«, stimmte er zu und versenkte seine Gabel in seiner gebackenen Kartoffel.

Grace warf ihrem Sohn einen letzten durchdringenden Blick zu, ehe sie sich Kate zuwandte. »Laufen Sie auch Ski, Kate?«

»Nein. Ich habe es nie gelernt.«

»Wenn Sie nächsten Winter noch hier sind, kann Rob es Ihnen ja beibringen.«

Sie konnte sich noch nicht einmal vorstellen, nächsten Herbst noch in Gospel zu sein, geschweige denn im Winter. »Oh, ich glaube nicht ...«

»Das würde ich sehr gern tun«, unterbrach Rob und drückte seinen Oberschenkel erneut an ihr Bein.

Die Wärme seiner Berührung drang durch den Stoff ihres Jeansrocks und brachte die Außenseite ihres Schenkels zum Glühen. Sie wandte den Kopf und sah ihn an, als er sich eine Olive in den Mund schob. »Nein, lieber nicht. Ich würde mir wahrscheinlich das Genick brechen.«

Er betrachtete ihre Lippen und schluckte. »Ich würde sehr gut auf Sie aufpassen, Kate. Wir würden mit etwas ganz Einfachem anfangen. Völlig ungefährlich.« Ein boshaftes Glitzern erschien in seinen Augen, als er den Blick hob. »Erst ganz langsam anfangen und dann zu den härteren Teilen übergehen.«

Kate wartete darauf, dass seine Mutter erneut »Rob« sagte und ihn wegen seiner unübersehbaren sexuellen Anspielungen ermahnte, doch sie tat es nicht. »Langsam anzufangen ist so wichtig«, erklärte sie stattdessen, ehe sie ihm auch noch den letzten Trumpf in die Hände spielte. »Das und eine ordentliche Ausrüstung.«

»Ohne ordentliche Ausrüstung macht es nur halb so viel Spaß«, bemerkte Rob und griff nach seinem Weinglas, ohne sie aus den Augen zu lassen. »Vielleicht zeige ich Ihnen ja meine irgendwann einmal.«

»Eine gute Ausrüstung ist immer gut, egal was man im Leben macht«, stimmte auch ihr Großvater zu, der ebenso ahnungslos war wie Grace. »Ich lege mir grundsätzlich die besten Sägen und Messer zu, die man für Geld kriegen kann. Und man muss dafür sorgen, dass die Ausrüstung auch immer gut in Schuss ist und perfekt funktioniert.«

Eine Seite von Robs Mundwinkel hob sich. »Amen.«

Kate schlug die Beine übereinander, um seiner Berührung zu entkommen. »Wussten Sie übrigens, dass die Amerikaner über zwölf Milliarden Kilo rotes und Geflügelfleisch pro Jahr verbrauchen?«, fragte sie, um das Thema zu wechseln.

»Na, ist das nicht interessant?«, meinte Grace.

Rob hob sein Glas an die Lippen. »Faszinierend.«

»Ich habe es nicht gewusst, ich weiß nur, dass dies das beste Abendessen war, das ich seit langem serviert bekommen habe«, erklärte Stanley.

Wie bitte? Kate kochte ständig für ihn. Sie war eine gute Köchin *und* ein Mensch, der gut mit anderen umgehen konnte!

»Danke, Stanley. Ich kenne da einen guten Schlachter.« Grace nahm einen Bissen, ehe sie die Worte aussprach, die Kate vor Entsetzen zusammenzucken ließen. »Ich dachte, nach dem Essen lese ich euch meine neuesten Gedichte vor.«

»Ich würde sie sehr gern hören«, meinte ihr Großvater. Und Kate hätte ihm am liebsten unter dem Tisch einen Tritt verpasst. Sie warf einen Blick auf Rob, der mit der Gabel in der Hand dasaß, mitten in der Bewegung erstarrt.

»Ich wünschte, ich könnte bleiben«, meinte er und legte seine Gabel auf den Teller. »Aber ich habe zu viel zu tun.«

Grace lächelte. »Ich verstehe schon.«

Da diese Strategie bei Rob so gut funktioniert hatte, beschloss Kate, sie ebenfalls auszuprobieren. »Ja, ich habe auch noch einiges zu erledigen.«

»Was denn, zum Beispiel?«, wollte ihr Großvater wissen.

Mist! »Na ja ... Dinge eben.«

»Was für Dinge?«

»Dinge ... für den Laden.«

»Und was genau?«

Sie schaute sich im Raum um, und ihr Blick blieb an dem Korb mit Brötchen hängen. »Brot.« Ihre Antwort klang so lahm, dass sie bezweifelte, dass irgendjemand sie ihr abnahm.

»Oh.« Stanley nickte. »Deine Großmutter hat auch immer Brot gebacken und im Laden verkauft.«

»Daran erinnere ich mich noch«, warf Grace ein. »Melba hat immer das beste Brot von allen gebacken.«

»Tja, ich fürchte, Katie und ich können dann wohl nicht bleiben, um uns deine Gedichte anzuhören«, erklärte Stanley.

Graces Lächeln verflog. »Oh, das ist zu schade.«

Eine Woge der Scham überkam Kate, und sie wollte gerade erklären, dass sie in diesem Fall eben doch bleiben würde, als Rob sich der Angelegenheit annahm.

»Ich kann Kate ja nach Hause bringen«, bot er an, und Kate wusste nicht, was schlimmer war – einen Poesieabend über sich ergehen lassen oder allein mit Rob Sutter in einem Wagen sitzen zu müssen.

ELF

Allein im Wagen mit Rob Sutter sitzen zu müssen war eindeutig schlimmer. Der Hummer war riesig, und trotzdem schien er viel zu viel Platz einzunehmen – und nicht nur in physischer Hinsicht, obwohl er ein hochgewachsener, breitschultriger Mann war. Es war die Art, wie seine Stimme die Dunkelheit erfüllte. Es war der Geruch nach seiner Haut und nach der Stärke seines Hemds, der sich mit dem Duft der Ledersitze mischte. Auf dem Armaturenbrett leuchteten zahllose Digitalanzeigen, deren Sinn und Zweck sie nicht einmal zur Hälfte benennen konnte. Laut Robs Aussage besaß der Hummer beheizbare Sitze, eine erstklassige Bose-Stereoanlage und ein Navigationssystem. Darüber hinaus – als wäre das nicht schon genug – war er auch mit einem OnStar-Informationssystem ausgestattet.

»Wissen Sie, wie man das benutzt?«, fragte sie und deutete auf den blauen Navigationsbildschirm.

»Klar.« Er nahm eine Hand vom Steuer und betätigte ein paar Knöpfe, worauf der Stadtplan von Gospel erschien. Als könnte sich ein Mensch jemals in Gospel verirren.

»Brauchen Sie das, um den Weg nach Hause zu finden?«

Er lachte leise und sah zu ihr herüber. Seine rechte Gesichtshälfte war in bläuliches Licht getaucht. »Nein, aber es ist ganz praktisch, wenn ich in Gegenden komme, in denen ich noch nie war. Ich habe es ziemlich oft benutzt, als ich im Februar mit meinen Freunden Ski fahren war.« Er wandte den Blick wieder der Straße zu. »Ich wollte Sie gern etwas fragen.«

setzlich hier finden. Kein Nordstrom's, keine Jazzclubs, keine Abendessen im Four Seasons.« Er blickte auf das dunkle Ufer des Fish Hook Lake hinaus. »Das nächste Kino ist eine Autostunde entfernt.«

Stille breitete sich in der Leitung aus. Er konnte sich nicht vorstellen, dass es irgendetwas gab, das ihn dazu bewegen könnte, ernsthaft eine Versöhnung in Betracht zu ziehen. Sie hatten es in der Vergangenheit einfach zu oft vermasselt.

»Amelia vermisst dich.«

Das war das Einzige. Er schloss die Augen und lehnte die Stirn gegen die kühle Fensterscheibe. »Was tut sie gerade?«

»Sie schläft.«

Und er war nicht bei ihr gewesen, um sie zu Bett zu bringen. Er liebte es, wenn sie in seinen Armen einschlief, so dass er sie in ihr Kinderbettchen legen konnte. Er verspürte einen Anflug von Gewissensbissen, ehe er sich vor Augen hielt, dass er sie selbst dann nicht jeden Abend zu Bett bringen könnte, wenn er in seinem Loft in Seattle leben würde.

»Ich glaube, wir können eine Lösung finden und eine Familie sein. Wirst du darüber nachdenken?«

Eine Familie. Sie waren doch nie eine richtige Familie gewesen. Er liebte seine Tochter, und irgendwann einmal hatte er auch Louisa geliebt. Die Vorstellung einer intakten, glücklichen Familie war durchaus reizvoll. Er war oft allein, doch das Schlüsselwort in diesem Zusammenhang war »glücklich«. Konnten er und Louisa jemals glücklich sein? Er wusste es nicht. »Ich denke darüber nach«, versprach er.

Als er das Gespräch beendet hatte, warf er das Telefon auf einen Sessel neben sich, fuhr sich mit den Händen übers Gesicht und starrte auf den See hinaus. Der Wind hatte in den letzten Stunden aufgefrischt, so dass sich die dunkle Wasseroberfläche kräuselte.

Er dachte an seine Exfrau, stellte sich ihr wunderschönes Gesicht und ihren atemberaubenden Körper vor. Vor langer Zeit einmal war sie der Inbegriff der idealen Frau für ihn gewesen. Das perfekte Gleichgewicht zwischen natürlicher Schönheit und kostspieliger Pflege. Und sie wollte noch einmal versuchen, mit ihm zusammenzuleben. Das Problem war nur, dass er, wenn er in der Nähe des wunderschönen Gesichts und des atemberaubenden Körpers war, keinerlei Drang verspürte, sie an sich zu ziehen und das Gesicht an ihrem Hals zu vergraben. Es existierte keine Begierde, kein Verlangen, seine Hände über ihre perfekten Rundungen wandern zu lassen.

Und genau dieses Gefühl hatte er bei Kate. Er begehrte sie, wie ein Mann eine Frau begehren sollte. Sie löste das brennende, animalische Verlangen in ihm aus, sie zu packen, auf den Boden zu werfen und sich auf sie zu stürzen. Das Verlangen, das ein Mann für seine Exfrau empfinden sollte, wenn er ernsthaft über eine Versöhnung nachdachte. Aber war Begierde beziehungsweise der Mangel daran ein Grund dafür, die Idee grundsätzlich zu verwerfen? Gehörte zu einer guten, stabilen Beziehung nicht ein wenig mehr als nur Sex? Als er und Louisa verheiratet gewesen waren, war der Sex stets erstklassig gewesen, alles andere hingegen reichlich schwierig. Wenn also alles außer dem Sex in einer Beziehung gut lief, konnte sie dann auf Dauer funktionieren?

Je länger Rob darüber nachdachte, umso verwirrter wurde er. In seinen Schläfen begann es zu hämmern, und je länger all die Fragen in seinem Kopf umherschwirrten, umso schlimmer wurden seine Kopfschmerzen, bis er kaum mehr einen klaren Gedanken fassen konnte.

Es gab nur eine einzige Sache, an der kein Zweifel bestand. Bis er sich über all das im Klaren war, würde er Kate Hamilton widerstehen müssen.

Denn er hatte seine Lektion gelernt: Er konnte nicht mit einer Frau über Versöhnung sprechen, während er mit einer anderen ins Bett ging. Es bestand also keinerlei Notwendigkeit, sich noch einmal in diese Art Schwierigkeiten zu bringen.

DREIZEHN

Statt Brot backte Kate am nächsten Morgen etwas anderes. Es waren nur noch fünf Tage bis Ostern, deshalb rührte sie den Teig für kleine Küchlein und überzog sie mit einer dicken Schicht aus weißem Zuckerguss. Sie trocknete Kokosnussfasern und legte damit die Nester aus, in die sie winzige Zuckereier gab. Als sie dünne Pfeifenreiniger in die Küchlein steckte, damit sie wie kleine Henkel aussahen, wanderten ihre Gedanken erneut zu Rob, wo sie seit dem Vortag immer wieder verharrten.

Du kannst nicht immer Nein sagen, Kate Hamilton. Eines Tages werde ich dich dazu bringen, Ja zu sagen, hatte er ihr nachgerufen. *Und zwar schon bald.*

Das machte ihr Sorgen. Sie konnte sich zwar beim besten Willen nicht vorstellen, dass Rob sie zu etwas zwingen würde. Nein, es war seine Anziehungskraft, die sie mit Besorgnis erfüllte. Sie fürchtete, sie könnte – erneut – schwachwerden und jede Vernunft über Bord werfen, nur weil er ihr ins Ohr flüsterte, dass ihre Haut sich wie ein süßes Dessert anfühle und dass sie der Gegenstand seiner Fantasien sei.

Sie konnte Rob einschätzen, schließlich war sie oft genug mit Männern wie ihm zusammen gewesen. Natürlich war sie nicht bereit, sich auf eine weitere Beziehung einzulassen, die ihr nur schadete, doch ein Teil von ihr drohte all diese Vorsätze zu vergessen, sobald sie allein mit ihm war. Wenn Rob das nächste Mal anrief und etwas geliefert haben wollte, würde ihr Großvater es erledigen müssen.

Kate gab ein letztes Miniei auf den kleinen Kuchen und trat einen Schritt zurück, um ihr Werk zu begutachten. »Martha Stewart, zieh dich warm an, wo auch immer du sein magst.« Um die Mittagszeit hatte sie die gesamten fünf Dutzend verkauft und Bestellungen für fünf weitere Dutzend angenommen.

Um zwei Uhr, als Stanley in seinem Büro im Hinterzimmer saß und an einem Gedicht schrieb, kam Regina Cladis und kaufte einen Rinderbraten, eine Tüte Babykarotten und ein paar Kartoffeln. »Tiffer ist zu Besuch nach Hause gekommen, und er liebt meinen Braten.«

»Wie lange bleibt er denn?«, erkundigte sich Kate.

»Bis Montag nach Ostern«, antwortete Regina und kramte in ihrer riesigen Handtasche herum.

»Vielleicht haben Sie und Tiffer ja Lust auf ein wenig Jalapeño-Gelee.«

Regina sah auf und schob ihre Brille mit den dicken Gläsern hoch. »*Jala*-was?«

»Jalapeño-Gelee. Es schmeckt wunderbar, wenn man es mit Frischkäse auf Crackern serviert. Oder Sie können es auch auf Bagels geben.«

»Nein, danke. Ich esse keine Bagels, und dieses Gelee-Zeug klingt ja schrecklich.«

»Ich verstehe nicht, warum keiner in dieser Stadt Lust hat, es zu probieren.« Seufzend tippte Kate den Preis für die Karotten in die Kasse.

»Wir mögen unser Gelee eben aus Früchten«, erklärte Regina. »Als ich aus einer anderen Stadt hierhergezogen bin, ist es mir auch schwergefallen, meinen Platz hier zu finden. Sie haben mich wie eine Außenseiterin behandelt, genauso wie sie es bei Ihnen machen.«

Kate war sich bisher gar nicht darüber bewusst gewesen, wie eine Außenseiterin behandelt zu werden. »Ehrlich?«

»Ja. Myrtle Lake und ich haben uns um denselben Job bei der Bibliothek beworben, und als ich ihn bekommen habe, gab es einen riesigen Aufstand, weil ich keine Einheimische war. Die Leute waren außer sich und haben sich geweigert, in die Bibliothek zu kommen.«

»Wo haben Sie vorher gelebt?«

»Ich bin in Challis geboren und aufgewachsen.«

Challis. Dieser Name kam ihr irgendwie bekannt vor. »Wo liegt das?«

»Etwa vierzig Meilen nördlich von hier.«

»Aber das ist doch dieselbe Gegend«, meinte Kate.

Regina schüttelte den Kopf. »Nein. Es ist der angrenzende Bezirk«, gab sie mit ernster Miene zurück.

Kate wollte gerade fragen, wieso eine vierzig Meilen entfernte Stadt nicht als dieselbe Gegend betrachtet wurde, besann sich jedoch eines Besseren. Es war klüger, nicht allzu viele Fragen zu stellen. Insbesondere wenn man sicher sein konnte, dass man eine Antwort darauf bekam. Denn diese Antworten lösten bei Kate meist ein ungläubiges Stirnrunzeln und ein Zucken am linken Auge aus. Das Stirnrunzeln machte Falten, das hektische Zucken am Auge strapazierte ihre Nerven – beides Dinge, die Kate im Moment nicht gebrauchen konnte.

»Irgendwann sind die Leute dann doch aufgetaut, und das wird bei Ihnen ganz genauso sein. Übrigens hat Sheriff Taber ein Mädchen aus Kalifornien geheiratet. Wenn die Leute hier mit einem Travestiekünstler fertigwerden, akzeptieren sie es bestimmt auch, dass Stanley Caldwells Enkelin aus Vegas hergezogen ist. Schließlich fahren wir alle mal nach Sin City, um ein bisschen zu spielen und uns die Shows anzusehen. Das macht das Ganze erheblich einfacher.«

»Und was gibt es an Kalifornien auszusetzen?«, platzte Kate heraus, ehe sie es sich verkneifen konnte.

»Überall nur Hippies, Typen, die Hasch rauchen, und Vegetarier«, erwiderte Regina mit unübersehbarem Widerwillen. »Aber jetzt, wo Arnold Gouverneur ist, wird er dafür sorgen, dass dort Zucht und Ordnung einkehrt. Er hat übrigens ein Haus in Sun Valley, wussten Sie das?«

»Ja, weiß ich.« Kate spürte, wie sich ihre Stirn in Falten legte, als sie die »Summe«-Taste auf der Kasse betätigte. Sie war klug genug, keine weiteren Fragen zu stellen.

Rob klemmte sich einen gefütterten Umschlag mit Rechnungen und Preislisten unter den Arm und machte sich auf den Nachhauseweg. Der Vollmond und eine 80-Watt-Birne erhellten den kleinen Hof hinter Sutter Sports. Es war Viertel nach elf, und er hatte die fünf Stunden seit Ladenschluss damit zugebracht, ein Spezialpaket für eine Pfadfindergruppe zusammenzustellen, die für die erste Juniwoche einen Campingausflug plante und sich die erforderliche Ausrüstung bei ihm lieh. Am nächsten Morgen wollte er nach Seattle fliegen und hatte diese Arbeit vor seiner Abreise erledigt haben wollen, um sich ungestört seiner Tochter widmen zu können.

Inzwischen war ihm immer noch nicht klar, was er Louisa im Hinblick auf eine Versöhnung sagen sollte. Er hatte den Gedanken in den hinteren Teil seines Gedächtnisses geschoben und sich stattdessen auf seine Arbeit konzentriert. Nun war die Arbeit zwar erledigt, trotzdem wollte er nicht darüber nachdenken. Vielleicht war es am besten, abzuwarten und zu sehen, was er empfand, wenn er in Seattle war.

Er schloss den Laden hinter sich ab und sprang in seinen Hummer. Sein Geschäft war gerade seit einer Woche nach dem Winter wieder geöffnet, und schon hatte er alle Hände voll mit dem Verleih von Ausrüstungsgegenständen zu tun, der neben dem Verkauf das zweite Standbein des Ladens darstellte.

Als er um das Gebäude herumfuhr, bemerkte er, dass im hinteren Teil des M & S Market noch Licht brannte. Es war ein helleres Licht als das, welches Stanley üblicherweise in der Obstecke brennen ließ. Rob fuhr um den Laden herum und schaltete den Motor ab. Dann stieg er aus dem Hummer und klopfte dreimal gegen die massive Holztür.

Er wippte auf den Fersen und fragte sich, was er eigentlich hier tat. Es war spät, und er hatte noch eine Million Dinge zu erledigen, bevor er sich am nächsten Morgen auf den Weg machte.

Es dauerte einige Momente, ehe er Kates Stimme hinter der geschlossenen Tür hörte. »Wer ist da?«

»Rob. Was machst du so spät noch im Laden?«

Das Geräusch des schweren Riegels war zu hören, und sie streckte den Kopf zur Tür heraus. Das Licht aus dem Inneren des Raums erhellte sie von hinten, drang durch ihr wunderschönes rotes Haar und verlieh ihm einen sanften Schimmer. Mit einem Mal wusste er, warum er hergekommen war. »Ich arbeite«, antwortete sie. »Und was tust du noch so spät hier?«

Wie sehr er sich auch darum bemühte, er schien sich einfach nicht von ihr fernhalten zu können. Es war, als würde er von ihr angezogen wie ein Schiff vom hellen Schein eines Leuchtturms. »Ich bin gerade mit der Arbeit fertiggeworden«, antwortete er, während dem Raum hinter ihr der Duft nach warmem Kuchen entströmte. Er wusste nicht, was ihn hungriger machte – Kates Anblick oder der köstliche Kuchenduft. »Backst du gerade?«

»Ja.« Sie öffnete die Tür ein wenig weiter, so dass er ihr weißes T-Shirt sehen konnte, auf dem zwei rote Würfel und die Aufschrift »Glück im Spiel?« in schwarzen Buchstaben prangten. Sie trug eng anliegende Jeans mit einem braunen Gürtel. »Ich backe sieben Dutzend Minikuchen für morgen.«

Zweifellos war Kate die bessere Wahl als der Kuchen. Sie bat ihn zwar nicht herein, erhob jedoch auch keine Einwände, als er an ihr vorbei ins Hinterzimmer des Ladens trat. Er ging an der Tranchiermaschine und dem Fleischwolf vorbei in die Ecke des Raums, in dem sich die kleine Backstube befand. Auf der Arbeitsfläche aus rostfreiem Stahl unmittelbar neben dem Industriedoppelbackofen standen mehrere Dutzend weiß glasierte Minikuchen auf einem Tablett zum Auskühlen. Er würde nicht lange bleiben, sagte er sich.

Statt des gewohnten Tom Jones drang eine Frauenstimme aus den Lautsprechern, die sang, sie werde irgendjemanden nicht vermissen, wenn sie nach Jackson käme. Rob kannte den Song nicht, doch Soft-Pop gehörte auch nicht gerade zu seinen Spezialgebieten. Besonders nicht diese Herzschmerz-Songs, bei denen es meistens ohnehin nur um drei Dinge ging: Liebe, gebrochene Herzen und Männer, die sich wie Arschlöcher benahmen.

»Wie ich höre, ziehst du mit deinem Hummer am Samstag den Festwagen der Grundschule bei der Osterparade«, meinte sie, machte die Tür hinter sich zu und schloss ab. »Wie bist du denn zu dieser Aufgabe gekommen?«

Rob wandte sich um und sah zu, wie sie auf ihn zukam. Er bemühte sich, nicht auf die Würfel auf ihren Brüsten zu starren, sondern hielt den Blick eisern auf die relative Sicherheit ihres Haars gerichtet. Es hing offen um ihre Schultern und schimmerte tiefrot und golden unter den langen Neonröhren der Deckenbeleuchtung. Erst gestern hatten seine Finger dieses Haar berührt, als er ihren Hals geküsst hatte, deshalb wusste er, dass es sich genauso weich anfühlte, wie es aussah. »Der Direktor der Schule hat mich gefragt.«

Sie öffnete einen Schrank und streckte sich, um etwas aus dem obersten Fach zu nehmen. Robs Blick wanderte über ihren langen Oberkörper zu ihren Füßen, die in Hausschuhen mit der Comicfigur des Tasmanischen Teufels steckten. »Wie nett von dir«, sagte sie und nahm eine Packung verschließbarer Gefriertüten heraus.

»Wo sind deine Schuhe?«

Sie sah an sich hinunter, dann wieder in sein Gesicht. »Zu Hause. Diese sind bequemer.« Sie legte die Tüten neben einen Industriemixer. »Ich glaube, mein Großvater hat ernste Absichten, was deine Mutter betrifft.«

Rob wusste, dass seine Mutter Stanley sehr mochte, aber sie hatte nie verlauten lassen, dass sie mehr für ihn empfand als für einen guten Freund. »Wie kommst du darauf, dass er ernste Absichten haben könnte?«

Ihre rosigen Lippen verzogen sich zu einem Lächeln. »Er schreibt inzwischen Gedichte, und sie haben angefangen, über ihre Werke zu reden und Verbesserungsvorschläge zu machen.«

»Wann machen sie denn das?«

Sie schob die Hände in ein Paar Ofenhandschuhe mit Tom Jones' Konterfei darauf. »Jeden Abend nach Ladenschluss.«

»Jeden Abend?« Seine Mutter hatte kein Wort davon gesagt. Er lehnte sich gegen die Arbeitsfläche und kreuzte die Arme vor der Brust, so dass das Fisch-Logo und der Namenszug des Ladens auf der Brusttasche nicht länger zu erkennen waren. »Und wie lange geht das schon so?«

»Seit wir letzte Woche bei deiner Mutter zum Abendessen eingeladen waren.« Sie nahm zwei Bleche mit Minikuchen aus dem Ofen und stellte sie auf der Arbeitsplatte neben ihm ab. »Er kommt jeden Abend erst spät nach Hause.«

Rob sah zu, wie sie sich nach vorn beugte und zwei weitere Kuchenbleche herausnahm. »Wie spät?«

»Zehn. Was sehr spät für ihn ist. Normalerweise geht er gleich nach den Halbzehn-Uhr-Nachrichten zu Bett. Manchmal wartet er noch nicht einmal das Ende des Sportberichts ab.«

»Mom hat kein Wort davon erzählt, aber ich bin froh, dass sie endlich jemanden gefunden hat, der ihr Interesse für Poesie teilt.« Jemand, der zufällig nicht ihr Sohn war.

Kate kippte die Bleche, so dass sich die kleinen Kuchen lösten, ehe sie sie nahm und aufrecht hinstellte.

Er sagte sich, dass es Zeit zum Gehen war. Dass er sich, wenn er noch länger blieb, nicht beherrschen konnte und sie berühren würde. Und wenn er sie berührte, wäre es um ihn geschehen, doch er brachte es einfach nicht über sich, zur Tür zu gehen. Noch nicht. »Brauchst du Hilfe?«, erkundigte er sich.

Sie warf ihm einen Blick aus den Augenwinkeln zu und lächelte. »Ist das ein freiwilliges Angebot, mir beim Backen zu helfen?«

Abgesehen von seinen Müsliriegeln, die er selbst machte, weil er regelrecht süchtig nach diesem Zeug war, hatte Rob keine Ahnung vom Backen. Außerdem würde er sowieso in einer Minute verschwinden. »Klar.«

»Das ist sehr süß von dir, aber du hast Glück. Das hier sind die letzten.« Sie reichte ihm die Packung mit den Gefriertüten. »Wenn du mir helfen willst, kannst du immer sechs Küchlein in eine Tüte geben. Aber nicht die, die noch warm sind. Wenn man nicht wartet, bis sie ganz ausgekühlt sind, werden sie matschig.«

»Wie viele hast du davon gebacken?«, erkundigte er sich und nahm eine Plastiktüte aus der Schachtel.

»Ich habe Vorbestellungen für fünf Dutzend, außerdem habe ich zwei Dutzend zusätzlich gebacken, die ich noch verkaufen kann.« Sie trat einige Schritte beiseite und stellte eine große Rührschüssel in das mit Wasser und Spülmittel gefüllte Abwaschbecken.

Ihre häuslichen Qualitäten überraschten Rob, auch wenn ihm nicht ganz klar war, warum. Er wusste bei weitem nicht alles, was es über Kate Hamilton zu wissen gab. Was ihn jedoch ernsthaft überraschte, war die Tatsache, dass er gern mehr über sie erfahren würde. Er warf ihr einen Blick zu, als er den Verschluss der Tüte öffnete und einige der Minikuchen hineingab. »Glaubst du, dass du alle vierundzwanzig Stück verkaufen wirst?«

»Ja, ich *weiß* es sogar.« Sie sah ihn an. »Ich habe den Schlüssel gefunden, wie man den Leuten hier einfach alles verkaufen kann.«

Er verschloss die Tüte und machte sich an die nächste. »Und was ist der Schlüssel?«

»Man muss die Leute die Neuerungen zuerst probieren lassen«, antwortete sie und wandte ihre Aufmerksamkeit dem schmutzigen Geschirr zu. »Sie kaufen nur etwas, wenn sie eine Gratiskostprobe davon bekommen.« Sie schüttelte den Kopf, so dass die Spitzen ihres roten Haars über ihren Rücken strichen. »Am Anfang dachte ich immer, mein Großvater verschwendet Geld, weil er den Kunden den Kaffee gratis anbietet, aber inzwischen ist mir klar geworden, dass er damit die Leute in den Laden lockt. Und wenn sie erst mal hier sind, plaudern und Kaffee trinken, kaufen sie auch noch andere Dinge.« Sie stellte die Rührschüssel in das zweite Becken. »Als Nächstes biete ich Gratisräuchercheddar an.«

Er war mit der dritten Tüte fertig und machte sich an die letzte. »Glaubst du, du bringst sie mit diesem Trick dazu, den Käse zu kaufen?«

Sie lachte. Die weichen, femininen Laute, die zwischen ihren Lippen hervordrangen, schienen zwischen seine Rippen zu gleiten und sich in seiner Brust auszubreiten. »Ich werde ihre Denkweise verändern, ohne dass sie es überhaupt mitbekommen.« Wieder sah sie zu ihm herüber, und ihre braunen Augen begannen zu glitzern. »Schon bald habe ich sie so weit, dass sie auch sauer eingelegten Tunfisch und Kartoffelpüree mit Wasabi essen.«

»Klar.« An diesem Abend war sie wieder das Mädchen, das er vor all den Wochen in der Duchin Lounge kennen gelernt hatte. Entspannt und warmherzig.

»Glaubst du etwa nicht, dass ich es schaffe?«, fragte sie. In ihrer Stimme lag ein Anflug von eiserner Entschlossenheit.

Er fragte sich, ob er die Leute warnen sollte, dass sie sich besser an japanische Meerrettichpaste gewöhnen sollten. »Ich denke, damit wirst du alle Hände voll zu tun haben.«

»Das stimmt.« Sie griff nach zwei Kuchenblechen und gab sie ins Abwaschwasser. »Aber ich liebe Herausforderungen. Ich schätze, als Erstes muss ich nur eines tun: Ich muss den Mountain Momma Crafters beitreten, und schon habe ich den Fuß in der Tür.«

Rob legte die letzte Tüte neben das Blech mit den abkühlenden Küchlein, lehnte sich mit der Hüfte gegen die Arbeitsplatte und hörte zu, wie sie von ihren Plänen erzählte, Gospel in die Gourmet-Hauptstadt des Nordwestens zu verwandeln. Er betrachtete ihre Hände, während sie mit dem Putzlappen die Töpfe und Pfannen auswischte, und bemerkte ihre langen Finger mit den kurz geschnittenen, rosafarben lackierten Nägeln. Sie stellte eine Pfanne in das leere Abwaschbecken und drehte den Wasserhahn auf.

»Ich fange ganz langsam an«, fuhr sie fort, während sie einen Schrank öffnete und sich auf die Zehenspitzen stellte. »Zuerst sorge ich dafür, dass sie süchtig nach italienischem Fladenbrot werden, und dann bringe ich ihnen aromatisierte Olivenöle näher.«

Rob löste sich vom Tresen und trat dicht hinter sie. Er nahm ihr die Schüssel aus der Hand und stellte sie ins Regal. Sie warf ihm einen Blick über die Schulter zu. Ihr Haar streifte seine

Hemdbrust, doch er spürte die Berührung bis in die Lenden. Er klammerte seine Hände um den Rand der Schüssel, um sich daran zu hindern, sie auf ihren Bauch zu legen und sie eng an seine Brust zu ziehen. Ihr Blick war fest mit seinem verwoben, und es wäre ein Leichtes, den Kopf zu neigen und seinen Mund auf ihre Lippen zu legen.

»Danke«, sagte sie und duckte sich unter seinem Arm hindurch, ehe er seinem Drang nachgeben und sie küssen konnte. Sie trat zu den Minikuchen und legte den Finger auf die Oberfläche, um die Temperatur zu prüfen.

Er ließ die Arme sinken. »Schenkst du mir einen von denen?«, fragte er.

»Wie bitte?« Sie drehte sich um und sah ihn an. »Du willst einen Minikuchen?«

Er nickte. »Was glaubst du denn, weshalb ich hier bin?«

»Wegen der geistreichen Unterhaltung mit mir?«

»Das ist einer der Gründe.«

»Du bist ein miserabler Lügner«, erklärte sie lachend. Ihre aufrichtige Freude breitete sich in seiner Brust aus und erinnerte ihn daran, wie lange er schon einsam war. Wie lange er sich nach diesem weichen Lachen und der Unterhaltung mit einer Frau sehnte. Sich nach mehr als nur nach Sex sehnte. »Ich habe aber keine Glasur mehr.«

»Das macht nichts.«

»Warte.« Sie hob einen Finger und verschwand hinter den Türen des begehbaren Industriekühlschranks. Als sie mit einer Flasche Sprühschlagsahne zurückkam, kam Rob nicht umhin, festzustellen, dass ihre Brüste seltsame Dinge mit den beiden Würfeln auf ihrem T-Shirt anstellten. »Die habe ich heute Morgen in meinen Kakao gegeben«, erklärte sie, nahm eines der Küchlein und gab einen dicken Klecks Schlagsahne darauf. »Der Vorteil an der Arbeit in einem Lebensmittelladen ist, dass einem nie etwas ausgeht«, meinte sie und reichte ihm den Kuchen. »Der Nachteil ist allerdings, dass man ziemlich fett werden kann.«

»Du bist nicht fett«, widersprach Rob, löste das Papier von dem Kuchen ab und versenkte genüsslich die Zähne darin.

»Noch nicht.« Sie legte den Kopf in den Nacken und sprühte sich eine ordentliche Ladung Schlagsahne direkt in den Mund. Es war der erotischste Anblick, der sich ihm seit langer Zeit geboten hatte. Und zwar seit *sehr* langer Zeit.

Er nahm noch einen weiteren Bissen und rief sich die wenigen Gelegenheiten ins Gedächtnis, als er von einem Schlagsahne-Bikini hatte naschen dürfen. Er hätte nichts dagegen, dasselbe eines Tages bei Kate zu tun. Mit vier weiteren Bissen war der Minikuchen verschlungen, und er streckte die Hand aus. »Gib mir etwas davon.« Statt ihm die Flasche zu geben, legte sie ihm eine Hand auf die Schulter und stellte sich auf die Zehenspitzen, wobei ihre Brüste seinen Arm streiften.

»Mund auf.«

Er traute ihr nicht über den Weg. Keine Sekunde lang. Er starrte ihr einige Momente in die Augen, die sich nur wenige Zentimeter vor seinem Gesicht befanden, und öffnete dann langsam den Mund.

Sie spritzte die Sahne zwischen seine Lippen, ehe sie eine Spur über seine Wange zog.

»Oh, hoppla.« Sie verlagerte das Gewicht wieder auf die Fersen.

Rob schluckte. »Das hast du mit Absicht getan.«

»Nein, ich schwöre, es war ein Versehen.« Sie schüttelte den Kopf und bemühte sich, zerknirscht dreinzuschauen, vermasselte es jedoch, indem sie in schallendes Gelächter ausbrach.

Er fuhr sich mit dem Finger über die Wange und leckte die Sahne ab. »Ein Versehen. Wer's glaubt.« Er streckte erneut die Hand aus. »Her damit.«

Sie schüttelte den Kopf und verbarg die Flasche hinter ihrem Rücken.

»Glaubst du etwa, ich schaffe es nicht, dir diese Flasche aus der Hand zu nehmen?«

»Nein.«

Natürlich tat sie das nicht. Sie war dickköpfig und liebte den Wettbewerb, und der Gedanke, mit ihr um die Sahneflasche zu ringen, war noch erregender als die Vorstellung von ihr im Sahne-Bikini.

»Willst du darauf wetten?«

»Was kriege ich, wenn ich gewinne?«

»Das wirst du nicht.«

Ihre Augen verengten sich zu schmalen Schlitzen. »Da wäre ich mir an deiner Stelle nicht so sicher.«

Er gab nach. »Na schön, was willst du?«

»Du musst allen Leuten in Gospel erzählen, dass du ganz verrückt nach Jalapeño-Gelee bist.«

Jalapeño-Gelee? Was zum Teufel sollte das nun wieder sein?

»Und was willst du, wenn du gewinnst?«, fragte sie.

Er verzog das Gesicht zu einem Lächeln – einem sehr sinnlichen Lächeln. Er wusste ganz genau, was er wollte. »Ich will die Schlagsahne von deinen Brustwarzen lecken.« Schlagsahne war nicht Sex, sondern ein Dessert.

Ihre Kinnlade fiel herunter, und sie riss die Augen auf, ehe sich ihre Lippen zu einem Lächeln verzogen. Sie wirbelte herum und stob davon, hinaus aus dem Hinterzimmer und in den Laden. Rob folgte ihr, wobei er um ein Haar über einen ihrer Hausschuhe mit dem Tasmanischen Teufel gestolpert wäre, der im Türrahmen lag. Sein Blick schweifte durch den dunklen Laden, als er den Stoff ihres weißen T-Shirts zwischen Gang drei und vier aufblitzen sah.

»Dein weißes T-Shirt verrät dich«, rief er und trat zwischen die Regale. Sie stand am anderen Ende des Gangs, eine kaum sichtbare Silhouette in der Dunkelheit. Wären da nicht ihr weißes T-Shirt und die Dose mit der Sprühsahne gewesen, hätte er sie wahrscheinlich nicht bemerkt. »Vielleicht solltest du es lieber gleich selber ausziehen.«

Sie lachte – ein leises, kehliges Schmeicheln drang aus der Dunkelheit. »Ja, klar, sonst noch etwas?«

Er ging auf sie zu, während sie einige Schritte zurückwich. »Das erspart mir die Mühe, es für dich zu übernehmen.«

»Ich will dir aber die Mühe nicht ersparen.« Sie trat hinter einen Korb mit Obst. Das schwache Licht in der Ecke des Raums fiel über ihren Mund und ihre Schulter und erhellte die Würfel auf ihrem T-Shirt. Er sah, wie sich ihre Lippen bewegten, als sie weitersprach. »Stattdessen will ich dir so viel Mühe machen, wie ich nur kann.«

»O das gelingt dir auch.« Seine Hände legten sich um den Obstkorb. Für den Bruchteil einer Sekunde überlegte er, ob er eine Orange nehmen und ihr damit eins überziehen sollte. Sie für einige kostbare Augenblicke erschrecken, damit er sich seinen nächsten Schritt überlegen konnte. »Schon seit dem Abend, als wir uns kennen gelernt haben, hast du mir eine Menge Mühe gemacht.« Er griff nach einer Orange, doch statt ihr damit eins überzubraten, zielte er auf einen Pappständer mit Energieriegeln, der prompt umkippte.

»Was war das?«, fragte sie und drehte sich in die Richtung, aus der das Rumpeln gekommen war. Bevor sie wusste, wie ihr geschah, stand Rob hinter ihr, schlang die Arme um sie und zog sie ungestüm an seine Brust. »Rob!«, kreischte sie und lachte gleichzeitig. Er packte die Flasche und ließ sie auf das sorgfältig aufgestapelte Obst fallen. »Das ist nicht fair. Du hast geschummelt.«

»Scheiß auf Fairness.« Er sog tief den Duft ihres Haars in seine Lungen. »Ich spiele nie fair«, sagte er unmittelbar neben ihrer Schläfe. »Fairness ist nur etwas für Weicheier und Jammerlappen.« Er legte eine Hand auf ihren Bauch und krallte die Finger in den Stoff ihres T-Shirts. Das Geräusch ihrer Atemzüge, das sich mit seinen eigenen mischte, drang an seine Ohren. Das Gefühl, hier mit Kate in einer dunklen Ecke des Ladens zu stehen und sie in den Armen zu halten, ließ den Rest der Welt mit all seinen Problemen und Nöten verblassen. »Ich habe mir ausgemalt, wie es wäre, mit dir hier zu stehen«, sagte er, schob seine freie Hand über ihr T-Shirt und legte sie um ihre weiche Brust. »In einer meiner Fantasien. Damals hast du mir erlaubt, Erdbeeren von deinem Körper zu essen.« Durch den Stoff ihres T-Shirts spürte er, wie sich ihre Brustwarze unter seiner Handfläche aufrichtete. Seine Lunge begann zu brennen, und er spürte, wie sich sein Magen schmerzhaft zusammenzog. Er wurde so hart, dass er die Knie zusammenpressen musste, um nicht das Gleichgewicht zu verlieren. »Und dann hast du mich geritten wie eine Rodeo-Königin.«

Sie wandte den Kopf herum und sah zu ihm hoch. »Wo?«

»Direkt neben der Kasse.«

»Wie verdorben.« Ihre Lippen berührten sanft seinen Kiefer. »Dort packe ich die Einkäufe all der kleinen alten Damen ein. Das gefällt mir.«

»Und dann haben wir uns noch einmal auf dem Tisch geliebt, wo dein Großvater das Fleisch tranchiert.«

»Bin ich wieder oben?«

»Nein, diesmal übernehme ich die Führung.«

»Rostfreier Stahl ist aber eine kühle Angelegenheit.«

»Nicht wenn *wir* es dort treiben.« Er senkte den Kopf. In der Sekunde, als seine Lippen ihren Mund berührten, erfasste ihn ein raues, ungeschöntes Verlangen und drang zum animalischen Kern seines Selbst vor, der förmlich danach schrie, sie zu nehmen und alles andere zu vergessen. Ihr die Kleider vom Leib zu reißen und sie überall gleichzeitig zu berühren. Sie auf den Boden zu werfen und sich auf sie zu werfen.

Sie holte Luft und sog seinen Atem tief in ihre Lungen. Und damit war es um ihn geschehen. Eine Woge der Lust brandete in ihm auf und bahnte sich einen Weg in seinen Unterleib. Ihr Mund öffnete sich, und sie küsste ihn, eine süße, köstliche Wärme, die nach Schlagsahne und nach Sex schmeckte. Ihre Zungen berührten einander, und endlich gab er dem überwältigenden Bedürfnis nach, sie überall anzufassen. Er ließ seine Handflächen über ihre Brüste gleiten, ihren Bauch und ihre Schenkel, schob seine Hand zwischen ihre Beine und erforschte sie durch den Stoff hindurch. Die Hitze ihres Körpers drang durch die Nähte ihrer Jeans, und er presste seine Finger fest gegen sie. Er drängte seine Erektion gegen ihr Hinterteil und gab sich der tiefen, lustvollen Empfindung hin, gegen die er sich so lange gewehrt hatte. Wie ein loderndes Feuer breitete sich die Lust in ihm aus und zwang ihn, sie zu verschlingen. Sich in ihr zu versenken und jeden in Stücke zu reißen, der ihn daran zu hindern versuchte.

Er krallte die Faust in den Stoff ihres T-Shirts und löste sich für einen kurzen Moment von ihrem Kuss, um es ihr über den Kopf zu streifen. Das Shirt fiel ihm aus der Hand. Sie stand in einem BH aus weißem Satin vor ihm, der ihre Brüste zu einem einzigartigen Dekolletee zusammenpresste. Es war so lange her, dass er die Brüste einer Frau gesehen hatte, dass er Angst hatte, sich zu bewegen. Angst, dass sich der Anblick vor seinen Augen auflösen könnte wie eine Vision.

Kate lehnte sich gerade weit genug zurück, um ihm ins Gesicht sehen zu können. Ihr Herz hämmerte in ihrer Brust, und sie hatte Mühe zu atmen. Das Licht aus der Ecke des Raums fiel auf die winzige Narbe an Robs Kinn. Sie brauchte ihm nicht in die Augen zu sehen, um zu wissen, dass die Begierde darin loderte. Brauchte die lange, harte Schwellung zwischen seinen Beinen nicht zu spüren, um die Dimension seines Verlangens nach ihr zu ermessen. Die Lust pulsierte in heißen Wogen um sie herum, erfasste sie und ließ ihre Sinne schwinden. Ließ sie nach seiner Berührung gieren. Noch nie in ihrem Leben hatte sie eine derartige Begierde verspürt. Sie war wie Rob selbst – groß, mächtig, alles dominierend. Und es war ein Augenblick, in dem es sie nicht kümmerte, von jemandem dominiert zu werden, der stärker war als sie.

Sie ließ ihre Hände über seine Brust gleiten und spürte ein Schaudern tief in seinem Inneren. Sie legte ihre geöffneten Lippen auf die Kuhle an seiner Kehle unter seinem Adamsapfel. Er gab ein Stöhnen von sich, während sie das würzige Aroma seiner Haut auf der Zunge spürte. Sie begann, sein Hemd aufzuknöpfen, und zog es aus dem Bund seiner Jeans. Sobald es offen stand, legte sie die Finger auf seine harte Brust und vergrub sie in den dichten Haaren, jenen dicken, borstigen Haaren eines Mannes, in dessen Körper ein Übermaß an Testosteron tobte.

Die kleine Lampe über ihnen erhellte einzelne Teile ihrer Körper. Schatten und Fragmente, die nicht zueinander zu gehören und nicht real zu sein schienen.

Sie spürte, wie er sie in der Dunkelheit anstarrte. So intensiv, dass sie seinen leidenschaftlichen Blick überall auf ihrem Körper fühlen konnte. Instinktiv hob sie die Hand und bedeckte ihre Blöße.

Er packte ihr Handgelenk und hielt sie davon ab. »Nein. Tu es nicht. Ich will dich ansehen.« Endlich berührte er sie, fuhr mit dem Finger am Rand ihres Büstenhalters entlang, in die kleine Senke zwischen ihren Brüsten und auf der anderen Seite wieder heraus. Dann öffnete er den Verschluss in der Mitte, streifte ihr die Träger über die Schultern, ehe sich seine großen, maskulinen Hände auf ihre Brüste legten. Seine warmen Handflächen pressten sich auf ihre aufgerichteten Brustwarzen, und das Brennen zwischen ihren Schenkeln verschlang sich zu einem schmerzenden Knoten, den nur er zu lösen vermochte.

»Kate«, stieß er mit heiserer Stimme hervor. »Du bist besser als alles, was ich mir jemals hätte erträumen können.«

In diesem Augenblick wusste sie, dass es kein Zurück mehr gab. Sie beugte sich vor und küsste seinen Hals. Seine Hände glitten über ihren Rücken, so dass ihre nackten Brüste seine heiße, muskulöse Brust berührten. Er packte sie an den Handgelenken und hob sie auf den Obstkorb hinter ihr. Orangen fielen zu Boden und kullerten davon. Er griff nach der Flasche mit der Sahne. Fahles Licht fiel aus der Lampe über ihnen auf ihre Brüste, als er jede ihrer Brustwarzen mit einem perfekten Kranz aus weißer Sahne umrahmte. Er war ein wenig zu geübt, fand sie und fragte sich, wie viele Male er das in der Vergangenheit bereits getan hatte. In diesem Moment spürte sie seine Lippen auf ihren Brustwarzen, und es spielte keine Rolle mehr. Ihre Hände griffen nach den Orangen links und rechts von ihr, während sie ihm den Rücken entgegenwölbte. Er leckte und liebkoste sie, bis nichts mehr von der Sahne übrig war, ehe er nach der Flasche griff und noch einmal von vorn anfing.

»Hast du ein Kondom bei dir? Ich habe keines«, brachte sie noch hervor, bevor sie jeden Anflug von Vernunft über Bord kippte und nichts mehr auf der Welt von Bedeutung war.

Er hob den Kopf und sah sie an. »Scheiße«, sagte er, ehe er einige weitere Flüche ausstieß, die sie nicht verstand. »Moment mal. Das hier ist doch ein Laden. Wo ist das verdammte Kondomregal?«

»Gang fünf.«

Er packte sie am Handgelenk und zog sie hoch, bis ihre Füße

den Boden berührten. Dann nahm er sie bei der Hand und zerrte sie mit sich. Mehrere Schachteln mit Kondomen fielen zu Boden, und mit einem Mal fühlte es sich an, als würde alles um sie herum noch heißer, intensiver. Ein roter Nebel senkte sich über sie, während sich ein hämmerndes Verlangen in ihrem Körper ausbreitete. Ungeduldig zerrte sie an seinen Kleidern, während er ihr die Jeans und das Höschen über die Beine zog. Sie trat sie sich von den Füßen und griff nach ihm. Im dunklen Gang stand er vor ihr, vollkommen nackt. Sie legte die Hand um seinen Penis, der sich warm und riesig anfühlte und gegen ihre Handfläche pulsierte.

Er stieß ein lang gezogenes Stöhnen aus, als leide er unsägliche Schmerzen, ehe er sich zu Boden sinken ließ und sie mit sich zog. Er küsste sie, berührte sie, bis sie sich mit einem Mal auf allen vieren auf dem Fußboden wiederfand. Auf Knien schob er sich hinter sie und ließ seine Hand zwischen ihre nackten Hinterbacken gleiten. Er teilte ihr heißes Fleisch und berührte sie sanft. Sie biss sich auf die Lippe, um nicht laut aufzustöhnen, und ließ die Stirn auf ihren Unterarm sinken. »Du bist feucht.« Im nächsten Moment wich sein Finger der Hitze seiner Männlichkeit, die sie dort berührte, wo sich ihr Körper am meisten danach sehnte.

»Kate«, sagte er, während sie hörte, wie er das Kondom aus der Verpackung nahm und es überstreifte. »Ich will dich mehr als alles andere.« Und dann war er in ihr, groß und dick und hart. Ein dunkles, animalisches Stöhnen entrang sich den Tiefen seiner Brust, als er sich noch ein wenig tiefer in sie schob und die Spitze seiner Männlichkeit ihre Vulva dehnte und sie ausfüllte.

Sie hatte gewusst, dass er gut gebaut war, trotzdem stieß sie unwillkürlich einen leisen Schmerzensschrei aus. Sofort legte er den Arm um ihre Taille. »Es tut mir leid, Kate.« Er beugte sich ein Stück vor, wobei er sich mit dem linken Arm auf dem Boden abstützte. Sie hörte seine Stimme dicht an ihrem Ohr, seinen warmen Atem, der immer schneller und erregter wurde und durch ihr Haar drang. »Ich würde dir nie wehtun. Niemals.« Sein Griff verstärkte sich, bis sein Arm nach einer Weile zu zittern begann. »Willst du, dass ich aufhöre?«

Ein Stöhnen entrang sich ihrer Kehle. Ein Stöhnen, das ihr im hellen Licht des Tages zweifellos peinlich gewesen wäre. Sie presste ihr Hinterteil gegen seine Lenden. »Nein«, erwiderte sie mit einer Stimme, die selbst in ihren eigenen Ohren verzweifelt klang. »Schlaf mit mir, Rob«, sagte sie in die Dunkelheit hinein, wo nichts von Bedeutung, nichts real war. »Bitte, hör nicht auf.«

Sie spürte seinen heißen Atem an ihrer Schulter, als sich seine scharfen Zähne in ihrem Fleisch vergruben. Er zog sich ein Stück zurück, ehe er sich noch tiefer in ihr versenkte. »Du bist so gut, Kate, so gut.« Langsam begann er, sich zu bewegen, ließ seine Hüften in einem geschmeidigen Rhythmus kreisen.

»Mehr?«

»Ja.«

Er gehorchte und berührte die Stellen in ihrem Körper, die schon so lange kein Mann mehr berührt hatte.

»Kate«, flüsterte er ihr ins Ohr, »ich werde dich jetzt hart nehmen.«

Er richtete sich ein Stück auf, und seine Hände schlossen sich um ihre Taille. Hätte er sie nicht gehalten, hätte sie sein erster, tiefer Stoß ohne Zweifel umgerissen. Er versank in ihr, immer tiefer, schneller, härter. Sein harter Schaft und seine Spitze massierten ihren G-Punkt. Wieder und wieder drang er in sie ein, bis sie jenes vertraute Ziehen in ihrem Unterleib verspürte, das ihren Höhepunkt ankündigte. Es begann tief in ihr und breitete sich wellenartig immer weiter in ihrem Inneren aus. Wieder schrie sie auf, diesmal erfüllt von einem Gefühl der intensiven Lust, die ihr Fleisch erfasste, von den Fußsohlen bis zu ihrem Scheitel. In ihren Ohren klingelte es, und ihr Körper erbebte, während sich ihre feuchten Muskeln zuckend um ihn schlossen. Sie hörte sein tiefes, lustvolles Stöhnen, gefolgt von einer wilden Flut von Flüchen, von denen sie nur einzelne Fragmente wie »Heilige Maria« und »Scheiße« verstand.

Und dann war es vorbei. Alles, was blieb, waren die langsam verebbenden Atemzüge und das Bewusstsein, dass sie nackt auf dem Boden kauerte und das Hinterteil in die Luft reckte.

VIERZEHN

Der Mount Rainier war zu sehen, als Robs Maschine zur Landung auf den Flughafen von Seattle ansetzte. Er lieh sich einen Lexus und rief von seinem Mobiltelefon aus Louisa an, um Bescheid zu geben, dass er auf dem Weg war, Amelia abzuholen. Er drehte das Radio an und fuhr Richtung Interstate 5.

Er schob sich seine Maui-Jim-Sonnenbrille ein Stück weiter hoch und rückte die Sonnenblende zurecht. Rob fädelte sich in den Verkehr auf der Interstate ein und geriet prompt in den stockenden Berufsverkehr vor Seattle. Er hatte in der Nacht zuvor nicht allzu viel Schlaf abbekommen und eine ganze Wagenladung Kaffee auf dem Flug in sich hineingeschüttet. Sein Gehirn fühlte sich wattig an, trotzdem konnte er sich mühelos und mit absoluter Klarheit vor Augen führen, wie sich das düstere Licht im M & S Market über Kates nackte Brüste ergossen hatte. Sie waren fest und weiß, mit rosafarbenen Brustwarzen, die wie perfekt in der Mitte platzierte Himbeeren in die Höhe ragten. Er wusste noch, wie hart sie sich unter seiner Handfläche und seiner Zunge angefühlt hatten. Wie gut sie mit der Schlagsahne geschmeckt hatten, so dass er sofort eine zweite Portion naschen musste.

Er erinnerte sich an jedes Detail des Vorabends. An das Gefühl ihrer weichen Haut unter seinen Fingern und daran, wie er um seine Beherrschung gerungen hatte. Er hatte langsam anfangen wollen, das Vergnügen in die Länge ziehen, während er zugleich einen erbitterten Kampf in seinem Innern ausfocht, sie nicht einfach zu Boden zu drücken und sich zu nehmen, was er wollte.

Am Ende hatte er den Kampf verloren. Er hatte sie gepackt, sie fest auf den Boden gepresst und war wieder und wieder in sie eingedrungen. Er war so heftig gekommen, dass er gefürchtet hatte, im nächsten Moment ohnmächtig zu werden, doch selbst während er die pulsierenden Wellen ihres Höhepunkts gespürt hatte, war ihm klar gewesen, dass sie mehr von ihm verdiente als das. Mehr als einen Quickie auf dem Fußboden des Ladens.

Rob setzte den Blinker und scherte zwischen einem Lieferwagen und einem silberfarbenen Camry ein. Kate auf dem Boden zu nehmen war nicht unbedingt sein bester Zug gewesen, aber er wäre noch verzeihlich gewesen, hätte er nicht einen noch größeren Fehler folgen lassen. Einen Fehler, der ihn die ganze Nacht wach gehalten hatte. Einen Fehler, von dem er sich wünschte, er könnte sich nicht mit derselben Klarheit an ihn erinnern wie an alles andere, was am Vorabend vorgefallen war.

Mit einem gemurmelten »Bin gleich wieder da« hatte er seine Kleider vom Boden gesammelt und war in den Waschraum gegangen. Dort hatte er sich angezogen, und als er zugesehen hatte, wie das Kondom vom wirbelnden Strudel der Toilettenspülung erfasst wurde und verschwand, hatte ihn ein Gefühl der Panik erfasst. Nicht dieselbe Panik wie früher, als er fieberhaft überlegt hatte, welche Ausrede er gleich vorbringen würde oder wie er dafür sorgen könnte, sich einen Abgang zu verschaffen, ohne eine Szene über sich ergehen lassen zu müssen. Nein, er hatte Panik bekommen, weil es einen Punkt an diesem Abend gegeben hatte, als nur eines von Bedeutung gewesen war – Kate die Kleider vom Leib zu reißen. Nicht dass er seine Fehler aus der Vergangenheit oder die Schwierigkeiten vergessen hätte, die daraus erwachsen waren. Stattdessen hatte Kate ihn dazu gebracht, dass ihn all das nicht länger kümmerte. Während er mit ihr zusammen gewesen war, Schlagsahne von ihren Brüsten geleckt und seine Männlichkeit tief in ihr versenkt hatte, wo sich ihr Fleisch feucht und fest um ihn geschlossen hatte, war alles andere bedeutungslos gewesen. Er hatte Kate begehrt, und alles andere hatte keine Rolle gespielt. Doch als das Fieber vorüber gewesen war, hatte die Tatsache, dass er sich keinen Deut um die Folgen seines Handelns geschert hatte, wilde Panik in ihm ausgelöst und ihn die Flucht ergreifen lassen. Wenn auch erst, nachdem er ihr einen Kuss auf die Stirn gedrückt und den allergrößten Fehler des Abends gemacht hatte.

Er hatte in ihre dunkelbraunen Augen gesehen und »Danke« gesagt, als hätte sie ihm gerade das Salz gereicht. Und dann war er auf dem schnellsten Weg durch die Hintertür geflüchtet.

Rob sah auf seine Armbanduhr und verließ die Interstate an der Ausfahrt »Denny«. In Gospel war es zehn Uhr morgens. Wenn er jetzt im M & S Market anrief, bekäme er Kate an die Strippe und könnte versuchen, sein Verhalten zu erklären oder sich bei ihr zu entschuldigen. Er nahm sein Mobiltelefon aus der Halterung an seinem Gürtel, zögerte jedoch und legte die Hand wieder aufs Steuer. Er würde sich um das Problem kümmern, wenn er wieder nach Hause kam – und zwar von Angesicht zu Angesicht. Verdammt, vielleicht war es ja doch nicht so schlimm. Vielleicht war sie gar nicht sauer auf ihn. Vielleicht hatte er den Ausdruck auf ihrem Gesicht, als er ihr gedankt und ihr einen Kuss auf die Stirn gegeben hatte, falsch interpretiert.

Im Augenblick hatte er ein ganz anderes Problem, dessen er sich annehmen musste. Eines, das sehr real war.

Wenige Blocks von Louisas Eigentumswohnung entfernt fand er einen Parkplatz, und als er an ihre Wohnungstür klopfte, schob er den Gedanken an Kate fürs Erste beiseite. Mit diesem Problem würde er sich später befassen.

Louisas hatte ihr blondes Haar zu einem Zopf im Nacken zusammengebunden, und sie trug ein enges, schwarzes Stretch-Outfit, als sei sie auf dem Sprung zu einer Joggingrunde im Park. Sie war durchtrainiert und perfekt in Form und konnte mit ihrem Hinterteil wahrscheinlich Walnüsse knacken. Sie umarmte ihn und drückte ihm einen Kuss auf den Unterkiefer, doch er fühlte nichts. Kein Verlangen, den Kopf zu senken und sie auf den Mund zu küssen. Kein Ziehen in der Brust oder Herzklopfen. Nichts.

Er fand Amelia in der Küche, wo sie in ihrem Hochstuhl saß und ein paar trockene Frühstücksflocken verspeiste, die sie auf dem Tablett vor sich verstreut hatte. Sie streckte ihm die Arme entgegen. »Daddy iss da«, verkündete sie strahlend. Er leckte ein Stück von einer Frühstücksflocke von ihrer Fingerspitze, ehe er das Gesicht an ihrem Hals vergrub. Sie lachte und kreischte und zog ihn an den Haaren. »Fertig zum Aufbruch?«

»Was hast du heute vor?«, erkundigte sich Louisa, die noch im Türrahmen stand.

»Ich weiß es noch nicht genau.« Er hob Amelia aus dem Hochstuhl. »Vielleicht sehen wir mal nach, ob die Jungs gerade in der Stadt sind«, erwiderte er. Damit waren seine früheren Mannschaftskollegen der Chinooks gemeint. »Vielleicht gehen wir Eis laufen, und wenn die Sonne weiterhin scheint, besorgen wir uns möglicherweise einen Drachen und gehen in den Park.«

»Ich dachte, wir könnten morgen alle zusammen einen Zoobesuch machen. Amalie mag die Zwergäffchen so gern.«

Rob sah über den dunklen Schopf seiner Tochter hinweg zu Louisa hinüber. Er liebte sie nicht, und er wusste, dass er sie nie wieder lieben würde. Irgendwann würde er es ihr sagen müssen, aber nicht jetzt. Nicht solange er seine Tochter auf dem Arm hatte. »Klingt gut.«

Louisa lächelte. »Dann hole ich dich und Amelia morgen um die Mittagszeit ab.«

Ihm war klar, dass sie mit ihm über ihre Versöhnung würde reden wollen, bevor er die Stadt verließ, und er konnte nicht behaupten, dass er sich auf diese Unterhaltung freute. Vielleicht würde er sie in ein paar Tagen zu sich in das Loft einladen, wenn er sich überlegt hatte, was er ihr sagen wollte. Während Amelia ein Nickerchen machte, würde er ihr klarmachen, dass eine Versöhnung für ihn nicht in Frage kam. Er würde sich eine Strategie einfallen lassen, ihr zu sagen, dass er sie nicht liebte, ohne sie wütend zu machen oder ihre Gefühle zu verletzen. Dabei war er noch nicht einmal überzeugt davon, dass sie ihn liebte. Stattdessen erschien es ihm wahrscheinlicher, dass sie lediglich in ihr altes Verhaltensmuster zurückfiel.

Am nächsten Tag erschien Louisa pünktlich in seinem Loft, um ihn und Amelia abzuholen. Das Wetter war gut, als sie durch den Woodland-Zoo streiften und sich die Wasserbüffel und die Tomatenfrösche ansahen. Als sie die Gehege mit Tieren aus den kalten Erdteilen passierten, schlief Amelia in ihrem Sportwagen ein, und Louisa brachte von sich aus die Sprache auf ihre Versöhnung. »Hast du noch mal über das nachgedacht, worüber wir uns neulich am Telefon unterhalten haben?«

Er wollte über dieses Thema nicht in aller Öffentlichkeit reden. »Ich finde nicht, dass das hier der richtige Ort dafür ist.«

»Ich schon.« Sie sah zu ihm auf und schob sich das Haar hinter die Ohren, so dass die Ohrringe mit den dreikarätigen Brillanten zum Vorschein kamen, die er ihr zu Amelias Geburt geschenkt hatte. »Die Antwort ist ganz einfach, Rob. Entweder hast du darüber nachgedacht, oder du hast es nicht getan. Entweder willst du mit mir und Amelia wieder eine Familie sein, oder du willst es nicht.«

Es war so typisch für Louisa, ihn zu drängen, bis er die Beherrschung verlor. »Ja, ich habe darüber nachgedacht«, erklärte er, da sie ihm keine andere Wahl ließ. »Amelia ist das Wichtigste in meinem Leben. Ich liebe sie und würde alles für sie tun.« Er könnte Louisa eine gnädige Lüge auftischen, das Problem war nur, dass er keine gnädigen Lügen kannte. »Der springende Punkt ist, dass ich dich nicht so liebe, wie ein Mann seine Frau lieben sollte, wenn er überzeugt ist, dass er den Rest seines Lebens mit ihr verbringen will. Wenn wir wieder zusammen wären, würde es genauso übel enden wie beim letzten Mal.«

Sie zog die Brauen zusammen, und er sah den Schmerz und die Kränkung in ihren Augen, ehe sie den Blick auf die Pinguine richtete, die von den Steinen ins Wasser sprangen. Sie brach in Tränen aus, und er kam sich wie das letzte Schwein vor. Die anderen Zoobesucher starrten ihn an, als würden sie genau dasselbe von ihm denken, doch er hatte ihr einfach keine andere Antwort geben können. Und nun stand sie da und weinte vor ihm und allen anderen Menschen um sie herum. »Es tut mir leid.«

»Ich schätze, es ist mir lieber, dass du mir die Wahrheit gesagt hast.« Sie wischte sich mit den Fingerspitzen die Tränen ab, und ihre Schultern bebten. Rob wusste nicht, ob er sie in die Arme nehmen oder sie in Ruhe lassen sollte. Er hatte noch nie gewusst, was er tun sollte, wenn eine Frau in Tränen ausbrach. Schuldgefühle nagten an ihm, und er umfasste die Griffe des Sportwagens noch ein wenig fester.

»Könntest du mir ein Papiertaschentuch geben?«, bat sie zwischen zwei Schluchzern.

»Wo sind sie?«

Sie deutete Richtung Kinderwagen. »In der Babytasche.«

Rob ging in die Hocke und kramte in der riesigen pinkfarbenen Tasche in dem Korb unter dem Sportwagen, bis er eine Schachtel Kleenex fand und Louisa einige davon reichte.

»Danke.« Sie wischte sich die Augen ab und putzte sich die Nase, hielt jedoch den Kopf gesenkt, um ihn nicht ansehen zu müssen. »Bist du in jemand anderen verliebt?«

Rob dachte an Kate. An ihr weiches, rotes Haar und ihr Lachen. An die Gefühle, die ihre Gegenwart in ihm auslöste. An das Bedürfnis, sie an sich zu ziehen und sie in den Armen zu halten. »Nein, ich bin in niemand anderen verliebt.« Und das entsprach der Wahrheit. Er war nicht in Kate verliebt, auch wenn er nicht leugnen konnte, dass er viele Dinge an ihr mochte.

Irgendwie gelang es ihnen, den Rest des Zoobesuchs mit einer erträglichen Zahl an weiteren Tränenausbrüchen hinter sich zu bringen – einen im Haus mit dem tropischen Regenwald und einen weiteren bei den Kängurus. Louisa erwähnte das Wort »Versöhnung« erst wieder, als er Amelia bei ihr ablieferte, ehe er sich auf den Weg zum Flughafen machte, um zurück nach Idaho zu fliegen.

»Da keiner von uns in jemand anderen verliebt ist«, sagte sie, »können wir vielleicht Freunde sein. Das wäre ein guter Anfang, und später können wir immer noch sehen, wohin es führt.« Sie streckte die Hand aus. »Freunde?«

Als er Louisas Hand ergriff, fing Amelia zu weinen an und klammerte sich an seinen Hals. »Nicht gehen, Daddy«, wimmerte sie.

»Wir können gern Freunde sein, Lou. Das wäre toll«, sagte er über Amelias Schluchzer hinweg. Er erwähnte lieber nicht, dass er nicht unbedingt herausfinden wollte, wohin sie diese Freundschaft führen würde. Für den Augenblick reichte es aus, dass ein weibliches Wesen weinte, und er war sich nicht sicher, ob er schon wieder mit einer Szene wie im Zoo klarkommen könnte. Er küsste seine Tochter auf die Wange und löste ihre Arme von seinem Hals. Dann übergab er Amelia Louisa, worauf das kleine Mädchen einen markerschütternden Schrei ausstieß, als hätte man ihm den Arm abgetrennt oder etwas dieser Größenordnung angetan.

»Geh jetzt, Rob«, bat Louisa über Amelias Gebrüll hinweg. »Sie ist nur müde. Sie beruhigt sich schon wieder.«

Sein Herz hämmerte schmerzhaft in seiner Brust, als er das Apartment verließ und Amelias jämmerliches Schluchzen noch auf dem Korridor hörte, bis er beinahe den Aufzug erreichte.

»Großer Gott«, murmelte er und schluckte. Er war Rob Sutter. Mehr als zehn Jahre lang war er einer der gefürchtetsten Spieler der Nationalen Hockeyliga gewesen. Er war angeschossen worden und hatte es überlebt. Er holte tief Luft und drückte auf den Aufzugsknopf. Wenn er sich nicht zusammenriss, würde er gleich wie ein kleines Mädchen in Tränen ausbrechen.

Eine knappe Stunde nachdem Rob aus Seattle zurückgekehrt war, schob er den Festwagen der Grundschule hinter seinen Hummer und stieg ein, um sich auf den Weg zur Osterparade zu machen. Als er am M & S Market vorbeikam, hielt er Ausschau nach Kate und sah sie mit irgendeinem Burschen von der Rocking T Ranch herumstehen. Der Kerl hieß Buddy irgendwas. Ihre Blicke begegneten einander durch das Seitenfenster des Hummer. Sie kniff die Augen zusammen und warf ihm einen ihrer typischen durchdringenden Blicke zu, ehe sie sich abwandte. Kein Lächeln. Kein Winken. Damit hatte er seine Antwort. Sie war stocksauer.

Nach der Parade ging er zu Sutter Sports und versuchte, sich auf seine Arbeit zu konzentrieren. Während seiner Abwesenheit waren bestimmt tausend E-Mails eingegangen, die er lesen oder löschen musste. Von diesen tausend bezogen sich etwa dreißig auf das Geschäft und erforderten eine Antwort. Außerdem waren vierzig Kartons mit Waren angekommen, die er in den Bestand aufnehmen musste. Um acht Uhr abends hatte er die Hälfte der dringendsten Arbeiten erledigt.

Er war völlig erschöpft, aber es gab noch etwas, das er nicht auf die lange Bank schieben, sondern sofort erledigen musste. Er griff nach dem Telefon auf seinem Schreibtisch und wählte die Nummer von Stanley Caldwells Haus. Es hob niemand ab. Kate war nicht zu Hause, doch er glaubte zu wissen, wo er sie finden konnte.

Er stand auf und knöpfte die Manschetten seines grünschwarz karierten Flanellhemds auf, krempelte die Ärmel hoch und fuhr ins Gemeindezentrum.

Die Fahrt dauerte etwa fünf Minuten, und er hörte das Hämmern der Bässe und das Jaulen der Steel-Gitarren schon von draußen, als er den Wagen in eine freie Parklücke lenkte. Die Tür zum Gemeindzentrum vibrierte, als er sie öffnete und eintrat.

Abgesehen von den hellen Strahlern, die die Bühne und die Bar am anderen Ende des Raums beleuchteten, war es stockdunkel im Saal. Rob bestellte ein Bier an der Bar, dann fand er einen Platz an der Wand, wo es nicht ganz so dunkel war. Er war sich nicht sicher, aber es sah aus, als baumelten in Aluminiumfolie verpackte Ostereier von der Deckenbeleuchtung. Jemand hoppelte in einem weißen Hasenkostüm herum und reichte den Leuten irgendetwas aus einem Korb. Rob stützte sich mit einem Fuß an der Wand hinter ihm ab. Während sein Blick durch die Menge schweifte und er nach einer gewissen Rothaarigen Ausschau hielt, schob sich ein Mann mit einem Kopf wie eine Billardkugel neben ihn.

»Hi«, rief er über die Musik hinweg. Rob sah ihn an. Sein Blick fiel auf den Schriftzug LIZA MINELLI, der sich in silbernen Glitzerbuchstaben über die Vorderseite seines Sweatshirts zog. »Ich bin Tiffer Cladis. Meine Mutter hat meinen Namen vielleicht schon mal erwähnt.«

»Ja, und ich bin nicht schwul.« Er wandte seine Aufmerksamkeit wieder den Menschen im Raum zu und machte seine Mutter aus, die mit Stanley auf der Tanzfläche war.

»Das ist eine Schande. Ich hatte noch nie einen Eishockeyspieler.«

Rob hob sein Budweiser an die Lippen. »Da sind wir schon zwei.«

»Stehst du ausschließlich auf Frauen?«

»Ja, nur Frauen.« Rob trank einen Schluck, als er Kate entdeckte. Sie war mit einem der Aberdeen-Zwillinge auf der Tanzfläche und legte einen Two-Step hin, während die Band eine lausige Version von Garth Brooks' »Low Places« zum Besten gab. Sie trug ein weißes T-Shirt und eine Art Faltenrock. In Rot und reichlich kurz. Er beobachtete von der anderen Seite des Saals, wie sie abwechselnd in der Menge der Tänzer verschwand und wieder auftauchte. Ein Stück von ihrem Bein blitzte auf, und er spürte, wie das Verlangen seinen Magen zusammenzog. »Ich stehe auf Frauen in kurzen Röcken«, fügte er hinzu und ließ die Bierflasche sinken.

»Ich könnte ja mal einen anziehen«, schlug Tiffer vor und hob seine Flasche an die Lippen. »Ich trage gern Röcke.«

Rob lachte leise. »Aber deshalb hast du immer noch einen Schwanz und um fünf Uhr nachmittags einen Bartschatten.«

»Das stimmt.«

Rob konnte sich gut vorstellen, dass Tiffer es nicht gerade einfach im Leben hatte. Insbesondere nicht in einer Kleinstadt in Idaho. »Deine Mom hat erzählt, du trittst als Frauen-Imitator auf.«

»Ja. Meine Barbra ist ziemlich gut.«

»Ist denn in Boise der Bedarf an so etwas groß genug?« Die

Musik verstummte, und er sah, wie Kate die Tanzfläche verließ und zu einem Grüppchen trat, zu dem auch die Frau des Sheriffs gehörte. Die Spots auf der Bühne erhellten ihre Beine, so dass Rob erkennen konnte, dass es sich bei ihrem Rock um eine Art kurzen Kilt handelte.

»Nein. Deshalb arbeite ich ja im Antiquitätenladen meines Liebhabers mit.«

Rob hatte irgendwo gehört, dass die Schotten gewöhnlich unter ihren Röcken nichts trugen, und fragte sich jetzt, ob Kate diese Tradition aufrechterhielt. Sein Blick wanderte an ihren langen Beinen entlang bis zu diesen Stiefeln, die ihn nachts nicht schlafen ließen. In diesem Moment stellte sie die Spitze des einen Stiefels hinter die Hacke des anderen und bewegte sie hin und her. Fasziniert sah er ihr zu. »Und meinst du nicht, dein Freund hat etwas dagegen, dass du dich anderen Männern an den Hals wirfst?«

»Nein. Er ist verheiratet und hat drei Kinder. Für ihn ist es leichter, sich unauffällig unter die Leute zu mischen als für mich. Selbst wenn ich es noch so sehr versuche. So wie heute Abend.«

Rob musterte Tiffers Liza-Minelli-Shirt und dachte, dass dieser Kerl ebenso gut ein Neonschild mit einem Leuchtpfeil über sich hängen haben könnte. Wenn er sich wirklich »unauffällig unter die Leute mischen wollte«, sollte er sich mehr wie ein Mann benehmen, sich ein Bier hinter die Binde kippen und die gute Liza zu Hause lassen.

»Ich gehe auch noch mit anderen aus.«

Rob wandte seine Aufmerksamkeit wieder Kate zu. »Findet sich denn jemand in Boise, mit dem man ausgehen kann?«

»Ehrlich gesagt leben in Boise mehr Schwule, als man denkt. Es gibt sogar mehrere Schwulenbars.«

Während Tiffer sich weiter über die Schwulenszene in Boise

auslief$, beobachtete Rob Kate. Er war hergekommen, um mit ihr über das zu reden, was vor ein paar Tagen zwischen ihnen vorgefallen war, aber das war noch nicht alles. Kate gab ihm etwas, das er schon sein ganzes Erwachsenenleben vermisst hatte. Etwas, das seine Gedanken ständig um sie kreisen und ihn Müsliriegel im Laden kaufen ließ, nur um in ihrer Nähe sein zu können. Etwas, das über Sex hinausging, obwohl er sich auch davon noch viel mehr wünschte. Und wenn er mehr bekommen hatte, würde er sich bestimmt nach noch mehr sehnen.

Er nahm noch einen Schluck von seinem Bier und beobachtete, wie sie über etwas lachte, das Shelly Aberdeen gerade gesagt hatte. Eigentlich hätte er sie noch von Seattle aus anrufen sollen, doch wann immer er nach dem Telefon greifen wollte, hatte er gezögert. Das Gespräch zwischen ihnen sollte von Angesicht zu Angesicht stattfinden, und wenn er ganz ehrlich war, hatte er auch nicht gewusst, was er zu ihr sagen sollte. Und daran hatte sich bis zu diesem Moment nichts geändert. »Tut mir leid, dass ich dich auf den Boden gedrückt und auf dich gestiegen bin« wäre vielleicht ein guter Anfang, aber nicht, wenn sie es ebenso genossen hatte wie er selbst. Oder auch nur annähernd so sehr, wie er glaubte, dass sie es getan hatte. Wenn er sich entschuldigte, würde sie denken, er hätte den Sex mit ihr nicht gut gefunden, was keineswegs so war. Sie war ohnehin schon wütend auf ihn, und wenn er ... »Großer Gott«, murmelte er. Er fing an, wie ein Mädchen zu denken.

»Wen starrst du denn die ganze Zeit an?«

Er wandte sich wieder Tiffer zu. »Komm, ich stelle dich ihr vor.« Er sollte sich ohne jeden Zweifel dafür entschuldigen, dass er so Hals über Kopf davongelaufen war. Das wäre sein erster Schritt, und dann würde er sehen, was weiter passierte.

Mit Tiffer im Schlepptau schob er sich durch die Menge. Sie kamen an den Worsley-Brüdern vorbei, die ihm finstere Blicke zuwarfen, bis ihr Blick auf Tiffer fiel. Augenblicklich steckten sie die Köpfe zusammen und begannen zu tuscheln. Man brauchte kein Genie zu sein, um zu wissen, was sie flüsterten. Rob hoffte nur, dass keiner von ihnen den Fehler beging, es ihm ins Gesicht zu sagen. Zum Glück waren seine Mutter und Stanley irgendwo im Gedränge des Gemeindezentrums verschwunden, denn er wollte nicht, dass sie mit ansehen musste, wie er mit diesen Worsley-Schwachköpfen den Boden aufwischte.

Hope Taber hob als Erste den Kopf und sah ihn auf das Grüppchen zusteuern. »Hey, Rob«, sagte sie und trat einen Schritt beiseite, um ihn und Tiffer in ihren Kreis aufzunehmen. »Wie macht sich Adam im Laden?«, wollte sie wissen, als die Band den nächsten Song anstimmte.

»Prima. Er und Wally machen ihre Sache sehr gut.« Er stand neben Kate in einem Kegel aus bläulichem Licht, das von der Tanzfläche herüberdrang. Sein Hemdsärmel streifte ihren Arm. »Haben die Damen schon Bekanntschaft mit Reginas Sohn Tiffer gemacht?«

»Natürlich«, erwiderte Shelly und ergriff Tiffers Hand. »Deine Mutter hat erzählt, dass du über Ostern nach Hause kommst. Sie war ganz aus dem Häuschen deswegen.«

»Es ist schön, mal wieder zu Besuch hier zu sein«, meinte er, obwohl er alles andere als überzeugend klang. Er sah an Rob vorbei zu Kate und musterte sie von oben bis unten. »Der schmutzige kleine Highlander-Look gefällt mir sehr gut.«

»Danke.« Sie unterzog Tiffer einer nicht minder kritischen Musterung. »Das Liza-Sweatshirt ist aber auch ziemlich cool.«

Die Band stimmte Tim McGraws »Real Good Man« an, und Rob beugte sich zu Kate hinüber. »Ich muss mit dir reden.«

»Schieß los.«

»Auf der Tanzfläche.«

Sie verzog das Gesicht zu einem aufgesetzten Lächeln und

wandte sich ihm zu. Ihre Stimme war eine Spur zu süß, als sie sagte: »Was immer du mir zu sagen hast, kannst du auch hier sagen.«

Rob, der ihr ihre Fröhlichkeit keine Sekunde abkaufte, beugte sich vor. »Bist du dir da ganz sicher? Ich wollte dir nämlich sagen, wie sehr ich es genossen habe, die Schlagsahne von deinen Brustwarzen zu lecken«, raunte er ihr ins Ohr.

Für den Bruchteil einer Sekunde blieb ihr der Mund offen stehen, ehe sie sich wieder unter Kontrolle hatte und ihn zuklappte. »Das würdest du nicht tun.«

»Doch, das würde ich. Besonders, wo die Worsleys drauf und dran sind, allen zu erzählen, Tiffer sei mein neuer Freund. Nenn es eine vorbeugende Maßnahme, um ihnen zu beweisen, dass ich auf Mädchen stehe.« Ihr Haar roch genauso wie vor ein paar Tagen. Ein klein wenig wie ein Frühlingsblumenstrauß. »Wenn du nicht glaubst, dass ich es tue, können wir gern darum wetten. Ich wette ausgesprochen gern mit dir.«

»Du spielst aber nicht fair«, entgegnete sie und kreuzte die Arme vor der Brust. »Du betrügst.«

»Schuldig im Sinne der Anklage.« Er lehnte sich zurück und sah ihr ins Gesicht. »Sollen wir?« Ohne auf ihre Antwort zu warten, nahm er sie beim Ellbogen. »Entschuldigt uns bitte.« Er stellte sein Bier auf einen der Tische neben ihnen und führte sie in die Mitte der Tanzfläche. Er legte eine Hand auf ihren Rücken und griff mit seiner Rechten nach ihrer Hand. Beide machten in derselben Sekunde einen Schritt vorwärts, so dass Kate mit der Brust gegen ihn stieß – nicht dass es ihn gestört hätte. »Nein, diesmal führe ich, Süße.« Sie machten einen zweiten Versuch. Kate überließ ihm zwar die Führung, doch mit ihr zu tanzen war, als halte man ein Stück Holz in den Armen. »Entspann dich«, sagte er dicht neben ihrer Schläfe.

»Das tue ich doch.«

»Nein. Du bewegst dich, als hättest du einen Besenstiel verschluckt.«

»Wie charmant von dir.« Seine Hand wanderte ein Stück tiefer bis zum Bund ihres Wollrocks. »Sag, was du zu sagen hast, aber beeil dich«, forderte sie ihn auf.

»Trägst du eigentlich ein Höschen unter diesem Rock?«

»Ist es das, was du mit mir besprechen wolltest?«

Nun ja, das war zumindest eine Sache, die ihn interessierte. »Nicht wenn du es mir nicht verraten willst.« Er tanzte in Richtung Bühne, wo sich das helle Licht der Scheinwerfer in den Tiefen ihres roten Haars fing. Die Musik war viel zu laut, deshalb wartete er, bis sie wieder ein Stück von der Bühne entfernt waren und die tieferen Schatten der Tanzfläche erreicht hatten. »Ich glaube, ich sollte mich bei dir entschuldigen, bin mir aber nicht ganz sicher, weshalb.« Er lehnte sich ein Stück zurück und sah sie forschend an, als suche er auf ihrem Gesicht nach einem Hinweis, wie er fortfahren sollte. Frauen konnten die Dinge so verdrehen, bis ein Mann nicht mehr wusste, wo oben und unten war. Er drehte sie im Kreis und zog sie eng an sich, so dass ihre Brüste die Vorderseite seines Hemds streiften.

»Wartest du jetzt etwa darauf, dass ich dir sage, wofür du dich entschuldigen sollst?«

Das wäre hilfreich. Er schüttelte den Kopf. »Nein.« Aber er würde um keinen Preis verraten, dass sie ihm eine Heidenangst einjagte. »Ich weiß, dass du wegen neulich sauer auf mich bist.« Er sah ihr ins Gesicht, während sie den Blick auf seine Schulter heftete. »Ich weiß, dass ich es sehr genossen habe, bin mir aber nicht sicher, ob das auch für dich gilt. Du hast gesagt, du willst, dass ich mit dir schlafe, und ich habe mich von meiner Lust mitreißen lassen. Ich fürchte, ich war vielleicht ein wenig zu grob und habe dir wehgetan.«

Sie zog die Brauen zusammen. »Nein, du hast mir nicht wehgetan.«

»Oh, das ist gut zu wissen.« Sie war also nicht wütend, weil sie es auf dem Boden getrieben hatten. Erleichtert zog er sie noch enger an seine Brust und fragte sich erneut, ob sie ein Höschen unter ihrem Rock trug, war jedoch klug genug, sie nicht danach zu fragen. »Es tut mir leid, dass ich einfach so davongelaufen bin.«

Sie löste sich ein wenig von ihm, so dass sie mehrere Zentimeter voneinander trennten. »Das sagst du doch nur, um mich wieder ins Bett zu kriegen.«

Das war nicht der einzige Grund. Obwohl er insgeheim gehofft hatte, sie für mehr als nur einen Tanz im Gemeindezentrum gewinnen zu können. Vielmehr hatte er an eine Übungsstunde auf der Matratze gedacht. »Es hat mir schon an dem Abend leid getan, als ich einfach aus dem Laden gestürmt bin.«

»Wenn das wahr wäre, hättest du nicht so lange gewartet, mit mir darüber zu reden. Nein, jetzt wo wir miteinander geschlafen haben, glaubst du, ich sollte immer parat stehen, wann immer du gerade Lust auf Sex hast.«

Er mochte im Lauf seiner Karriere als Eishockeyspieler ein paar üble Schläge auf den Kopf abbekommen haben, aber er war nicht so dämlich zuzugeben, dass es für ihn nach einer ganz hervorragenden Idee klang, Sex zu haben, wann immer ihm gerade der Sinn danach stand. »Ich war nicht in der Stadt. Es ist wahr, dass ich hätte anrufen können, aber ich wollte persönlich mit dir reden.«

Die Musik hörte auf, und sie entzog sich seiner Umarmung. »Was du ja jetzt getan hast.«

Er griff nach ihrem Arm, um sicherzugehen, dass sie nicht einfach davonlief. »Komm mit mir nach Hause.«

»Wieso?«

Wieso? Seiner Meinung nach lag die Antwort auf der Hand. »Damit wir in Ruhe reden können.« Neben einigen anderen Dingen. Wie zum Beispiel herauszufinden, was sie unter diesem Rock trug.

»Und am Ende in deinem Bett landen.«

»Ich hätte dich sehr gern nackt in meinem Bett.«

»Damit du mir danach noch einmal einen Kuss auf die Stirn geben und Danke sagen kannst, als hätte ich gerade deinen Einkauf eingepackt? Ich glaube nicht, dass ich das will.«

»Das war keine meiner Glanztaten.« Er räusperte sich und kratzte sich am Hals. »Aber ich mache es wieder gut.«

»Nein.«

»Entschuldigt mich«, meldete sich Tiffer zu Wort und trat neben sie. »Ich hatte gehofft, dass diese heiße Braut im Schotten-Outfit vielleicht mit mir tanzt.«

Rob trat zurück und wappnete sich für einen Wutausbruch. Doch stattdessen warf Kate den Kopf in den Nacken, so dass ihr rotes Haar flog, und brach in Gelächter aus.

»Das wäre toll«, meinte sie und nahm Tiffer am Arm. Sie gingen zur Tanzfläche und ließen Rob am Rand zurück.

Er würde seinen linken Augapfel darauf verwetten, dass sie nicht in Gelächter ausgebrochen wäre, hätte *er* sie als heiße Braut bezeichnet. Stattdessen hätte sie ihm wieder einen ihrer durchdringenden Blicke zugeworfen und ihn mit einer Reihe ausgewählter Schimpfworte bedacht. Und dann hätte sie die Stirn gerunzelt und hätte ihm die kalte Schulter gezeigt. Oder, in diesem Fall, die *noch kältere* Schulter.

Er wandte sich ab und schob sich durch die Menge in Richtung Bar. Vielleicht verschwendete er auch nur seine Zeit mit Kate. Sie war reizbar und die meiste Zeit wegen irgendetwas sauer. Klar, er mochte sie, doch im Moment konnte er sich nicht einmal mehr daran erinnern, warum.

»Hi«, rief Rose Lake ihm zu. Er blieb stehen und beobachtete, wie sie auf ihn zukam. Ihr blondes Haar schimmerte im dämmrigen Licht des Gemeindesaals. Ein aufrichtig erfreutes Lächeln spielte in ihren Mundwinkeln. Das musste man sich einmal vorstellen – eine attraktive Frau, die allen Ernstes begeistert zu sein schien, ihn zu sehen.

Kate mochte schön und sexy und klug sein, aber sie war bestimmt nicht die einzige Frau in der Stadt.

FÜNFZEHN

Am Ostersonntag ging Stanley Caldwell nicht zur Kirche, sondern blieb zu Hause, was nie vorkam, es sei denn, er war krank. Aber er hatte einige wichtige Dinge zu erledigen, für die er seine Ruhe haben wollte.

Kates Zimmertür war noch geschlossen, und er ging davon aus, dass sie, wenn sie aufwachte, unter den Nachwehen ihres exzessiven Feierns mit Tiffer Cladis am Vorabend leiden würde. Es war eine herbe Enttäuschung für ihn gewesen, sie den ganzen Abend mit einem schwulen Travestiekünstler statt mit Rob tanzen zu sehen. Sie würde nie heiraten, wenn sie mit Männern tanzte, die lieber Schminktipps austauschten, statt sich an sie heranzumachen. Denn das war das Gesprächsthema zwischen den beiden gewesen, als er und Grace sich während einer Tanzpause zu ihnen gesellt hatten. Während Kate den Abend mit Tiffer zugebracht und sich mit ihm über Eyeliner und Abdeckstifte ausgetauscht hatte, war Rob von einer Reihe junger Frauen umringt gewesen. Sie hatten ihn umgarnt und mit ihm geflirtet – etwas, von dem Stanley sich sehnlich wünschte, Kate möge es endlich tun. Am Ende war Rob mit Rose verschwunden.

Stanley schlüpfte in seine Schaffellhausschuhe, die Melba ihm in dem Jahr, bevor sie gestorben war, zu Weihachten gekauft hatte. Es hatte etwas überaus Behagliches, eine Frau den größten Teil seines Lebens zu kennen und umgekehrt. Er hatte Melba von ganzem Herzen geliebt, auch wenn ihm klar war, dass es wie ein Klischee klang. Wie etwas, das die Leute einfach von sich gaben, ohne lange darüber nachzudenken, aber so war es bei ihm nicht gewesen. Er hatte sie wirklich geliebt. Er hatte seine Frau geliebt, aber sie war nun einmal tot. An dem Tag, als er sie begraben hatte, wäre er am liebsten ebenfalls gestorben. Damals hatte er gedacht, das Beste sei es, sich zu beeilen und ihr so schnell wie möglich ins Grab zu folgen, da er nicht ohne sie hatte leben wollen. Er hatte schlicht und ergreifend nicht gewusst, *wie* er ohne sie leben sollte.

Doch in letzter Zeit dachte er immer wieder, dass es vielleicht doch nicht so gut wäre, ihr unmittelbar ins Grab zu folgen. Wie es aussah, war er ohnehin zu gesund dafür, außerdem dauerte es viel zu lange.

Er öffnete den Schrank, den er fast fünfzig Jahre mit seiner Frau geteilt hatte. Ihr Morgenrock hing noch an derselben Stelle wie früher. Ebenso wie ihre Hosen, ihre Blusen und ihre Tom-Jones-Lederjacke. Stanley nahm die Kleiderbügel heraus und legte die Kleider aufs Bett. Er trat noch drei weitere Male an den Kleiderschrank, und als er fertig war, hatte sich ein beachtlicher Stapel angesammelt.

Kürzlich hatte er Katie gebeten, einige von Melbas Sachen zusammenzupacken, aber dies hier war seine Aufgabe. So hätte sie es gewollt, und vielleicht war er jetzt bereit dafür. In seinem Herzen lebte Melba für immer weiter, doch nicht in den Kleidern im Schrank und auch nicht in ihrer Tom-Jones-Sammlung. Was auch immer mit ihm passieren würde oder wie lange er noch leben mochte, er würde sie niemals vergessen. Und er würde niemals aufhören, sie zu lieben.

Und vielleicht, nur vielleicht, würde er den Rest seines Lebens nicht allein verbringen und darauf warten müssen, bis der Tod endlich kam. Vielleicht war es an der Zeit, nach vorn zu blicken. Sein Leben wieder in die Hand zu nehmen. Vielleicht gab es in seinem alten Herzen Platz für zwei Frauen.

Grace Sutter besaß nicht die geringste Ähnlichkeit mit Melba. Melba hatte sich gern amüsiert, außerdem hatte sie einen boshaften Humor gehabt und gern gelacht. Grace war ein wenig feinsinniger. Sie schrieb gern Gedichte und beobachtete die Vögel durchs Küchenfenster. Jede der beiden Frauen war auf ihre Weise ein wunderbares Geschöpf.

Stanley ging in die Garage und trug ein paar Kartons ins Haus, die er aus dem Laden mitgebracht hatte. Als er Melbas Sachen in die Schachteln legte, brach jener Teil seines Herzens, der seine Frau über fünfzig Jahre lang geliebt hatte, noch einmal. Er zog ihre Schubladen auf und räumte den Inhalt in die Kartons, ehe er einen Augenblick innehielt, um das rosa Nachthemd in den Händen zu halten, das sie immer getragen hatte, wenn sie ein wenig Zeit mit ihm im Schlafzimmer hatte verbringen wollen.

Er liebte sie. Immer noch. Und das würde er auch immer tun. Er griff nach der Rolle Klebeband und verschloss die Kartons. Seine Augen füllten sich mit Tränen, und eine einzelne löste sich und rollte über seine runzlige Wange. »Auf Wiedersehen, Melba. Ich gebe deine Sachen weg, aber ich werde dich nie vergessen. Du warst meine Frau, meine Geliebte, meine Freundin. Lange Zeit warst du mein Leben, aber jetzt bist du fort. Als du gegangen bist, war ich einsam, aber jetzt nicht mehr ganz so sehr. Ich habe Katie und Grace.« Er trat vor seine Kommode und nahm ein Taschentuch aus der Schublade, mit dem er sich die Augen trocken wischte und die Nase putzte – ein lautes Trompeten, das den Raum erfüllte. »Du hast Grace immer sehr gemocht. Und jetzt tue ich das auch.« Sogar mehr als das. Er liebte sie. Er steckte das Taschentuch in seine Hosentasche. »Du brauchst dir keine Sorgen zu machen, dass Ada Dover oder Iona Osborn mich bekommt.« Manchmal, wenn sie beide nachts wach im Bett gelegen und darüber gesprochen hatten, was passieren würde, wenn einer von ihnen vor dem anderen stürbe, hatte Melba ihm das Versprechen abgenommen, auf keinen Fall zuzulassen, dass Ada oder Iona sich ihn angelten. Es hatte ihn keinerlei Mühe gekostet, dieses Versprechen zu halten.

Einen Karton nach dem anderen trug er nach draußen und stellte sie neben seinen 85er Ford Pick-up. Solange Melbas Kleider noch im Schrank gehangen und ihre angefangenen Bastelarbeiten in dem Regal gestanden hatten, war es ihm nicht richtig erschienen, sich auf eine andere Frau einzulassen.

Er lud die Kartons auf die Ladefläche seines Wagens. Am nächsten Morgen überließ er den M & S Market Katies Obhut und fuhr nach Boise, um die Sachen bei der Heilsarmee abzugeben. Er lud die Kartons ab und fuhr wieder nach Hause. Natürlich hätte es Altkleidersammlungen in der Nähe von Gospel gegeben, aber der Gedanke, eines Tages eine Frau in Melbas Tom-Jones-Lederjacke auf der Straße zu sehen, war ihm unerträglich gewesen.

Als er wieder zurück war, ging er zu Grace und sah zu, wie die Sonne hinter den Pinien im Hof ihres Hauses unterging. Sie machte ihm ein Sandwich, und er erzählte ihr, was er an diesem Tag getan hatte. Sie schenkte ihm ihr gewohntes sanftes Lächeln und nahm seine Hand. »Ich werde Melba immer vermissen«, sagte sie. »Ihr beide hattet großes Glück, einander gefunden zu haben. Mein Mann ist vor fünfundzwanzig Jahren gestorben. Ich wäre nie auf die Idee gekommen, dass jemand anderes seinen Platz einnehmen könnte, aber ich habe festgestellt, dass es im Herzen eines Menschen Platz für mehr als eine einzige Liebe geben kann.«

Und dann küsste er sie. Zum ersten Mal in mehr als fünfzig Jahren küsste er eine Frau, die nicht Melba war. In den ersten Sekunden war es ein eigentümliches Gefühl. Für beide. Doch dann fühlte es sich richtig an, und er wollte verdammt sein, wenn sein Herz nicht zu hämmern begann, als wäre er wieder vierzig. Er löste sich von ihr und gestand ihr, wie tief seine Zuneigung und seine Liebe für sie sei.

Sie sah ihm tief in die Augen. »Es wird auch allmählich Zeit. Ich liebe dich nämlich schon seit beinahe einem Jahr.«

Er hatte keine Ahnung gehabt. Absolut keine, und nun schien es, als könnte er nur dastehen und staunen, dass eine Frau wie Grace einen Mann wie ihn lieben konnte. Er war beinahe zehn Jahre älter als sie, und jedes einzelne davon war ihm deutlich anzusehen. Sie hingegen wirkte keinen Tag älter als fünfundfünfzig.

Sie schlang ihm die Arme um den Hals. »Bleib über Nacht hier«, flüsterte sie.

»Grace, ich respektiere dich und …«

»Still«, unterbrach sie ihn. »Natürlich respektierst du mich. Das ist eines der Dinge, die ich an dir liebe, Stanley Caldwell. Du bist ein guter und rechtschaffener Mann, aber selbst gute und rechtschaffene Männer haben Bedürfnisse, die nur im Bett befriedigt werden können. Genauso wie gute und rechtschaffene Frauen.«

Gütiger Himmel. In seinem Inneren begann es so heftig zu beben, dass er fürchtete, im nächsten Moment zu zerbersten. Er wollte mit Grace schlafen. Er war sich ziemlich sicher, dass er körperlich noch dazu imstande war, doch ein Teil von ihm hatte Angst vor dem Schritt. »Aber heute ist das alles anders. Man muss diesen *safer sex* haben.«

»Ich glaube nicht, dass wir uns darüber Gedanken zu machen brauchen. Ich habe keinen Sex mehr gehabt, seit ich George Bush senior gewählt habe, und du warst fast fünf Jahrzehnte mit derselben Frau verheiratet.« Sie sah ihn an, und die Falten um ihre Augen gruben sich noch eine Spur tiefer ein.

»Und nur für den Fall, dass du dir Sorgen machen solltest ... ich kann auch nicht mehr schwanger werden.«

»Gütiger Gott im Himmel.«

Um halb ein Uhr früh griff Kate nach dem Telefon und wählte sieben Ziffern. Ein Knoten hatte sich in ihrem Magen gebildet, und sie fürchtete, ihr würde gleich übel werden. Ein Teil von ihr hoffte, dass er den Hörer nicht abnahm. An jenem Abend, als er aus dem M & S Market gestürmt war, hatte sie sich zutiefst gedemütigt gefühlt und war fest entschlossen gewesen, kein Wort mehr mit ihm zu wechseln. An jenem Abend war es ihm zuerst gelungen, dass sie sich so wunderbar fühlte, ehe er den Spieß umgedreht und dafür gesorgt hatte, dass sie sich umso mieser fühlte.

Das Telefon läutete fünfmal, ehe er abnahm. »Wer auch immer es ist, sollte einen guten Grund haben.« Seine Stimme klang schlaftrunken, verdammt sexy – und reichlich übellaunig.

»Rob, hier spricht Kate. Ich wecke dich nur ungern auf, aber hast du meinen Großvater heute gesehen?«

»Kate?« Er räusperte sich, und sie sah beinahe vor sich, wie er sich im Bett aufsetzte. »Nein, ich habe Stanley heute nicht gesehen, schließe aber aus deinem Anruf, dass er nicht zu Hause ist.«

Der Knoten in ihrem Magen zog sich noch ein wenig fester zusammen. »Nein, er ist heute Morgen nach Boise gefahren, und seither habe ich weder von ihm gehört noch ihn gesehen. Hast du heute schon mit deiner Mutter gesprochen?«

»Ja. Ich habe sie um die Mittagszeit gesehen. Wieso?«

»Ich habe vor zwei Stunden bei ihr zu Hause angerufen, um zu fragen, ob sie Stanley gesehen hat, aber es ist niemand ans Telefon gegangen. Eine Viertelstunde später habe ich es noch einmal versucht, aber wieder hat niemand abgehoben.«

»Bei meiner Mutter hat niemand abgehoben?« Das Geräusch von Schubladen, die aufgezogen und wieder geschlossen wurden, drang durch die Leitung. »Hast du die richtige Nummer gewählt?« Sie wiederholte Graces Nummer. »Scheiße.«

»Ich weiß nicht, was ich jetzt tun soll. Ich habe Angst, mein Großvater könnte irgendwo in einen Graben gefahren sein. Ich schätze, ich sollte den Sheriff anrufen.«

»Damit würde ich noch ein wenig warten«, meinte er. Kate hörte ein dumpfes Poltern und mehrere gedämpfte Flüche, ehe seine Stimme wieder an ihr Ohr drang. »Tut mir leid, ich habe das Telefon fallen lassen, als ich meine Hose zuknöpfen wollte. Ich hole dich auf dem Weg zu meiner Mutter ab.«

»Du glaubst also, sie sind zusammen?«

»Ja, da beide nicht da sind, liegt die Vermutung nahe.«

Kate legte auf und griff nach ihrer Jacke. Sie wünschte, es gäbe jemanden außer Rob, den sie hätte anrufen können. Unwillkürlich flammte die Erinnerung an jenen bewussten Abend auf, und sie stieß ein gequältes Stöhnen aus. Sie konnte nicht fassen, dass sie in dieser Stellung mit ihm geschlafen hatte. Es war nicht einfach für ein Mädchen, seine Würde zu bewahren, wenn es mit in die Luft gerecktem Hinterteil auf dem Boden kauerte, doch aus irgendeinem Grund war ihr an diesem Abend der Gedanke an ihre Würde nicht in den Sinn gekommen. Während sie noch das herrliche Gefühl nach dem Sex genossen hatte, war er bereits im Waschraum gewesen und hatte seine Flucht geplant. Sowie das Kondom abgestreift gewesen war, hatte er den Laden verlassen, so schnell ihn seine Füße trugen.

Bei der Party im Gemeindezentrum hatte er sich zwar bei ihr entschuldigt. Vielleicht tat es ihm tatsächlich leid, aber Kate vermutete, dass er in erster Linie bedauerte, dass sie nicht mehr mit ihm schlafen würde. Ja, sie wusste, dass sich das zynisch anhörte. Na und? Sie würde jedenfalls nicht zulassen, dass er ihr noch einmal wehtat.

Sie trat ans Fenster und hielt Ausschau nach Rob. Die schmale Mondsichel warf ein fahles Licht auf die Wildnis um sie herum. Sie schob den Gedanken an ihre Begegnung mit Rob beiseite und dachte darüber nach, was wohl mit ihrem Großvater passiert war. Wenn er tatsächlich irgendwo im Graben festsaß, würde er jetzt kaum mehr die Hand vor Augen sehen.

Eine Viertelstunde später lenkte Rob seinen Hummer in die Einfahrt. Kate schlüpfte in die Ärmel ihrer Jacke und stand neben der Beifahrertür, noch bevor er die Gangschaltung in die Parkposition gebracht hatte.

»Gleich nachdem du angerufen hattest, habe ich es noch einmal bei meiner Mutter versucht«, erklärte er, als sie einstieg und die Tür zuschlug. »Es hat niemand abgenommen.« Er sah nach hinten, während er den Wagen rückwärts aus der Einfahrt fuhr. Die blaue Beleuchtung des Armaturenbretts erhellte eine Hälfte seines Gesichts und drang durch sein Haar, das zerzaust und unerträglich sexy aussah.

Sie ärgerte sich über sich selbst, weil es ihr nicht einmal in dieser heiklen Situation entging. Insbesondere da sie ihn doch für einen Mistkerl hielt. »Steckt deine Mutter jemals das Telefon aus?«, fragte sie.

Er blieb mitten auf der Straße stehen und sah sie an, während er den Hebel der Automatikschaltung nach vorn legte. »Nein. Zumindest hat sie es bisher noch nie getan.«

Er schenkte ihr ein beruhigendes Lächeln, auch wenn es seine Wirkung verfehlte. »Wahrscheinlich sind sie weggegangen, um sich irgendwo im Mondenschein ihre Gedichte vorzulesen, und haben die Zeit vergessen.«

»Glaubst du das ernsthaft?«

Er richtete seine Aufmerksamkeit auf die Straße und trat

aufs Gaspedal. »Soll ich ehrlich sein? Nein, aber ich dachte, du glaubst es vielleicht und machst dir keine ganz so großen Sorgen mehr.«

Sie würde auf keinen Fall zulassen, dass er sie mit seinem Charme um den Finger wickelte. »Machst du dir denn überhaupt keine Sorgen?«

»Würde ich das nicht tun, wäre ich wohl kaum um ...«, erwiderte er, ehe er innehielt und auf die Digitalanzeige des Navigationssystems sah, »um 0.52 Uhr auf der Straße unterwegs. Ich hatte gerade eine halbe Stunde geschlafen, als du angerufen hast.«

Sie wandte sich ab und sah aus dem Beifahrerfenster, als sie an der Tankstelle und am Gerichtsgebäude vorbeikamen. Was hatte Rob wohl so lange wach gehalten? Die unwillkommene Erinnerung an ihn, wie er mit Rose das Gemeindezentrum verließ, schob sich in ihr Bewusstsein. Erst gestern hatte sie ihn gesehen, wie er mit Dixie Howe vor dem Laden geplaudert hatte. Die Frau hatte ihn sogar umarmt, ehe sie gegangen war, und Kate fragte sich, ob er mit ihr oder der anderen bis Mitternacht zusammen gewesen war. Wahrscheinlich mit beiden, wenn man seine Vergangenheit bedachte.

»Ich war am Sonntag mit meiner Mutter in der Kirche, und danach hat sie mir endlich erzählt, dass sie sehr viel für Stanley empfindet. Ich bin sicher, dass es ihnen gut geht, wo auch immer sie gerade sein mögen.«

Kate war nicht davon überzeugt. Sie wandte den Kopf und sah ihn an. »Du warst in der Kirche?«

»Klar.« Er warf ihr einen Blick zu. »Es war Ostersonntag.«

»Aber der Blitz seiner Gestalt hat nicht eingeschlagen?«

»Ha-ha. Du bist eine echte Spaßkanone.« Er richtete seine Aufmerksamkeit wieder auf die Straße. »Mir ist aufgefallen, dass du nicht da warst.«

Sie bemühte sich, seinen letzten Worten keine besondere Bedeutung zuzumessen. Dann hatte er eben registriert, dass sie nicht in der Kirche gewesen war. Na und? Natürlich hatte er das. Die Gemeinde war schließlich nicht besonders groß. »Ich habe am Abend zuvor ein wenig zu heftig mit Tiffer Cladis gesündigt.«

»Da er schwul ist, kann es keine der klassischen Sünden gewesen sein.«

Nein, diese Art Sünde war dem Mann auf dem Fahrersitz neben ihr vorbehalten, und was hatte sie nun davon? Wahrscheinlich sollte sie den Schluss daraus ziehen, dass sie den Sünden besser gänzlich abschwor. »Am Ende bin ich im Haus seiner Mutter gelandet, habe mir einen *Schlampentraum* nach dem anderen hinter die Binde gegossen und mir Tiffers Stephen-Sondheim-Sammlung angehört. Gegen drei Uhr morgens musste Regina mich nach Hause fahren.«

»Woraus besteht denn ein *Schlampentraum?*«

»Aus Rum, Triple Sec und Ananassaft. Das ist Tiffers Lieblingscocktail.«

»Das glaube ich gern.« Rob lenkte den Wagen in Graces Einfahrt. Im Haus brannte kein Licht, und von Stanleys Pick-up war weit und breit nichts zu sehen. Das fahle Mondlicht drang kaum durch die alten Eichen und Pinien in der Auffahrt.

»Er ist nicht hier«, bemerkte sie.

Rob schaltete den Motor des Hummer ab, ehe sie ausstiegen und seitlich auf die Garage zugingen. »Ich kann rein gar nichts sehen«, meinte Kate. Rob blieb stehen, woraufhin sie prompt gegen ihn lief. »Tut mir leid.« Er nahm ihre Hand und schob ihre Finger in Richtung seines Hosenbunds.

»Was tust du da?«, rief sie empört und zog ihre Hand weg. »Du Perversling.«

»Ich gebe dir nur etwas, woran du dich festhalten kannst.«

»Deinen Hintern?«

»Nein. Meinen Gürtel.« Er ergriff erneut ihre Hand und hielt sie fest, statt sie in Richtung seiner Hose zu schieben. »Hör auf, solche Schweinereien zu denken, Kate. Ich bin nicht so pervers, deine Hand in meine Hose zu schieben.« Er ging ein paar Schritte weiter. »Zumindest nicht wenn dein Großvater vermisst wird und du mich nicht artig darum bittest.«

Der Druck seiner warmen Handfläche auf ihren Fingern wärmte mehr als nur ihre Hände. Sie spürte, wie sich die Hitze in ihrer Brust und ihrer Magengegend ausbreitete. »Mach dir keine Sorgen, ich werde dich nicht darum bitten.«

»Aber du könntest es tun.«

»Willst du darauf wetten? Nein. Vergiss die Frage.«

Sein leises Lachen wurde vom Quietschen des Garagentors übertönt, das er inzwischen aufgezogen hatte. Er schaltete das Licht an und spähte hinein. »Sein Pick-up steht neben ihrem Blazer«, bemerkte er und wandte sich zu Kate um. Die Garagenbeleuchtung erhellte ihn von hinten, was ihn beinahe wie einen Heiligen aussehen ließ.

Sie befreite ihre Hand aus seinem Griff und schob sie in ihre Jackentasche. Rob Sutter war kein Heiliger, sondern ein überaus routinierter Sünder. »Glaubst du, sie sind im Haus?«

»Ja.«

»Was könnten sie da machen? Die Lichter sind aus.«

Er verlagerte das Gewicht auf die Fersen. Das Licht aus der Garage fiel über die Schultern seiner dunkelblauen Jacke und erhellte eine Hälfte seines Gesichts. Er hob viel sagend eine Braue.

Es dauerte mehrere Sekunden, bis ihr aufging, was er damit zum Ausdruck bringen wollte. »Heiliger Strohsack! Er ist über siebzig. Er könnte einen Herzinfarkt erleiden!«

»Meine Mom ist Krankenschwester, sie holt ihn schon wieder zurück«, beruhigte er sie.

Kate sog scharf den Atem ein. »Stört es dich denn überhaupt nicht, dass sie das ...«, meinte sie und deutete auf die Hintertür, »... tun? Da drin?«

»Erstens denke ich nicht genauer darüber nach. Und zweitens bin ich froh, dass meine Mutter jemanden gefunden hat.«

»Nun ja, mich freut es auch. Dass mein Großvater jemanden gefunden hat, meine ich.« Aber tat sie das wirklich? »Hast du einen Schlüssel, oder sollen wir anklopfen?«

»Weder noch.«

»Wie bitte?«

Rob schaltete das Licht ab und schloss das Garagentor. »Ich werde nicht unangemeldet ins Schlafzimmer meiner Mutter platzen«, erklärte er, nahm Kates Hand und ging zurück zum Wagen. »Und ich bezweifle, dass du begeistert gewesen wärst, wenn Stanley bei dem, was wir neulich vor dem Kondomregal getan haben, dazwischengeplatzt wäre.«

»Ich will nicht darüber reden. Es war ein Fehler. Einer, der nie hätte passieren dürfen.« Besonders, da sie mittlerweile ziemlich sicher war, dass er sich auch mit anderen Frauen traf.

»Allmählich bin ich es leid, mir ständig überlegen zu müssen, worüber wir reden können und worüber nicht. Wir können nicht über den Abend reden, als wir uns kennen gelernt haben. Wir können nicht über den Abend reden, als ich dich das erste Mal geküsst habe. Wir können nicht über den Abend reden, als wir Sex hatten. Das ist doch Quatsch, Kate.« Sie blieben auf der Beifahrerseite des Hummer stehen, und Kate streckte die Hand nach dem Türgriff aus. »An diesem Abend sind so manche Fehler passiert, das gebe ich gern zu.« Er legte seine Hand auf die Fensterscheibe, so dass sie die Tür nicht öffnen konnte. »Vielleicht hätte es nicht auf die Weise passieren sollen, wie es passiert ist, aber es war klar, *dass* es passieren würde. Und weißt du was? Die Art und Weise, wie es passiert ist, tut mir nicht im Geringsten leid. Ich hatte eine Menge Spaß dabei, und es stand fest, dass wir früher oder später miteinander schlafen würden. Es war unvermeidlich.«

»Ich weiß nicht, ob es unvermeidlich war, aber eines weiß ich: Wann immer du mir ein gutes Gefühl gibst, drehst du dich danach um und sorgst dafür, dass ich mich in der nächsten Sekunde wie ein Stück Dreck fühle.«

»Vielleicht suchst du ja auch nach etwas, über das du dich aufregen kannst.«

Tat sie das? Nein.

Er öffnete die Tür. »Ich habe dir bereits gesagt, dass es mir leid tut, dass ich dich auf die Stirn geküsst und Danke gesagt habe. Findest du nicht, es ist Zeit, es gut sein zu lassen?«

Gut sein lassen? Sie kletterte in den Wagen und musterte seine dunkle Gestalt. »Es ist gerade mal eine Woche her.«

»Eine Woche ist eine lange Zeit, wütend durch die Gegend zu laufen«, gab er zurück und schlug die Tür zu.

Auf dem Weg nach Hause sprach keiner von ihnen ein Wort. Kate starrte aus dem Fenster und fragte sich, ob Rob wohl Recht hatte. Suchte sie nach Gründen, wütend zu sein? Nein, sie glaubte nicht.

Rob lenkte den Hummer in Stanleys Auffahrt und begleitete sie zur Tür. »Danke, dass du hergekommen bist und mir geholfen hast, nach meinem Großvater zu suchen«, sagte sie, als sie auf die oberste Stufe trat, und drehte sich zu ihm um.

»Jederzeit gern.« Die Beleuchtung über der Eingangstür war so hell, dass sie seine Züge zum ersten Mal an diesem Abend klar erkennen konnte. Eine braune Locke war ihm in die Stirn gefallen und streifte seine Braue. Sie sah in seine grünen Augen, die auf die ihren gerichtet waren, ehe sie zu ihrem Mund wanderten. »Gute Nacht, Kate.«

»Gute Nacht.«

Er fuhr mit dem Finger über ihren Kiefer, und sie rechnete beinahe damit, dass er sie küssen würde. Stattdessen drehte er sich um und ging über den Gehsteig zu seinem Wagen. Als sie ihm zusah, wie seine Gestalt mit der Dunkelheit verschmolz, spürte sie ein irritierendes Gefühl der Enttäuschung in sich aufkeimen.

Er trat vor den Hummer und sah noch einmal zu ihr herüber, dann hob er die Hand zu einem knappen Winken, und wieder bemerkte sie dieses Gefühl in ihrem Inneren. Die gefährliche Stimme in ihrem Kopf, die ihr sagte, dass er vielleicht doch kein so übler Kerl war. Er hatte sich zweimal dafür entschuldigt, dass er nach einem flüchtigen Dank und einem Kuss so schnell das Weite gesucht hatte. Er war mitten in der Nacht aus dem Bett aufgestanden, nur um ihr bei der Suche nach Stanley zu helfen.

Kate sah zu, wie der Wagen aus der Einfahrt rollte, ehe sie ins Haus trat. Aber selbst wenn er kein ganz übler Kerl war, so war er dennoch nicht der richtige Mann für sie. Sie war es leid, in Beziehungen zu stecken, die unweigerlich mit einem gebrochenen Herzen ihrerseits endeten. Und Rob Sutter war ein Schmeichler, ein Herzensbrecher, der nur darauf wartete, dass er ihr wehtun konnte.

Sie hängte ihre Jacke an den Haken neben der Hintertür und hatte gerade ihren rosaweiß gestreiften Flanellschlafanzug angezogen, als sie den Pick-up ihres Großvaters in der Einfahrt hörte. Sie trat in die dunkle Küche, bezog im Türrahmen Stellung und wartete. Ihr Großvater kam hereingeschlichen, drehte sich um und schloss so leise wie möglich die Tür hinter sich.

Kate schaltete das Licht an, worauf ihr Großvater erschrocken herumfuhr wie ein Junge, der nach der Sperrstunde nach Hause kommt.

»Ich wusste ja gar nicht, dass du noch wach bist«, meinte er, während sich eine tiefe Röte von seinem Hals über seine Wangen ausbreitete.

Sie kreuzte die Arme vor der Brust. »Ich habe mir Sorgen gemacht, du könntest irgendwo im Straßengraben gelandet sein.«

»Ich war bei Grace.«

Sie machte sich nicht die Mühe, ihn aufzuklären, dass sie das bereits wusste. »Du hättest anrufen sollen. Das letzte Mal, als ich mit dir geredet habe, war heute Morgen, bevor du nach Boise gefahren bist.«

»Tut mir leid, wenn du dir Sorgen gemacht hast, Kate«, meinte er, zog seine Jacke aus und hängte sie an den Haken. »Ich habe Grace gefragt, ob sie mich heiraten will.«

Kate ließ die Arme sinken. »Wie bitte?«

»Ich habe Grace gefragt, ob sie mich heiraten will. Und sie hat Ja gesagt.«

»Aber ...« Kate starrte ihn an. Sie musste sich verhört haben. Heiraten? Kein Mensch heiratete nach gerade einer gemeinsamen Nacht. Das war das gute Gefühl danach, keine immerwährende Liebe. »Aber, Großvater ... nur weil du mit jemandem Sex hast, bedeutet das doch nicht, dass du gleich heiraten musst. Wir leben im 21. Jahrhundert, um Himmels willen. Sei doch nicht so altmodisch.«

Er drehte sich langsam um und sah sie an. »In deinen Augen mag ich altmodisch sein, aber ich bin ein Ehrenmann. Ich würde niemals eine Frau respektlos behandeln, sondern immer hoffen, dass die Frau, die mir am Herzen liegt, von mir erwartet, dass ich mich ehrenhaft benehme. Und genau das ist das Problem mit eurer Generation, Katherine. Ihr reduziert die körperliche Liebe auf unzüchtigen, außerehelichen Sex.«

Katherine. Sie trat einen Schritt auf ihn zu. »Es tut mir leid. Die Nachricht kommt nur ein bisschen überraschend.«

»Ich habe das erste Mal mehr für Grace empfunden, als ich

ihr Gedicht im Gemeindezentrum gehört habe, und seitdem sind meine Gefühle für sie immer tiefer geworden.«

»Und glaubst du nicht, du solltest erst einmal eine Weile mit ihr zusammen sein?« Sie hatte noch nie einen Heiratsantrag bekommen, obwohl sie mit manchen Männern sogar drei Jahre zusammen gewesen war.

»Katie, ich bin über siebzig, das heißt, ich kann meine Zeit nicht damit verschwenden, noch lange unverbindlich mit einer Frau auszugehen.« Er tätschelte ihr im Vorbeigehen die Schulter. »Wenn zwei Menschen sich lieben, warum sollte man dann noch warten?«

Kate könnte ihm eine ganze Reihe von Gründen nennen, doch sie verkniff es sich. Wenn Grace ihren Großvater glücklich machte, was für eine Enkelin wäre sie dann, wenn sie sich ihm in den Weg stellte? Sie hoffte nur, dass er wusste, was er tat. »Und du bist dir sicher, dass es genau das ist, was du willst? Es ist nicht nur – du weißt schon – das schöne Gefühl danach.«

»Es ist genau das, was ich will. Ich will eine Frau, die mir mehr bedeutet als« – er hielt inne, während sich seine Wangen erneut rosa färbten – »ein schönes Gefühl danach.« Er schüttelte den Kopf. »Und du hast auch mehr verdient als das, Kate. Du verdienst alles, was ein Mann dir geben kann.«

Nun war es an ihr, rot zu werden. »Ich weiß.« Aber es theoretisch zu wissen und das »schöne Gefühl danach« nicht zu erleben, bevor sie einen Heiratsantrag bekam, waren zwei unterschiedliche Dinge. Dieser Zug war bereits abgefahren. Oder war er gar schon entgleist? Sie wusste es nicht.

Allerdings gab es einige Dinge, die sie ganz sicher wusste. Es gab keine Möglichkeit, den Zug wieder auf den Kurs zurückzubringen. Nicht wenn dieser Zug bereits vierunddreißig Jahre alt war und gerne abseits der Gleise fuhr. Aber ihr Großvater hatte ganz Recht. Sie verdiente mehr als Beziehungen, die zu nichts führten. Womit sie in derselben Zwickmühle steckte wie an dem Tag, als sie nach Gospel gekommen war.

SECHZEHN

»Und welches Brot gibt es heute?«

»Focaccia.«

Ada Dover rümpfte die Nase und beugte sich vor, um das Brot einer genaueren Musterung zu unterziehen. Ihr Haar war wie üblich perfekt festbetoniert, und der Duft nach *Emeraude* umgab sie wie eine Giftgaswolke. »Das sieht ja ziemlich eigenartig aus.«

»Es ist sehr gut.«

»Trotzdem sieht es eigenartig aus.«

»Es sind frischer Thymian und Schalotten drin, außerdem Oliven aus Nizza und Parmesan. Wollen Sie ein Stück davon probieren?«

»Ja, das sollte ich wohl lieber tun.«

Kate biss sich auf die Lippe, um sich ein Lachen zu verkneifen, während sie ein Stück von dem italienischen Fladenbrot abschnitt und Ada reichte. Ada zog die Brauen zusammen, als sie kaute. »Ja, davon muss ich eines haben«, erklärte sie.

»Und darf's ein bisschen Jalapeño-Gelee dazu sein?«

»Nein. Dieselbe Antwort wie gestern.«

Kate verließ den Brotgang und trat hinter die Ladentheke. »Ich frage Sie so lange, bis Sie endlich Ja sagen.«

»Tja, hängen Sie Ihr Herz lieber nicht zu sehr daran. Mag ja sein, dass mir Ihr Brot und Ihr extravaganter Käse geschmeckt haben, aber ich kann mir nach wie vor nicht vorstellen, dass ich mich jemals für ein Gelee aus Jalapeños erwärmen kann.« Ada stellte ihre Handtasche auf den Tresen und zog ihre Geldbörse hervor. »Wie geht's Ihrem Großvater?«

Sie haben Ihr Emeraude umsonst aufgesprüht, dachte Kate, während sie den Preis für das Brot eintippte. *Er steht nicht mehr zur Verfügung.* »Er ist heute zu Hause und ruht sich ein bisschen aus.«

»Stimmt etwas mit ihm nicht? Probleme mit den Gelenken? Er sollte mal Glukosamin nehmen. Das bringt ihn zack-zack wieder auf die Beine.«

»Nein. Er nimmt sich nur den Vormittag frei.« *Um sich von seiner heißen Nacht zu erholen.* »Er kommt gegen Mittag, hat er gesagt.«

Ada reichte Kate eine Fünfdollarnote, und Kate gab ihr das Wechselgeld heraus. »Kommen Sie auch zu unserem Gedichte-Abend morgen?«

»Oh, ich weiß nicht«, erwiderte Kate, während sie ihr Gehirn fieberhaft nach einer Ausrede durchforstete. »Ich werde wohl zu viel damit zu tun haben, Brot für den nächsten Tag zu backen.« Etwas Besseres fiel ihr nicht ein.

»Zu schade. In diesem Fall verpassen Sie die neue, überarbeitete Version meines Gedichts über Snicker.«

Kate lächelte. »Ja, das ist wirklich zu schade.«

Ada steckte ihr Wechselgeld ein und griff nach ihrem Brot. »Wissen Sie was, ich mache Ihnen einen Vorschlag. Ich bringe Ihnen morgen Nachmittag eine Kopie vorbei. Extra für Sie. Damit Sie es in Ruhe lesen und genießen können.«

»Ehrlich?« Kate hatte Mühe, dass ihr Lächeln an Ort und Stelle blieb. »Das wäre prima.«

Nachdem Ada gegangen war, füllte Kate den Gang mit den »Ethno-Lebensmitteln« auf – Dosen mit Bohnenmus, Salsa und eingelegte Chilischoten. Um die Mittagszeit tauchte wie versprochen Stanley auf. Ein Lächeln spielte um seine Mundwinkel, und er summte die ganze Zeit eine Melodie, die nach der Ouvertüre von *Wilhelm Tell* klang. Nicht »What's New Pussy Cat« oder »Delilah«, sondern klassische Musik, wie Grace sie gewöhnlich hörte.

Den hatte es voll erwischt.

Um drei Uhr nachmittags rief Rob an und gab eine Bestellung durch, die er in den Laden auf der anderen Seite des Parkplatzes gebracht haben wollte. Diesmal stieß sich Kate nicht an seiner Faulheit, sondern nahm an, dass er mit ihr über die neuesten Ereignisse reden wollte.

Als sie den Laden verließ, hingen graue, regenschwere Wolken über der Wildnis. Eine heftige Brise zerrte an den Bändern an ihren Manschetten und am Ausschnitt ihrer cremefarbenen Bluse. Sie trug einen ausgestellten pfirsichfarbenen Rock und cremefarbene Riemchenpumps. Der Wind erfasste ihr Haar, als sie einen Blick in die Einkaufstüte warf und lächelte. Vier Schachteln Müsliriegel und eine Flasche Passionsfruchtsaft. Manche Menschen waren so vorhersehbar.

Im Inneren von Sutter Sports stand ein Mann mit seinem Sohn vor der Reihe Mountainbikes, während eine Frau sich mit den Ellbogen auf der Ladentheke aufstützte. Sie hatte sich in ein Paar knallenge Wrangler-Jeans gezwängt und stand so, dass sie Kate ihr pralles Hinterteil entgegenstreckte. Rob hatte sich auf die andere Seite des Tresens zurückgezogen, plauderte und tippte mit einem Stift gegen die Registrierkasse. Er trug ein dunkelgrünes Poloshirt mit dem Fisch-Logo des Ladens auf der Brusttasche. Als er aufsah, erhellte ein Lächeln seine Züge.

»Süße«, sagte er. »Wie schön, dass du es endlich geschafft hast.«

Süße? Entweder war er sehr, sehr hungrig, oder er redete mit jemand anderem. Kate warf vorsichtshalber einen Blick über ihre Schulter, während sie auf ihn zuging. Doch es war niemand hinter ihr, und als sie sich wieder Rob zuwandte, trat er hinter der Theke hervor und kam auf sie zu. Sie wollte ihn gerade fragen, ob er Kreide gefressen hatte, als er etwas noch Verblüffenderes tat. Er schlang die Arme um sie und drückte sie so fest an sich, dass ihre Absätze vom Boden abhoben. Der Geruch nach seiner Sandelholzseife stieg ihr in die Nase, und ihr Magen zog sich ein wenig zusammen, so als hätte sie zu viel Luft geschluckt.

»Tu einfach so, als wärst du meine Freundin«, raunte er ihr ins Ohr.

Kate sah über seine Schulter, als Dixie Howe sich aufrichtete und umdrehte. Irgendwie war es ihr gelungen, ihre Brüste in ein knappes bauchfreies Top zu zwängen, das eher für einen Strandbesuch als für einen bewölkten Apriltag geeignet war. Und eher für jemanden, der halb so alt war wie sie.

»Was ist es dir wert?«

»Ich gebe dir einen Zehner.«

»Vergiss es.«

»Ich erzähle jedem, den ich kenne, dein Jalapeño-Gelee sei einfach köstlich und dass sie sich dringend eines besorgen sollten, bevor alle verkauft sind.«

Sie lächelte und lehnte sich weit genug zurück, um in diese Augen blicken zu können, die von einem dichten Kranz dunkler Wimpern umgeben waren. Dann legte sie ihre freie Hand auf seine glatte Wange und drückte einen lauten Kuss auf seine Lippen. Sein Kinnbärtchen kratzte ihre Haut am Kinn. »Freust du dich so über mich oder über deine Riegel?«, fragte sie lächelnd.

Er lachte und stellte sie wieder auf die Füße. »Über beides.«

Seine Hand glitt über ihren Rücken und blieb auf der Wölbung ihres Hinterteils liegen. Sie warf ihm einen durchdringenden Blick zu, den er mit einem atemberaubenden Lächeln quittierte. »Ich bin sicher, du hast Dixie inzwischen kennen gelernt«, meinte er und wandte sich der anderen Frau zu. Ohne seine Hand von ihrem Hintern zu nehmen, wohlgemerkt.

»Ja«, antwortete Kate. »Dixie kommt ab und zu in den Laden. Wie geht's?«

»Gut, danke.« Dixie musterte Kate von Kopf bis Fuß, ehe sie die Achseln zuckte, als verstünde sie nicht, was an Kate so anziehend war. »Tja, dann mache ich mich wohl wieder auf den Weg, Rob. Wenn du es dir anders überlegst, lass es mich wissen.«

»Bis bald.«

»Wenn du dir *was* anders überlegst?«, zischte Kate leise, sowie sich die Ladentür hinter Dixie schloss.

Rob sah kurz zu dem Mann und dem Jungen bei den Fahrrädern hinüber, ehe er seine Hand zu ihrer Taille wandern ließ und sie erneut an sich zog. Sein Bart kitzelte an ihrer Schläfe, als er ihr ins Ohr flüsterte: »Ihre Version davon, mich einmal so richtig flachzulegen.«

»Und du bist nicht interessiert?«

»Nein. Sie ist ... zu leicht für alle hier in der Stadt zu haben.«

»Außerdem hat sie diese beängstigenden aufgepumpten Brüste.«

Es entstand eine lange Pause. »Ja, auch das.« Er ließ die Hand sinken und nahm ihr die Einkaufstüte ab. »Passionsfrucht. Ich dachte, ich hätte Kiwi zu Stanley gesagt.« Er zuckte die Achseln. »Willst du etwas davon?«

»Nein, das ist mir zu süß. Für Passionsfrucht muss ich in der richtigen Stimmung sein.«

»Das ist der Unterschied zwischen Männern und Frauen. Frauen müssen immer in der richtigen Stimmung für etwas sein. Männer dagegen sind immer in der Stimmung für ein wenig Frucht der Leidenschaft.«

»Frauen brauchen einen guten Grund und Männer nur einen passenden Ort, meinst du?«

»Genauso ist es, Süße.«

»Dixie ist weg. Du kannst also aufhören, mich Süße zu nennen.«

Statt einer Erwiderung grinste er sie nur erneut an und wandte sich dem Mann und seinem Sohn zu. »Dieses Heckler ist ein gutes Rad«, erklärte er und trat zu den beiden, während er einen Schluck von seinem Passionsfruchtsaft trank. »Leicht und steckt eine ganze Menge weg.«

»Aber tausend Dollar sind ein ziemliches Sümmchen«, hielt der Vater dagegen und schüttelte den Kopf.

»Wie viel wollten Sie denn ausgeben?«

»Mehr als dreihundert sind nicht drin.«

»Ich habe ein Mongoose für zweihundertneunundfünfzig Dollar hier.« Rob deutete mit der Saftflasche zum anderen Ende der Reihe. »Ich zeige es Ihnen.« Die drei gingen an den Fahrradhelmen vorbei. Rob warf Kate einen Blick zu. »Kannst du noch kurz hier bleiben? Ich muss mit dir reden.«

Da sie neugierig war und wissen wollte, was er von der bevorstehenden Heirat seiner Mutter mit Stanley hielt, beschloss sie, noch eine Weile zu bleiben. »Klar.« Während sie wartete, schlenderte sie im Laden herum und sah sich alles an, von den Einmannzelten bis hin zu den Utensilien zum Fliegenbinden. Sie probierte ein Paar fingerlose Handschuhe an und betrachtete die Stirnbänder von Road Dog und die Bandana-Tücher. Schließlich zog sie die Handschuhe wieder aus und ging zur Kasse, wo sie die Oakley-Sonnenbrillen durchprobierte.

Als sie bei der dritten angelangt war, kam Rob mit dem Mann und dessen Sohn aus dem hinteren Teil des Ladens zurück. »Ich kann zusehen, dass es bis morgen fertig ist«, erklärte er. Die beiden Männer blieben an der Ladentür stehen und schüttelten einander die Hände, während Kate wieder in den kleinen Spiegel über dem Ständer mit den Sonnenbrillen blickte. Sie drehte den Kopf hin und her, konnte sich aber beim besten Willen nicht entscheiden, ob sie gut oder wie eine Schmeißfliege damit aussah.

»Hast du Lust, Fliegenfischen zu lernen?«, fragte Rob, als er zurückkam.

Sie musterte ihn durch die Brillengläser mit blauroter Iridiumbeschichtung, deren 150-Dollar-Preisschild neben ihrem Nasenrücken herunterbaumelte. Seine Mutter würde ihren Großvater heiraten, und er wollte sich mit ihr übers Fliegenfischen unterhalten?

»Heute?«

Sie nahm die Brille ab und gab sie in die Halterung zurück. Er musste die Neuigkeit doch inzwischen erfahren haben. Falls nicht, war es nicht ihre Aufgabe, sie ihm zu erzählen. Das musste schon seine Mutter erledigen.

»Am Sonntag.« Er stellte die leere Saftflasche neben ihr ab. »Am Sonntag sind beide Läden geschlossen. Ich wette, du siehst wahnsinnig heiß in hüfthohen Watstiefeln aus.«

Sie hob eine Braue. »Heiß?«

Er nahm eine Briko-Brille mit türkisfarbenem Gestell aus dem Regal. Seine Fingerspitzen strichen zart über ihre Schläfen, als er sie ihr aufsetzte. »Sexy.«

Kate sah ihn durch die goldenen Gläser an und bemerkte, dass sich wieder diese peinliche Atemlosigkeit in ihre Stimme schlich, die seine Gegenwart stets auslöste. »Ich würde absolut lächerlich darin aussehen.«

»Willst du mich begleiten?«

Sie schüttelte den Kopf. »Wenn ich Lust auf Fisch habe, gehe ich an den Tiefkühlschrank bei uns im Laden.«

»Man lässt die Fische wieder frei, wenn man sie gefangen

hat«, erklärte er, nahm ihr die Brille von der Nase und wandte den Blick gerade so lange ab, um sie ins Regal zurückzulegen. »Ich hole dich um sechs ab.«

»Abends?«

»Morgens.«

»Das ist der einzige Tag, an dem ich ausschlafen kann.«

»Ich sorge dafür, dass du es nicht bereust.« Er setzte ihr eine andere Brille auf und strich mit den Fingern über ihre Wange und an ihrem Hals entlang. Seine Berührung war wie Magie, und es fühlte sich an, als übertrage sich seine sexuelle Energie förmlich auf sie.

Sie sah ihn durch die dunklen Brillengläser an und spürte, wie ihr der Atem irgendwo in der Gegend ihres Herzens zu stocken schien. »Wie denn?«

»Ich überlasse dir meine zweitliebste Angelrute.«

»Und wieso kann ich nicht deine Lieblingsrute benutzen?«

Er lachte, legte die Sonnenbrille auf die Registrierkasse und neigte den Kopf, so dass sich sein Gesicht nur wenige Zentimeter vor ihrem befand. »Jederzeit, Süße«, flüsterte er unmittelbar über ihren Lippen.

Sie packte den Stoff seines Poloshirts. »Rob, ich denke ...«

»Denk nicht.« Er drückte ihre Hand auf seine Brust, so dass sie den kräftigen Schlag seines Herzens unter ihrer Handfläche spüren konnte. »Spüre nur. Fühle, was du mit mir machst. Spüre, was passiert, wenn ich in deiner Nähe bin.« Sein Mund legte sich auf ihre Lippen, so dass alles außer dem warmen männlichen Geruch seines Körpers, dem Zucken und Tasten ihrer feuchten Zungen und dem Geschmack seines Mundes verblasste. Er schmeckte gut. Nach Passionsfrucht und Begierde.

Er neigte den Kopf und küsste sie noch leidenschaftlicher, heftiger, feuchter, während er ihre Hand von seinem Shirt nahm und um seinen Hals legte.

Zärtlich sog er ihre Zunge in seinen Mund, und sie ließ sich gegen ihn sinken. Er legte eine Hand auf ihr Hinterteil und zog sie so fest an sich heran, dass ihre Brüste seine Brust berührten. Ihre Brustwarzen versteiften sich, als sich das Verlangen wie ein Knoten in ihrem Magen zusammenzog, eine instinktive Reaktion auf seinen Kuss, die Berührung seiner Hände und die Wölbung zwischen seinen Beinen, die sich gegen ihren Unterleib presste. Ihr Körper erkannte den seinen wieder, verlangte mehr von den Freuden, die er ihr schon einmal geschenkt hatte.

Sein Kuss war wie der heiße Rumpunsch, den sie am Abend ihres Kennenlernens getrunken hatte. Er schmeckte unendlich gut und entzündete ein Feuer in ihrem Inneren, das ihre Eingeweide erhitzte und sie schwindeln ließ. Sein Kuss wurde noch drängender, fordernder, so als wolle er sämtliche Luft aus ihren Lungen in sich aufsaugen. Er wusste ganz genau, wie er ihrem Körper solche Reaktionen entlocken konnte, so dass sie vergaß, warum sie jeder Art von Beziehung besser aus dem Weg gehen sollte. Schließlich löste sie ihre Lippen von seinem Mund. »Ich kann das nicht tun«, stieß sie zwischen zwei hektischen Atemzügen hervor. »Ich bin hergekommen, um mit dir über Stanley und deine Mutter zu reden. Wir sollten das nicht wieder tun.«

»Natürlich sollten wir das.«

Nein, sie sollten es nicht tun. Er war nicht gut für sie. Er würde ihr das Herz brechen, und sie glaubte nicht, dass sie so etwas noch einmal ertragen konnte. Sie wandte das Gesicht ab. »Ich denke, wir sollten nur Freunde sein.«

»Ich kann aber nicht mehr nur ein guter Freund sein«, erklärte er, legte die Hand um ihr Kinn und hob ihren Kopf. »Als ich neulich in den Laden gekommen bin, hatte ich nicht vorgehabt, mit dir zu schlafen. Bis zu dem Augenblick, als du an die Tür gekommen bist, wusste ich nicht einmal, warum ich überhaupt angeklopft hatte. Und dann habe ich dich dort stehen sehen, und auf einmal wusste ich es.« Er legte seine Stirn an ihre. »Ich fühle mich zu dir hingezogen, Kate. Ich dachte, dass es nur Sex ist ... dass ich dich nur ins Bett kriegen wollte, aber inzwischen ist es viel mehr als das. Ich unterhalte mich gern mit dir, bin gern in deiner Nähe. Ich halte Ausschau nach dir in der Menge oder sobald ich in den Laden komme, und meistens ist mir noch nicht einmal bewusst, dass ich es überhaupt tue.« Er rieb seine Nase an ihrer. »Als ich das erste Mal mit dir geschlafen hatte, hätte ich dich mit zu mir nach Hause nehmen und dich noch einmal in meinem Bett lieben sollen. Und zwar die ganze Nacht.« Er hielt inne, und seine Stimme wurde tiefer und rauer, als er fortfuhr. »Zumindest wollte ich das damals tun. Und ich will es auch jetzt tun.« Er richtete sich wieder auf. »Ich denke an dich, wenn du nicht hier bist, und das Jämmerliche an der ganzen Sache ist, dass ich noch nicht einmal genau weiß, ob du mich überhaupt magst.«

»Ich mag dich«, flüsterte sie und fuhr mit den Fingern durch sein weiches Haar im Nacken. Er schien genau zu wissen, was er sagen musste, um ihren Widerstand schmelzen zu lassen. »Auch wenn ich mich nach Kräften bemühe, es nicht zu tun.«

Er legte die Hände um ihre Taille, hob sie hoch und setzte sie auf die Ladentheke. »Denk nur an all den Spaß, den wir haben könnten, wenn du dich nicht so sehr darum bemühen würdest.« Er trat zwischen ihre Beine, schob seine Hände unter ihren Rock und ließ sie bis zu ihren Oberschenkeln hinaufwandern. Augenblicklich breitete sich die Wärme seiner Berührung in ihrem Schoß aus.

Sie packte seine Handgelenke. »Das geht jetzt nicht. Wir müssen wieder an die Arbeit«, erklärte sie mit dem letzten Fünkchen Vernunft, das sie noch aufbringen konnte.

Er küsste ihren Hals. »Was hast du an?«

Sie legte den Kopf schief. Okay, noch eine Minute. »Einen Rock.«

»Nein, das meine ich nicht.« Seine Finger berührten die Ränder ihres Höschens. »Hier. Es fühlt sich wie Spitze an.«

»Ist es auch.«

»Welche Farbe?«

Welche Farbe? Sie konnte sich beim besten Willen nicht daran erinnern. »Weiß.« Konnte das sein?

Ein heiseres Stöhnen entrang sich den Tiefen seiner Kehle, ehe er sich von ihr löste, um ihr ins Gesicht sehen zu können. »Zeig es mir.«

»Jetzt?«

»Ja.«

»Aber jemand könnte hereinkommen.«

»Niemand wird hereinkommen.«

»Beim letzten Mal, als ich hier war, standen plötzlich zwei kleine Jungen im Laden.«

Er ließ die Hände über die Außenseiten ihrer Schenkel wandern und presste seine Daumen auf die Spitze, die ihren Schoß bedeckte. »Dein Höschen ist feucht.«

»Ich muss Stanley helfen«, erklärte sie und holte tief Luft. »Ab fünf Uhr zieht das Geschäft im Laden wieder an.«

Rob lächelte. »Bis dahin haben wir noch eine ganze Stunde.«

»Jemand könnte aber hereinkommen«, protestierte sie erneut, ohne jedoch seine Hand beiseitezuschieben.

Er ließ einen Daumen unter den Rand ihres Höschens gleiten und berührte sie. »Macht es dir etwas aus?«

Tat es das? Er liebkoste ihr geschwollenes, feuchtes Fleisch, und sie konnte sich nicht mehr an seine Frage erinnern. Oh, ach ja. Genau. »Jemand könnte hereinkommen.«

»Zieh deinen Rock hoch, damit ich dich durch deine Unterwäsche schmecken kann.«

Konnte sie zulassen, dass ein Mann, mit dem sie erst ein einziges Mal geschlafen hatte, so etwas tat? Jetzt? Sie sah in seine Augen mit den schweren Lidern, in denen die pure Lust und das Versprechen auf unvergleichlichen Sex standen. Gehorsam griff sie nach dem Saum ihres Rocks und zog ihn bis über die Taille nach oben.

Er lächelte und ließ den Blick über ihre Bluse bis zu ihrem Schoß wandern. »Das wollte ich schon seit einer halben Ewigkeit tun.« Er küsste sie auf den Mund, dann ihren Hals, ehe er sich vor ihr auf die Knie sinken ließ. Er hob den Kopf und sah ihr in die Augen, und sie erkannte die dunkle, köstliche Sünde in seinem Blick. »Stell deine Füße auf meine Schultern«, befahl er und zog sie an den Rand der Ladentheke.

Kate stützte sich mit den Händen ab, als er die Innenseiten ihrer Knie küsste und sich einen Weg über ihre Schenkel bahnte. Er verschwendete keine Zeit mit langen Vorspielen, sondern schob ihr Höschen beiseite und zog sie an seinen Mund. Das unerwartete, erregende Saugen seines warmen Mundes raubte ihr den Atem, und sie ließ den Kopf in den Nacken sinken.

Er küsste sie zwischen den Beinen, wie er zuvor ihren Mund geküsst hatte – mit überwältigender Leidenschaft, die ihr ein lustvolles Stöhnen entlockte, das sich mit dem seinen mischte.

Er liebkoste sie mit der Zunge, presste sie in ihr feuchtes Fleisch und sog es in einem leidenschaftlichen Kuss zwischen seine Zähne, der sie an den Rand des Erträglichen trieb. Immer wieder neckte und brachte er sie auf die Klippe des Höhepunkts, nur um sich gleich darauf zurückzuziehen, an den Innenseiten ihrer Oberschenkel zu schaffen zu machen und sie mit den Fingern zu berühren. Er reizte sie immer weiter, immer lustvoller, immer sinnlicher, bis ein alles verschlingender Höhepunkt sie in Stücke zu reißen drohte. Er löste sich aus dem Zentrum ihres Bauches und breitete sich wellenförmig auf ihrer Haut aus wie flüssiges Feuer. Ihre Finger und Knie begannen zu prickeln, und sie hörte sich seinen Namen rufen. Es fühlte sich an, als wollte das Gefühl niemals wieder enden, und dann war er mit einem Mal über ihr, küsste sie und berührte ihre Brüste durch den Stoff ihrer Bluse.

Wie immer verströmte er die Aura der Leidenschaft und der Lust, heiß und vibrierend. Kate spürte die erbarmungslose Kraft seiner Begierde, als sie die Arme um seinen Hals schlang. Sie küsste seinen Hals, während er nach seiner Brieftasche griff und ein Kondom hervorzog. Sie nahm es ihm aus der Hand. Er zog den Reißverschluss seiner Jeans nach unten und trat sie sich gemeinsam mit seinem weißen Slip von den Füßen.

Kate nahm seinen riesigen, geschwollenen Penis in die Hand und rollte das dünne Latex über die Eichel und über den mächtigen Schaft. Rob starrte sie an, erfüllt vom Feuer der Leidenschaft, der Gier und des Verlangens, als sie ihn vor sich schob. Seine Lippen legten sich auf ihren Mund, und seine Zunge drang im selben Moment in ihre Mundhöhle ein, als er sich in sie schob. So tief hinein, dass er ihr wehgetan hätte, wäre sie nicht so bereit für ihn gewesen.

Sie schlang die Beine um seine Taille, während er sich in ihr versenkte, wieder und wieder, hart und tief. Sie klammerte sich an ihn, hieß jeden seiner Stöße mit den Hüften willkommen und spürte, wie er sie mit jedem Mal weiter dem nächsten Höhepunkt entgegentrieb.

Rob löste seine Lippen von ihrem Mund und presste sie an seine Brust. Seine Finger vergruben sich in ihrem Haar, als er sich ein letztes Mal in sie bohrte. So hielt er sie, fest an seine Brust gedrückt, bis ihr Atem allmählich zu einem normalen Rhythmus zurückfand. »Das war …«, raunte er in die Fülle ihres Haars, »… ich bin mir nicht sicher, aber ich glaube, das war der beste … ich glaube nicht, dass ich schon einmal so intensiv gekommen bin.« Er ließ die Hände sinken und strich über ihre nackten Schenkel. »Ich danke dir, Kate.«

Sie wich zurück und starrte ihm ins Gesicht. »Gern geschehen, aber in Wahrheit hast du die ganze Arbeit gemacht.«

»Ja.« Ein hinterlistiges Lächeln spielte um seinen Mund. »Aber es ist eine Arbeit, die ich sehr gern mache.« Er zog sich aus ihr zurück und griff nach seinem Slip, schlüpfte in seine Jeans und half ihr vom Ladentresen. Ihr Höschen hatte sich auf einer Seite verheddert, und sie ging eilig in den Waschraum im hinteren Teil des Ladens.

Kate brachte ihre Wäsche in Ordnung und drehte den Wasserhahn auf, um sich die Hände zu waschen, als ihr Blick auf ihr Gesicht im Spiegel über dem Waschbecken fiel. Ihr Haar war zerzaust, eine leichte Röte lag auf ihren Wangen, und ihre Unterlippe war ein wenig wund von Robs Kinnbärtchen. Sie blickte einer Frau entgegen, die aussah, als hätte sie gerade leidenschaftlichen Sex gehabt.

Das Wasser lief über ihre Hände, als sie ihr Spiegelbild anstarrte. Sie hatte mit einem Mann auf dem Ladentresen geschlafen, und jeder aus der Stadt hätte hereinplatzen können. »O mein Gott«, flüsterte sie. Ihr Gesicht wurde flammend heiß, und in ihren Ohren begann es zu rauschen. Sie konnte nicht glauben, was sie gerade getan hatte.

»Kate.« Rob klopfte an die Tür. »Wenn du fertig bist, muss ich ins Badezimmer.«

Sie drehte den Wasserhahn zu und trocknete sich die Hände ab, dann öffnete sie die Tür. Sie brachte es nicht über sich, ihm ins Gesicht zu sehen, sondern schob sich mit gesenktem Kopf an ihm vorbei, doch er packte sie am Arm.

»Bleib ruhig hier.« Er ließ sie los, öffnete den Reißverschluss seiner Jeans und zog seinen Slip nach unten. Sie kehrte ihm den Rücken zu.

»Meine Güte, mach wenigstens die Tür zu. Ist das nicht etwas zu intim?«

»Süße, wir sind weit über den Punkt hinaus, an dem wir uns Gedanken über Dinge wie Intimität zu machen brauchen.« Er ließ das Kondom in die Toilette fallen und betätigte die Spülung. Sie hörte, wie er den Reißverschluss seiner Jeans hochzog und den Wasserhahn aufdrehte. »Intimer, als dass ich vor dem Tresen auf die Knie gehe und dich in den Mund nehme, kann es wohl kaum sein«, meinte er und trocknete seine Hände mit einem Papiertaschentuch ab.

»Ich kann nicht fassen, dass ich das getan habe.« Sie presste sich die Handflächen auf die Wangen. »Jemand hätte hereinkommen und sehen können, wie du … dein Gesicht …«

Er drehte sich zu ihr um und warf das Papiertaschentuch in den Mülleimer. »Die Tür war abgeschlossen.«

»Wie bitte?«

Er packte ihre Handgelenke und sah ihr ins Gesicht. »Es konnte niemand in den Laden kommen. Ich habe die Tür abgeschlossen, als ich den Mann hinausbegleitet habe, der wegen der Fahrräder hier war.« Er küsste sie flüchtig, ehe er ihre Hand nahm und sie aus dem Hinterzimmer führte. »Zwei Fantasien ausgelebt. Bleiben nur noch 998.«

»Du hast die Tür abgeschlossen?«

»Klar. Ich konnte doch nicht riskieren, dass jemand hereinplatzt.«

Sie verlangsamte ihr Tempo. »Du warst also sicher, dass ich mit dir schlafen würde?«

»Verdammt, natürlich nicht.« Er wandte sich um und sah sie an. »Was dich betrifft, bin ich mir nie sicher, was ich erwarten soll. Ich bin nur gern auf alles vorbereitet. Wie ein Pfadfinder.«

Sie lachte und folgte ihm zur Tür.

»Komm mit mir nach Hause.«

»Ich habe bis sechs Uhr im Laden zu tun.«

»Dann hole ich dich eben danach ab. Wir könnten zu Abend essen, und dann zeigst du mir dein Tattoo.« Er hob ihre Hand und drückte einen Kuss auf ihre Fingerknöchel. »Um sechs fahre ich einfach über den Parkplatz.«

»Nein, ich komme zu dir nach Hause.« Sie wollte mit ihrem eigenen Wagen fahren, nur für den Fall, dass es ein Problem gab. Nicht dass sie nach einem suchte, nein, sie würde sich von ihrer optimistischsten Seite zeigen, und wenn es sie umbrachte.

Seine Lippen wanderten zur Innenseite ihres Handgelenks, ehe er ihre Hand sinken ließ. »Wenn du um halb sieben noch nicht da bist, komme ich dich holen«, drohte er und schloss die große Flügeleingangstür auf.

»Hast du Angst, ich komme nicht?«

»Ich habe doch gerade eben gesagt, dass ich mir bei dir nie sicher bin, was ich erwarten soll.«

»Ich werde da sein«, versprach sie und ging hinaus. Sie trat auf den Gehsteig und drehte sich noch einmal um, um zu sehen, ob er sie beobachtete.

Er tat es.

Er stand mit schief gelegtem Kopf im Türrahmen, die Arme vor der Brust gekreuzt, das Gewicht auf einem Bein.

Rob Sutter war ein Herzensbrecher, der nur darauf wartete, eine Frau unglücklich zu machen, falls sie dumm genug war, sich in ihn zu verlieben. Seine Vergangenheit bewies, dass er ein miserabler Partner für eine Beziehung war, aber wenn man ihn dazu nicht drängte, war alles in Ordnung.

Kate trat zwischen zwei neben einem Laternenpfahl geparkte Wagen. Wenn ein Mädchen nicht mehr wollte oder erwartete als ein bisschen Spaß und gnadenlose Lust, dann war Rob Sutter der Topkandidat.

Zwei Fantasien weniger. Bleiben noch 998, hatte er gesagt. Wenn ein Mädchen nichts anderes wollte, als ihre Fantasien auszuleben, gab es keinen geeigneteren Mann als ihn.

SIEBZEHN

Noch 997.

Kate lag in einem Gewühl aus Bettlaken und Beinen. Rob hatte die Hände auf ihr Hinterteil gelegt und liebkoste den Übergang zu ihrem Rücken.

»Dein Tattoo macht mich wahnsinnig an.«

Es gab eine ganze Menge Dinge, die ihn anmachten. Sowie sie zur Tür hereingekommen war, hatte er sich auf sie gestürzt wie ein Fisch auf einen Lebendköder. Wenigstens hatten sie es diesmal bis ins Bett geschafft.

Sie drehte sich um, und sein Mund fand ihren Nabel. Ihr Magen gab ein Gurgeln von sich, obwohl sie nicht sagen konnte, was größer war – ihr Hunger nach etwas Essbarem oder nach ihm.

Er richtete sich auf und setzte sich auf die Fersen. »Willst du etwas zu essen?«

Goldenes Sonnenlicht drang durchs Fenster in den Raum und fiel auf Robs Bett, so dass die feinen dunklen Härchen auf seinen ausgeprägten Brustmuskeln und seinem flachen Bauch schimmerten. Auch um seinen Nabel verlief ein Kreis aus dunklen Haaren, die in einer geraden Linie über seinen Unterleib führten, wo sie in sein Schamhaar und seine Erektion mündeten. Eine lange, wulstige Narbe zog sich von seinem Brustbein bis zu seinem Nabel und strafte die Perfektion seines Körpers Lügen.

»Was hast du anzubieten?«

»Schinkensandwich.« Er stand auf und trat an die Kommode, zog ein Paar Sportshorts an und warf ihr ein weites T-Shirt mit aufgedrucktem Eishockeylogo auf der Brust zu. Auf dem Weg in die Küche stiegen sie über ihr Höschen und seinen Slip, die in der Mitte des Schlafzimmers lagen, dann über ihren BH und sein Hemd auf der Treppe bis zu ihrem Rock neben der Eingangstür.

Die Küchenlampe spiegelte sich in den Töpfen, Pfannen und Edelstahlarmaturen wider. Rob machte den Kühlschrank auf und warf einen Blick ins Innere. »Hat dein Großvater eigentlich erzählt, dass er meine Mutter gefragt hat, ob sie ihn heiraten will?«, erkundigte er sich.

»Ja.« Ihr Blick wanderte über die goldschwarzen Schuppen, die sich über seine Schulter und die linke Seite seines glatten Rückens zogen. Die Tätowierung verschwand im Bund seiner Shorts und tauchte ein Stück weiter unten wieder auf, wo sie sich um seinen rechten Oberschenkel wand. Vor Kurzem erst hatte sie die Kontur mit den Fingerspitzen nachgefahren. Rob war unter der Berührung erschaudert, so dass es ausgesehen hatte, als erwache die Schlange zum Leben und bewege sich über seinen Körper. Auf seinem Rücken befanden sich zwei winzige Narben im Abstand von etwa einer Handbreit. »Mein Großvater hat es mir gesagt, als er gestern Abend nach Hause gekommen ist. Wann hast du die Neuigkeit erfahren?«

»Heute Morgen.« Er nahm ein Glas Mayonnaise, einen Kopfsalat, ein Päckchen Schinken und zwei Flaschen Bier heraus und stellte alles auf die Kücheninsel. »Darüber wollte ich ursprünglich mit dir reden, als du die Müsliriegel vorbeigebracht hast.« Er ging in die Vorratskammer und kam mit einer Packung Brot zurück. »Aber ich wurde abgelenkt. Erinnerst du dich?«

Ja, sie erinnerte sich. »Wie findest du ihre Pläne?«, fragte

Kate, griff nach dem Flaschenöffner, der am Kühlschrank hing, öffnete die Flaschen und reichte ihm eine davon.

»Ich habe zu ihr gesagt, sie müsse nicht heiraten, nur weil sie mit Stanley geschlafen hat.« Er hob sein Bier an die Lippen. »Und sie hat mich daran erinnert, dass ich die allergrößten Probleme in meinem Leben dem Sex mit Frauen zu verdanken habe, mit denen ich nicht verheiratet war.« Er nahm einen großen Schluck Bier und leckte sich einen Tropfen von der Lippe. »Wäre ich neun Jahre alt gewesen, hätte sie mir wahrscheinlich eine Ohrfeige verpasst.«

Kate lachte. »Ich habe in etwa dasselbe zu meinem Großvater gesagt, und seine Reaktion war im Grunde die gleiche. Er hat das Wort *außerehelichen Sex* in den Mund genommen, als wäre das etwas Schlimmes.«

Rob fiel in Kates Gelächter ein, ehe er sein Bier abstellte und acht Scheiben Brot aus der Packung nahm. Während er sie mit Mayonnaise bestrich, zupfte Kate einige Salatblätter ab und beobachtete ihn aus den Augenwinkeln. Es gefiel ihr, wie sein Tattoo sich bewegte, wenn er seinen Bizeps anspannte. Ehrlich gesagt gab es eine ganze Menge Dinge, die ihr an ihm gefielen. Seine breite, behaarte Brust und sein flacher Bauch standen ganz oben auf ihrer Liste.

»Wenn Stanley sie glücklich macht, bin ich auch glücklich. Am Anfang wird es eben ein wenig seltsam sein.« Rob legte Schinken auf die Brotscheiben, dann schnitt er die Sandwiches durch. »Bin ich dann dein Onkel oder dein Cousin?«

Darüber hatte sie noch gar nicht nachgedacht. »Keines von beiden, würde ich sagen.«

Er legte die Sandwiches auf einen Teller und sah auf ihr Gesicht hinunter. »Weißt du, was man immer sagt?«

Sie blickte über seinen Bart und seine Nase hinweg in seine Augen. »Was denn?«

»Inzest macht am meisten Spaß.« Er legte die Finger um ihr Kinn und küsste sie auf den Mund. »Aber natürlich weiß ich das nicht aus eigener Erfahrung.«

»Da bin ich aber erleichtert!«

Sie gingen ins Wohnzimmer und setzten sich an den langen, förmlichen Esstisch. Bei Sandwich und Kartoffelchips erzählte er ihr, dass dies das erste Mal sei, dass er an diesem Tisch esse. Er redete von seiner Tochter und den Plänen, die er für sie beide hatte, wenn sie erst einmal groß genug war, um ihn während der Sommerferien zu besuchen.

»Warum lebst du in Gospel?«, wollte Kate wissen und schob ihren Teller beiseite, nachdem sie eines der Sandwiches gegessen hatte.

»Meine Mutter wohnt hier.«

»Aber deine Tochter lebt in Seattle, und es klingt, als würde sie dir fehlen.«

»Sie fehlt mir sogar sehr.« Er nahm einen weiteren Bissen, den er mit einem Schluck Bier hinunterspülte. »In erster Linie bin ich hergezogen, um mich von meiner Verletzung zu erholen und weil meine Mom Krankenschwester ist. Sie hat mir bei der Physiotherapie geholfen, aber der Hauptgrund war, dass ich es nicht länger ertragen habe, in Seattle zu leben und kein Eishockey mehr spielen zu können. Diese Stadt hat mich an alles erinnert, was ich einmal besessen, aber verloren hatte.« Er stellte die Flasche auf dem Tisch ab und starrte sie mit seinen grünen Augen an. »Anfangs dachte ich noch, ich sei wegen meiner Mutter hierhergekommen. Die Wahrheit ist, dass ich dringend eine Veränderung nötig hatte.« Er nahm einen Kartoffelchip und knabberte daran. »Am Ende bin ich hiergeblieben, weil es mir hier gefällt.« Er spülte auch den Chip mit einem Schluck Bier hinunter. »Willst du noch ein Sandwich?«

»Nein, ich esse nie mehr als eines.«

»Jetzt bin ich dran mit fragen.«

Sie trank einen Schluck und stellte die Flasche wieder auf den Tisch. »Was denn?«

»Warum lebst du in Gospel?«

»Mein Großvater braucht mich«, erwiderte sie, ohne zu zögern.

Er kratzte sich an der Narbe, die über seinem nackten Oberkörper verlief, und lehnte sich so weit zurück, dass zwei der Stuhlbeine in der Luft schwebten. »Das kaufe ich dir nicht ab. Deine Großmutter ist seit mehr als zwei Jahren tot.«

Sie warf ihm einen Blick zu. Ihr sexy Fantasien-Mann. Welche Rolle spielte es schon, was sie ihm erzählte? Es gab keinen Grund, irgendetwas zurückzuhalten, aus Angst, eine potenzielle Beziehung zu ruinieren. Sie schob sich das Haar hinter die Ohren und erzählte ihm von Randy Meyers. Wie sie seine Familie gefunden und was er mit ihrer Information getan hatte. Sie schilderte Rob, wie Randy ausgesehen und wie normal er gewirkt hatte.

»Man kann einen Verrückten nicht an seinem Aussehen erkennen«, erklärte sie schließlich.

Rob nickte. »Stephanie Andrews sah auch nicht verrückt aus. Erst als sie auf mich geschossen hat. Das Beängstigendste an durchgeknallten Leuten ist ja gerade, dass sie so normal wirken können.«

Das stimmte.

»Hast du Kathy Bates in *Misery* gesehen?«, fragte er und stellte seinen Stuhl wieder auf alle vier Füße. »Sie war verdammt beängstigend.« Er nahm sich noch ein Sandwich und biss hinein.

»Das war sie allerdings.«

Er schluckte den Bissen hinunter. »Also hast du deinen Job gekündigt und bist nach Gospel gezogen, weil ein Irrer seine Familie ermordet hat?«

Das war einer der Gründe. »Ich habe gekündigt, weil ich mir nicht länger einreden konnte, dass die Leute, die ich ausfindig mache, miese Typen sind und es verdienen, aufgestöbert zu werden, und ich mir nicht mehr vormachen konnte, dass ich besser bin als sie.«

»Also bist du wie ich hergekommen, weil du eine Veränderung brauchtest«, bemerkte er sachlich.

»Kann sein.«

»Hast du je überlegt, wieder zurückzugehen?«

»Zu meinem Job als Privatdetektivin?«

»Nach Vegas.«

Sie dachte einen Moment lang über die Frage nach. Vegas hatte sie verschlungen, in Stücke zerrissen und wieder ausgespuckt, aber manchmal sehnte sie sich tatsächlich nach den strahlenden Lichtern der Stadt, die tatsächlich niemals schlief. »Vielleicht. Ich habe den größten Teil meines Lebens dort verbracht. In Vegas habe ich meinen Abschluss auf der Highschool gemacht und die Uni besucht. Ich habe Partys gefeiert wie ein Rockstar und irgendwann meine Lizenz als Privatdetektivin bekommen. Für mich hat sich Vegas immer wie mein Zuhause angefühlt, und vielleicht wird es das eines Tages wieder tun.«

Rob verputzte sein eigenes Sandwich und den zweiten Teil von ihrem, ehe er wieder mit ihr nach oben ging. Sie hatten Sex unter der Dusche, gegen die Granitwand gelehnt, und hakten damit Fantasie Nummer 996 ab. Anschließend rubbelte er sie mit einem Handtuch trocken, ehe sie sich die Zehn-Uhr-Nachrichten im Fernsehen ansahen. Während des Wetterberichts fiel er in einen erschöpften Schlaf.

Kate nahm seinen Arm von ihrer Taille und sammelte ihre Unterwäsche und Schuhe ein, ehe sie ihn ein letztes Mal betrachtete, wie er inmitten der zerwühlten Laken lag, erhellt vom Mondlicht, das sich über das Bett ergoss. Sie ging nach unten und zog sich vollends an, dann schlüpfte sie in ihre Schuhe und stopfte ihren BH und ihr Höschen in ihre kleine, schwarze Tasche.

Und dann verließ sie leise das Haus und zog die Tür hinter sich zu, genauso wie man das bei einem Fantasien-Mann machte. Man ging, bevor man etwas Dummes tat, wie zum Beispiel die Nacht neben ihm zu verbringen. Bevor man sich dem Irrglauben hingeben konnte, das, was man gerade erlebe, sei real.

Am nächsten Morgen betrat Rob den M & S Market, und sein Blick schweifte suchend nach Kate durch den Laden. Sie stand hinter dem Ladentresen und tippte die Preise der Artikel aus Regina Cladis' blauem Einkaufskorb in die Kasse ein. Sie sah gut aus. So gut, dass er sie am liebsten über seine Schulter geworfen und in sein Haus gebracht hätte. Die ältere Frau sagte etwas, worauf Kate in Gelächter ausbrach – ein warmes, belustigtes Glucksen, das zwischen seine Rippenbögen drang und sich einen Platz in seiner Brust sicherte.

»Morgen, Rob«, rief Stanley ihm zu, der neben dem Kaffeeautomaten stand.

»Hallo, Stanley.«

»Hey, Rob«, grüßte Dillon Taber über den Rand seines Kaffeebechers hinweg.

»Hey, Sheriff. Wie läuft's?«, fragte Rob, während er durch den Laden auf den Tresen zuging.

»Kann nicht klagen.«

Kate hob den Kopf. Ihre Mundwinkel hoben sich kaum merklich, als koste es sie *große* Mühe, nicht zu lächeln. Sie trug ein weißes Shirt mit Spitzenbesatz am Ausschnitt, unter dem irgendetwas Schwarzes hervorblitzte. Das Shirt lag nicht besonders eng an und entblößte nichts von ihrem wunderschönen Körper, trotzdem ließ es sie verdammt sexy aussehen.

»Du solltest das Jalapeño-Gelee probieren«, sagte er zu Regina Cladis, als er sich hinter ihr anstellte. »Es schmeckt wirklich gut.«

»Das behauptet Kate auch immer.« Regina drehte sich um und blinzelte ihn durch ihre dicken Brillengläser an. »Trotzdem passe ich.«

»Na schön, aber erst gestern habe ich gesehen, wie sich Ada und Iona um ein Glas gezankt haben.«

Ihre durch die Brille vergrößerten Augen verengten sich zu Schlitzen. »Wieso sollten sie sich um dasselbe Glas zanken?«

Daran hatte er nicht gedacht. »Wer weiß schon, was Frauen dazu bewegt, den Fehdehandschuh zu werfen?«

»Wie?«

»Hier ist Ihr Wechselgeld, Regina«, sagte Kate, die sich ihr Lächeln nicht länger verkneifen konnte.

Sobald die ältere Frau ihre Tasche genommen hatte und gegangen war, nahm Rob ihren Platz an der Ladentheke ein. »Wir müssen etwas besprechen, Süße.«

Ihr Lächeln verflog. »Du nennst mich schon wieder Süße.«

»Ich weiß.« Er legte die Hände auf die Theke und beugte sich vor. »Willst du gleich hier mit mir reden, oder ist dir ein Ort lieber, wo es etwas ruhiger ist?«

Sie sah sich im Laden um, ehe sie ihre braunen Augen auf ihn richtete. »Im Büro meines Großvaters.«

»Geh ruhig vor.« Er trat hinter den Tresen, während sein Blick über das weiße Shirt bis hinunter zum Bund ihrer schwarzen Jeans glitt. Endlich hatte er ihr Tattoo gesehen. Es war gold und blau und bedeckte eine Hälfte ihres hübschen, glatten Hinterteils. Es gefiel ihm. Alles an Kate gefiel ihm. Alles bis auf eine Sache.

»Warum bist du gestern Abend gegangen, ohne mir etwas zu sagen?«, fragte er, sobald sie allein waren.

Sie ließ sich gegen die geschlossene Tür sinken. Ihr dunkelrotes Haar fiel weich über ihre Schultern. »Du hast geschlafen, und ich wollte dich nicht aufwecken.«

»Warum zum Teufel bist du überhaupt gegangen?« Als er aufgewacht war und festgestellt hatte, dass sie verschwunden war, war er wütend geworden, und nicht nur, weil er sich auf eine weitere Dusche mit ihr gefreut hatte.

»Ich konnte nicht bleiben. Nicht nach dem Vortrag, den mir mein Großvater am Abend vorher über außerehelichen Sex gehalten hatte.«

In der Vergangenheit hatte er Frauen benutzt, und Frauen hatten ihn benutzt. Er wollte nicht, dass es mit Kate genauso war. Hinter ihm lag eine höchst unerfreuliche Ehe, und auch so etwas wollte er nicht. Es musste doch irgendetwas dazwischen geben. Etwas, das er noch nie in seinem Leben gehabt hatte. Eine Frau in seinem Leben, die er auch außerhalb des Bettes gern mochte. Er trat einen Schritt auf sie zu und fuhr mit den Fingern durch ihr Haar, während er ihr in die Augen sah – jene Augen, die am Abend zuvor seinen Blick erwidert und in denen dieselbe sehnsuchtsvolle Begierde gestanden hatte wie die, die er für sie empfand. »Wenn du schon nicht über Nacht bleiben kannst, dann sag mir wenigstens, dass du nach Hause gehst. Auch wenn ich schon eingeschlafen bin. Auf diese Weise laufe ich nicht durchs Haus, suche nach dir und mache mir Sorgen, du könntest dich verirrt haben.«

Sie biss sich auf die Unterlippe. »Hast du das tatsächlich getan?«

»Na ja … ja.« Vielleicht hätte er das lieber nicht zugeben sollen. Bevor er noch andere potenzielle Peinlichkeiten enthüllen konnte, küsste er sie. Eigentlich hätte es nur ein kurzer, flüchtiger Kuss werden sollen, doch seine Lippen verharrten einen Moment zu lange auf ihrem Mund, und das Verlangen und die

Gier, die am Vorabend nicht befriedigt worden waren, regten sich unmissverständlich in seinem Unterleib. Ihre Lippen teilten sich, und ihre Zunge glitt in seine Mundhöhle, feucht und warm und mit dem Geschmack nach Kakao, Sahne und Kate.

Als er innehielt, um Luft zu holen, lagen seine Hände unter ihrem Shirt und tasteten nach ihren Brüsten. Ihre Brustwarzen waren hart und richteten sich unter seinen Handflächen auf, und ihre Finger lagen fest um seine Hüften. Durch die Tür hörten sie Stanley im Lagerraum rumoren.

»Rob, das können wir nicht machen«, flüsterte sie mit bebender Stimme.

»Bist du sicher?«

»Ja. Das hier ist das Büro meines Großvaters. Er ist gleich dort draußen vor der Tür.«

Sie hatte Recht. Ausnahmsweise. »Tut mir leid«, erklärte er und ließ seine Hände zu ihrer Taille wandern. »Ich habe mich schon wieder mitreißen lassen.«

Sie fuhr mit der Zunge über ihre feuchten Lippen. »Das scheint dir ja ziemlich oft zu passieren.«

Nur mit ihr. In ihrer Gegenwart fiel es ihm schwer, ruhig zu atmen und seine Gedanken unter Kontrolle zu behalten. Vielleicht lag es daran, dass sie ihm ein Gefühl der Sicherheit und Geborgenheit schenkte, das ihn bewog, sich zu entspannen und loszulassen. Das Wissen, dass auch sie in seiner Gegenwart die Kontrolle verlor, machte ihn unglaublich an. Er drückte ihre Taille und zwang sich, sie loszulassen. »Komm heute Abend zu mir.«

Ein leichter Schleier schien über ihren Augen zu liegen, und sie blinzelte einige Male, als versuche sie, einen klaren Kopf zu bekommen.

»Wir essen zu Abend«, fuhr er fort, »und spielen eine Partie Billard. Halb sieben?«

Sie nickte und steckte ihr Shirt wieder in die Hose.

»Wenn du nicht kommst«, warnte er zum zweiten Mal innerhalb von vierundzwanzig Stunden, »komme ich und hole dich.«

»Ich werde da sein«, versprach sie, holte tief Luft und öffnete die Tür. »Ich werde dir beim Pool den Hintern aufreißen.«

»Klar«, höhnte er, doch nur wenige Stunden später gewann sie souverän vier von sechs Partien – wahrscheinlich nur wegen des Anblicks, den sie bot, wenn sie sich über seinen Billardtisch beugte.

Sie aßen gegrillte Steaks – wieder in seinem Esszimmer. Und dann brachte er sie ins Schlafzimmer, wo er sein Punktekonto wieder auf Gleichstand brachte.

Im Lauf der nächsten Wochen setzten sie einige weitere ihrer Fantasien in die Tat um, einschließlich eines Quickies in der Gasse hinter dem Rocky's und – einer von Robs Lieblingsfantasien – einer heißen Nummer in seinem Hummer.

An einem anderen Tag brachte sie einen Picknickkorb mit, dessen Inhalt sie im Bett verspeisten, während sie sich das Spiel der Chinooks gegen die Avalanches auf dem Breitbildfernseher ansahen.

Sie kniete in einem T-Shirt aus seinen alten Tagen bei den Red Wings auf der gesteppten blauen Tagesdecke. Das Shirt reichte ihr bis zu den Oberschenkeln, und er fragte sich, warum sie sich überhaupt die Mühe machte, etwas anzuziehen. Er hatte gerade eine vergnügliche Stunde damit zugebracht, sich den Körperteilen zu widmen, die sie jetzt so züchtig bedeckte.

»Aua.« Sie zuckte zusammen, als die Kamera zu einer Nahaufnahme des Chinook-Torhüters Luc Martineau heranfuhr, der mit seinem Schläger Teemu Selannes Rücken bearbeitete. Als dies den Finnen nicht weiter zu beeindrucken schien, rammte er seine Kufen in die Schuhe seines Gegenspielers und riss ihn zu Boden.

»Ja«, feuerte Rob ihn lachend an.

Sie gab Brie-Käse auf ein Stück Baguette und reichte es ihm. »Das war aber nicht sehr nett.« Als Nächstes zupfte sie ein paar Trauben ab und reichte ihm auch diese. »Dabei ist diese Nummer 68 doch ganz süß, oder nicht?«

»Selanne?« Er warf sich eine Traube in den Mund und runzelte die Stirn. *Süß?* Er spürte etwas in seiner Brust, das sich wie ein Anflug von Eifersucht anfühlte. Aber es konnte unmöglich Eifersucht sein, denn er war von Natur aus kein eifersüchtiger Mann. »Selanne schlägt wie ein Mädchen, und er hat einen derart üblen Akzent, dass du ihn wahrscheinlich nicht mal verstehen würdest.«

»Wer hält sich schon mit Reden auf?«, meinte sie und warf ihm einen Blick aus den Augenwinkeln zu.

Prompt packte er ihre Handgelenke und zog sie an seine nackte Brust. »Schluss jetzt mit Selanne.«

Sie zog sich hoch und setzte sich mit gespreizten Beinen auf ihn. »Zu schade, dass ich mir nie Eishockey angesehen habe, als du noch gespielt hast.«

»Ich habe jede Menge Spiele von mir auf Video«, gab er zurück und schob seine Hände unter ihr T-Shirt. »Vielleicht zeige ich sie dir eines Tages.« Aber nicht heute. Die Bänder waren in einem Karton verpackt und lagen dort seit dem Tag, an dem er gezwungen gewesen war, seinen Rücktritt aus dem aktiven Sport zu erklären. Heute hatte er Wichtigeres zu tun.

Und auch am nächsten Tag. Zum ersten Mal in seinem Leben begann Rob, Gründe zu erfinden, um eine Frau sehen zu können. Er kam jeden Morgen vorbei, wenn sie in der Backstube stand und Brot backte, und er überzeugte sie, dass sie an mehreren Abenden in der Woche zu ihm kommen musste, um ihm zu helfen, sein Müsliriegel-Rezept zu perfektionieren. Er erzählte ihr, er müsse die richtige Ausgewogenheit der Zutaten finden, damit sie nicht länger wie Pappkarton mit Vitaminen schmeckten. Er wolle jemanden engagieren, der die Riegel für ihn herstellte, damit er sie an Camper und Rucksacktouristen verkaufen konnte, die ihre Ausrüstung bei ihm kauften oder ausliehen. Er wusste ganz genau, dass dies ihren unternehmerischen Ehrgeiz anstacheln würde.

Es war zwar eine Lüge, wie sie im Buche stand, doch er hatte nicht einmal den Hauch eines schlechten Gewissens.

Am ersten Sonntag im Mai holte er sie um sechs Uhr morgens ab, um mit ihr zu einer Stelle am Big Wood River zu fahren, wo die Forellen um diese Jahreszeit einer Chamois-Nymphe nicht widerstehen konnten.

»Die sind aber gar nicht süß«, kommentierte Kate, als sie in die hüfthohen Neopren-Watstiefel stieg, die Rob ihr gegeben hatte. Rob half ihr, die Träger über die Schultern ihres Sweatshirts zu streifen und die Fischerweste anzulegen. Sie setzte die Skimütze auf, die er ihr ebenfalls mitgebracht hatte, und sah zu, wie er eine cremefarbene Fliege am Haken ihrer Angelrute befestigte.

»*Die* verwenden wir als Köder?«, fragte sie und beugte sich vor, um die Fliege genauer in Augenschein zu nehmen.

»Nein, Süße. Das ist nur der Lockvogel, aber nicht der Köder.« Genau in der Sekunde, als sie ihn daran erinnern wollte, sie nicht Süße zu nennen, drückte er ihr einen Kuss auf die Lippen, ehe er ins Wasser watete. Sie folgte ihm mit wenigen Schritten Abstand und hielt sich hinten an seiner Weste fest, als er vorsichtig über die glitschigen Steine balancierte, um zu prüfen, ob sie sein Gewicht trugen. Die eisige Strömung war heftig und zerrte an ihren Kniekehlen, als er ihr zeigte, wie sie die Angelrute richtig halten sollte. Er stand hinter ihr, die Arme parallel zu ihren, und brachte ihr den Standardwurf bei, wie sein Vater es vor vielen Jahren bei ihm getan hatte.

»Halt die Spitze immer zwischen ein und elf Uhr«, erklärte er und zeigte ihr, nachdem sie den Grundwurf beherrschte, wie man Schnur gab. »Und jetzt gehen wir auf vier Meter.« Er rollte ein Stück von der Kurbel ab, so dass die Leine auf dem Wasser vor ihnen trieb, und zeigte ihr, wie man mit jedem Wurf ein wenig mehr Leine gab. »Die Grundidee ist, dass die Fliege kaum die Wasseroberfläche berühren soll, bevor man sie wieder zurückholt.«

Ihre Nymphe verfing sich im Gestrüpp hinter ihnen, doch statt die Zeit damit zu verschwenden, sie zu befreien, griff Rob in seine Westentasche, holte eine Schere heraus und schnitt die Schnur ab.

»Tut mir leid, dass ich deine Fliege verloren habe«, sagte sie, als er eine neue aus der Tasche nahm.

»Das braucht es nicht. Ich verliere meine ständig. Das gehört zum Sport, und ich habe Tausende davon.« Wieder brachte er sich hinter ihr in Position und legte die Hand auf ihre Taille, als sie die Leine zu schwingen begann. »Nein, du bewegst das Handgelenk zu abrupt. Weiche, streichelnde Bewegungen.« Er neigte den Kopf an ihr Ohr. »Mit weichen, streichelnden Bewegungen kennst du dich doch aus, oder, Süße?«

»Du wirst mich nicht ablenken«, erklärte sie, sorgsam darauf bedacht, die Spitze der Angelrute zwischen ein und elf Uhr zu halten. »Und nenn mich nicht immer Süße.«

»Wieso denn nicht?«

»Weil es wahrscheinlich schon ziemlich viele ›Süße‹ in deinem Leben gegeben hat.«

Er dachte einen Moment darüber nach. »Nein. Nur dich.«

Am dritten Sonntag in diesem Monat fuhren sie erneut zusammen angeln, und sie fing ihren ersten Fisch, eine fast dreißig Zentimeter lange Forelle, die heftig stromabwärts zog, so dass sie alle Hände voll zu tun hatte, sie nicht zu verlieren. Die strahlende Morgensonne ließ das Wasser glitzern, das um ihre langen Beine in den dunkelgrünen Watstiefeln wirbelte, und ihr Gelächter mischte sich mit dem Rauschen der Fluten, als sie ihren Fang an Land brachte.

Als er den Haken für sie löste, beobachtete er, wie sie die schillernde Färbung der Forelle bestaunte und ihre Finger über den festen, feuchten Leib gleiten ließ. »Sie ist wunderschön, Rob.«

Ihre Augen strahlten, und die Kälte hatte eine zartrosa Färbung auf ihre Wangen gezaubert. Er war noch nie einer Frau wie Kate begegnet, einer Frau, die Tiffany-Armbänder und Spitzenwäsche trug, während sie in einem eiskalten Fluss neben ihm stand und Forellen fing.

Sie nahm ihm die Forelle aus den Händen und setzte sie behutsam ins Wasser. Der Fisch vollführte eine heftige Bewegung mit der Schwanzflosse, so dass ihre Watstiefel ganz nass wurden, ehe er davonschoss und sie ihre Hände im eisigen Wasser wusch. Ihre Begeisterung war unübersehbar, als sie den Kopf hob. »Das war wirklich unglaublich!« Er spürte einen Stich in der Brust, einen verwirrenden Druck in der Nähe seiner rechten Herzkammer. Es war nicht so, als hätte er noch nie einen begeisterten Ausdruck auf ihrem Gesicht gesehen – ganz im Gegenteil. Er hatte ihn gesehen, weil er ihn selbst dorthin gezaubert hatte.

Er gab noch gute drei Meter Leine, hob die Spitze der Rute und warf seine Fliege in die Nähe einer tiefen, unbewegten Stelle im Fluss. Die Nymphe begann zu hüpfen, also zog er die Spitze stromaufwärts und gab noch etwas mehr Schnur.

Aus den Augenwinkeln betrachtete er Kate, die ihren Köder keine Sekunde aus den Augen ließ. Diesmal verspürte er kein Ziehen oder Stechen in der Brust. Er wandte sich ab und entspannte sich. Also gab es nichts, über das er sich Gedanken zu machen brauchte.

Am darauf folgenden Sonntag war Muttertag, und statt angeln zu gehen, aßen er und Kate mit seiner Mutter und Stanley zu Abend. Bei Lammkeule mit Minzkruste und roten Kartoffeln lauschten sie den Plänen für die Hochzeit der beiden, die für den zweiten Samstag im Juni angesetzt war. Stanley und Grace würden im Park am See den Bund fürs Leben schließen und beabsichtigten, sich gegenseitig ein Gedicht vorzulesen. Sie baten Kate und Rob, ihre Trauzeugen zu sein.

»Klar«, sagte Kate, und ihre Lippen verzogen sich zu einem Lächeln.

»Und wie lang sind diese Gedichte?«, erkundigte sich Rob.

»Oh«, meinte seine Mutter. »Nur fünfzehn bis zwanzig Minuten.«

Er unterdrückte ein gequältes Stöhnen, während Kate sich hinter ihrer Stoffserviette räusperte.

Als das Essen vorbei war und jeder den Teller von sich geschoben hatte, bot Kate an, Robs Mutter beim Abräumen zu helfen.

»Nein, du bleibst hier und leistest deinem Großvater Gesellschaft«, beharrte Grace. »Rob hilft mir.«

Rob würde am nächsten Morgen nach Seattle fliegen und nahm an, dass seine Mutter noch ein paar ungestörte Worte mit ihm wechseln wollte.

»Was läuft da zwischen dir und Kate?«, fragte sie, sobald sie allein waren.

»Was?« Er sah sie an und stellte die Teller ins Spülbecken. Auch wenn ihn die Frage nicht wirklich überraschte, war er nicht darauf gefasst gewesen.

»Keine Spielchen mit ihr.« Sie stellte eine Servierplatte auf der Arbeitsplatte ab und öffnete einen Schrank, um eine Dose koffeinfreien Kaffee herauszunehmen. »Mir ist nicht entgangen, wie du sie ansiehst.«

»Wie sehe ich sie denn an?«

»Als wäre sie etwas ganz Besonderes für dich.«

Er zog eine Schublade auf und nahm einige Plastikbehälter mit Deckeln heraus. »Ich mag sie.«

»Du siehst sie an, als würdest du sie mehr als nur mögen.«

Er gab die restlichen roten Kartoffeln mit einem Löffel in den Behälter, ohne etwas darauf zu erwidern.

»Mich kannst du nicht täuschen. Ich weiß, dass du unter dem Tisch mit ihr gefüßelt hast.«

Ehrlich gesagt waren seine Füße nicht einmal in ihre Nähe gekommen, doch seine Hand hatte praktisch den gesamten Abend auf ihrem Oberschenkel gelegen. Er zuckte die Achseln. »Na gut, dann mag ich sie eben sehr.«

»Du bist sechsunddreißig Jahre alt.« Sie gab Wasser in eine Kanne. »In drei Wochen wirst du siebenunddreißig.«

»Und nächstes Jahr werde ich achtunddreißig. Worauf willst du hinaus?«, fragte er, obwohl er die Antwort auf seine Frage bereits kannte.

»Nur darauf, dass Kate ein nettes Mädchen ist. Vielleicht jemand, der für eine ernsthafte Beziehung infrage käme.« Sie hielt inne, doch er brauchte nicht lange auf den Nachsatz zu warten. »Oder vielleicht auch für eine Heirat.«

»Lieber nicht. Das habe ich hinter mir und weiß, dass es nicht das Richtige für mich ist.«

»Du hast geheiratet, weil Louisa schwanger war.«

»Das heißt nicht, dass ich sie nicht auch geliebt habe.« Er sah seine Mutter an. »Wo ist der Kuchen?«, fragte er. Thema erledigt.

Es gab keine bessere Methode, eine Beziehung zu ruinieren, als die Erwähnung des Wortes »Heirat«. Gott sei Dank machte Kate keinerlei Anstalten in dieser Richtung. Sie fragte ihn nie, wohin er ging und wann sie ihn wiedersehen würde. Sie wurde nicht eifersüchtig, wenn er sich mit anderen Frauen unterhielt, oder paranoid, wenn er lange arbeitete und keine Zeit für sie hatte. Sie benahm sich nicht wie ein typisches Mädchen und wollte nicht ständig »Beziehungsgespräche« führen.

Für seinen Geschmack machte all das die Beziehung zwischen ihnen absolut perfekt.

Robs Reise nach Seattle entpuppte sich als absoluter Horrortrip. Seit seinem letzten Besuch hatte Amelia offenbar beschlossen, eine Dauertrotzphase einzulegen und bekam regelmäßig Tobsuchtsanfälle, als wenn sie besessen wäre. Den ersten Vorgeschmack auf die schweren Zeiten, die ihm bevorstanden, bekam er gleich am ersten Tag, als er sie mit der Tochter seines ehemaligen Mannschaftskollegen, Taylor Lee, spielen ließ. Sie waren gerade mal eine halbe Stunde bei Bruce Fish zu Hause, als Amelia der kleinen Taylor Lee gewaltsam den Plüschoktopus entwand und damit auf sie eindrosch.

Ihr Wutausbruch bei Fishy war noch ein Sonntagsspaziergang im Vergleich zu dem, den sie am Vorabend in der Stadt bekommen hatte, als er mit ihr einen Besuch in der Spaghetti Factory gemacht hatte. Während des Abendessens war sie noch bester Laune gewesen – na ja, wie es eine Zweijährige eben sein kann –, doch auf dem Weg nach draußen hatte er ihr erklärt, sie bekäme jetzt keines der Bonbons, von denen sie wusste, dass er sie in der Jackentasche hatte. Sie hatte sich hingeworfen und mit dem Füßen auf den Boden eingetrommelt, und er hatte nichts anderes tun können, als daneben zu stehen und zuzusehen, aus Angst, sie trete ihm mit ihren kleinen rosa Stiefeln in die Weichteile, wenn er versuchte, sie aufzuheben.

Sein süßes, kleines Mädchen hatte sich in einen Dämon verwandelt, und – als wäre das nicht schon genug – Louisa schien ebenfalls den Verstand verloren zu haben. Gerade als er sich auf den Weg zum Flughafen machen wollte, erklärte sie ihm, sie habe sich überlegt, sie und Amelia sollten zu ihm nach Gospel kommen und dort mit ihm leben. Okay, nicht auf Dauer, aber zumindest an den Wochenenden.

Während der Sommermonate hinderte ihn seine Arbeit daran, Amelia so oft zu sehen, wie er es gern tun würde, und er hatte keineswegs etwas dagegen, mehr Zeit mit ihr zu verbringen. Aber er wollte auf keinen Fall, dass Louisa bei ihm war. Wenn sie dieses Thema erneut anschnitt, würde er ihr die Namen und Telefonnummern von ein paar Immobilienmaklern der Gegend geben.

Als sein Flugzeug gegen Mittag auf dem Flughafen von Boise landete, war er erschöpft und sah der langen Heimfahrt alles andere als erfreut entgegen. Eine Stunde, bevor er Gospel erreichte, rief er über sein Mobiltelefon Kate an, die eine Viertelstunde, nachdem er angekommen war, eintrudelte. Ihr Anblick auf seiner Veranda war, als gehe die Sonne auf.

In der Sekunde, als die Tür hinter ihr ins Schloss fiel, drängte sie ihn gegen das Holz. Ein überraschtes *Hmmmpf* entschlüpfte ihm, als sie ihn bei den Handgelenken packte und seine Arme nach oben riss, so dass er sich nicht wehren konnte. Die goldene Rolex, die er zur Vertragsunterzeichnung bei den Seattle Chinooks bekommen hatte, schlug dumpf gegen den Holzrahmen und schnitt sich schmerzhaft in seine Haut, doch er achtete nicht darauf. »Was hast du vor?«

»Einen Überfall auf dich.«

Sie küsste seinen Hals, und die Berührung ihrer feuchten Lippen jagte ihm wohlige Schauer über den Rücken und vertrieb die Anspannung, die ihn in den letzten Tagen gequält hatte. »Und wirst du mir wehtun?«

»Ja, aber ich glaube nicht, dass du Grund zur Klage haben wirst.«

Er schloss die Augen. »Heißt das, ich habe dir gefehlt?«

»Nein«, erwiderte sie, obwohl ihre Hände und ihr Mund etwas ganz anderes sagten. »Ich war zu beschäftigt, um dich zu vermissen.« Sie ließ eines seiner Handgelenke los und fuhr mit ihrer freien Hand über seine Brust. »Hmm«, murmelte sie, als sie zärtlich die Lippen um das Fleisch an seinem Hals schloss. Sie knöpfte sein Hemd auf und zog es aus dem Bund seiner Hose. Dann legte sie die Hand auf seinen Schritt und drückte zärtlich zu. »Heißt das, ich habe dir gefehlt?«

»Großer Gott, ja«, stieß er zwischen zwei mühsamen Atemzügen hervor.

Sie lachte und arbeitete sich mit einer Spur von Küssen über die Narbe auf seiner Brust nach unten, ehe sie sich vor ihm auf die Knie sinken ließ und ihr Gesicht an seinen Bauch schmiegte, während sie seine Hose aufknöpfte. Sie sah ihm in die Augen und nahm ihn in die Hand, küsste die Spitze seines betonharten Penis. Er musste die Beine spreizen, um nicht das Gleichgewicht zu verlieren. Tief sog sie ihn in ihren feuchten, heißen Mund und verharrte so, während er zum Höhepunkt gelangte.

Als es vorbei war, zog sie seinen Slip und seine Hose nach oben. »Ich glaube, ich bin verliebt«, erklärte er, während er sich fragte, wann er das letzte Mal so entspannt gewesen war.

Sie schloss die Knöpfe an seiner Hose. »Nein, das bist du nicht. Das ist nur das angenehme Gefühl danach, das dich solche Dinge sagen lässt.«

Wahrscheinlich hatte sie Recht, dennoch gab es einen winzigen Teil von ihm, der sich wünschte, sie hätte seine Worte nicht ganz so leichtfertig abgetan, so als wäre es völlig ausgeschlossen, dass er sie ernst meinte. Er wusste nicht, warum es ihm etwas ausmachte, aber es war so. Er mochte sie sehr. War gern in ihrer Nähe. Er liebte die Gefühle, die sie in ihm auslöste. Er liebte es, mit ihr zu schlafen, trotzdem war das keine Liebe. Die Liebe fühlte sich nicht so entspannt an. Und nicht so gut.

Sein Leben hier in Gospel stellte sich als nahezu perfekt heraus. Warum sollte er es ruinieren, indem er zuließ, dass die Liebe Einzug hielt?

ACHTZEHN

Kate blieb mit ihrem CRV an der einzigen Ampel im Ort stehen. Auf dem Beifahrersitz lag eine kleine Tiffany-Schachtel mit einem so genannten Egg Sucking Bugger darin. In der vergangenen Woche hatte sie eifrig an dem Fliegenköder gearbeitet, um ihn Rob zum Geburtstag schenken zu können. Sie hatte sich alle Mühe gegeben, trotzdem hatte sie Zweifel, ob er ihre Anstrengungen zu schätzen wusste.

Sie verlagerte das Gewicht auf dem Sitz, um eine bequemere Position zu finden. Der Strass-String, den sie sich bei Frederick of Hollywood bestellt hatte, war verdammt unbequem und schnitt in das Fleisch an ihren Hüften, ganz zu schweigen von den noch empfindlicheren Stellen ihres Körpers. Er bestand aus unzähligen Glassteinchen, die zu einem winzigen Triangelslip verarbeitet waren. Der dazu gehörige BH kniff sie in die Brustwarzen, und der Verschluss in der Mitte grub sich tief in ihre linke Brust. Sie sah aus wie ein entlaufenes Showgirl aus dem Rio. Wenigstens brauchte sie sich keine Sorgen zu machen, dass er ihre Unterwäsche nicht zu schätzen wusste.

Die Ampel sprang auf Grün. Sie fuhr über die Kreuzung und griff nach der Sonnenbrille, die an der Sonnenblende hing. Es war sieben Uhr abends, und die Junisonne begann gerade unterzugehen. Sie war noch nie zuvor unangemeldet bei ihm zu Hause aufgetaucht. Aber wahrscheinlich störte es ihn nicht.

Vor ein paar Wochen hatte er beiläufig seinen Geburtstag erwähnt, doch sie war mit Absicht nicht näher darauf eingegangen, um ihn überraschen zu können. Und sie hatte etwas mit ihm vor, das er bestimmt so schnell nicht wieder vergessen würde.

Sie hatte ihn den ganzen Tag über nicht gesehen, was jedoch nicht zum ersten Mal vorkam. In letzter Zeit hatte er so viel zu tun, dass er neben den beiden kleinen Jungs, die die Campingausrüstung in Ordnung hielten, sogar zwei Mitarbeiter engagiert hatte. Wahrscheinlich war er im Jachthafen gewesen.

Der dünne Strass-Träger schnitt sich schmerzhaft in ihre Schulter, und sie schob einen Finger in den Ausschnitt ihres Etuikleids, um ihn zurechtzuziehen. Seit dem Abend, als Rob aus Seattle zurückgekommen war, hatte sie eine leichte Veränderung an ihm bemerkt. Seine Berührungen kamen ihr persönlicher vor. Besitzergreifender, als versuche er, mehr Nähe zwischen ihnen zu schaffen. Er hatte eine Angelweste für sie gemacht und ihr einige seiner kostbarsten Fliegen überlassen. An dem Tag, als er ihr ein Buch darüber geschenkt hatte, wie man zum unternehmerischen Genie wurde, war es mit ihrem Vorsatz vorbei gewesen, ihn auf Armeslänge von sich zu halten. Sie hatte sich nicht länger einreden können, dass er nur ihr Fantasien-Mann war. Sie hatte in sein lächelndes Gesicht geblickt und genau das getan, was sie niemals hatte tun wollen.

Sie hatte nach Kräften versucht, innerlich auf Distanz zu bleiben und ihre Gefühle für ihn im Zaum zu halten, doch ihr Herz hatte einfach nicht mehr mitgespielt. Sie hatte sich in Rob verliebt. Von ganzem Herzen, Hals über Kopf und bis über beide Ohren. Was sie für ihn empfand, war die Liebe, die einem den Atem raubte – und genau das jagte ihr eine Heidenangst ein.

Sie fuhr die lange Auffahrt zu seinem Haus hinauf. Vor der Garage blieb sie stehen, nahm die Tiffany-Schachtel vom Beifahrersitz und stieg aus. Die Absätze ihrer silbernen Slingpumps klapperten auf dem Beton, als sie die Einfahrt hinaufging. Die Strass-Steine auf dem Stringtanga kniffen. Vorsichtig ging sie die Stufen zur Eingangstür hinauf. Sie läutete und hatte Mühe, ihre Arme zu lassen, wo sie waren. Sie wollte sich nicht dabei erwischen lassen, wie sie an ihrem Hinterteil herumzupfte, wenn Rob die Tür öffnete.

In diesem Moment ging die Tür auf, doch nicht Rob stand vor ihr, sondern eine zierliche Blondine in einem eng anliegenden roten Kleid erschien im Türrahmen. Sie hatte blaue Augen und eine perfekte Haut. Kein Muttermal, keine vergrößerte Poren oder sonstige Unregelmäßigkeiten minderten die Perfektion ihres Teints. In Kates Kopf begann eine Alarmglocke zu schrillen.

»Ja?«

Kate spähte an der Blondine vorbei ins Haus. »Ist Rob in der Nähe?«

»Ja. Ist er«, erwiderte sie, ohne sich vom Fleck zu rühren. »Aber vielleicht kann ich Ihnen ja helfen?« In ihrer weichen Stimme lag ein Anflug von Feindseligkeit.

»Nein. Ich glaube nicht, dass Sie das können.« Kate hatte keine Ahnung, wer diese Frau war, doch sie benahm sich, als gehöre ihr dieses Haus. »Wer sind Sie?«

»Ich bin Louisa.«

Aha. Seine Exfrau. »Ach ja, Rob hat Ihren Namen erwähnt.« Nicht erwähnt hatte er jedoch, wie unglaublich gut sie aussah. Sie war die Art attraktive Frau, wie man sie normalerweise am Arm eines schwerreichen Mannes findet. Und er hatte auch nicht erwähnt, dass sie zu seinem Geburtstag in Gospel sein würde. Die Alarmglocke in Kates Kopf legte noch ein wenig an Lautstärke zu, doch sie schenkte ihr keine Beachtung. Rob hatte sich von dieser perfekten Frau scheiden lassen und, wie Kate sich erinnerte, gesagt, er habe sie zwar geliebt, aber nie wirklich leiden können. »Ich bin Kate Hamilton«, stellte sie sich vor.

»Hmm.« Die Blondine legte den Kopf schief, so dass ihr mit etlichen Karat bestücktes Ohrläppchen zum Vorschein kam. »Interessant, dass Rob *Sie* nie erwähnt hat.«

Oho. Kate hatte sich also nicht geirrt, was die Feindseligkeit anging. Und so ungern sie es auch zugab, aber Louisas Spitze traf sie irgendwo in der Herzgegend. »Warum sollte er mich seiner Exfrau gegenüber erwähnen?«, fragte sie. Andererseits – warum hatte er das eigentlich *nicht* getan?

»Weil Rob und ich in letzter Zeit häufiger über eine Versöhnung gesprochen haben. Ich denke, wenn Sie eine wichtige Rolle in seinem Leben spielen würden, hätte er Sie bestimmt erwähnt.«

Okay, diesmal war es mehr als eine Alarmglocke im Kopf und ein leichtes Ziehen in der Herzgegend. Trotzdem war sie sicher, dass Louisa log. Sie musste lügen. Rob würde ihr das nicht antun. Sie öffnete den Mund, um etwas zu erwidern, doch in diesem Moment trat Rob aus der Küche in die Diele. Er trug ein ärmelloses weißes T-Shirt und blaue Schwimmshorts und hatte ein kleines Mädchen in einem rosa Bikini und Flip-Flops auf dem Arm. Die Kleine hatte die Ärmchen um seinen Hals geschlungen, und Kate erkannte sie von den vielen Fotos im Haus als Amelia wieder. Als er an Louisa vorbeispähte und Kate erblickte, wurden seine Schritte langsamer. »Kate.«

»Herzlichen Glückwunsch zum Geburtstag.« Sie streckte ihm die Tiffany-Schachtel entgegen und wurde von einem so tiefen Gefühl der Liebe für ihn erfasst, dass ihr Herz unter ihrem unbequemen Strass-BH anschwoll. Sie würde optimistisch bleiben, komme was da wolle.

»Danke.« Er stellte seine Tochter auf die Füße und nahm die Schachtel entgegen. »Komm doch rein.«

Optimismus war eine Sache, mit Rob und seiner verbiesterten Exfrau herumzusitzen, während sich die Strass-Steine in ihr zartes Fleisch gruben, eine ganz andere. »Nein. Ich wusste nicht, dass du Besuch hast. Ich hätte anrufen sollen.«

»Das wäre nett gewesen«, erklärte Louisa.

Rob sah seine Exfrau an und runzelte die Stirn. »Du brauchst nie vorher anzurufen. Bleib zum Abendessen. Ich wollte gerade den Grill anwerfen.«

Wenn er tatsächlich vorhätte, sich mit seiner Exfrau zu versöhnen, würde er mich dann zum Essen einladen?, fragte die neu erwachte Optimistin in ihr. »Nein, danke.« Aber auch der Optimismus hatte seine Grenzen. Er bedeutete nicht, dass sie auf einmal blind war. »Louisa hat mir gerade erzählt, ihr beide hättet vor, wieder zu heiraten.«

»Das stimmt nicht«, sagte er, und Kate spürte, wie der Schmerz in ihrem Herzen ein wenig nachließ. Eine tiefe Furche erschien zwischen Robs Brauen, und er tätschelte den Kopf seiner Tochter. »Lauf und hol deine Puppe. Sie liegt im Wohnzimmer auf der Couch.« Als Amelia verschwand, wandte er sich seiner Exfrau zu. »Hör auf damit.«

Louisa sah ihn an. Selbst ihr Profil war absolut perfekt. »Du hast gesagt, du denkst darüber nach.«

»Das habe ich, und die Antwort ist immer noch Nein.«

»Du wirst noch ein wenig intensiver darüber nachdenken wollen, ob du tatsächlich die Chance wegwirfst, wieder eine Familie zu sein.«

»Herrgott noch mal, Louisa!«, explodierte er. »Wieso musst du ständig so lange an einer Sache herumbohren, bis ich wütend werde? Ich werde dich nicht wieder heiraten. Ich werde überhaupt nicht mehr heiraten. Nie wieder. Einmal war genug.«

Es dauerte einige Sekunden, bis die Worte in Kates Gehirn sickerten. Als ihr ihre Bedeutung in voller Gänze aufging, wich sie unwillkürlich einen Schritt zurück, als hätte sie einen

Schlag verpasst bekommen. O Gott. Der Schmerz breitete sich wie ein Feuerball in ihr aus. Es passierte schon wieder. Déjà-vu. Dasselbe Erlebnis, nur mit einem anderen Mann. Und anderen unanständigen Dessous. Aber derselbe Liebeskummer, dasselbe gebrochene Herz.

»Tut mir leid, wenn ich in deinen Geburtstag geplatzt bin.« Sie wandte sich um und ging die Treppe hinunter, bevor sie irgendetwas Peinliches tun konnte, wie vor dieser Furie Louisa in Tränen auszubrechen.

Rob holte sie am unteren Treppenabsatz ein. »Kate. Ich schwöre dir, dass Louisa und ich kein Paar mehr werden. Du brauchst nicht zu gehen.«

»Doch, das muss ich.« Sie ging weiter. Sie musste hier weg. Säße sie doch nur schon im Wagen.

»Ich wusste nicht einmal, dass sie und die Kleine kommen würden. Ich habe es erst erfahren, als sie mich heute Morgen vom Flughafen in Sun Valley aus angerufen hat.«

»Es spielt keine Rolle.« Sie streckte die Hand nach dem Türgriff aus.

Er legte ihr die Hände auf die Schultern und drehte sie zu sich um. »Ich rufe dich morgen an.«

In ihren Augen brannten die Tränen, und sie fühlte sich, als implodiere sie im nächsten Moment. Sie kannte die Symptome. Nicht mehr lange, dann würde sie zusammenbrechen, nur jetzt noch nicht. Erst wenn sie allein war. »Nein. Ruf nicht an. Ich kann das einfach nicht mehr. Ich dachte, ich könnte es, aber es geht nicht.«

Er zog die Brauen zusammen. »Du kannst *was* nicht?«

»Ich kann mir nicht länger einreden, Fantasien seien genug. Das ist eine Lüge.« Ihre Stimme begann zu zittern, und sie starrte auf ihre Füße. »Ich habe mich in dich verliebt, obwohl mir klar war, dass du mir wehtun würdest.«

»Du bedeutest mir auch sehr viel«, sagte er nach einigem Zögern.

Sie hatte ihm ihre Liebe gestanden, und er hatte geantwortet, sie bedeute ihm sehr viel. Schätzungsweise war das immer noch besser als ein »Danke«. Sie sah ihm ins Gesicht und blinzelte gegen ihre aufsteigenden Tränen an.

»Ich bedeute dir viel?«

»Mehr als jede andere Frau.«

Es reichte nicht. Diesmal nicht. »Wie lange? Was wird in einem Jahr sein? In zwei Jahren? In fünf Jahren? Wie viel von meinem Leben bin ich bereit, für dich aufzugeben? Wie viele Lügen werde ich mir selbst erzählen? Wie lange wird es dauern, bis du zu dem Entschluss gelangst, dass wir mit anderen ausgehen oder nur Freunde sein sollten. Oder bis du mir sagst, dass du eine andere Frau gefunden hast.«

»Ich weiß es nicht! Es dauert so lange, wie es dauert.«

Sie holte tief Luft und ließ sie langsam wieder entweichen. »Das reicht aber nicht.«

»Was willst du dann, zum Teufel?«

»Einen Mann, der mir seine ewige Liebe schwört.«

Er drückte ihre Arme. »Großer Gott, redest du von einem Trauring?« Er schüttelte den Kopf. »Das ist doch verrückt.«

Verrückt. Ihr Kummer mischte sich mit Wut. »Lass mich los.«

Seine Augen verengten sich, und er ließ die Hände sinken. Dann trat er einen Schritt zurück, so dass sie die Tür aufreißen und einsteigen konnte, um nicht vor seinen Augen in Tränen auszubrechen. Sie rammte den Schlüssel ins Zündschloss und fuhr davon. Bevor sie um die Ecke bog, warf sie einen letzten Blick in den Rückspiegel und sah ihn die Treppe zum Haus hinaufgehen, ehe sich ein Tränenschleier über ihre Augen legte und sie ihre Aufmerksamkeit auf die Straße richtete.

Was war nur los mit ihr? Sie hatte sich doch so fest vorgenommen, sich von Rob fernzuhalten. Sie war nach Gospel gekommen, um herauszufinden, was mit ihr nicht stimmte, und nicht, um sich bis über beide Ohren zu verlieben. Und noch dazu in einen Mann, der sie niemals so sehr lieben würde wie sie ihn.

Sie fuhr auf den Highway. Nein, *einen* Unterschied gab es dieses Mal. Der Unterschied war, dass sie nicht mehr bereit war, sich mit weniger zufriedenzugeben, als sie verdiente. Sie liebte Rob. Mehr als sie jemals einen Mann geliebt hatte, aber ihr Großvater hatte Recht. Sie war alles wert, was ein Mann ihr geben konnte. Sein Herz. Seine Seele. Das Versprechen, sie für immer zu lieben.

Am nächsten Morgen brachte Rob Louisa und Amelia zum Flughafen. Es hatte ihn eine ordentliche Stange Geld gekostet, einen Platz in einer Chartermaschine für die beiden zu bekommen, aber er hatte Angst, er könnte seine Exfrau umbringen, wenn sie noch länger bliebe. Und das wollte er ganz bestimmt nicht tun. Er wollte auf keinen Fall riskieren, den Rest seines Lebens hinter Gittern zu verbringen und Amelia bei Verwandten aufwachsen zu lassen.

Aber so groß seine Wut auf Louisa war, kam sie bei weitem nicht an das heran, was er für Kate empfand. Was um alles in der Welt war in sie gefahren? Wieso hatte sie mit ihrem Gerede darüber, dass sie mehr von ihm wollte – sogar einen Ring am Finger –, alles versaut, was sie beide verband? Er hatte gedacht, sie sei anders, aber das war sie nicht.

Er hätte es besser wissen müssen, hätte sich nie auf sie einlassen dürfen. Dass es Sex nicht umsonst gab, hatte er auf die übelste Art und Weise lernen müssen. Sex hatte immer einen Preis. Und Kates Preis war ein Ehering. Er war schon einmal zu einer Ehe gezwungen worden, die nicht gut geendet hatte. Ein zweites Mal würde ihm das nicht passieren.

So weit würde es niemals kommen. Wenn es nach ihm ging, konnte sie in ihrem Laden sitzen, Brot backen und zu einer alten Jungfer verschrumpeln. Er hatte Kate gemocht. Es war die Wahrheit gewesen, als er ihr gesagt hatte, sie bedeute ihm sehr viel. Das tat sie tatsächlich, trotzdem würde er versuchen, sie zu vergessen.

Und er würde auf keinen Fall zulassen, dass sie ihn um den Verstand brachte.

Als er den Hummer hinter Sutter Sports abstellte, wartete Adam Taber bereits auf ihn. Rob schloss den Laden auf, und Adam folgte ihm nach drinnen.

»Mr. Sutter«, sagte er. »Wally kann heute nicht kommen, weil er Windpocken hat.«

»Ist schon gut. Ich habe ohnehin nicht besonders viel für euch zu tun«, meinte Rob und drehte sich zu Adam um. Sein Blick fiel auf die Tüte in der Hand des Jungen. Ungläubig starrte er sie an.

»Was ist das?«, fragte er und deutete auf den Inhalt, der wie ein Müsliriegel aussah.

»Ein Müsliriegel.«

»Woher hast du den?«

»Vom M & S Market. Die Lady dort macht sie selber.«

»Kate? Die Frau mit den roten Haaren?«

»Ja. Sie hat ihn mir geschenkt, weil sie meinte, ich soll den Leuten erzählen, dass er gut schmeckt. Dann kommen sie alle in den Laden und kaufen sie.«

Sie hatte seine Idee mit den Müsliriegeln gestohlen! »Adam«, sagte er. »Du passt auf den Laden auf, bis Rose kommt. Ich bin in ein paar Minuten wieder da.« Er stieß mit der Handfläche die Flügelschwingtür auf, trat auf den Gehsteig und zog seine Sonnenbrille hervor. Seine Wut war so groß, dass es ihn nicht einmal kümmerte, dass er gerade einem Elfjährigen die Verantwortung für den Laden übertragen hatte. Er konnte sich nicht erinnern, jemals so zornig gewesen zu sein. Doch, konnte er – gestern Abend, als Kate ihm gesagt hatte, sie liebe ihn, ehe sie praktisch im selben Atemzug mit ihm Schluss gemacht hatte. Seine Wut brannte sich in seinen Magen, und er biss die Zähne zusammen.

»Hi, Rob. Ich habe dich schon ein paar Tage nicht mehr gesehen«, begrüßte Stanley ihn, als er den Laden betrat.

»Hallo, Stanley.« Rob holte tief Luft und zwang sich, die Spannung in seinem Kiefer zu lösen. Er wollte seine Wut nicht an seinem künftigen Stiefvater auslassen.

»Deine Mutter sollte jeden Moment hier sein, um die Frage nach den Blumen zu besprechen. Allmählich wird es ernst.«

»Ja, ich weiß. Ist Kate hier?«, fragte er und war ziemlich sicher, dass seine Stimme verdammt freundlich geklungen hatte.

Stanley sah ihn einen Moment lang an. »Sie ist hinten und verpackt irgendwelche Müsliriegel, die sie heute Morgen gebacken hat. Diese Dinger gehen weg wie warme Semmeln.«

Rob fühlte sich, als würde er in der nächsten Sekunde explodieren. Er trat um den Tresen herum ins Hinterzimmer.

Kate stand mit dem Rücken zu ihm und nahm eine Pfanne von einer der Herdplatten. Sie stellte sie auf die Arbeitsfläche und hob den Kopf. Bei seinem Anblick unternahm sie nicht einmal den Versuch, beschämt dreinzublicken. »Was willst du denn hier?«

Er baute sich vor ihr auf und stemmte die Hände in die Hüften. »Du hast meine Idee mit den Müsliriegeln gestohlen.«

»Mach dich nicht lächerlich.«

»Du hast gewusst, dass ich dabei war, das Rezept zu perfektionieren, und du hast es gestohlen.« Dass er das als Mittel benutzt hatte, um sie in sein Haus zu locken und in sein Bett zu bekommen, ließ er wohlweislich unerwähnt.

Sie nahm einen Kochlöffel und rührte die Riegelmasse um. Provozierend. »Es war doch kein Geheimrezept wie für die Herstellung von Coca Cola.«

»Du hast gewusst, dass ich die Riegel in meinem Laden verkaufen wollte.«

Sie zuckte die Achseln. »Wer zu spät kommt, den bestraft das Leben.«

»Wie bitte?« Am liebsten hätte er sie gepackt, durchgeschüttelt und so fest an seine Brust gepresst, dass ihre Körper miteinander verschmolzen.

Sie probierte die Masse und kaute nachdenklich. »Mmm, gut. Willst du kosten?«

Meine Güte, diese Frau hatte Mumm in den Knochen! Genau diese Eigenschaft liebte er so sehr an ihr. Er sehnte sich danach, dass sein Leben wieder genauso war wie vor dem Moment, als sie auf die Idee gekommen war, ihn zu einer festen Dauerbeziehung zu zwingen. »Hast du dich von deiner verrückten Heiratsidee inzwischen verabschiedet?«

»Was dich betrifft? Ja.« Sie kreuzte die Arme vor der Brust. »Harvey Middletons Sohn, Brice, hat mich gefragt, ob ich mit ihm ausgehen will.«

Es war gerade einmal vierundzwanzig Stunden her, dass sie ihm gesagt hatte, sie liebe ihn, und schon hatte sie eine Verabredung mit einem anderen Mann? »Du kannst nicht mit ihm ausgehen.«

»Wieso nicht?«

Weil ich es sage, hätte er am liebsten gekontert, aber das wäre wahrscheinlich keine besonders überzeugende Erwiderung.

»Weil ihm die Haare ausgehen.«

Sie starrte ihn an, als hätte er den Verstand verloren. Was durchaus plausibel war, denn er hatte selbst den Eindruck, als wäre es so. »Triff dich ruhig mit ihm. Mich geht es nichts mehr an«, erklärte er und wandte sich ab. Er verließ das Hinterzimmer und kehrte in den Laden zurück. Wenn Brice Middleton Kate auch nur anrührte, würde er ihn in den Schwitzkasten nehmen und es ihm ordentlich zeigen.

Grace, die sich gerade mit Stanley unterhielt, sah zu ihm herüber und lächelte. »Wie geht es dir, Robert?«

»Im Vergleich wozu?«, blaffte er.

So viel zu seinem Vorsatz, sich von Kate nicht um den Verstand bringen zu lassen.

NEUNZEHN

Eine leichte Brise kräuselte die Oberfläche des Fish Hook Lake, und die warmen Strahlen der Nachmittagssonne wurden von den sanften Wellen wie von winzigen Spiegeln reflektiert. Der Saum von Grace Sutters cremefarbenem Chiffonkleid schmeichelte um ihre Knie, als sie die letzte Zeile ihres Gedichts ihrem Bräutigam und den anderen Gästen vorlas, die sich im Sockey Park eingefunden hatten.

Das Brautpaar stand unter einer mit Wildblüten geschmückten Pergola auf einer grünen Wiese inmitten des Parks. Ein Geistlicher der überkonfessionellen Kirche von Gospel vollzog die Zeremonie. Kate stand hinter ihrem Großvater und sah, wie seine Hände zitterten, als er sein Gedicht aus der Tasche zog. Er faltete das Blatt Papier auseinander und hob an:

Grau und Schwarz bestimmten mein Leben von morgen,
erfüllt war es von trüben Gedanken und Sorgen.

Kate sah auf ihre pinkfarben lackierten Zehennägel hinunter und lauschte der Schilderung der Einsamkeit ihres Großvaters, bevor Grace in sein Leben getreten war. Sie konzentrierte sich auf ihre Lieblingssandalen von Fendi, deren weiche beigefarbenen Lederriemchen sich um ihre Knöchel schlangen und an deren Absätzen eine kleine Goldapplikation baumelte, die beim Gehen leise klirrte. Normalerweise genügte der Gedanke an ihre Lieblingsschuhe, um sich wie eine Diva zu fühlen.

Doch heute gab es nichts, was ihre Stimmung hätte aufhellen können. Ihr Blick wanderte über das knapp zwei Meter breite Rasenstück, das ihre Zehen von Robs schwarzen Lederschuhen trennte. Die Aufschläge seiner dunkelgrauen Hose stießen über den Schnürsenkeln auf, und die Bügelfalten führten in einer rasiermesserscharfen Linie an seinen Beinen entlang bis zum Saum seines Jacketts. In einer Hand hielt er den kleinen Brautstrauß seiner Mutter aus weißen Rosen. Kate erlaubte sich nicht, ihren Blick noch weiter schweifen zu lassen, denn sie musste nicht noch genauer wissen, wie gut er aussah.

Rob und Grace waren kurz nach Kate und Stanley in den Park gekommen. Beim Anblick, wie er neben seiner Mutter auf den Altar zugeschritten war, hatte sich ihr Herz schmerzhaft zusammengezogen, und ihr Atem hatte sich etwas beschleunigt. Er hatte sein Haar kurz schneiden lassen, das Kinnbärtchen abrasiert und den Bart, der seinen Mund einrahmte, sorgfältig gestutzt. Der graue Anzug und die kurzen Haare verliehen ihm durchaus *GQ*-Qualitäten, trotzdem würde man ihn nie im Leben für ein Model halten. Unter seiner Oberfläche brodelte viel zu viel Testosteron, um sich das Haar mit Gel zu stylen oder sich mit irgendwelchen Wässerchen zu parfümieren.

Seit dem Tag, als Rob in den Laden gekommen war und sich wegen der Müsliriegel aufgeregt hatte, hatte sie nicht mehr mit ihm geredet. Der Vorfall lag mittlerweile zwei Wochen zurück, und noch immer schien der Schmerz in ihrem Herzen nicht nachlassen zu wollen. Ehrlich gesagt fühlte es sich sogar an, als breche es noch ein wenig mehr, wann immer sie ihn sah. Früher hatte sie sich stets einreden können, es gehe ihr gut, wenn sie Liebeskummer gehabt hatte. Und es war ihr tatsächlich gut gegangen. Doch diesmal war es anders. Es war nicht alles in Ordnung mit ihr. Ganz im Gegenteil.

Stanley beendete sein Gedicht, und Kate nahm den schlichten Goldring aus ihrer Handtasche und reichte ihn ihm. Sie lächelte ihrem Großvater und Grace zu, als sie sich versprachen, einander zu lieben, bis dass der Tod sie schied. Sie spürte Robs Blick und sah ihn an.

Beim Anblick seiner grünen Augen, die auf ihr ruhten, musste sie wieder an jenen Tag denken, als sie ihn das erste Mal im Laden hatte stehen sehen, an die ausdruckslose Miene, mit der er sie angesehen hatte. Allem Anschein nach kostete es ihn wesentlich weniger Mühe als sie, so zu tun, als wäre sie ihm gleichgültig. Oder vielleicht brauchte er sich nicht einmal zu verstellen.

Die Stimme des Pfarrers, der Stanley und Grace zu Mann und Frau erklärte, drang an ihr Ohr und zwang sie, ihre Aufmerksamkeit wieder auf die Zeremonie zu richten. Sie zog die Mundwinkel noch ein Stück weiter nach oben und sah zu den Gästen auf den Stühlen hinüber, die sie im Gemeindezentrum ausgeliehen hatten. Ihre Mutter und ihr Vater saßen in der ersten Reihe, daneben ihr Bruder Ted und ihre Großtante Edna. Kates andere beiden Brüder waren in Übersee stationiert und hatten der Einladung nicht folgen können.

Applaus brandete auf, als Stanley und Grace Caldwell einander küssten, dann erhoben sich die Gäste von ihren Plätzen und kamen auf das Brautpaar zu. Kate trat einen Schritt zurück, worauf ihre Absätze im Gras versanken. Die Witwenschar von Gospel bildete den Anfang der Gratulanten und wünschte Grace alles Gute. Einigen von ihnen gelang es sogar, aufrichtig dabei auszusehen.

Kates Mutter und Vater umarmten Grace und hießen sie und Rob in der Familie herzlich willkommen. Kate war ziemlich sicher, dass sie es auch so meinten. Jeder, der Stanley nur ansah, erkannte, dass sein Leben durch Grace schöner geworden war.

Rob war nun Stanleys Stiefsohn. Selbst wenn es Kate gelingen sollte, ihm das ganze Jahr über aus dem Weg zu gehen, würde sie ihm zumindest zu Thanksgiving und Weihnachten über den Weg laufen. Wie sollte sie jemals über ihre Gefühle für ihn hinwegkommen, wenn sie ihn ständig auf der anderen Seite des Parkplatzes sehen oder ihm beim Festtagstruthahn gegenübersitzen musste?

Sie brauchte Urlaub. Ein wenig Abstand. Vielleicht würde sie nach Vegas fahren und alte Freunde besuchen, wenn ihr Großvater und Grace aus den Flitterwochen zurück waren.

Vielleicht sollte sie ja umziehen. Ihr Großvater war glücklich. Er brauchte sie nicht länger, und außerhalb der Stadtgrenzen von Gospel wartete eine große, aufregende Welt auf sie. Eine Welt ohne einen Rob Sutter – es sei denn, an den Feiertagen.

Robs tiefes Lachen drang an ihre Ohren, und sie sah zu ihm hinüber. Rose Lake hatte ihre Hand auf seine Schulter gelegt, sich auf die Zehenspitzen gestellt und flüsterte ihm etwas ins Ohr. Kate wandte ihre Aufmerksamkeit dem Pfarrer zu und dankte ihm, ehe sie eine Weile mit den Aberdeen-Zwillingen plauderte. Die ganze Zeit gelang es ihr, zu lächeln und so zu tun, als käme sie nicht innerlich beinahe um.

Ja, sie würde wegziehen. Obwohl sie es in Wahrheit nicht wollte. Nicht ausgerechnet jetzt. Sie hatte doch gerade erst angefangen, sich in Gospel einzuleben. Sie war den Mountain Momma Crafters beigetreten und sollte am nächsten Abend das erste Mal zu deren Treffen kommen. Sie hatte sich erboten, ein paar Erfrischungen mitzubringen, und war entschlossen, ihnen die Wunder der Gourmet-Speisen und des Jalapeño-Gelees näherzubringen. Gospel fing gerade an, sich wie ein Zuhause anzufühlen, was reichlich beängstigend war, wenn sie genauer darüber nachdachte.

Kate entschuldigte sich und ging zu dem überdachten Pavillon, wo die Cateringfirma aus Sun Valley, die Grace engagiert hatte, gerade das Büfett aufbaute. Sie half ihnen, Schalen mit Nüssen und Süßigkeiten zu verteilen, und sah auf, als sie das unverkennbare Klappern von Iona Osborns Gehstock hörte.

Iona trug ein mit so vielen Litzen besetztes Rüschenkleid, dass es aussah, als würde sie jede Sekunde einen Squaredance aufs Parkett legen. »Hi, Iona.«

»Hallo, Kate.« Sie blieb stehen und betrachtete die dreistöckige weißblaue Hochzeitstorte. »Haben Sie den Kuchen gebacken?«

»Nein. Meine Künste reichen höchstens bis zu Miniküchlein.«

»Aber die haben Sie sehr gut gemacht.« Kate wollte sich gerade bedanken, als sie fortfuhr: »Wann sind Sie an der Reihe mit dem Heiraten?«

Wenn mir einer einen Antrag macht, schien ihr die einleuchtendste Antwort zu sein, doch sie machte sich nicht die Mühe, auszusprechen, was auf der Hand lag. »Ich habe den Richtigen noch nicht gefunden«, erklärte sie stattdessen. Obwohl das nicht stimmte – zumindest hatte sie gedacht, sie hätte ihn gefunden. Sie warf einen Blick über Ionas meterhoch aufgebauschtes Haar hinweg zu Rob, der mit ihrem Bruder auf dem Rasen stand und auf den See deutete. Die beiden schüttelten einander die Hand, ehe Ted sich umdrehte und auf Kate zukam.

»Wie oft bist du heute schon gefragt worden, wann du endlich heiratest?«, erkundigte er sich und nahm sich ein Glas Punsch.

»Etwa zehnmal. Und du?«

»Fünfmal.« Er leerte das kleine Glas in einem Zug. »Du gewinnst.«

Diesen Wettbewerb wollte sie ausnahmsweise nicht gewinnen. Sie war ein wenig gereizt, und ihr Gesicht schmerzte von der Anstrengung, ihr Lächeln an Ort und Stelle zu halten. Außerdem hatte sie Kopfschmerzen.

Großtante Edna nahm sich ein Stück Kuchen und trat zu Kate und Ted. Ednas Haut besaß das ledrige Aussehen eines alten Armeestiefels, und Kate war nicht sicher, ob es an der Schachtel Zigaretten lag, die sie am Tag rauchte, oder an der toxischen Wirkung ihrer hausgemachten Mortadellapastete. »Bist du die Nächste?«, erkundigte sie sich bei Kate und griff nach einem Schälchen mit Nüssen.

Kate brauchte sie nicht erst zu fragen, was damit gemeint war. »Nein.«

»Nun, Liebes, wenn dein Großvater auf seine alten Tage noch jemanden findet, gibt es auch noch Hoffnung für dich.«

Kate legte den Kopf schief. »Wusstest du eigentlich, dass Wissenschaftler der Universität Harvard herausgefunden haben, dass Coca-Cola doch ein wirkungsvolles Spermizid ist?«

»Wie?« Edna starrte sie mit leicht geöffnetem Mund an.

Kate tätschelte die knochige Schulter ihrer Großtante. »Das ist gut zu wissen, solltest du in eine Situation geraten, in der du kein Kondom zur Hand hast.«

Ted lachte und legte den Arm um Kate. »Was würdest du sagen, wenn wir hier die Kurve kratzen und uns irgendwo eine hübsche Bar suchen?«

Es war noch so früh, dass im Buckhorn nicht nur Betrunkene und Idioten herumhingen. »Lust auf eine Partie Billard?«

Er lächelte. »Ich werde dich aber nicht gewinnen lassen.«

Sie verließen den Pavillon. »Du lässt mich doch nie gewinnen.«

»Kate.« Sie brauchte sich nicht erst umzudrehen, um zu wissen, wer sie gerufen hatte. Trotz allem, was vorgefallen war, erfüllte sie der Klang seiner Stimme noch immer mit einem Gefühl wie warmer Rum. Sie holte tief Luft, drehte sich um und sah Rob auf sich zukommen.

Wenige Schritte vor ihr blieb er stehen und sah ihr in die Augen. »Macht es dir etwas aus, wenn ich deine Schwester für ein paar Minuten entführe, Ted?«

»Nein, meinetwegen gern. Kate?«

Sie reichte ihrem Bruder die Autoschlüssel. »Geh schon mal zum Wagen.«

Rob wartete, bis Ted verschwunden war. »Warum gehst du denn schon so früh?«

Weil du mich nicht liebst und ich es nicht länger ertrage, hierzubleiben, dachte sie. »Ted und ich gehen eine Partie Billard spielen. Wir wollten eine Weile plaudern und erfahren, was seit Weihachten passiert ist.«

Er knöpfte sein Jackett auf und schob die Hände in die Hosentaschen. »Wirst du ihm von uns erzählen?«

Sie schüttelte den Kopf. »Da gibt es nichts zu erzählen.«

»Es könnte durchaus etwas geben.«

Selbst jetzt noch, in dieser Sekunde, war es so verführerisch, ihm zu glauben. Aber es war eine Illusion. Eine Fantasie. »Schon als ich mich mit dir eingelassen habe, war mir klar, dass du mir am Ende wehtun würdest. Ich hätte mir nie einreden dürfen, dass ich damit klarkomme. Ich konnte es nicht, und ich kann es immer noch nicht. Es ist vorbei, Rob.«

Er verlagerte das Gewicht auf die Fersen und fuhr sich mit der Hand übers Kinn und den Mund. »Der Punkt ist, dass ich mich möglicherweise auch in dich verliebt habe.«

Möglicherweise. Sie wartete, dass er fortfuhr, doch er schwieg. Er sah sie an, als erwarte er irgendeine Reaktion von ihr. Doch die Situation war zu schmerzhaft, deshalb wandte sie sich zum Gehen, ehe sie Gefahr lief, den Tränen, die bereits in ihren Augen brannten, freien Lauf zu lassen.

Er hielt sie am Arm fest. »Ich sage dir, dass ich glaube, dich zu lieben, und du läufst weg?«

»Entweder du liebst mich, oder du tust es nicht. Zu *glauben*, du *könntest* mich *möglicherweise* lieben, ist nicht dasselbe wie mich zu lieben. Es ist nicht genug.«

Seine Augen verengten sich. »Und ein Blatt Papier und ein Ehering geben dir die Sicherheit, dass meine Liebe für dich groß genug ist?«

»Nein, aber sie sind der erste Schritt, sein Leben mit dem Menschen zu verbringen, den man liebt.«

Er hob die Hände. »Hast du dir in letzter Zeit eigentlich mal die Scheidungsstatistiken angesehen?«, fragte er ungläubig und ließ die Arme wieder sinken. »Du kannst wetten, dass jedes dieser verdammten Paare gedacht hat, es würde den Rest seines Lebens miteinander verbringen.«

»Sprich gefälligst leiser. Du bist hier auf der Hochzeit deiner Mutter, um Himmels willen.« Sie kreuzte die Arme vor der Brust. Über ihrem Herzen. »Zufällig glaube ich daran, dass deine Mutter und mein Großvater glücklich sein und den Rest ihres Lebens verheiratet bleiben werden.«

»Ja, aber sie sind eines von sechzig Paaren. Da du ja so viel für Statistiken übrig hast, solltest du diese Zahl wissen, finde ich.«

In Wahrheit lag die Zahl bei fünfzig Prozent. »Statistiken zählen für mich nicht. Das Einzige, was für mich zählt, bin ich selbst. Endlich. Ich bin mir so wichtig, dass ich mich nie wieder mit weniger zufriedengebe als dem, was ich verdiene.«

»Du glaubst also, du verdienst eine Ehe?«, fragte er, doch zumindest hatte er seine Stimme ein wenig gesenkt. »Süße, niemand verdient diese Hölle auf Erden.«

»Ich will sie aber trotzdem. Ich möchte es mit jemandem versuchen, dessen Liebe für mich groß genug ist, dass er es auch mit mir versuchen will. Ich möchte alt werden und jeden Morgen dasselbe Gesicht im Bett neben mir sehen. Ich will alt werden und jeden Abend dasselbe Gesicht beim Essen vor mir haben. Ich möchte zu den Ehepaaren gehören, die auch nach fünfzig Jahren noch Händchen halten und miteinander lachen können. Genau das ist es, was ich will. Ich will die Frau des Lebens für jemanden sein.«

»Darum geht es also. Entweder ich heirate dich, oder du verschwindest aus meinem Leben. Mir nichts, dir nichts, ja? Einfach so?«

Nein, es war nicht einfach. Sich von Rob Sutter zu trennen war, als breche ihr das Herz, aber wenn sie so weitermachte, würde es nur noch viel schlimmer werden.

»Eine Ehe ist doch nur ein Stück Papier«, höhnte er.

»Wenn du das glaubst, ist es auch kein Wunder, dass deine Ehe mit Louisa in einer Katastrophe geendet hat.«

Rob sah zu, wie Kate davonging, und er spürte, wie sich seine Kiefermuskeln anspannten. Er hatte ihr gerade gesagt, dass er sie vielleicht doch liebte, und sie hatte es auf diese Weise quittiert.

Er wandte sich ab. Sein Blick fiel auf Dillon Taber und dessen Frau Hope, die ein Stück von ihm entfernt im Schatten eines Baums standen. Dillon hatte seine Stirn an ihre Schläfe gelegt und sagte irgendetwas, das sie dazu bewog, ihn zu küssen. Ein flüchtiges Streifen der Lippen, worauf der Sheriff seine Hand über ihren Rücken bis zur Wölbung ihres Hinterteils wandern ließ. Eine vertraute Berührung zwischen zwei Menschen, die durch Intimität miteinander verbunden waren.

Genau das wollte Kate, und wenn Rob sich selbst gegenüber ehrlich war, musste er zugeben, dass er es auch wollte. Aber zu welchem Preis? Für ein Blatt Papier und einen goldenen Ring? Diese Gegenstände reichten nicht aus, dass Menschen zusammenblieben und einander liebten.

Rob griff in seine Tasche und zog seine Schlüssel heraus.

Dann ging er zu Stanley und seiner Mutter, um sich von ihnen zu verabschieden. Er war nicht zum Plaudern aufgelegt. Viel zu viele Dinge gingen ihm im Kopf herum.

Er fuhr nach Hause und beschäftigte sich mit dem, was er immer tat, um seine Gedanken von den Problemen mit Kate abzulenken – dem Fliegenbinden. Aber es funktionierte nicht, und als er am nächsten Tag mit der Arbeit fertig war, schnappte er seine Angelrute und fuhr zum Big Wood.

Die frühe Abendsonne tauchte die Wolken in orangefarbenes und leuchtend purpurrotes Licht. Er zog seine Watstiefel und die Angelweste über sein T-Shirt und ging ins Wasser. Doch die Ruhe und der Trost, die ihm die monotonen Bewegungen, das Befestigen und Werfen der Fliege, normalerweise spendeten, stellten sich diesmal nicht ein. Der innere Frieden, den er stets hier gefunden hatte, nur umgeben vom Rauschen des Wassers und dem Gurren der einen oder anderen Taube, blieb aus.

Er dachte über das nach, was Kate am Vortag über die Ehe gesagt hatte. In ihren Augen bedeutete eine Ehe, dass man einander für immer liebte und niemals einsam war. Er liebte Kate. Und es war nicht so, dass er es nur glaubte. Er wusste es, tief in seinem Inneren, aber es gab Schlimmeres, als sich einsam zu fühlen.

Er warf seine Nymphe stromabwärts an den Rand einer tiefen Stelle im Wasser. Sie driftete einige Meter ab, und wenige Sekunden später spürte er das leichte Ziehen am Ende der Angelschnur. Er hob die Rutenspitze an und holte die überschüssige Leine ein. Die Rute bog sich auf der Hälfte durch, er musste also einen großen Fisch an der Angel haben. Das Tier rüttelte und zerrte am Haken, ehe es versuchte, stromabwärts zu entkommen, und sich heftig wehrte.

Eine Viertelstunde später war der Kampf beendet, und eine

vierzig Zentimeter lange Regenbogenforelle ließ ihren Schwanz gegen seine Watstiefel klatschen. Er hob den großen Fisch aus dem Wasser und bewunderte seine Färbung.

»Ist er nicht wunderschön?«, sagte er, ehe ihm bewusst wurde, dass er ganz allein war. Er hatte sich so daran gewöhnt, Kate an seiner Seite zu haben, dass er unwillkürlich laut gesprochen hatte. Innerhalb kürzester Zeit war es ihr gelungen, ein fester Bestandteil seines Lebens zu werden.

Behutsam löste er den Haken aus dem Maul des Fischs und schenkte ihm die Freiheit. Die Strömung zerrte an seinen Beinen, als er durchs Wasser in Richtung Ufer stapfte. Er lehnte die Angel gegen den Hummer und schloss den Kofferraum auf. Nur weil Kate nicht hier war, bedeutete das noch lange nicht, dass er allein sein musste. Nicht wie früher. Nur weil er Kate nicht haben konnte, musste das nicht heißen, dass es keine andere Frau in seinem Leben geben konnte.

Er zog die Angelweste aus. Doch die Einsamkeit, die sich in seinem Inneren ausgebreitet hatte, ließ sich nicht so einfach abstreifen. Das Problem an der Sache war, dass er sich nicht vorstellen konnte, mit einer anderen Frau als Kate zusammen zu sein. Und das war ein großes Problem, denn sie wollte mehr, als er ihr geben konnte. Er war Louisa ein miserabler Ehemann gewesen, und sie hatten einander nur unglücklich gemacht.

Rob zog die Watstiefel aus und legte seine Angelausrüstung in den Kofferraum des Wagens. Er liebte Kate. Auf eine Weise, die sein Inneres zutiefst berührte. Er hatte Louisa geheiratet, hatte ein Kind mit ihr, aber er hatte sie niemals so geliebt.

Auf dem Weg nach Hause machte Rob eine erbarmungslose Bestandsaufnahme seines Lebens. Er war ein Mann, der aus seinen Fehlern gelernt hatte. Aber vielleicht hatte er doch nicht ganz so viel daraus gelernt, denn in Wahrheit hatte er sich nur davor gedrückt, sein Leben weiterzuleben. Und dann war er

Kate begegnet. Kate mit ihrem schönen Gesicht und ihrem losen Mundwerk, die ihn dazu gebracht hatte, dass er mehr wollte.

Und Kate wollte ebenfalls mehr. Sie wollte gemeinsam mit jemandem alt werden, aber wollte Rob das auch? Die Frage war nicht besonders schwer zu beantworten. Er wollte Kate. Er wollte ihre Hand nehmen, ohne darüber nachzudenken. Er wollte seine Lippen an ihr Ohr legen und etwas sagen, das sie zum Lachen brachte. Er wollte seine Hand über ihren Rücken bis zur Wölbung ihres Hinterteils wandern lassen. Eine vertraute Berührung zwischen zwei Menschen, die durch Intimität miteinander verbunden waren.

Er wollte zusehen, wie sie versuchte, ihn beim Angeln zu schlagen – in dem Bewusstsein, dass sie unter der Angelweste Spitzenwäsche trug. Er wollte ihr bester Freund und Geliebter sein, und zwar für den Rest ihres Lebens.

Er bog nach links ab und fuhr zum M & S Market, doch Kate war nicht im Laden, um Brot für den nächsten Tag zu backen. Einer der Aberdeen-Zwillinge meinte, sie hätte irgendetwas von den Mountain Momma Crafters erwähnt.

Es würde ihn nicht überraschen, wenn sie versuchte, die Frauen zu ihrem Jalapeño-Gelee zu überreden. Er fuhr zum Gemeindezentrum und ging mit hämmerndem Herzen die Stufen hinauf. Noch bevor er die Tür öffnete, drangen zahlreiche Frauenstimmen an sein Ohr. Er blieb stehen, eine Hand auf dem Türknauf, ehe er die Schultern straffte und das Gemeindezentrum betrat. Sein Blick fiel auf Mrs. Fernwood, die mit einem Blatt Papier in der Hand zwischen zwei langen Tafeln stand.

»Die linke Seite des Dreiecks auf die Hälfte falten«, erklärte sie.

Die Tür fiel mit einem lauten Knall ins Schloss, so dass sämtliche Köpfe herumfuhren, doch er hatte nur Augen für die Rothaarige am Ende des hinteren der beiden Tische. Sie sah auf und musterte ihn argwöhnisch, als er langsam auf sie zukam.

»Hallo, Rob«, rief Regina. »Bist du hergekommen, um eine Origami-Zikade mit uns zu basteln?«

Er würde sich lieber einen Puck in die Weichteile schießen lassen, als eine Origami-Zikade zu basteln. Verfolgt von mehreren Dutzend Augenpaaren, durchquerte er den Raum, bis er vor Kate stand. »Ich muss mit dir reden.«

»Jetzt?«

»Ja.« Sie musterte ihn finster, machte jedoch keine Anstalten aufzustehen. »Bring mich nicht dazu, dich mir über die Schulter zu werfen«, fügte er hinzu.

Iona Osborn, die ihn gehört hatte, fing an zu kichern.

Kate legte das gefaltete Blatt Papier auf den Tisch und stand auf. »Ich bin gleich wieder da«, sagte sie zu den anderen Frauen. Er griff nach ihrer weichen Hand und ging mit ihr hinaus.

Sobald die Tür hinter ihnen ins Schloss fiel, befreite sie sich aus seinem Griff. »Ist etwas mit Grace und meinem Großvater?«

Die untergehende Sonne warf tiefe Schatten über die Sawtooth Wilderness und tauchte ihre bleichen Wangen in fahles, graues Licht. Sie standen auf den Stufen des Gemeindezentrums, und er ging jede Wette ein, dass er vor mindestens zwanzig alten Damen stünde, wenn er jetzt die Tür öffnen würde.

»Nein.« Er sah sie an – die Frau, mit der er den Rest seines Lebens verbringen wollte. »Darum geht es nicht.«

Sie zog die Nase kraus. »Du riechst nach Fisch.«

»Ich weiß. Ich habe gerade eine wunderschöne, vierzig Zentimeter lange Forelle gefangen. Du hättest deine Freude an ihr gehabt.«

»Bist du hergekommen, weil du mir das erzählen wolltest?«

»Nein, aber als ich angeln war, ist mir klar geworden, wie sehr du mir fehlst und dass mein Leben ohne dich keinen Pfifferling wert ist.«

»Rob, ich glaube nicht ...«

»Du hast Recht«, unterbrach er sie, ehe ihn der Mut verlassen konnte. »Du verdienst mehr. Du verdienst jemanden, der dir genug Liebe entgegenbringt.«

Der Schmerz brannte in ihren Augen, und sie wandte den Blick ab. Er legte die Hand um ihr Kinn und drehte ihren Kopf zu sich. »Ich liebe dich, Kate. Es ist nicht so, dass ich nur glaube, dich vielleicht zu lieben. Ich habe noch nie eine Frau so sehr geliebt wie dich. Ich liebe deine Zähigkeit. Ich liebe die Vorstellung, dass du eine Männerhasserin bist und nur ich die Wahrheit kenne. Ich liebe es, dass du ohne fremde Hilfe versuchen willst, die Essgewohnheiten der Einwohner von Gospel zu verändern. Ich liebe es, dass du weißt, was du wert bist. Ich dachte immer, wenn etwas in meinem Leben schieflief, könnte ich das Problem lösen, indem mir derselbe Fehler kein zweites Mal unterläuft. Aber auf diese Weise hat sich überhaupt nichts lösen lassen. Es hat mein Leben nur verdammt einsam gemacht. Und ich will nicht, dass mein Leben noch einmal so wird wie damals, bevor du dich mir an diesem Abend in Sun Valley an den Hals geworfen hast. Ich liebe dich und will für immer mit dir zusammen sein. Ich will, dass du mein bester Freund und meine Geliebte bist. Nicht nur heute und morgen. Und auch nicht ein Jahr oder fünf Jahre lang.« Er legte die Arme um ihre Taille und neigte den Kopf. »Kate, sei meine Frau. Meine Geliebte. Mein Leben«, sagte er an ihrem Ohr.

»Du tust es schon wieder«, sagte sie nach einer Weile, die ihm wie eine Ewigkeit erschien.

»Was denn?« Er lehnte sich zurück und sah ihr ins Gesicht.

Tränen hingen in ihren Wimpern, und sein Herz schlug schwer in seiner Brust, als er darauf wartete, dass sie fortfuhr.

»Es mir unmöglich machen, Nein zu sagen.«

Er lächelte. »Dann sag eben Ja.«

»Ja.« Sie schlang ihm die Arme um den Hals und legte ihre Stirn an seine. »Ich liebe dich, Rob. Ich liebe es, dass dein Ego noch größer ist als meines. Ich liebe es, dass du den Mut hattest, dich den Mountain Momma Crafters zu stellen, nur um mich zu sehen. Ich bin nach Gospel gekommen, weil ich über mein Leben nachdenken wollte, und ich habe dich gefunden. Du bist mein Geliebter und mein Fantasien-Mann.«

Er küsste sie lange und leidenschaftlich, ehe er sich von ihr löste. »Ich finde, wir sollten in der Lodge feiern gehen, wo wir uns zum ersten Mal begegnet sind.«

Sie legte ihm die Hände auf die Schultern. »Dieser Abend gehört aber nicht unbedingt zu meinen Lieblingserinnerungen.«

Er grinste. »Zu meinen aber.«

»Du willst also, dass ich dich so richtig flachlege?«

»Du liest wieder mal meine Gedanken.«

Sie kicherte. »Das ist manchmal nicht besonders schwer.«

Diese Frau konnte eine solche Besserwisserin und ein Großmaul sein. Er drückte sie an sich und vergrub seine Nase in ihrem Haar. Das waren nur zwei der Eigenschaften, die er so sehr an ihr liebte.

EPILOG

Kate Sutter hob einen Becher mit heißem Rumpunsch an die Lippen und trank einen großzügigen Schluck. Valentinstag war eine absolut fantastische Erfindung, beschloss sie. Auf der Skala der »Tollsten Dinge der Welt«-Liste rangierte er irgendwo zwischen dem nackten Hintern ihres Ehemannes und dem vierkarätigen Tiffany-Diamanten an ihrem Finger.

Kate sah sich in der Duchin Lounge um, betrachtete die Girlanden mit Glitterherzen, die Rosen und flackernden Kerzen. Rosa und rote Herzen waren hinter dem Tresen und auf den großen Fenstern angebracht, die auf die schneebedeckten Hänge mit den gespurten Pisten hinausgingen, wo sich etliche abendliche Skifahrer tummelten. Sie war geschlagene sechs Stunden verheiratet und freute sich auf den Rest ihres Lebens.

Sie und Rob hatten ihre Hochzeitsschwüre in der kleinen Kirche in Gospel geleistet und waren unmittelbar nach dem Empfang in die Flitterwochen aufgebrochen. Erster Stopp – die Duchin Lounge.

Nach dem letzten Sommer war ihr Großvater in den Ruhestand gegangen und hatte Kate die Leitung des M & S Market überlassen. An dem Tag, als Grace und er in einem nagelneuen Winnebago-Wohnmobil davongefahren waren, hatte Kate augenblicklich die neue Registrierkasse bestellt, mit der sich zugleich die Lagerbestände kontrollieren ließen. Ihr selbst gemachtes Brot war jeden Tag ausverkauft, der Absatz des Jalapeño-Gelees hingegen lief noch immer sehr schleppend.

»Ein Sun Valley Ale«, sagte eine Männerstimme neben ihr.

»Vom Fass oder aus der Flasche?«

»Flasche ist okay.«

Kate ließ den Blick über die ausgewaschenen Jeans und das blaue Flanellhemd bis zu den grünen Augen wandern. »Soll ich Ihnen mal mein Tattoo zeigen?«

Der Barkeeper stellte das Bier auf dem Tresen ab, und Rob hob die Flasche an die Lippen. »Soll das ein unsittliches Angebot sein?«

»Genau.« Sie stand auf und stellte sein Bier auf den Tresen. »Wir haben noch 920 Fantasien vor uns.«

Er nahm einen Schluck und stellte das Bier neben den Becher. »919«, korrigierte er mit einem lüsternen Grinsen, packte ihre Hand und verließ die Bar, so schnell ihn seine Füße trugen. »Aber wer zählt das schon?«

Rachel Gibson bei Goldmann

Mehr Informationen unter www.goldmann-verlag.de

GOLDMANN

Einen Überblick über unser lieferbares Programm
sowie weitere Informationen zu unseren Titeln und
Autoren finden Sie im Internet unter:

www.goldmann-verlag.de

Monat für Monat interessante und fesselnde
Taschenbuch-Bestseller

Literatur deutschsprachiger und internationaler Autoren

∞

Unterhaltung, Kriminalromane, Thriller,
Historische Romane und Fantasy-Literatur

∞

Klassiker mit Anmerkungen, Anthologien
und Lesebücher

∞

Aktuelle Sachbücher und Ratgeber

∞

Bücher zu Politik, Gesellschaft, Naturwissenschaft
und Umwelt

∞

Alles aus den Bereichen Esoterik, ganzheitliches Heilen
und Psychologie

Die ganze Welt des Taschenbuchs

Goldmann Verlag • Neumarkter Straße 28 • 81673 München

GOLDMANN